Séduisante ennemie

Un étranger dans sa vie

SARAH M. ANDERSON

Séduisante ennemie

Traduction française de
MURIEL LEVET

Passions

HARLEQUIN

Collection : PASSIONS

Titre original :
HIS ENEMY'S DAUGHTER

HARPERCOLLINS FRANCE
83-85, boulevard Vincent-Auriol, 75646 PARIS CEDEX 13
Service Lectrices — Tél. : 01 45 82 47 47

www.harlequin.fr

ISBN 978-2-2804-1606-1 — ISSN 1950-2761

- 1 -

Chloe dut se faire violence pour conserver son sourire assuré.

— Mademoiselle, lui dit le fournisseur de chevaux en retirant son Stetson pour passer une main dans ses cheveux clairsemés, ce n'est pas comme ça qu'on procédait, à l'époque de votre père.

La première fois qu'un vieux macho lui avait dit cela, elle avait été choquée. Le concours de rodéo *All-Around All-Stars* était entré au sein de l'immense patrimoine de sa famille quand son père l'avait gagné au poker, treize ans plus tôt. Mais depuis qu'il avait pris sa retraite, c'était son frère Oliver qui gérait l'empire Lawrence. De loin, cependant. Car Oliver préférait concentrer ses efforts sur la société familiale principale, *Lawrence Energies*. Sur le terrain, donc, et depuis quatre ans, Chloe était la seule Lawrence avec qui ce fournisseur avait traité.

— Écoutez, Mort, dit-elle d'une voix chaleureuse pour essayer de dissimuler sa colère, il ne s'agit que d'un léger changement portant sur les personnes qualifiées pour accéder à la compétition.

Ce n'était pas tout à fait la vérité.

Autoriser les femmes à concourir avec les hommes ne pouvait sans doute pas être qualifié de « léger » changement. Mais ce n'était pas non plus comme si elle avait suggéré d'annuler l'épreuve du lasso, ou quelque chose comme ça.

Alors qu'elle se faisait ces réflexions, Dale Jenkins, cow-boy âgé et bedonnant, s'était approché de Mort.

— Ce qu'il essaie de te dire, c'est que nous sommes bien sûr toujours d'accord pour fournir les animaux au concours. Toi, tu es la princesse du rodéo. Tu es formidable dans ce rôle, bien sûr. Mais…

Sans terminer sa phrase, il lui adressa un grand sourire qui l'irrita au plus haut point.

Quand, toute jeune, elle avait commencé à se produire dans l'arène au début et à la fin de chaque spectacle, il lui avait adressé exactement le même sourire, en lui tapotant la tête comme on le fait aux chiens et en lui disant qu'elle était « très jolie sur un cheval ».

S'il se risquait à refaire ce geste, elle n'hésiterait pas à lui casser la main.

— Messieurs, dit-elle en essayant de mettre autant de force de conviction que possible dans ce simple mot, il n'y a rien de mal à essayer quelque chose de différent. Si cela fonctionne, le *All-Stars* gagnera des spectateurs, des fans et des profits. Et avec ces trois choses combinées, vous savez ce que nous obtiendrons ? Plus d'argent. Des revenus plus élevés.

— Des femmes à un concours de *barrel racing* ? siffla un vieillard nommé Dustin Yardley en s'approchant d'elle. Vous rêvez. Le *All-Stars* est un concours réservé aux hommes.

Le regard qu'il lui adressa était si dur et méchant que Chloe dut lutter de toutes ses forces pour ne pas reculer. Elle ne devait surtout pas montrer devant ces rustres le moindre signe de faiblesse.

— Et ce sont les hommes qui le font fonctionner, conclut-il.

Ce discours, elle l'avait entendu à Des Moines, Kansas

City, Shreveport, Memphis. Et voilà que, désormais, on le lui servait à Sikeston, dans le Missouri.

Aucun fournisseur, concurrent ou agent n'avait jamais eu de problème avec sa façon de gérer le *All-Stars* quand son père ou son frère était officiellement aux commandes. Tout ce qu'elle avait à faire était de laisser entendre que ses ordres émanaient de sa famille.

D'un homme.

Mais, cette année-là, les choses avaient changé. Son frère Oliver lui avait cédé le pouvoir, réel ou fictif, qu'il détenait sur le concours. Il était bien trop occupé pour gérer le *All-Stars* depuis qu'il était tombé amoureux d'une amie d'enfance de Chloe, Renee Preston, laquelle faisait l'objet d'un certain scandale, entre l'enfant qu'elle portait de son défunt mari et les poursuites judiciaires engagées contre sa famille pour une histoire de corruption.

De toute façon, Oliver détestait le rodéo. Chloe n'avait jamais compris pourquoi. Pour sa part, elle avait toujours adoré le *All-Stars*, et cela faisait des années qu'elle se battait pour acquérir davantage de pouvoir dans sa gestion. Hélas, il lui avait fallu attendre qu'Oliver convainque son père de lui confier les négociations du contrat de diffusion télévisée pour avoir une occasion de faire ses preuves.

Et ce test, elle l'avait réussi haut la main.

Elle n'était donc plus uniquement la princesse du rodéo.

Du moins le pensait-elle.

Cette saison aurait dû marquer le début de son succès. Enfin, le concours de rodéo qu'elle adorait depuis toujours était à elle, et uniquement à elle. Le contrat avec la télé n'avait été que la première étape. Elle avait ensuite lancé sa marque de vêtements de cow-girls qu'elle avait nommée *Princess of the Rodeo* : un vrai succès. Naturellement, la charge de travail était immense. Mais son frère avait bien assuré l'organisation du concours tout en gérant une entreprise énergétique cotée en bourse. Il n'y avait donc pas de raison qu'elle ne puisse pas jongler entre les cow-boys et les vêtements. De toute façon, elle n'avait pas le choix. Ce n'était que le début.

Elle avait des projets. De grands projets.

Des projets qui nécessitaient que les autres se rallient à son point de vue.

Satanés cow-boys ! Elle n'avait pas le temps de débattre de ses idées. Elle voulait seulement qu'ils hochent la tête et qu'ils s'exécutent.

— Monsieur Yardley, dit-elle d'une voix tendue, je ne manquerai pas d'évoquer vos sentiments avec votre épouse et vos deux filles, qui se sont elles-mêmes occupées de nous fournir les taureaux nécessaires au rodéo l'année dernière, pendant que vous vous remettiez de votre opération. Au fait, comment va votre cœur ? ajouta-t-elle en faisant de son mieux pour paraître sincèrement soucieuse de sa santé.

Mais Yardley ne mordit pas à l'hameçon. Il plissa les yeux, puis se pinça les lèvres. Il n'était pas du genre à accepter que son autorité soit remise en question, surtout pas par une femme qui n'était qu'une « princesse ».

— Écoutez-moi, ma petite dame..., commença-t-il, l'air furieux.

— Il y a un problème ? fit alors une voix grave derrière eux.

Si quelqu'un avait pris la décision d'intervenir dans cette situation, ça ne pouvait être que son frère Flash, qui était non seulement un des héritiers de l'empire familial, mais aussi un concurrent du *All-Stars*. Flash était célèbre pour deux choses : son charme et son mauvais caractère.

Elle avait déjà eu des problèmes à Omaha quand, au beau milieu d'une conversation très similaire à celle-ci, Flash avait jugé opportun de défendre son honneur. Il avait fallu que Chloe déploie tous ses talents de négociatrice pour convaincre la police d'abandonner les charges qui pesaient contre lui.

En avisant l'homme qui se tenait derrière eux, Yardley avait souri. Quand elle se retourna à son tour, la déception fut totale. Tout bien considéré, elle aurait eu beaucoup de chance si c'était Flash qui était intervenu.

Cet homme était la dernière personne avec laquelle elle avait envie de traiter. Elle aurait préféré avoir affaire à des dizaines de Yardley, de Jenkinse et de Grandy plutôt qu'à lui.

— Pete Wellington, lança Yardley d'une voix soudain beaucoup plus chaleureuse et enjouée, quelle bonne surprise !

Mais il ne paraissait nullement surpris. D'ailleurs, aucun des hommes qu'elle essayait de raisonner ne semblait étonné que Pete Wellington ait quitté son ranch texan pour se rendre au *All-Stars Rodeo* dans le Missouri.

Curieux.

— Comment vas-tu ? reprit Yardley. Ça fait plaisir de te revoir.

Pas très subtil, tout ça. Mais sans laisser à Chloe l'occasion de faire remarquer qu'il n'avait rien à faire avec le *All-Stars* depuis des années, Dale prit la parole.

— Tu es là pour le concours ? demanda-t-il avec un sourire radieux. Ça ferait du bien de voir un vrai professionnel dans l'arène.

Chloe lutta pour se retenir de hurler de rage. Car elle avait compris qu'il s'agissait là d'une allusion aux compétences de son frère Flash, souvent remises en cause pour la seule et unique raison qu'il portait le nom de Lawrence. Flash, malgré tous ses défauts, était un excellent cavalier. Et ce n'était pas grâce à son nom, mais à son talent, qu'il était arrivé septième au classement mondial.

— Vous savez bien que je me suis retiré de la compétition il y a plusieurs années, messieurs, répondit Pete.

Sa voix était si grave et virile que Chloe dut serrer les poings pour ne pas se laisser aller à frissonner.

— Ça ne signifie pas que tu ne peux pas faire ton retour. Ça, ça serait un changement. Et un changement positif, dit Yardley en s'approchant de Pete pour lui serrer la main.

Chloe ne savait pas ce qu'ils manigançaient, mais elle ne se laisserait pas faire. Davey Wellington, le père de Pete, avait beau avoir fondé ce concours, c'était à la famille Lawrence qu'il appartenait désormais.

Elle ne laisserait personne l'évincer du *All-Stars*. Et certainement pas Pete Wellington.

Déterminée, elle finit par se tourner vers son ennemi, mais ce faisant, elle bouscula « accidentellement » Yardley.

— Pardon, marmonna-t-elle en prenant un air innocent, avant de lever la tête vers Pete pour le saluer. Monsieur Wellington.

Elle se souvenait avoir entendu son frère l'appeler ainsi. L'air excédé, Pete avait alors répliqué sèchement que « Monsieur Wellington » était son père, pas lui. Pour gagner, elle comptait bien utiliser toutes les armes qui étaient à sa disposition. Battant des cils et cambrant un peu les reins, elle s'approcha encore de lui.

— Je ne m'attendais pas à vous voir ici.

Elle le regardait sous ses cils, une tactique qui lui assurait en général un contrôle total de la situation. Hélas, Pete Wellington n'était pas du genre à se laisser distraire par un joli visage.

— Tiens, tiens, se contenta-t-il de dire sur un ton légèrement moqueur, ne serait-ce pas la princesse du rodéo ? Vous avez les choses bien en main, à ce que je vois. Comme d'habitude.

Elle refusa de réagir et réussit même à se retenir de

rougir quand les vieux cow-boys se mirent à ricaner. Elle avait commencé à se produire en public à l'âge de seize ans, soit trois ans après que son père eut acquis le concours. Tous les week-ends, à chaque compétition, elle ouvrait et concluait le spectacle en paradant dans l'arène à dos de cheval pour brandir un immense drapeau américain.

Le *All-Stars* était très populaire auprès des cow-boys qui voulaient démontrer leurs capacités à exceller dans les différentes disciplines du rodéo, à dos de cheval ou de taureau. Il ne rapportait pas autant que le *Total Bull Challenge*, qui se limitait à l'épreuve de monte de taureau, mais elle avait pour projet de faire évoluer les choses.

Pour commencer, il fallait qu'elle trouve sa star, qui ne serait certainement pas son frère Flash. Elle espérait dénicher une concurrente talentueuse, qui pourrait servir de modèle à des jeunes filles. Cette stratégie avait fait des merveilles au *Total Bull Challenge*, quand June Spotted Elk avait gravi les échelons. Pourquoi Chloe ne pourrait-elle pas reproduire ce succès ?

Pete lui adressait désormais un sourire condescendant, tandis que Yardley était parti d'un rire gras. Pourquoi ? voilà pourquoi.

Elle haïssait Pete Wellington, son attitude méprisante et son corps musclé, sans parler de sa mâchoire carrée et virile, qui paraissait plus sexy encore avec cette barbe de trois jours. Et ses yeux ! Ils étaient presque gris dans l'ombre de son chapeau de cow-boy quand il les baissa pour la regarder mais, selon la lumière, ils pouvaient prendre une teinte bleu ciel ou vert d'eau. Leur couleur était tout simplement la plus belle qu'elle ait jamais vue, et il y avait des jours où la seule chose dont elle avait envie était de les contempler pendant des heures pour admirer les différentes nuances que leur apportaient les changements de luminosité.

Cependant, elle détestait la façon dont il la regardait. Pourquoi refusait-il d'admettre qu'elle était une excellente ambassadrice pour son cher concours de rodéo ? Et que, depuis qu'elle en assurait la direction, elle avait obtenu d'importants succès, comme la retransmission télévisée et l'augmentation des bénéfices ?

Elle ne lisait dans ses yeux qu'un mépris moqueur. Ses lèvres s'étirèrent pour former ce qui aurait sans doute été un irrésistible sourire sur un homme doté d'une âme, mais qui ne donnait sur lui rien de plus qu'un rictus haineux.

S'il était venu dans le Missouri, c'était pour une seule et unique raison : la rabaisser devant les personnes dont elle avait le plus besoin pour mettre en œuvre ses nouveaux projets.

Il voulait jouer à ça ? Eh bien, elle allait jouer, elle aussi. Ce n'était pas sa faute si le père de Pete ne tenait pas l'alcool et n'était pas capable de s'arrêter quand il jouait aux cartes. Pourtant, à le regarder, on aurait pu croire qu'elle lui avait volé le *All-Stars*.

Oui, à ses yeux, on aurait dit qu'elle était le diable incarné et qu'il se sentait contraint de la traiter en conséquence.

Qu'à cela ne tienne. Elle comptait bien lui rendre la monnaie de sa pièce.

— Tandis que d'autres n'ont pas grand-chose à prendre en main, finit-elle par répondre d'une voix légère, comme si elle n'avait pas volontairement cherché à mettre en cause sa virilité. Mais je suis ravie de vous savoir de nouveau dans l'arène. N'hésitez pas à faire appel à moi si vous avez le trac face au public. On perd vite l'habitude.

En parlant, elle lui avait doucement tapoté le bras, notant au passage la fermeté de ses impressionnants biceps.

Le rictus, sur les lèvres viriles de Pete, avait disparu.

Mais plutôt que de lancer une contre-attaque, il sembla déglutir avec peine avant de parler :

— Salle comble ?

— Toutes les places sont vendues depuis des semaines.

Et ce en partie parce que Dwight Yoakam devait participer au concours. L'idée de faire venir une star aussi populaire dans un petit coin du Missouri s'était révélée payante. Et elle était bien décidée à tirer le meilleur parti de sa présence. Elle n'avait pas le choix, de toute façon. Si elle échouait… Non. Il n'y avait pas de si. Elle allait réussir. Et ce serait à elle qu'on attribuerait ce succès retentissant.

Sûre d'elle, elle essaya de se préparer mentalement. Pete allait attaquer, elle en était certaine. Essayer de la détruire avec une réplique perfide. Il avait la mâchoire crispée. Elle ne savait pas ce qu'il allait dire, mais elle ne se laisserait pas déstabiliser.

Ce fut Mort, cependant, qui parla :

— Tu pourrais peut-être faire entendre raison à la petite dame, Pete ?

— À quel sujet ? demanda celui-ci, sans néanmoins détourner son regard d'elle.

— Au sujet des femmes, répondit Dustin. Elle ne sait pas de quoi elle parle.

Sans répondre, il fit un pas en arrière et porta un regard viril et appréciateur sur sa tenue : chemise de cow-girl à franges et jean bien ajusté, le tout de la marque *Princess of the Rodeo*.

— Je ne suis pas d'accord, les gars. Elle a l'air de savoir parfaitement de quoi elle parle.

À ces mots, Chloe sentit le feu lui monter aux joues. Elle ne voulait pas que cela se produise, elle ne voulait pas que Pete sache à quel point ses paroles l'avaient affectée, mais elle ne put rien faire pour s'empêcher de rougir. Cherchait-il… à la protéger ? Ou était-ce une ruse ?

— Elle veut ouvrir la compétition aux femmes, grogna Dustin.

— Mais attention, reprit Dale de sa voix condescendante, on n'a jamais dit que les femmes ne pouvaient pas exceller à dos de cheval.

— Et être jolies, ajouta Mort.

Elle parvint non sans peine à garder son sang-froid. Mais elle ne put s'empêcher de serrer les dents et de fermer les yeux. Ces mots n'auraient pas dû lui faire du mal. Ils ne devaient pas lui faire du mal.

— Mais si vous mettez un beau petit lot dans l'arène avec un homme, le type va se laisser distraire, continua Dustin d'un air dégoûté. Et un cow-boy distrait est un cow-boy blessé. Tu es d'accord, hein, Pete ?

Comme Pete s'éclaircissait la gorge, elle rouvrit les yeux. Il devait être ravi de cette petite rébellion. Elle n'aurait d'ailleurs pas été surprise d'apprendre qu'il l'avait lui-même orchestrée. Nerveusement, elle jeta un coup d'œil autour d'elle. L'attroupement comptait désormais une vingtaine de personnes. Autant de témoins qui allaient assister à son humiliation.

Merveilleux.

Le point positif, c'était que son frère Flash n'était pas là pour envenimer les choses.

Soudain, il se produisit une chose étrange. Pete Wellington, qui n'avait jamais cherché à dissimuler la haine qu'elle lui inspirait, baissa la tête vers elle et, dans l'ombre de son chapeau, lui adressa un discret clin d'œil. Mais sans lui laisser le temps de comprendre pourquoi, il se remit à parler.

— Vous avez raison, dit-il à l'attention de la foule de cow-boys et sans doute de Dustin en particulier. Je suis parfaitement d'accord sur le fait que c'est précisément parce que la compétition n'a jamais été mixte qu'aucun cow-boy n'a jamais été blessé.

Sidérée, elle le regarda en battant vivement des cils. Venait-il de faire… de l'ironie ? Dans le but de prendre sa défense ?

Il dut s'écouler trois bonnes secondes avant le premier ricanement qui émana de la foule. Il fut rapidement suivi d'un autre et, bien vite, tous les hommes se mirent à rire ensemble.

— Admettez-le, les gars, reprit Pete. Avec ou sans femme, il nous est tous arrivé de tomber de cheval ou de nous faire piétiner par un taureau.

Coiffés de leurs chapeaux, tous les cow-boys opinèrent.

— Les femmes n'ont rien à voir avec ça. Conclusion : si des femmes veulent intégrer nos équipes et peuvent contribuer à la victoire de l'une d'entre elles, pourquoi chercher à les en empêcher ?

Les hochements de tête avaient brusquement cessé.

— Tu es sérieux, Wellington ? demanda rageusement Dustin.

— Tu as déjà vu ma sœur manier un lasso ? lui demanda-t-il tout aussi vivement. Je suis sûre qu'elle pourrait battre n'importe lequel d'entre vous.

Médusée, Chloe continuait de dévisager Pete. Il n'était pas venu pour la détruire. Il essayait vraiment de l'aider.

Quand il finit par baisser les yeux vers elle, elle eut l'impression qu'une décharge de plaisir lui traversait le corps. Ce fut alors qu'il reprit la parole, dissipant le peu de doutes qu'il lui restait :

— Si Chloe dit que c'est une bonne idée d'ouvrir la compétition aux femmes, c'est que c'est une bonne idée.

— Tu ne peux pas sérieusement penser ce que tu dis ? cracha Dustin.

— Ai-je l'air de plaisanter ? répliqua Pete.

Désemparée, Chloé sentit son cœur manquer un battement.

Qui diable était l'homme qui se tenait devant elle ?

- 2 -

Pete ne se souvenait pas de s'être autant amusé depuis bien longtemps. Chloe Lawrence le fixait d'un air ahuri. Cela lui faisait un bien fou d'avoir enfin l'ascendant sur elle. Jusqu'ici, tout se déroulait comme prévu.

Il jeta un nouveau coup d'œil dans sa direction. S'il n'avait pas éprouvé une telle joie, il aurait presque pu avoir pitié d'elle. D'ordinaire arrogante et hautaine, c'était le genre de petite prétentieuse sûre d'elle qui pensait qu'elle valait mieux que tout le monde, et notamment lui. Elle ne manquait jamais une occasion de lui rappeler que le *All-Stars* ne lui appartenait plus.

Il venait de retourner la situation, et il allait prendre un malin plaisir à le lui faire comprendre. Car ces hommes ne lui devaient pas allégeance, et ils le savaient.

Mais, curieusement, cet instant fugace où Dustin avait rabaissé Chloe et où la douleur avait marqué ses traits délicats ne lui avait conféré aucun sentiment de victoire. Il avait même éprouvé une vague culpabilité. Cette expression de souffrance, il avait l'impression de l'avoir déjà vue auparavant, il y avait bien longtemps de cela. Sans doute un jour où il lui avait dit quelque chose de cruel. Il n'arrivait pas à s'en souvenir. De toute façon, elle avait toujours répondu violemment à ses attaques, alors il n'aurait pas dû avoir de regrets.

Ce n'était pas lui, le méchant, ça ne l'avait jamais été.

La seule chose qu'il voulait était récupérer son dû. Il n'avait rien contre elle personnellement. En revanche, il en voulait à sa famille. Ces traîtres menteurs…

Mais alors même qu'il se rappelait cette vérité, son regard fut de nouveau attiré par elle. Le fait qu'elle soit la plus jolie fille qu'il ait jamais eu le plaisir de voir n'arrangeait rien. Si son père n'avait pas perdu le *All-Stars*, ils n'auraient pas été ennemis dans cette guerre sans fin. Elle n'aurait été qu'une jeune femme incroyablement séduisante, et il aurait été libre de…

Il fallait qu'il reprenne la direction du concours.

C'était *son* concours. Le *Lawrence Oil All-Around All-Stars* était une compétition qui s'appuyait sur des rodéos organisés dans diverses villes du pays. Elle était plus récente que la plupart des autres concours.

Quand, dans les années 1980, son père, Davey, avait fondé le *All-Stars* avec un groupe d'amis, il avait de grands projets en tête. Il ne voulait pas d'une série de concours isolés, avec des vainqueurs isolés, mais sacrer les meilleurs cow-boys du monde. C'était une idée folle. Pourtant, à cette époque, son père était lui-même assez fou pour la concrétiser.

Tous les rodéos qui voulaient compter dans le classement mondial devaient être approuvés par le *All-Around All-Stars*. Les étés de son enfance, Pete les avait passés sur la route avec son père, à aller de ville en ville pour estimer si tel ou tel rodéo était digne de figurer dans le *All-Stars*.

C'était vraiment une belle époque. Rien que lui et son père, dans le camion. De mémoire, l'été était le seul moment de l'année où il avait toute l'attention de son père.

Le rodéo est une grande famille. Le *All-Stars* était *sa* famille, le patrimoine qu'il avait reçu de son père. C'était *son* héritage. Jusqu'à cette satanée partie de poker. Milt Lawrence avait tout simplement volé le *All-Stars* à son père en profitant de son état d'ébriété, et Pete n'avait rien pu faire pour changer ça. Pourtant, ce n'était pas faute d'avoir essayé.

Quand *Armstrong Oil*, le principal concurrent de *Lawrence Oil*, avait découvert du pétrole dans son ranch et que Pete était tout à coup devenu riche, il avait essayé de racheter le *All-Stars* à Milt Lawrence. Sans succès. Et il avait ensuite perdu tous ses procès.

Les Lawrence étaient de vraies sangsues. Maintenant qu'ils y étaient accrochés, ils ne lâcheraient pas le *All-Stars* tant qu'ils ne l'auraient pas vidé de toute son histoire, de tout son sens et de tout son argent. Il était temps d'essayer une nouvelle stratégie d'attaque.

Une stratégie fondée sur les vieux cow-boys grincheux.

— Tu ne peux pas être sérieux, siffla Yardley. On avait un accord.

Pete lui jeta un regard mauvais. Il n'aurait jamais dû faire confiance à Dustin Yardley pour une affaire de cette importance.

— Comment ça, un accord ? s'exclama Chloe.

Son visage était désormais dénué de toute trace de confusion. Les mains sur la courbe parfaite de ses hanches, elle fusillait Pete du regard. Car, évidemment, elle devait se douter de la vérité.

Ce n'était pas un hasard s'il se trouvait dans le Missouri ce jour-là et ce n'était pas non plus un hasard s'il était entré en scène juste au moment où elle s'était retrouvée acculée par une bande de vieux cow-boys.

— Comment ça, un accord ? répéta-t-il en tâchant de prendre un air innocent dans l'espoir que Dustin comprenne le message et finisse par se rattraper.

Cela faisait plusieurs mois que Chloe avait pris la direction du concours et, depuis, les problèmes s'étaient multipliés. Elle ne pouvait plus se cacher derrière son papa ou son frère Oliver. Ce dernier, qui avait toujours été un homme de paille, s'était constamment appuyé sur elle. En théorie, c'était de lui qu'émanaient les décisions mais, en pratique, c'était elle qui tirait les ficelles.

Quand Oliver s'était officiellement démis de ses fonctions, un peu plus tôt dans l'année, Chloe n'avait embauché personne pour l'aider. Elle aurait dû, pourtant. Elle devait être débordée de travail. Ils étaient loin de Dallas, et elle n'avait ici aucun soutien.

Diriger le *All-Star*s était un travail à plein temps, et elle avait en plus lancé sa ligne de vêtements. La sœur de Pete, Marie, avait acheté des chemises de la marque, officiellement pour se moquer avec lui de la dernière initiative vulgaire des Lawrence. Mais cette traîtresse avait en fait beaucoup aimé les vêtements, au point d'ailleurs d'en acheter quelques autres.

Chloe pouvait bien organiser son petit défilé de mode, il se moquait bien de ça. Mais il n'était pas question de la laisser saccager son concours de rodéo.

Les concurrents, les fournisseurs, les responsables locaux voulaient travailler avec lui, pas avec elle. Ni son frère. Et encore moins son père, ce New-Yorkais au faux accent texan en qui ils n'avaient jamais eu confiance.

Pete pouvait rallier à sa cause tous ceux qui faisaient fonctionner le *All-Stars* et les inciter à se mettre en grève jusqu'à ce que la famille Lawrence lui cède la direction du concours ou s'engage à lui reverser la part des bénéfices qu'il aurait dû toucher au cours des treize années passées. La compétition rapportait beaucoup d'argent. De l'argent qui revenait de droit à la famille Wellington.

Cependant, ce n'était pas pour l'argent qu'il était allé dans le Missouri ce week-end. Entre le pétrole et le bétail, son ranch lui rapportait des millions de dollars. Ce qui importait, c'était son patrimoine familial, l'héritage de son père. Il voulait récupérer le *All-Stars*.

Il avait donc proposé un pacte aux fournisseurs. Eux

et les locaux menaceraient de se rebeller, et quand la situation paraîtrait désespérée, Pete volerait au secours de Chloe. Celle-ci lui serait alors si reconnaissante de lui avoir apporté son soutien qu'elle accepterait de le laisser travailler pour elle, dans un poste ou un autre. Et une fois qu'il aurait réintégré le concours, il commencerait doucement à l'évincer.

C'était un plan risqué, mais auparavant, il avait tout essayé. Cela allait marcher. Il ne pouvait en être autrement. Dans un an tout au plus, elle aurait complètement disparu de la circulation et le *All-Stars* serait de nouveau à lui.

À condition, bien sûr, que Dustin Yardley ne fasse pas échouer son plan sans même lui laisser une chance d'être mis en œuvre.

Vivement, Chloe s'était retournée vers lui pour le regarder en plissant les yeux, l'air suspicieux.

— Vous n'avez rien à me dire, Pete ? demanda-t-elle d'une voix amère, comme si elle avait été personnellement offensée.

Il fallait qu'il rectifie le tir. Le plan fonctionnerait même si elle avait quelques soupçons, mais il fallait absolument qu'elle l'embauche. La situation était donc délicate.

— Steve Mortimer m'a appelé. Il est malade, il ne pourra pas amener ses chevaux ici. Il m'a donc demandé de l'aider. Il a d'abord appelé Dustin, mais vous connaissez Dustin.

Ce n'était pas exactement comme ça que les choses s'étaient passées. Convaincre Steve de rester chez lui ce week-end lui avait coûté une belle somme d'argent. Le fournisseur adorait ce concours. Comme tout le monde, en fait.

Après lui avoir adressé un regard mauvais, Chloe afficha une toute nouvelle expression. Il trouva ce changement irritant. Avec ce sourire béat, elle paraissait beaucoup moins intelligente. Ce qui était dangereux.

Elle cachait bien son jeu.

S'étant retournée vers Dustin, elle se mit à glousser bêtement. Elle était rusée, il devait le lui accorder. Dustin Yardley n'aurait jamais accepté de se voir dominé par une femme.

— Je suis contente que Mortimer vous fasse suffisamment confiance pour vous avoir appelé le premier, dit-elle en élevant légèrement le ton sur la fin, comme si elle posait une question.

Pete fronça les sourcils. Il comprenait bien ce qu'elle essayait de faire, et ça ne lui plaisait pas.

Comme tout ce qu'elle faisait, à bien y réfléchir. Il n'aimait pas la façon dont elle dirigeait le concours. Il n'aimait pas les changements qu'elle voulait instiller. Il n'aimait pas la façon dont elle se servait de la compétition pour faire la promotion de ses vêtements.

Le *All-Stars* n'avait rien à voir avec Chloe Lawrence. Sa raison d'être n'était pas de vendre des vêtements, des peluches ou Dieu sait quelle idiotie. Si ce concours existait, c'était pour de bonnes raisons : célébrer les meilleurs ranchers et cow-boys. Vanter les mérites du rodéo. Honorer la mémoire des femmes et hommes courageux qui avaient fait la conquête de l'Ouest.

Or, aucun de ces critères ne s'appliquait à Chloe Lawrence. Qui, pour couronner le tout, était née à New York.

Tandis que Pete songeait à tout cela, Dustin avait pris un air décontenancé. Cet imbécile allait tout faire rater ! Mais à la dernière minute, heureusement, il sembla reprendre le contrôle de la situation.

— Ouais, ce bon vieux Steve. Je… euh… n'avais pas assez de place… pour transporter ses chevaux. Alors j'ai demandé à Pete de le faire pour moi.

Pas mal. C'était crédible.

— Mais ça ne change rien au problème, reprit Dustin en se tournant vers Pete. Ce n'est pas une bonne idée d'ouvrir le concours aux femmes. Elles risquent de distraire les hommes, et aussi de se blesser. Cette fille, c'est la princesse du rodéo, je te rappelle. Elle ne devrait pas prendre des décisions comme ça. Pas plus que son frère, d'ailleurs, ce crétin arrogant.

— Lequel ? demanda quelqu'un dans la foule.

— Ce sont tous les deux des crétins, répondit Dustin avec un sourire satisfait.

Les épaules de Chloe s'étaient brusquement crispées et, sans même avoir regardé son visage, Pete sut qu'elle avait perdu son masque d'innocence et qu'elle s'apprêtait à riposter. Sans lui laisser le temps de dire quoi que ce soit, il fit un pas en avant.

— Et si on trouvait un compromis ?

— Et si vous alliez plutôt vous faire voir ? chuchota Chloe.

Il dut se mordre la langue pour se retenir de rire. Elle avait décidément un don pour contre-attaquer. Mais mieux valait ignorer cette petite réplique acerbe.

— Mlle Lawrence n'a pas tort, poursuivit-il comme si de rien n'était. En élargissant le public du *All-Stars*, on gagnera davantage d'argent, qui sera reversé aux concurrents, aux organisateurs, mais aussi à tous les partenaires. Et elle a raison quand elle dit que, depuis qu'une femme a intégré le classement du *Total Bull Challenge*, ce concours brasse des sommes d'argent beaucoup plus importantes. Vous n'allez tout de même pas me dire que vous préférez que le *All-Stars* reste un concours de deuxième classe plutôt que de lui apporter un peu de sang neuf ?

Dustin le fusilla du regard, mais il s'y attendait. Il s'inquiétait plus de ce que Mort, Dale et les autres cow-boys allaient penser. S'ils se ralliaient au point de vue de Dustin, Chloe allait rester campée sur ses positions, et le conflit qui en découlerait risquait de faire éclater le *All-Stars*. Un sentiment de panique s'empara de lui. Ça ne faisait pas du tout partie du plan.

Discrètement, Chloe s'était tournée vers lui.

— Est-ce que l'esprit d'un autre aurait pris possession de votre corps ? demanda-t-elle de cette même voix douce et calme.

Curieusement, il fut rassuré de constater qu'elle ne paraissait pas vaincue.

Il voulait traiter avec la véritable Chloe Lawrence. Sans ruse ni supercherie.

Ce qui n'était pas très logique, puisque sa présence en ce lieu était le résultat d'une machination qu'il avait lui-même orchestrée pour la piéger.

— Je ne vois pas de compromis là-dedans, finit par grommeler Dustin.

— Je vais y venir, affirma Pete en affichant son sourire le plus séducteur. Nous voulons tous gagner davantage d'argent, et Chloe a développé quelques idées intéressantes sur lesquelles elle a beaucoup travaillé.

Immédiatement, elle mordit à l'hameçon.

— Quelques idées ? répéta-t-elle d'un air incrédule.

Mais encore une fois, elle ne s'adressait qu'à lui.

Sachant pertinemment que cela ne ferait que l'irriter davantage, il décida de l'ignorer.

— Il vaudrait peut-être mieux la laisser se concentrer sur le marketing et la publicité, le genre de choses qui nous apporteront de nouveaux spectateurs et fans, et confier les aspects plus concrets du travail à quelqu'un qui n'a pas peur de se salir les mains, quelqu'un que les gens connaissent et en qui ils ont confiance.

— Quelqu'un comme toi ? proposa immédiatement Dale.

Bien. Enfin un qui suivait.

— Je vais vous tuer, siffla Chloe entre ses dents, alors même que ses yeux s'illuminaient et qu'elle souriait comme si elle approuvait totalement cette idée.

— Vous pouvez toujours essayer, chuchota-t-il à son tour, avant de se tourner vers le reste de l'assemblée. Qu'est-ce que vous en dites ? demanda-t-il d'une voix plus forte. Cela vous semble-t-il être une solution viable ? Chloe continuera de travailler à accroître la popularité du concours, et moi, je m'occuperai de tous les aspects pratiques.

Dans le dos de Chloe, il adressa un clin d'œil à la foule.

Dustin avait l'air d'un homme qui s'apprête à en défier un second avec un revolver, mais tous les autres semblaient satisfaits, et c'était là l'essentiel.

— Ce n'est peut-être pas une si mauvaise idée, murmura Dale. Après tout, on connaît tous Pete et on le respecte.

Pete ne pouvait plus voir le visage de Chloe, mais il l'entendit étouffer un petit cri. Le sous-entendu de Dale était évident. Ils respectaient Pete, mais elle, ils ne la respectaient pas. Malgré toutes ces années où elle avait participé au spectacle.

Elle ne serait jamais vraiment à sa place, ici. Il était grand temps qu'elle en prenne conscience.

— Bon, dit-elle calmement. Je suis contente qu'on ait trouvé une solution qui convienne à tout le monde. Et je suis plus contente encore que vous ayez pu nous apporter les chevaux, monsieur Wellington. Mais je tiens à rappeler à vous tous que le spectacle commence dans trois heures et qu'il se fera en salle comble ce soir et demain. Alors faisons en sorte que les spectateurs aient envie de revenir pour autre chose que les churros.

Ces propos lui valurent quelques rires enjoués. Elle sourit. Mais Pete voyait bien qu'elle était furieuse.

Tant mieux. C'était exactement ce qu'il visait. Il ne regrettait pas le moins du monde d'avoir encouragé cette mutinerie. Il était grand temps qu'elle découvre ce que cela faisait de se faire évincer du trône dont on a hérité.

Et pourtant… en la regardant se forcer à sourire tandis qu'elle serrait la main des cow-boys, il se prit à compatir un peu. Ces hommes s'étaient montrés extrêmement grossiers avec elle. Dans un langage plus ou moins fleuri selon les cas, mais le résultat était le même. Et elle avait été contrainte de capituler sans se battre, car si elle avait déclenché une bagarre, comme son frère l'aurait sans doute fait, ils s'en seraient servis comme d'un argument de plus pour maintenir que les femmes ne pouvaient pas gérer ce genre de choses.

Mais c'était ainsi. La fin justifiait les moyens. Il avait brillamment réussi la première étape de la reconquête de son concours, songea Pete, et il ne pouvait pas se permettre de laisser les émotions entrer en jeu. Surtout pas.

— Venez me trouver quand vous aurez un moment, lui dit Chloe d'une voix douce et aimable, coupant court à ses pensées. J'aimerais discuter avec vous de vos nouvelles fonctions.

Ce qui signifiait qu'elle allait essayer de se débarrasser de lui. Vaguement amusé par cette idée, il sourit. Elle pouvait toujours essayer.

— D'accord. C'est vous la patronne.

Des étincelles dansèrent dans ses yeux, promesses de choses terribles ou merveilleuses. Comme pour lui signifier qu'elle avait perçu l'ironie de sa réponse, elle inclina la tête sur le côté, avant de tourner les talons pour s'en aller en ondulant sensuellement des hanches. Il n'était certainement pas le seul à admirer le départ de la princesse du rodéo. C'était le genre de femme qui captait tous les regards.

Arrivée à la porte, elle jeta un coup d'œil par-dessus

son épaule. Le soleil l'éclairait à contre-jour, illuminant les contours de sa silhouette d'une lueur dorée. Elle était sublime, l'incarnation même de tous ses fantasmes. S'il ne l'avait pas si bien connue, il aurait sans doute été prêt à se battre avec les autres pour arriver à elle le premier.

Mais il la connaissait par cœur. Et elle était une illusion, un mirage : ce n'était qu'une fille de la ville, un imposteur. Même si elle était ravissante et extrêmement intelligente.

Quand leurs regards se croisèrent, il sentit une douce chaleur courir dans ses veines. Du pur désir. Mais malgré la distance, il sentit la colère qui émanait d'elle le percuter de plein fouet.

Si un regard pouvait tuer, il serait mort sur le coup.

Faisant gracieusement onduler ses cheveux derrière elle, elle se retourna et disparut.

— Qu'est-ce que tu dis de ça ? s'exclama alors Dale en riant. On dirait bien qu'on t'a dégoté le boulot de tes rêves, hein, Pete ?

Du boulot, il allait en avoir, oui.

Il était temps de montrer à Chloe Lawrence que le *All-Stars* était à lui.

- 3 -

Quand elle s'assit à sa coiffeuse de fortune, dans sa loge de fortune, Chloe avait les mains qui tremblaient. Ce qui n'était pas très indiqué pour poser des faux cils. Cherchant à se calmer, elle prit quelques longues inspirations.

Elle allait tuer Pete Wellington. Il ne lui restait plus qu'à déterminer comment.

Elle aurait aimé pouvoir le piétiner avec son cheval. Mais Wonder, son beau palomino, était au pré à Sunshine Ridge, le petit ranch qui lui servait de havre au nord-est de Dallas. Avec toutes les choses qu'elle avait à gérer, elle ne voyait pas comment elle aurait pu trouver le temps de s'occuper de lui. Elle regrettait sa décision, mais elle allait devoir emprunter un cheval pour l'ouverture du spectacle ce soir-là.

Le problème, c'est qu'elle ne s'imaginait pas piétiner Pete avec un cheval d'emprunt. Trop de complications.

Il manigançait quelque chose, c'était certain. Si Steve Mortimer n'avait pas pu amener ses chevaux dans le Missouri, il l'aurait appelée.

Ce qui signifiait que Pete avait passé un accord avec les fournisseurs.

Mais pourquoi était-il venu à son secours au beau milieu de cette rébellion ? Il ne l'avait pas fait par bonté de cœur. C'était de Pete Wellington dont on parlait, un homme qui n'avait *pas* de cœur. Surtout quand il s'agissait d'elle ou de sa famille. Elle ne voulait pas lui proposer d'emploi. Elle ne voulait pas qu'il s'approche d'elle. Mais…

Si elle ne lui déléguait pas une partie de ses responsabilités, les autres ne risquaient-ils pas de se détourner du concours pour protester ? Elle pouvait toujours embaucher quelqu'un d'autre, mais elle se retrouverait face au même problème : les personnes qui faisaient le *All-Stars* allaient rechigner à traiter avec un étranger. Le temps qu'elle trouve une solution viable, le concours serait très certainement mort et enterré. Et à qui imputerait-on cet échec ?

À elle, naturellement.

Le piétiner à cheval. Quel plaisir elle aurait à le regarder souffrir !

Là. Ses mains ne tremblaient plus. Qui aurait pu croire que le simple fait d'imaginer sa vengeance aurait un effet si apaisant ?

Sans aucune difficulté, elle appliqua donc ses faux cils. Elle les mettait toujours pour le spectacle. Son maquillage, sa coiffure et sa tenue devaient être très voyants si elle voulait que les spectateurs voient autre chose qu'une vague silhouette indistincte dans l'arène.

Car s'il y avait bien une chose que la princesse ne pouvait pas être, c'était indistincte.

Elle avait presque terminé le deuxième œil quand quelqu'un frappa à la porte. Ginger, avec un peu de chance. La jeune femme figurait dans tous les classements locaux de rodéo. S'il y avait bien quelqu'un qui pouvait faire entendre raison à ces têtes de mule, c'était elle.

Il restait une heure et demie avant le début du spectacle, mais les portes étaient déjà ouvertes. Il fallait qu'elle rejoigne le public, pour poser pour des photos et faire la promotion de sa marque de vêtements. Elle était en retard. À cause de Pete Wellington.

— Entrez ! dit-elle en terminant la pose des faux cils.

Évidemment, ce n'était pas Ginger.

Pete fit un pas en avant puis, l'air choqué, recula en se cachant les yeux.

— Qu'est-ce que vous voulez ? demanda-t-elle, furieuse.

— Je veux que vous vous habilliez, répondit-il en se détournant d'elle.

Surprise, elle étudia son reflet dans le miroir.

— C'est un soutien-gorge de sport, Pete. Comme celui que j'utilise pour faire mon jogging. Comme celui que toutes les femmes du pays utilisent pour faire du sport.

Et c'était au demeurant un très bon soutien-gorge. Elle avait des seins de taille moyenne. Il lui avait fallu du temps pour les accepter mais, désormais, elle les aimait. Ils étaient juste comme il fallait. S'ils avaient été un peu plus gros, elle aurait très certainement été gênée pour pratiquer l'équitation.

Mais pour le spectacle, elle choisissait toujours des soutiens-gorge push-up. C'était comme pour les faux cils, il fallait que les choses soient imposantes pour qu'on les distingue depuis les gradins. Avec ce soutien-gorge, sa poitrine paraissait plus pulpeuse et était parfaitement maintenue. Et parfaitement couverte.

— Ce n'est pas comme si on voyait mes tétons, ou je ne sais quoi.

— Enfin, Chloe, c'est un soutien-gorge. Je ne peux pas… Vous… Bon, mettez des vêtements. S'il vous plaît.

Elle aimait bien cette note de désespoir dans sa voix. Se pouvait-il qu'elle ait mal interprété la situation ? Pendant plus de dix ans, ils s'étaient disputés dans des gradins ou des parkings d'arène. Elle avait toujours pensé que ses attributs physiques n'avaient aucun impact sur lui parce qu'il n'avait jamais réagi face à elle de cette manière.

— Ça y est ? Vous êtes décente ? demanda-t-il d'une voix tendue.

Tout en souriant à son reflet dans le miroir, elle se leva.

— Je ne vois pas de quoi vous vous plaignez, dit-elle en enfilant une chemise blanche ornée d'imposantes franges dorées. Je parie que vous avez déjà vu votre sœur en soutien-gorge de sport et que ça ne vous a jamais interpellé. Mais si ça peut vous faire plaisir, voilà, je suis couverte.

— Que les choses soient claires, Lawrence, vous n'êtes pas ma…

D'un pas décidé, il était entré dans la loge qui n'était pas conçue pour un homme de cette taille. Deux petits mètres les séparaient désormais. L'air se fit soudain plus lourd, et des étincelles semblèrent crépiter entre eux quand le regard de Pete se posa sur sa poitrine.

— … ma sœur, termina-t-il d'une voix étranglée.

— Encore heureux, répliqua-t-elle. Cette pauvre Marie, qui doit vous supporter… Je la plains, vraiment.

Elle n'avait jamais eu de problème avec Marie Wellington, qui travaillait dans le ranch de son mari, au Texas. Marie lui avait clairement fait comprendre, des années plus tôt, qu'elle se moquait complètement que les Wellington gèrent ou non le *All-Stars*.

— Ce n'est qu'un concours de rodéo, lui avait-elle dit un soir dans un pub. Je ne comprends pas pourquoi Pete y est si attaché.

Dans les années qui avaient suivi, Chloe n'était pas parvenu à percer ce mystère, elle non plus. Mais s'il avait l'intention de lui mettre des bâtons dans les roues, elle ne comptait pas rester les bras croisés.

Sa chemise étant toujours ouverte, elle l'attrapa par

le bas et prit un malin plaisir à vérifier longuement que les deux pans étaient bien alignés.

Après quoi elle commença à fermer les boutons, lentement, un par un. Le regard de Pete était fixé sur ses mains, et sa bouche entrouverte. À ce moment-là, si elle lui avait demandé les clés de sa voiture, il les lui aurait sans doute remises sans ciller. Il paraissait complètement hypnotisé. Ce qui le rendait… vulnérable.

Sans cesser de sourire, elle laissa ses doigts s'attarder sur le bouton qui se trouvait juste entre ses seins. La respiration de Pete se fit alors plus rapide, son regard plus noir. Au creux de son cou, un tendon était ressorti et, contre toute attente, elle fut prise d'une envie folle de s'approcher de lui pour l'embrasser. La distance qui les séparait semblait s'être raccourcie alors qu'aucun d'entre eux n'avait bougé. Elle avait chaud, désormais, et sentait une douce et voluptueuse tension palpiter entre ses cuisses.

Que lui arrivait-il ? se reprit-elle soudain. Elle avait commis une erreur de calcul. Pete Wellington était-il à sa merci ? Certainement. Mais elle n'avait pas imaginé que le désir puisse être réciproque. Elle aurait dû, pourtant. Elle l'avait toujours trouvé incroyablement beau et sexy. Elle n'en était pas fière, mais à l'époque où elle avait commencé à se produire au rodéo, et pendant près de deux ans, elle avait eu un faible pour lui. Jusqu'à ce qu'elle comprenne qu'il ne la verrait jamais comme rien d'autre qu'un obstacle l'empêchant de récupérer le *All-Stars*. En cet instant, pourtant, le mépris et la haine avaient disparu de ses yeux, laissant place à un désir qui semblait menacer de le consumer.

Il avait envie d'elle.

Et plus elle contemplait la lueur qui brûlait dans son regard, plus elle le trouvait beau, sexy, viril et attirant.

Le cœur battant à se rompre, elle fit sensuellement glisser ses doigts sur sa poitrine pour atteindre le bouton suivant.

— Là, dit-elle d'une voix haletante en le fermant, est-ce suffisamment décent pour vous ?

Son regard, viril et appréciateur, s'attarda encore quelques instants sur le reste de son corps. Puis il releva la tête. Ses yeux étaient brumeux. Elle fut tentée de rouvrir sa chemise. Ou de lui demander de s'en occuper à sa place. Mais elle se retint juste à temps.

— Qu'est-ce que vous voulez ? répéta-t-elle pour se forcer à se concentrer sur le problème.

Il n'était pas là par hasard, et il manigançait quelque chose. Il devait lui dire quoi, désormais.

Mais, malheureusement, quand elle l'avait prononcée, cette question n'avait pas eu l'air d'une accusation, comme elle l'aurait souhaité. On aurait plutôt dit… une invitation.

Elle le vit porter sa main à la gorge, comme s'il avait du mal à respirer. La réponse à sa question se lisait parfaitement dans son regard brûlant. C'était elle qu'il voulait.

— Eh bien, heu… il faut qu'on parle. Du travail.

Le travail, oui. Le concours. La querelle entre leurs familles qui remontait à plus de trente ans. Le fait qu'elle savait qu'il était là pour la détruire mais qu'elle ne comprenait pas en quoi le soutien qu'il lui avait apporté pouvait l'aider à atteindre cet objectif.

Rien de tout cela n'avait de lien avec la façon dont il la dévorait des yeux.

Tout en fronçant les sourcils, elle se retourna et se pencha un peu pour vérifier son maquillage dans le miroir. Derrière elle, elle l'entendit émettre un son qui évoquait suspicieusement un grognement de désir. Elle chercha ses yeux dans le miroir. Ils étaient, comme elle s'y attendait, fixés sur ses hanches.

— Le travail, oui. Celui pour lequel vous vous êtes proposé ?

— Oui, souffla-t-il.

Machinalement, elle prit ses chaps. C'étaient des jambières de spectacle, en cuir blanc immaculé, qui n'avaient jamais connu la moindre trace de boue. Verticalement, le long de chaque jambe, les mots « All-Stars » y avaient été brodés en strass et perles argentées, tandis que, horizontalement, au niveau du haut des cuisses, on pouvait lire « Princess of the Rodeo ». Rien de tout cela n'était subtil, tout était fait pour attirer l'œil.

— Ce que je ne comprends pas, dit-elle en posant un pied sur le siège pour attacher la jambière en haut de sa cuisse, c'est pourquoi vous voulez cet emploi, Pete. Ne me dites pas que vous avez besoin d'argent, je ne vous croirais pas.

Elle avait fait ses recherches. Il n'était certes pas aussi riche que la famille Lawrence, mais il n'avait pas besoin de cet emploi. Elle avait beau le regarder, elle ne comprenait pas.

Elle ne voyait devant elle, dans ses yeux, qu'un désir brûlant. Auquel son traître de corps n'était pas insensible. S'il n'y avait pas eu cette bête histoire de famille, elle y aurait sans aucun doute cédé. À cette idée, un délicieux frisson la parcourut.

— Et on ne peut pas dire que vous ayez, par le passé, manifesté votre volonté de travailler avec des femmes en général, et moi en particulier.

Il avait les pouces enfoncés dans sa ceinture qu'il agrippait si fort que ses phalanges étaient blanches. Dans l'état où il était, il ne parviendrait pas à lui dire ce qu'il avait préparé, c'était certain.

Mais cet homme était plein de surprises, comme il le lui avait démontré à de nombreuses reprises.

— Je n'ai jamais dit que travailler avec vous me

posait problème, répondit-il d'une voix basse et sensuelle qui ne fit qu'attiser encore le feu du désir qu'elle sentait palpiter dans ses veines. D'ailleurs, je commence à me dire que ça ne devrait pas être si mal que ça de vous avoir sur le dos.

L'effet de surprise fut tel qu'elle en lâcha la bride de sa jambière, dont elle dut maladroitement retenir le lourd cuir pour qu'il ne tombe pas de sa jambe. Elle avait de nouveau les mains qui tremblaient, mais ce n'était pas de rage, cette fois-ci.

Elle le détestait. Il avait beau l'agacer au plus haut point, force lui était de reconnaître qu'elle avait envie de lui. Au moins, désormais, elle savait que c'était réciproque.

Pour essayer de recouvrer ses esprits, elle prit une profonde inspiration. Mais sa stratégie ne fonctionna pas, parce que le parfum de Pete emplissait désormais le petit espace. Cuir, terre et musc. Typique du parfait cow-boy.

— Bien, dit-elle d'une voix qui lui parut à elle-même peu convaincante. Je suis contente que vous ayez retrouvé le sens commun.

Enfin elle avait réussi à attacher cette satanée bride. Elle reposa son pied par terre, se pencha vers l'avant pour surélever son autre jambe.

Ce fut indéniable, cette fois-ci : le son qu'il émit était bien un grognement de désir.

Elle brûlait d'envie de lui demander de l'aider, mais peu importait l'attirance qu'elle avait pour lui, il était hors de question qu'elle couche avec Pete Wellington dans ce minable placard qui lui servait de loge.

Ou n'importe où, d'ailleurs.

Le sexe, avec lui, était totalement exclu.

Aussi continua-t-elle d'attacher sa jambière en serrant les dents. Elle l'accrocha à sa taille au niveau de la ceinture sur laquelle le mot « Princess » s'inscrivait en strass.

Quand elle finit par se tourner vers le miroir, elle essaya de ne pas regarder l'homme qui se trouvait derrière elle, mais ce ne fut pas facile. Sans qu'elle ne le remarque, il avait dû se rapprocher encore d'elle, car elle sentait désormais sa présence dans son dos, son souffle chaud dans ses cheveux soigneusement ondulés. Elle fut alors tentée, très tentée, de s'adosser à ce vaste torse musclé, juste pour voir comment il réagirait. En repoussant sensuellement ses cheveux sur le côté pour pouvoir appuyer ses lèvres sur la courbe de son cou ? En prenant sauvagement ses seins entre ses mains ? En faisant doucement glisser ses mains sur sa taille pour caresser ses fesses moulées dans ce jean ?

Un frisson de désir l'envahit. Pour le bien du concours, elle s'interdisait toute relation avec des cow-boys, et elle était sur la route sept mois par an, ce qui ne lui laissait pas beaucoup de temps pour avoir des aventures.

Mais cela faisait tellement longtemps qu'un homme n'avait pas été aussi proche d'elle !

Pourquoi fallait-il que ce soit Pete Wellington ? Ils avaient beau être follement attirés l'un par l'autre, cette alchimie sexuelle ne changerait rien. Il n'était pas là par hasard, et elle ne pouvait pas lui donner un avantage sur elle. Si ça se trouvait, c'était même un piège. Il cherchait à la mettre dans une situation compromettante pour pouvoir ensuite la faire chanter.

Elle prit dans sa valise son Stetson couvert de perles et de strass et le plaça sur sa tête en prenant bien garde à ne pas se décoiffer. Voilà. Désormais, elle était la princesse du rodéo.

— Chloe…, souffla Pete et, au même moment, elle sentit ses mains se poser sur sa taille.

Agréablement surprise, elle retint son souffle. S'étaient-ils jamais touchés auparavant ?

Dix ans qu'ils se croisaient, se côtoyaient, s'agaçaient,

se disputaient la première place. Mais s'étaient-ils jamais touchés ?

Si ça avait été le cas, elle se serait souvenue de la sensation électrisante que ce contact lui procurait.

Qu'aurait-elle ressenti si ses mains dures et calleuses s'étaient posées sur sa peau nue ?

— Oui ?

Elle fixa son regard sur le sien dans le miroir. Elle avait envie de l'attirer plus près d'elle.

Elle devait être folle.

Mais elle avait beau le savoir, elle ne chercha pas à s'écarter. Elle ne pouvait pas. Elle avait besoin d'entendre ce qu'il s'apprêtait à lui dire.

Il ouvrit la bouche ; elle retint son souffle.

Ce fut à ce moment-là que quelqu'un frappa à la porte. Violemment.

— Chloe, tu es là ? fit la voix de Flash.

Pete retira ses mains de sa taille et s'éloigna d'elle si vite qu'il trébucha sur sa valise et faillit tomber. La colère fut telle qu'elle eut envie de hurler. Décidément, son frère avait un don pour envenimer n'importe quelle situation.

— Oui, je suis presque prête ! cria-t-elle, avant de se tourner vers Pete. Écoutez-moi bien, Wellington, siffla-t-elle, je sais que vous essayez de me tendre un piège, mais…

— Mais ? l'encouragea-t-il en reprenant une attitude qui paraissait presque désinvolte.

Presque. Mais pas totalement. Sa respiration était toujours bien trop rapide pour qu'il paraisse décontracté.

Elle remarqua également qu'il n'avait pas cherché à nier. Une bonne confirmation qu'il était parfaitement indigne du désir qu'elle éprouvait pour lui.

Elle prit une profonde inspiration, inhala encore son

parfum et fit quelque chose qu'elle n'aurait jamais pensé faire devant lui : avouer une faiblesse.

— Mais vous avez raison sur le fait que j'aurais besoin d'un peu d'aide pour traiter avec les fournisseurs et les cow-boys. Voulez-vous travailler officiellement pour le *All-Around All-Stars Rodeo* ?

Il eut le culot de paraître indigné.

— C'est ce que j'ai toujours voulu.

— Non, rétorqua-t-elle, furieuse. Ce que vous avez toujours voulu, c'est prendre ma place.

— Mais nous n'avons pas déterminé si cette place était au-dessus ou en dessous de moi, dit-il avec un sourire espiègle.

Ils en étaient donc là, de nouveau. Elle décida d'ignorer ce dernier propos.

— Je ne tolérerai votre présence qu'à partir du moment où vous ferez ce que je dis, quand je le dis. Si vous réussissez à rallier les locaux à mes idées, vous pouvez rester. Mais si vous me faites un coup tordu, vous partez, et je veillerai personnellement à ce que vous ne puissiez plus jamais remettre les pieds à un concours du *All-Stars*. Compris ?

Les coups, brusquement, reprirent à la porte.

— Chloe ? fit la voix de Flash. Tout va bien ? On m'a dit que Pete Wellington était là. Tu sais ce que veut cet enfoiré ?

Devait-elle en vouloir à son petit frère ou le remercier d'avoir interrompu cette escalade de folie dans laquelle Pete et elle s'étaient engagés ?

— Une seconde, d'accord ? cria-t-elle rageusement, avant de brandir un doigt menaçant en direction de Pete. C'est compris ? chuchota-t-elle.

Il mit un certain temps à lui répondre. Le désir, peu à peu, avait disparu de son visage, remplacé par son habituelle condescendance.

— Compris, patronne.

— Maintenant, pourriez-vous sortir de ma loge sans vous faire remarquer ?

Après lui avoir jeté un dernier regard d'avertissement, elle lui ouvrit la fenêtre par laquelle il se glissa. Flash s'était remis à tambouriner à la porte, située à l'opposé. Après avoir pris une profonde inspiration, elle sortit.

— Qu'est-ce qu'il y a ? lui demanda-t-elle.

Il avait lui aussi enfilé ses chaps, qui étaient cependant loin d'être aussi propres et extravagantes que les siennes. La poussière et la terre avaient laissé leur marque dans le cuir marron usé par six années de rodéo.

— Qui doit se produire au concert demain soir ?

— Tu me déranges pendant que je me prépare juste pour me poser une question à laquelle tu aurais facilement pu trouver une réponse sur Internet ?

Elle commençait vraiment à en avoir assez de cette journée. Elle avait besoin d'un petit rafraîchissement, et peut-être d'un appel vidéo avec sa belle-sœur, Renee Lawrence, une amie d'enfance qu'elle avait connue à New York, bien avant que son père ne gagne le *All-Stars* à cette partie de poker et ne déménage avec toute sa famille à Dallas.

Renee, quelques mois plus tôt, avait traversé une période très difficile : son mari s'était suicidé pour ne pas avoir à affronter les charges qui pesaient contre lui dans une affaire de corruption. Elle était donc venue à Dallas rejoindre Chloe, mais c'était Oliver, son frère aîné, qu'elle avait trouvé. Le courant était immédiatement passé entre eux. Et la meilleure amie de Chloe avait fini par devenir sa sœur.

Elle avait bien besoin d'un moment entre filles, pour contrer l'écrasante masculinité du concours. Et comme Renee ne connaissait pas Pete Wellington, Chloe aurait facilement pu lui parler de ses sentiments devenus tout à coup… compliqués.

Mais elle allait devoir se contenter de Flash.

— Oui, oui, je sais, répondit-il d'un air gêné. Mais je me demandais juste… si la programmation avait changé.

Flash avait beaucoup de défauts, mais la timidité n'en faisait pas partie. Elle n'avait pas l'habitude de le voir marcher sur des œufs ainsi.

— Qu'est-ce qu'il y a ? Tu espérais voir quelqu'un d'autre ?

— Laisse tomber. Oublie ce que j'ai dit.

Elle l'observa attentivement. Ça ne pouvait être qu'une histoire de femme. Flash, de toute façon, ne s'intéressait qu'à deux choses : les femmes et la victoire au *All-Stars*.

Tout à coup, elle comprit.

— C'est à cause de Brooke Bonner ?

— Non ! répondit-il un peu trop rapidement pour qu'elle le croie.

— Hm hm.

Au concours de Fort Worth, un peu plus tôt dans la saison, Brooke avait été la star du concert d'ouverture. Et il n'avait pas échappé à Chloe que son frère et elle avaient disparu au même moment, juste avant la prestation de Brooke, qui s'était ensuite expliquée en affirmant qu'elle s'était perdue en coulisses.

Si Chloe avait eu davantage de temps ou d'énergie, elle n'aurait pas manqué d'asticoter son frère en l'interrogeant sur la belle chanteuse. Il le méritait bien, pour toutes les fois où il lui avait compliqué la vie. Mais ce jour-là, elle n'avait pas la force. Elle était en retard, toujours troublée par ce qui s'était passé entre elle et Pete dans la loge, et toujours en colère qu'aucun des fournisseurs ne soit disposé à accepter ses idées tant qu'elles n'auraient pas été approuvées par Pete.

— Si un changement est annoncé, je te le ferai savoir, OK ? se contenta-t-elle donc de répondre.

— OK, merci, lui dit son petit frère en lui adressant un grand sourire.

— Au fait, tu avais raison, Pete Wellington est là. Et je l'ai engagé. À l'essai.

— Quoi ? hurla son frère, horrifié.

— Il fera office d'intermédiaire avec les fournisseurs, poursuivit-elle comme s'il n'était pas intervenu. Je vais te demander quelque chose en tant que sœur et t'ordonner la même chose en tant que chef : ne lui cherche pas de poux dans la tête, OK ?

— Tu es devenue folle ? s'exclama Flash. On ne peut pas lui faire confiance. Il ne pense qu'à nous évincer.

— Je n'ai jamais dit que je lui faisais confiance.

Elle n'avait même aucune confiance en lui. Mais en dehors de Flash, elle était seule. Les cow-boys avaient été très clairs : s'il fallait choisir entre Pete et elle, ce serait toujours Pete.

Elle avait simplement besoin d'un peu d'aide pour cette phase de transition, rien de plus. Quand le *All-Stars* aurait pris son essor, elle se débarrasserait de lui.

Sa relation avec lui relevait donc d'un risque calculé. Il pensait pouvoir l'évincer de la direction du concours. Elle pensait qu'il la sous-estimait. Elle se servirait de lui, mais ne le laisserait pas aller jusque-là.

Flash semblant toujours douter, elle poursuivit :

— Écoute… fais-moi confiance. Je sais ce que je fais et je sais ce qu'il essaie de faire. Mais je peux m'en débrouiller. À condition que tu ne te battes pas avec lui, OK ?

— Si tu avais besoin d'un intermédiaire, pourquoi ne pas m'avoir demandé ?

Le pire était que sa question était sincère. Il ne s'était pas rendu compte des problèmes qu'il avait engendrés et qu'elle avait dû régler toutes les fois où il avait essayé de l'aider. Il serait toujours un gros éléphant dans un minuscule magasin de porcelaine.

— Parce que tu veux être un concurrent, pas un gérant. Si tu commences à te mêler de la direction du concours, tout le monde va encore jaser.

Flash tenait absolument à être reconnu comme l'un des meilleurs cow-boys du monde, et pour ce faire il devait nécessairement passer par le *All-Stars*. Le problème, quand on participe à un concours organisé par sa famille, c'est que personne ne croit qu'on a mérité sa place. Tout le monde, y compris les cow-boys qui l'avaient vu exceller tous les soirs, pensait qu'il n'était là que parce qu'il était un Lawrence.

— Tu n'as pas tort, grommela-t-il. Mais pourquoi avoir choisi Pete ?

— Parce que tous les autres le respectent, réponditelle à contrecœur. Ils l'écoutent.

Contrairement à elle.

— Si j'avais fait venir quelqu'un d'autre, il aurait fallu des mois, voire des années, pour qu'ils acceptent d'essayer quelque chose de différent. Et j'ai des projets, Flash. Des projets que j'aimerais réaliser avant le début de la prochaine saison.

C'était pour cette seule et unique raison qu'elle avait besoin de Pete.

— Mais si Pete te fait le moindre mal, je lui mets une raclée.

Une famille, avec deux petites filles, venait de s'approcher d'eux.

— D'accord, dit-elle à son frère avant de se tourner vers les spectateurs en souriant. Qui sont ces deux adorables petites princesses ?

Elle embrassa les fillettes, puis posa pour une photo

avec elles et leur mère, tandis que Flash, étonnamment souriant, acceptait de poser avec le père.

D'autres personnes remarquèrent alors la princesse du rodéo, et un petit attroupement se forma. En posant pour une nouvelle photo, elle avisa au loin Pete, qui discutait avec des cow-boys. Comme s'il avait senti son regard sur lui, il se retourna. Et leva son chapeau pour la saluer.

Ce geste galant eut pour effet de déclencher en elle un nouvel élan de désir. Non, elle ne lui faisait pas confiance. Absolument pas. Mais l'affaire était conclue : ils allaient travailler ensemble.

Après ce qui avait failli se passer dans la loge, c'était une très mauvaise idée, qui semblait irrémédiablement vouée à l'échec.

Mais tant qu'elle réussirait à garder ses fantasmes pour elle et à l'empêcher de poser ses mains sur elle, tout irait bien.

En tout cas, il fallait l'espérer.

- 4 -

Pete regardait la cérémonie d'ouverture depuis les gradins. Cela lui avait vraiment manqué. Chloe, comme il s'y attendait, fut la première à apparaître. Il sentit son sexe durcir de désir au souvenir de cette image qu'il avait eue d'elle dans sa loge, vêtue de rien d'autre qu'un jean moulant et un soutien-gorge, et agissant comme si c'était la chose la plus naturelle du monde. Sans parler de ses doigts agiles sur les brides de ces extravagantes chaps quand elle les avait attachées en haut de ses cuisses.

Elle était désormais debout sur ses étriers, ses fesses parfaites enserrées dans les fameuses chaps.

La première fois qu'il avait vu son numéro de princesse, il avait vingt-trois ans. Il s'en souvenait très bien, parce que son père était passé pour son anniversaire et… il n'était pas fier de ce qu'il avait fait. Mais il était jeune, et furieux de ce que les Lawrence avaient fait de son concours de rodéo. Il ne pouvait pas se défouler sur une jolie petite adolescente comme Chloe. Et, de toute façon, c'était la faute de son propre père s'il avait perdu tout ce qui comptait à ses yeux à cause d'un pari d'ivrogne.

Malgré tout le temps qui était passé, cette trahison lui faisait toujours mal. Le *All-Stars* était la seule et unique chose qu'il partageait avec son père et, pourtant, celui-ci l'avait mis en jeu comme s'il ne signifiait rien à ses yeux. Comme si tout ce temps qu'il avait passé sur la route avec Pete n'avait pas compté.

Quand Pete avait découvert le puits de pétrole, son père était déjà malade, et n'avait plus que quelques mois à vivre. Mettant sa fierté de côté, Pete avait alors proposé à Milt Lawrence de racheter le *All-Stars* pour que son père et lui aient une occasion de revivre ces moments heureux. Il était déterminé à faire les choses bien. Il était même prêt à accepter que Chloe garde son rôle de princesse, si elle en avait envie.

Mais le vieil homme lui avait ri au nez et avait fait appel à ses vigiles pour le chasser du bâtiment. Puis il s'était arrangé pour l'exclure totalement de la compétition.

Une véritable déclaration de guerre.

Pete regarda, dans les gradins, les familles qui passaient un bon moment. Puis les portes qui allaient bientôt s'ouvrir sur des taureaux. Il se sentait chez lui, ici. Dans son univers. Tout cela aurait dû être à lui. Désormais qu'il avait perdu son père, ça aurait dû être *sa* famille, car le rodéo, c'est la famille.

Mais le *All-Stars* était à Chloe.

Plus pour bien longtemps.

Le commentateur annonça son nom, et elle s'élança au galop, un immense drapeau américain flottant au-dessus d'elle. Le regard de Pete était fixé sur elle, mais il n'avait pas honte : tout le monde l'admirait. Lancée à pleine vitesse, elle faisait le tour de l'arène, ses cheveux flottant dans le vent.

Il ne se souvenait pas qu'elle était si bonne cavalière. D'un autre côté, de longues années s'étaient écoulées depuis la dernière fois qu'il avait trouvé le courage de regarder ce cirque. Quatre ans. Voire cinq.

Elle était belle.

Tout comme elle l'était dans sa loge, quand elle avait boutonné cette chemise sur ses seins parfaits, ou quand sa respiration s'était accélérée au moment où il avait posé ses mains sur sa taille fine. Si Flash ne les avait pas interrompus…

— Tu sais ce qu'il risque de t'arriver si tu poses de nouveau une main sur ma sœur ? fit soudain une voix derrière lui.

En parlant du loup…

Pete ne s'écarta pas pour laisser à Flash une place à côté de lui. Il émanait du jeune homme une énergie nerveuse qui faisait de lui un bon cavalier dans l'arène, mais un type désagréable dans la vie.

S'efforçant de prendre un air désabusé, il se tourna vers Flash.

— J'imagine que tu viendras me faire une scène, que tu essaieras de me frapper, que tu boiras un coup de trop et que tu finiras par partir avec la première fille que tu croiseras. Comme d'habitude.

Il parlait d'expérience. Flash l'avait déjà pris par surprise un soir, lui laissant un bel œil au beurre noir.

Naturellement, il lui avait rendu la pareille. Ça n'avait pas été un combat à armes égales : Pete avait dix ans de plus que le jeune homme, et au moins vingt kilos de muscles en plus. Mais si Flash était assez vieux pour boire de l'alcool et déclencher une bagarre, il était assez vieux pour la finir.

Du coin de l'œil, Pete vit les épaules de Flash se soulever et s'affaisser. Était-ce un soupir de résignation ou une manœuvre pour se calmer ? Pete l'ignorait mais, tout à coup, Flash inclina la tête dans sa direction et porta sur lui un regard perçant.

— Il faudrait que tu arrêtes de vivre dans le passé, maintenant.

— Je ne vis pas dans le passé, répliqua Pete sans chercher à dissimuler sa colère.

— Bien sûr, ironisa Flash en se tournant un peu plus

vers lui. Tu sais aussi bien que moi que, si tu étais passé à autre chose, tu ne serais pas ici, Wellington.

Il s'interrompit au moment où la musique changeait pour permettre à la princesse du rodéo de mener le reste du cortège. Quand le volume augmenta à nouveau, il conclut :

— Si tu fais du mal à ma sœur, je te préviens que tu ne pourras plus jamais poser tes fesses sur une selle.

— Est-ce une menace ? demanda Pete en prenant un air excédé.

En réalité, il était impressionné par le courage dont faisait preuve le jeune homme. Manifestement, Chloe n'était pas la seule à avoir évolué.

Flash lui adressa un sourire qui ne parvint pas à illuminer ses yeux lourds de haine.

— Bien sûr que non, Wellie.

Pete serra les dents, mais ne réagit pas. Hors de question qu'il entre dans le jeu d'un gamin assez stupide pour se faire appeler « Flash ».

— C'est une promesse, chuchota le jeune homme en lui tapant sur l'épaule.

Contre toute attente, un frisson glacial lui parcourut le dos. Apparemment, Flash Lawrence avait un don pour se montrer menaçant.

— Je t'ai à l'œil, chuchota-t-il avant de disparaître.

Tandis que résonnait l'hymne national, Pete réfléchit à la conversation qu'ils venaient d'avoir. Flash avait-il appris qu'il était entré dans la loge de Chloe ? Ou avait-il simplement cherché à remplir son devoir de frère ?

Peu importait. De toute façon, il ne lui avait rien dit qu'il ne savait déjà.

Les Lawrence n'avaient aucune confiance en lui.

Pour ça, il aurait fallu qu'ils soient complètement stupides or, hélas, ils ne l'étaient pas. Mais ça non plus n'avait pas d'importance. Il n'avait pas besoin de leur confiance pour que son plan fonctionne.

Tout ce dont il avait besoin, c'était de mettre un pied chez eux.

Ce qui était fait.

Ne lui restait plus qu'à tirer parti de sa position.

Et s'il voulait récupérer son concours, il n'avait pas intérêt à échouer.

Les derniers spectateurs repartaient sous le ciel étoilé, et les dernières notes de la dernière chanson s'évanouissaient dans le ciel quand Chloe finit par arriver à sa loge, devant laquelle Pete l'attendait depuis au moins un quart d'heure. Il avait raté la fin du concert, mais il ne voulait pas prendre le risque de la manquer.

Elle avançait lentement, la tête basse, l'air fatigué.

— Chloe ?

Brusquement, elle s'immobilisa.

— Ah, c'est vous.

— Oui, encore moi, répondit-il et, curieusement, il eut envie de lui sourire.

— Vous comptez revenir avec moi dans la loge ?

Son grand sourire de star avait disparu. Elle paraissait épuisée. L'excentrique robe country qu'elle avait revêtue pour le concert semblait littéralement peser sur elle, ses franges dorées scintillant dans la lumière du soir. Même au crépuscule, elle réussissait à briller.

Cependant, il ne l'avait jamais vue si… vidée. Il aurait dû s'en réjouir. Une preuve de plus qu'elle était incapable de diriger le *All-Stars*. Mais, curieusement, la seule chose dont il avait envie était de la prendre dans ses bras pour l'embrasser.

Sur le front, naturellement.

— Non, finit-il par répondre en souriant encore. À moins que vous n'en ayez envie.

Elle fit un petit bruit dégoûté.

— Vous pouvez toujours rêver.

Instinctivement, il la prit par le bras. Malgré la chaleur de l'été, sa robe avait de longues manches en dentelle.

— Il faut qu'on parle.

Elle ouvrit la bouche comme si elle s'apprêtait à répliquer sèchement mais, soudain, elle baissa les yeux vers sa taille, là où il avait posé ses mains un peu plus tôt dans la journée.

— Vous me promettez de ne pas m'interrompre ?

Quelque chose dans le ton de sa voix le toucha. Naturellement, il était conscient qu'elle avait cherché à le manipuler en se servant de son corps voluptueux pour le distraire, et il n'était pas fier d'admettre qu'elle avait presque réussi.

Voire totalement réussi.

Mais sa sensualité aguicheuse avait complètement disparu. Elle paraissait douce et vulnérable, désormais, et cela n'aurait pas dû le toucher, parce qu'il ne l'avait jamais aimée. Elle ne l'intéressait pas, et il se moquait totalement de ce qu'elle pouvait ressentir.

Doucement, il fit glisser ses doigts sur son bras jusqu'à atteindre le dos de sa main.

— Promis, chuchota-t-il contre son oreille.

Comme pour se donner du courage, elle prit une profonde inspiration.

— Attendez-moi, murmura-t-elle avant de se libérer pour entrer dans sa loge.

Pour patienter, il alla s'accouder à une clôture et échangea une ou deux plaisanteries avec les quelques personnes qui restaient, principalement des machinistes qui démontaient les décors et des fans qui espéraient encore obtenir un autographe. Mais la plupart des cavaliers et des spectateurs avaient déjà pris la route des bars.

Tout en regardant ses bottes, il essaya de ne pas trop penser à Chloe, occupée à se changer, dans cette loge. Sans succès.

À quel moment avait-elle enlevé sa chemise et son jean pour enfiler cette robe ? Portait-elle toujours son soutien-gorge de sport ? Ou avait-elle mis quelque chose de plus fin, en dentelle par exemple, pour aller avec la robe ? Quelque chose qui soutenait ses seins comme la main d'un amant et…

Relevant brusquement la tête, il écarta ces pensées de son esprit. Il fallait qu'il réfléchisse à… la longue soirée qui s'annonçait. Il n'avait pas d'endroit où dormir ; il avait échafaudé son plan bien trop tard pour obtenir une chambre dans cette petite ville du Missouri où tous les hôtels étaient complets depuis des semaines, voire des mois. Il allait donc devoir dormir dans son camion.

Songeur, il leva les yeux vers le ciel étoilé. Chloe avait certainement une chambre, avec un grand lit, pour elle toute seule. Irait-elle se coucher directement ou prendrait-elle une douche avant ?

Ce n'était pas grave, après tout, si elle utilisait son corps si sensuel pour essayer de l'éliminer du jeu. Son physique était une arme mise à sa disposition, et c'était la guerre. Il fallait s'y attendre. En revanche, ce serait grave s'il la laissait gagner.

Il voulait une preuve écrite qu'il était le manager du spectacle. Et dans l'éventualité où elle refuserait, il avait déjà trouvé un plan B : il sauterait le prochain concours à Terre Haute mais ferait son retour à celui de Little Rock. Elle pourrait peut-être se débarrasser de lui une fois, mais il n'abandonnerait pas, il reviendrait à la charge.

Il allait réussir. Récupérer le *All-Stars* en gagnant progressivement du terrain. Et ensuite…

Et ensuite, quoi ?

La porte de la loge s'ouvrit et Chloe apparut, presque méconnaissable. Envolés, les longs cheveux ondulés et la robe scintillante. Elle portait désormais une queue-de-cheval basse et était chaussée de tongs. À la place de la robe, un pantalon blanc bien ajusté et un T-shirt ample dont l'encolure dévoilait une gracieuse épaule et une bretelle de soutien-gorge. Ce n'était pas la large bretelle blanche du soutien-gorge qu'il avait aperçu un peu plus tôt. Celui-ci était noir et semblait plus fin. Était-il en dentelle ?

— Vous êtes toujours là ? À comploter, je présume ?

Elle avait dit cela d'un air nonchalant, comme s'il lui semblait tout à fait normal qu'il soit là pour prendre sa place, comme s'il ne s'agissait pas d'un contentieux entre eux. Comme si elle le voyait uniquement comme un problème, qu'elle comptait bien affronter la tête haute.

Il était en train de commettre l'impensable : il commençait à la respecter.

Les ennuis, apparemment, avaient débuté.

— Nous n'avons pas discuté des termes du contrat tout à l'heure, finit-il par dire.

Tout en ajustant son sac sur l'épaule, elle inclina la tête sur le côté. La masse de ses cheveux, retenus par un élastique, retomba sur ses épaules, et Pete dut se faire violence pour résister à l'envie de passer la main dedans.

— Tout à l'heure ? Ah, oui. Quand vous avez paniqué et que vous m'avez ensuite regardée m'habiller. Vous avez raison, je n'ai pas souvenir que la discussion se soit prolongée ensuite.

Tout bien considéré, il l'avait peut-être sous-estimée.

— Je ne pense pas que « paniqué » soit le mot j…

— Vous avez paniqué, je maintiens, affirma-t-elle.

Et, soudain, il se produisit la pire chose du monde.

Elle sourit. Pete sentit alors une douce chaleur s'infiltrer dans sa poitrine.

— J'ai été surpris.

— Soit.

Détournant le regard, elle fit onduler ses épaules comme si elles étaient lourdes de tension. Une fois encore, il dut se faire violence pour résister à l'envie de s'approcher pour masser la peau parfaite de sa nuque délicate.

— C'est certainement une très mauvaise idée, reprit-elle.

— Quoi ? De m'avoir fait entrer dans votre loge ou d'avoir accepté de m'embaucher ?

C'était une question risquée. Mais la décontraction n'était peut-être pas une si mauvaise stratégie. S'il parvenait à lui faire baisser sa garde…

— De vous demander de m'inviter à dîner.

— Maintenant ? s'exclama-t-il, stupéfait.

— Évidemment, maintenant, répondit-elle d'un air exaspéré. J'ai faim. Je suis fatiguée. Je ne suis pas en état de négocier avec vous, Pete.

Sans même réfléchir, il s'approcha d'elle et prit le sac qu'elle portait. À cet instant, son parfum vint lui chatouiller les narines. Sucré et fruité, mais empreint d'une divine sensualité. De quoi vous mettre l'eau à la bouche.

— Qu'est-ce qui vous ferait plaisir ?

L'air semblait désormais sulfureux, lourd de tension. Elle tourna la tête vers lui, mais son visage était dissimulé par des ombres et, l'espace d'une folle seconde, il eut envie qu'elle dise son nom.

— Il ne reste plus grand-chose d'ouvert, répondit-elle d'une voix qui lui parut haletante. Et les bars…

— Seront pleins de viande soûle.

Il ne voulait pas qu'un cow-boy ivre vienne l'importuner. Rien qu'à y penser, il avait envie de hurler.

— Je n'aime pas les fast-foods.

— J'imagine qu'à cette heure j'aurais du mal à trouver un beau restaurant où je pourrais vous offrir un bon steak et une bonne bouteille de vin.

Un dîner aux chandelles avec des roses sur la table et de la musique douce en arrière-fond, ce serait…

Une très mauvaise chose. Elle ne méritait certainement pas ça.

— Premièrement, il est trop tard. Et, deuxièmement, il n'est pas question que je remette ma robe, répondit-elle en s'écartant de lui. Du moment qu'on ne se retrouve pas dans le même bar que Flash, ça devrait aller. Je sais qu'il préfère le Jeremy's. Alors on va aller au Mike's se trouver un petit coin tranquille, et je vais commander un cheeseburger au bacon. D'accord ? demanda-t-elle en commençant à avancer vers son pick-up.

— Je vous offrirai une bière pour fêter notre partenariat.

Brusquement, elle s'arrêta dans son élan pour se retourner vers lui. Il ne pouvait pas voir son visage, mais il sentait parfaitement la méfiance qui émanait d'elle.

— Ne vous réjouissez pas trop vite, Wellington. Il n'y a encore rien à fêter.

Oui, il l'avait bel et bien sous-estimée.

Ça n'allait pas être facile.

Mais il était déterminé.

- 5 -

— Je vais nous trouver une table, lui dit Pete à l'oreille, en appuyant la main sur le bas de son dos.

Et il disparut en traversant la foule.

Pour essayer de remettre de l'ordre dans ses idées, Chloe secoua la tête. Ce dîner tardif avec Pete était une très mauvaise idée, qui venait couronner une journée particulièrement riche en mauvaises idées. Elle avait faim, elle était fatiguée et elle n'aurait jamais dû se rendre dans ce bar plein de concurrents du *All-Stars* dansant sur la mauvaise musique d'un groupe local.

Elle avait perdu la tête. Il ne pouvait pas y avoir d'autre explication. Elle n'était pas dans son état normal, et Pete était le genre d'adversaire à tirer pleinement parti de sa faiblesse.

Hors de question qu'elle boive une bière en sa compagnie.

La bonne nouvelle, c'était que Flash n'était pas là. Elle ne se sentait pas d'humeur à supporter les étincelles que pourrait générer sa confrontation avec Pete. Tout ce dont elle avait envie, c'était d'un repas chaud, peut-être d'une danse, et…

Non. Pas de danse. Surtout pas. Même si Pete le demandait. Car s'il la prenait dans ses bras musclés, glissait ses grandes mains autour de sa taille… elle risquait bien de faire quelque chose qui réduirait tous ses efforts à néant.

Elle ne le laisserait pas la faire danser. Tout était comme d'habitude entre eux. Il avait simplement élaboré une stratégie différente, et elle allait faire de son mieux pour la contrer.

Dans la salle, le bruit était assourdissant, la chaleur presque insupportable. Le concours était un événement important pour la petite ville, et on aurait dit que la moitié du Missouri s'était rassemblée dans ce seul bar.

Quelle erreur ! Il fallait hurler pour se faire entendre. Comment allait-elle pouvoir négocier avec Pete ? Elle pensait que la situation ne pouvait être pire, et pourtant…

— Pas de place assise, cria-t-il à son oreille en revenant.

La déception fut telle qu'elle sentit tout son corps s'affaisser.

— Mais je vais trouver une serveuse, reprit-il alors. Si ça ne te dérange pas, on peut prendre à emporter et manger dans la benne de mon pick-up ?

Si ça la dérangeait ? Absolument pas. Ce qui la gênait, en revanche, c'était que, après en être arrivé aux mêmes conclusions qu'elle, il avait immédiatement trouvé une solution, et une solution qui frôlait la gentillesse et la prévenance.

Tout en s'interrogeant à ce sujet, elle acquiesça.

— Un cheeseburger au bacon, c'est ça ?

C'était horrible. Elle ne pouvait pas endurer la gentillesse et la prévenance si ces qualités émanaient de Pete Wellington. Surtout avec le manque de sommeil et cette proximité troublante entre leurs deux corps.

— Un double. Avec des oignons frits.

— Bière ?

— Non.

Il lui adressa l'un de ces clins d'œil qui avaient le don de la déstabiliser, avant de disparaître à nouveau dans la foule.

Lasse, elle quitta la salle et referma la porte derrière

elle, étouffant ainsi une partie du bruit. La légère brise qui soufflait dehors lui fit rapidement oublier les odeurs de transpiration et de bière.

À quel moment la situation avait-elle basculé ? Dès le début de la journée, à cause de tous ces vieux machos qui étaient sans doute de mèche avec Pete. Il ne fallait pas qu'elle oublie ça.

Mais que cherchait-il à obtenir en se montrant si attentionné envers elle ?

La même chose que d'habitude : le concours. Aucun doute là-dessus. Mais elle devait lui reconnaître le mérite de l'inventivité stratégique.

Il essayait de lui voler le *All-Stars*. De nouveau. Elle n'avait jamais réussi à le raisonner. Combien de fois lui avait-elle fait remarquer que ça n'avait jamais été son concours, mais celui de son père, pour commencer ? Il refusait d'admettre cette logique.

Alors pourquoi ce numéro de charme, tout à coup ? Parce qu'il était charmé et que, malheureusement pour elle, elle était à deux doigts de se laisser charmer elle aussi.

Sauf erreur de sa part, il avait échafaudé deux plans. Soit il l'évinçait de la direction grâce au soutien des vieux cow-boys, soit…

Un frisson parcourut Chloe. Soit il l'évinçait du concours en la mettant dans son lit.

Intelligent. Très intelligent. Le seul problème, c'était qu'elle n'était la proie de personne. Et certainement pas de Pete.

La porte du bar s'ouvrit, laissant échapper du bruit et de la chaleur. Elle se retourna en souriant.

Mais elle s'immobilisa aussitôt. Car ce n'était pas Pete.

Deux hommes qu'elle n'avait jamais vus avançaient vers elle en souriant et en gloussant comme des adolescents. À en juger par leurs chapeaux et leurs T-shirts aux manches soigneusement remontées, elle pensait pouvoir dire sans se tromper qu'il s'agissait de jeunes déterminés à passer une soirée bien arrosée.

Ils s'arrêtèrent brusquement pour la regarder, en écarquillant les yeux.

— Bonsoir, ma jolie, fit le plus grand d'une voix ridicule, qui provoqua chez l'autre une sorte de ricanement.

Tout en leur adressant un regard noir, Chloe se mit en position de combat. Elle pouvait remercier ses frères de lui avoir appris à se battre. Durant son enfance à New York, sa mère avait insisté pour qu'elle suive des cours de danse et de musique, comme toutes les filles de son milieu. Mais quand elle avait commencé son numéro de princesse du rodéo, ses deux frères avaient insisté pour lui apprendre à se défendre. Et comme cela avait été l'une des rares fois où Oliver et Flash avaient été d'accord sur quelque chose, elle avait accepté de bon cœur.

Elle ne regrettait pas, en cet instant précis.

— Laissez-moi, dit-elle avec calme, tout en reculant pour mettre de la distance entre eux.

Instinctivement, elle jeta un coup d'œil derrière elle pour vérifier si elle pouvait fuir. Un bon coup de poing était une bonne chose, mais si ces deux hommes la coinçaient contre un mur, elle risquait de ne pas pouvoir s'en sortir.

— Et moi qui croyais que toutes les jolies filles étaient à l'intérieur, dit le plus petit d'une voix pâteuse.

À bien y réfléchir, les chances, de toute façon, n'étaient pas de son côté, songea Chloe. Seule face à ces deux soûlards, elle ne ferait pas le poids. Devait-elle se débarrasser de ses tongs ? Pourquoi n'avait-elle pas pris ses baskets ?

— Laissez-moi tranquille.

— Tu nous attendais, ma belle ? demanda le plus grand en s'approchant.

Pourquoi les hommes n'écoutaient-ils jamais ? Ces deux-là n'étaient en fait pas si différents de Dustin Yardley, qui avait refusé d'essayer quelque chose de nouveau juste parce que c'était une femme qui en avait lancé l'idée. Ou de Pete, qui refusait d'admettre que le *All-Stars* ne lui appartenait pas.

— Non, c'est non !

Le jeune homme fit mine de l'attraper. Elle lui lança un coup de poing. Elle ne pouvait frapper ni Pete, ni Dustin, ni aucun de ceux qui ne la considéraient que comme un joli visage, mais il était hors de question qu'elle laisse ce poivrot l'agresser.

Un son écœurant mais satisfaisant se fit entendre. La douleur, qui explosa dans ses phalanges, lui arracha un petit cri. Mais elle avait frappé là où il fallait, comme il fallait. Suffisamment fort pour que son assaillant vacille et s'effondre mollement contre son comparse. Les deux hommes titubèrent avant de retomber contre un mur.

— Espèce de sale petite…, fit celui qui ne saignait pas tandis que le plus grand étouffait un cri de douleur.

— Laissez-moi tranquille, répéta-t-elle en reprenant sa position.

Elle avait mal à la main. Si elle s'était cassé quelque chose, il lui serait impossible de monter à cheval et de porter le drapeau le lendemain.

C'était exactement pour cette raison qu'elle ne fréquentait plus les bars. Ce qu'il y avait de bien dans la colère, cependant, c'était l'adrénaline qui l'accompagnait. La douleur disparut aussitôt que le petit se releva en s'appuyant maladroitement contre le mur.

Elle ne pourrait pas le frapper avec la même main, il lui fallait donc changer de position. Soit elle lui mettait un uppercut, soit un coup de pied bien placé si elle avait le temps de…

La porte du bar se rouvrit et Pete apparut.

— Ils n'avaient plus d'oignons, mais… Qu'est-ce que… ?

— Tu pourrais me donner un coup de main, dit-elle aussi calmement qu'elle le put.

Elle n'osait pas quitter des yeux l'homme qui s'était relevé.

— Elle m'a cassé le nez ! hurla le grand.

Il était désormais à genoux, et son visage était barbouillé de sang. L'ignorant royalement, Pete passa devant lui pour s'approcher d'elle.

— Qu'est-ce que tu fais ?

— Je leur botte les fesses.

— On se calme, répondit-il en lui tendant le sac de plats à emporter. Bon, vous avez cinq secondes pour vous éloigner d'elle, lança-t-il à l'attention des deux hommes.

Le plus petit prit un air surpris avant de laisser brutalement tomber ses bras le long de son corps.

— Désolé, mec. On ne savait pas qu'elle était à toi.

Folle de rage, Chloe serra les poings. C'était vraiment le pompon.

— Qu'est-ce que tu as dit ? s'écria-t-elle, mais Pete, déjà, l'avait prise par la taille pour l'éloigner d'eux.

— Cinq. Quatre. Attention, à zéro, je la lâche et je la laisse vous mettre une raclée.

— Laisse tomber. On y va, répondit le petit en aidant son ami à se relever.

Mais il était hors de question qu'elle les laisse s'en tirer ainsi.

— Je vais vous…

— Chloe, arrête, murmura Pete à son oreille avant de reprendre son compte à rebours. Trois.

— On y va. On y va. Allez, viens, Jack.

— Mon nez ! hurla le Jack en question.

— Deux, fit Pete d'une voix plus forte encore.

Mais les deux hommes s'étaient déjà enfuis en courant, se retournant de temps en temps pour crier une insulte.

Quand ils eurent disparu dans la nuit, Chloe se dégagea vivement de l'étreinte de Pete.

— Tu ne t'imagines même pas à quel point ça peut être énervant ! s'exclama-t-elle.

Il fit un pas en arrière et leva les deux mains en signe de reddition.

— Du calme, ma chérie.

— Je ne suis pas ta chérie, et tu le sais très bien. Je leur ai dit de me laisser tranquille, et qu'est-ce qu'ils ont fait ? Ils ont essayé de m'attraper. Alors que toi, tu n'as eu qu'à arriver et être un homme pour les faire déguerpir.

— Être un homme ? répéta-t-il d'un air décontenancé.

Elle avait envie de hurler, de casser quelque chose. Elle avait déjà frappé quelqu'un et, malheureusement, ça n'avait pas suffi.

— Oui ! Est-ce que tu te rends compte de ce que ça fait ?

— D'être un homme ?

— Tu ne t'en rends pas compte, évidemment, puisque tu en es un !

Il se mit à la regarder comme si elle était devenue folle. Elle lâcha un juron. Naturellement qu'il ne s'en rendait pas compte ! Il devait d'ailleurs se réjouir de sa réaction émotive. Encore une chose qu'il pourrait lui renvoyer au visage pour lui prouver qu'elle n'était pas capable de diriger le *All-Stars*.

Découragée, elle baissa la tête pour essayer de remettre de l'ordre dans ses idées. Ses yeux commençaient à la brûler. Sentant ses forces la quitter, elle laissa tomber le sac contenant le dîner.

— Excuse-moi, murmura-t-elle.

À ces mots, il posa ses mains sur ses épaules. Tout doucement. Pourtant, elle faillit s'effondrer.

— Pourquoi est-ce que tu t'excuses ?

Battant des cils, elle parvint à retenir les larmes qui menaçaient de couler.

— J'ai fait tomber notre repas. Et j'ai perdu mon sang-froid.

— Et moi qui pensais que Flash était l'excité de la famille…

Tendrement, il se mit à lui masser les épaules.

— Ça va mieux ?

Pas vraiment, non. Elle avait tellement mal à la main qu'elle sentait son cœur battre dans ses phalanges. Rien ne s'était passé comme elle l'avait voulu ce jour-là, et elle était tellement pitoyable que Pete Wellington se sentait obligé de la consoler.

C'était la pire journée de sa vie.

— Ça va, dit-elle en luttant pour se reprendre.

Ne voulant pas lui fournir d'autres munitions pour la détruire, elle se força à relever la tête pour chercher son regard.

— Pourquoi ?

— Pourquoi ? répéta-t-il avec un sourire amusé. Je ne sais pas.

Tout en parlant, il avait fait glisser ses paumes le long de ses bras. Précautionneusement, il prit ses mains dans les siennes et les tourna vers la lueur du réverbère.

— Peut-être parce que tu viens de casser le nez à un abruti qui devait bien peser cinquante kilos de plus que toi.

— Au moins, murmura-t-elle.

Malgré tous ses efforts, une larme finit par s'échapper. Au même instant, elle s'immobilisa. Les yeux toujours rivés sur les siens, Pete venait de porter ses phalanges meurtries à ses lèvres pour les embrasser délicatement.

Une intense sensation de chaleur déferla en elle, si inattendue qu'elle sentit ses genoux flancher. Sans lâcher sa main blessée, Pete passa un bras autour de sa taille pour la soutenir.

— Au moins, acquiesça-t-il.

La poitrine de Chloe était désormais appuyée contre le torse ferme et musclé de Pete. Elle n'était pas assez forte pour ça. Non. Surtout après la journée qu'elle venait de passer, et au cours de laquelle il avait pris sa défense pas moins de deux fois. C'était un piège, une ruse, mais il était prévenant et charmant, et il lui semblait tellement plus simple de ne pas être obligée de mener une nouvelle bataille !

Elle ne voulait pas se battre avec lui.

— Voilà ce qu'on va faire, murmura-t-il en la regardant en face.

— Quoi ?

Sans répondre, il lâcha sa taille et sa main. Elle faillit crier pour protester mais, aussitôt après, il la hissa dans ses bras.

Qui aurait pu croire que Pete Wellington pouvait se montrer aussi charmant ?

— Je vais t'installer dans mon pick-up, parce qu'il se trouve plus loin de la porte d'entrée que le tien, ce qui signifie moins d'abrutis pour te harceler, finit-il par dire en commençant à avancer comme si elle n'était pas plus lourde qu'une plume. Et ensuite, j'irai chercher le repas et une poche de glace pour ta main.

— Un peu de glace me ferait sûrement du bien, dit-elle en passant ses bras autour du cou de Pete et en nichant sa tête au creux de son épaule.

Elle n'aurait pas dû faire ça, mais peu importait. Elle n'avait plus la force de lutter.

Il n'avait pas menti : son pick-up était beaucoup plus loin du bar que le sien.

— Je vais te dire quelque chose, reprit-il. Mais tu dois me promettre de ne pas te fâcher.

— Sérieusement ?

Sans ralentir son allure, il baissa les yeux vers elle et prit un air espiègle.

— Ne me tape pas dessus, Lawrence. J'ai vu les dommages que tu peux causer.

Était-ce un compliment ?

— D'accord. Promis.

Ils finirent par arriver au pick-up, et il la déposa doucement sur le sol pour en ouvrir la benne. C'était un très beau modèle, flambant neuf.

— Qu'est-il arrivé à ton ancien pick-up ? Celui qui était à moitié rongé par la rouille ?

Elle essaya de se hisser dedans, mais quand elle s'appuya sur sa main blessée, la douleur fut si vive qu'elle laissa échapper un petit cri.

Tout en soupirant, il s'approcha d'elle et, sans lui laisser le temps de s'y préparer, posa les mains sur sa taille. De nouveau, une délicieuse sensation de chaleur envahit Chloe.

— Le vieux tas de rouille ? Ça fait longtemps que je m'en suis débarrassé. Je suis civilisé maintenant.

Elle leva les yeux vers lui tandis qu'il resserrait son étreinte autour de sa taille. Ils en étaient exactement là où ils s'étaient arrêtés un peu plus tôt dans la journée, quand Flash les avait interrompus en frappant à la porte.

Mais Flash n'était pas là cette fois-ci.

— Apparemment, répondit-elle d'une voix taquine. C'est pour ça que tu veux travailler pour le *All-Stars* ? Parce que tu as besoin d'argent ?

Elle s'attendait à une contre-attaque virulente, mais il se contenta de la regarder intensément.

— Ce n'est pas pour ça, non.

— Alors pourquoi, Pete ? dit-elle d'une voix plus basse, comme il s'était encore rapproché.

Il garda le silence un long moment. Et, tout à coup, un léger sourire se dessina sur son beau visage.

— Tu es l'une des femmes les plus étonnantes que j'aie jamais rencontrées, dit-il.

Et sans lui laisser le temps de réagir, il la hissa dans le pick-up. Ses yeux, et sa bouche, étaient désormais au même niveau que les siens.

Ne surtout pas l'embrasser. Ne surtout pas se laisser toucher par ses compliments.

— Je parie que tu dis ça à toutes les filles qui arrivent à casser un nez d'un coup de poing, parvint-elle à murmurer, sans pour autant pouvoir se résoudre à s'éloigner.

— Non. Seulement à toi, répondit-il.

Il se pencha vers elle et, malgré toutes ses bonnes résolutions, Chloe sentit son corps vibrer du plaisir de l'anticipation. Un unique mot lui vint à l'esprit : *enfin*.

Mais Pete ne joignit pas ses lèvres aux siennes ; il déposa un baiser sur son front. Ce qui était tout aussi bien. Mieux, même. Un geste tendre, qui ne les engageait à rien. Elle n'aurait pas dû être déçue, et pourtant…

Alors qu'elle se faisait ces réflexions, il finit par s'éloigner d'elle pour repartir vers le bar.

— Reste là et essaie de ne pas provoquer d'autres bagarres.

— Ce sont eux qui ont commencé !

Il s'arrêta pour se retourner vers elle.

— Et toi, tu as fini ça comme un chef.

Il y avait dans sa voix du respect et de la tendresse. Des sentiments qui la touchèrent profondément.

Commençait-elle à apprécier Pete Wellington ?

Décidément, c'était la journée des catastrophes.

- 6 -

Dès qu'il eut quitté le champ de vision de Chloe, Pete se mit à courir. Si ces abrutis décidaient de revenir, il fallait qu'il leur tombe dessus avant qu'ils ne repèrent la jeune femme.

Elle avait cassé le nez de ce poivrot, mais s'ils s'y mettaient à deux, elle ne pourrait rien faire, et s'il lui arrivait quelque chose…

Courant aussi vite qu'il le pouvait, il fit le tour des véhicules garés dans le parking, et finit par tomber sur les abrutis en question. Celui qui avait le nez cassé était occupé à vomir sa bière, tandis que celui qui avait insulté Chloe attendait au volant d'un pick-up rouillé, les jambes tournées vers la portière ouverte.

En les reconnaissant, Pete fut pris d'une brusque envie de finir ce qu'elle avait commencé. Même si elle avait refusé de l'admettre, ils lui avaient fait la peur de sa vie. Peur qu'elle avait uniquement réussi à surmonter grâce à sa colère.

Il n'aurait jamais pensé ça possible mais, dans ce cas précis, il lui semblait que le sale caractère des Lawrence n'était pas une si mauvaise chose.

Il ne lui faudrait pas bien longtemps pour mettre ces deux-là hors d'état de nuire. Deux bons coups de poing bien placés pour s'assurer qu'ils demeureraient à terre le reste de la nuit. Mais il risquait d'y avoir des témoins et, connaissant Chloe comme il la connaissait, s'il se tachait avec du sang, elle le remarquerait et s'énerverait ensuite contre lui en lui reprochant d'être un homme, comme si c'était un crime.

Il fallait qu'il retourne auprès d'elle. Après avoir jeté un dernier regard aux deux jeunes pour s'assurer qu'ils ne bougeraient pas, il repartit donc vers le bar.

Qu'entendait-elle par là, au fait ? Évidemment qu'il était un homme. Cela lui paraissait indiscutable.

Le sac était exactement là où elle l'avait laissé tomber. Il en inspecta le contenu. Quelques frites s'étaient échappées des barquettes mais les boîtes paraissaient intactes. Satisfait, il fit le tour de l'établissement pour ouvrir la porte des cuisines.

— Bonsoir, vous pourriez me donner un peu de glace, s'il vous plaît ?

Les employés parurent agacés de cette intrusion par la porte arrière, et ils ne cherchèrent pas à le cacher. Pete les comprenait. Mais chaque moment qu'il passait près de ce fichu bar était un moment qu'il passait loin de Chloe. Il fallait qu'il aille la retrouver.

Il avait failli l'embrasser.

En réalité, il l'avait même fait, mais pas là où il l'aurait souhaité. Et en caressant sa peau de ses lèvres, il avait inhalé son parfum, ce qui lui avait permis de mieux se délecter de cette odeur fruitée. Pomme verte. Il aurait menti s'il avait prétendu ne pas avoir été tenté d'y goûter.

Mais il s'était retenu.

L'embrasser aurait sûrement été très agréable, mais cela ne faisait pas partie de ses plans. Connaissant Chloe comme il la connaissait, il pensait même pouvoir dire que cela les aurait totalement anéantis.

Et où cela l'aurait-il mené ? À la case départ, depuis laquelle il observait, impuissant, ces bourgeois de la ville exploiter son concours de rodéo.

Un cuisinier finit par lui lancer un sac de glace. Après l'avoir remercié, il se dépêcha de ressortir.

Il ralentit son allure quand il l'aperçut. Tenant sa tête entre les mains, les coudes appuyés au montant de la benne, elle semblait observer le ciel étoilé. On aurait dit une héroïne de chanson de country. Tout à coup, Pete fut pris d'une furieuse envie de prendre le volant pour s'éloigner de cette agitation, trouver un champ isolé où ils pourraient se blottir dans le pick-up pour regarder les étoiles.

Il secoua la tête pour se remettre les idées en place.

— C'est moi, annonça-t-il pour ne pas l'effrayer. Tout s'est bien passé ?

— Oui. Ça a été aussi calme que ça peut l'être à cette distance du bar.

Il lui tendit le sac de glace qu'elle plaça aussitôt sur sa main.

— C'est bon, gémit-elle.

À ces mots si sensuellement prononcés, il sentit son corps se tendre de désir. Que dirait-elle s'il faisait sensuellement courir ses mains sur son corps voluptueux ? S'il s'enfonçait dans sa douce chaleur ?

Concentre-toi, Pete.

— Attends, dit-il en montant dans l'habitacle pour aller chercher un bandana qu'il avait laissé dans la boîte à gants. Je vais envelopper ta main là-dedans. Tu penses que tu t'es cassé quelque chose ?

Elle secoua la tête tandis qu'il maintenait la glace en place avec le foulard.

— J'ai mal, mais pas au point de ne pas pouvoir bouger les doigts. Ceci dit, ça ne va pas être simple de porter le drapeau demain.

— Et je ne vois pas qui d'autre que toi pourrait le faire.

Il lui tendit la boîte qui contenait son hamburger et

plaça le reste du repas entre eux. Comme une barrière de protection.

— J'ai vu qu'il y avait un peu de frites qui étaient tombées de la barquette.

Cela ne lui semblait pas bien, pas juste. Elle méritait tellement mieux que cet encas graisseux !

— Merci.

— Parle-moi de tes projets pour le *All-Stars*, dit-il après quelques secondes de silence. Tu envisages vraiment d'ouvrir la compétition aux femmes ?

— Oui, répondit-elle en piquant une frite. J'ai analysé les statistiques et les profits du *Total Bull Challenge* depuis que June Spotted Elk participe au concours et, entre les nouveaux produits marketing et les contrats avec la télé, je pense qu'elle est responsable d'une augmentation d'au moins quinze pour cent des profits. Évidemment, certains contredisent ces chiffres. Mais les chiffres sont les chiffres. Ça ne peut pas être une coïncidence.

— Hm, se contenta-t-il de dire, parce qu'il n'avait jamais imaginé qu'elle étudierait les profits, et encore moins les statistiques.

— J'aimerais trouver une star comme elle. Tex McGraw me semble en avoir l'étoffe. Tu as vu sa page Instagram ?

— Je ne suis pas un grand fan des réseaux sociaux.

Pour être honnête, il aurait même dû dire qu'il ne s'y intéressait absolument pas.

— Ah bon ? s'exclama-t-elle d'un air faussement effaré. Je vais te dire ce que je pense : avec une bonne stratégie marketing, je suis certaine que Tex pourrait obtenir de fabuleux sponsors, dont le prestige rejaillirait sur le nom du *All-Stars*.

Ces propos l'étonnèrent tant qu'il faillit s'étouffer avec son hamburger.

— Tu préfères mettre Tex en avant plutôt que ton propre frère ?

— Bien sûr. Il s'agit du *All-Stars*, pas du concours de la famille Lawrence. Et puis, il n'y a pas que Tex, même si je reste persuadée qu'il a un fort potentiel. J'aimerais convaincre June de participer à quelques compétitions : elle a grandi dans un ranch et sait manier le lasso comme les plus grands. Même si ce n'est que pour une soirée, on raccrochera ses fans, qui sauront tous que le *All-Stars* existe. Ce genre de choses. Mais quelqu'un comme Tex, dont on pourrait tirer parti de la notoriété sur les réseaux… ce serait vraiment super. Et puis il y a le titre de princesse…

Ne pouvant s'en empêcher, Pete intervint :

— Quoi ? Tu comptes te faire passer reine du rodéo ?

Elle lui jeta un regard noir qui le fit sourire.

— Je suis sérieuse. Je ne suis plus une adolescente, et ça fait plus de dix ans que je fais ça. C'est un peu ridicule, tu ne trouves pas ?

Ses paroles le prirent de court. Était-il censé être d'accord ? Il l'était, mais en le reconnaissant il aurait l'impression de tomber dans un piège.

Heureusement, elle se remit à parler :

— Ce que j'aimerais faire, c'est ouvrir la compétition aux jeunes filles. Ce qui, une fois encore, ne ferait qu'élargir notre public. On pourrait peut-être en faire une compétition nationale avec une année de règne ou… Je ne sais pas exactement, mais je crois qu'il est temps de passer à l'étape supérieure. Et puis, j'en ai assez de tous ces hommes qui débarquent dans ma loge pendant que je me change. Je préférerais simplement diriger le concours.

Désormais, qu'était-il censé dire ? Il était toujours parti du principe qu'elle ne vivait que pour être princesse.

Il pensait qu'elle s'accrochait à son moment de gloire comme si sa vie en dépendait et…

Et qu'elle ne s'intéressait au *All-Stars* que pour ces quelques minutes dans la lumière des projecteurs.

Avait-il mal interprété la situation ? S'était-il trompé sur Chloe ? Tout à coup, il n'était plus si sûr de connaître la personne qui se trouvait en face de lui. En tout cas, ce n'était plus cette adolescente de la ville à peine capable de tenir en selle sur laquelle il avait posé les yeux dix ans plus tôt.

Chloe Lawrence n'était plus la petite écervelée qui n'avait aucun respect pour le concours.

Il se sentait totalement déstabilisé.

— De grandes idées…

Ce fut tout ce qu'il trouva à dire. C'étaient d'immenses changements qu'elle proposait. Mais s'ils fonctionnaient, et manifestement elle s'était bien renseignée, cela pourrait être bénéfique au concours.

— Oui. Mais les vieux de la vieille vont essayer de me mettre des bâtons dans les roues. Ils ne voient pas l'évolution sur le long terme que les filles pourraient apporter. Je crois qu'ils préféreraient que le *All-Stars* meure plutôt qu'il soit ouvert aux femmes.

Le silence s'installa entre eux tandis qu'ils finissaient de manger. Mais Pete avait l'esprit agité.

Chloe était déterminée à transformer le *All-Stars*. Rien d'étonnant à ce que Dustin Yardley et les autres aient été si furieux ce matin ! Le rodéo était une affaire de traditions, d'honneur, de loyauté, voire un bastion de fierté virile. Aucune des choses dont Chloe parlait n'allait dans ce sens-là.

Cependant… elle n'avait pas tort concernant la stagnation. Pete lui-même ne voulait pas que le *All-Stars* finisse par s'éteindre. Il adorait ce concours, et ce depuis que son père l'avait fondé dans les années 1980. Toute son enfance avait tourné autour de ça. C'étaient les seuls moments où son père s'intéressait à lui. Car Davey Wellington ne s'était jamais beaucoup concentré sur quoi que ce soit, et certainement pas sa famille. Sa mère disait souvent que, si les troubles de l'attention avaient été diagnostiqués à cette époque, son père en aurait été le parfait représentant.

C'était sa mère qui s'occupait du ranch, tout en tenant la maison. Son père avait la fâcheuse habitude de se laisser distraire par de grandes et lumineuses idées. Qui pouvaient être bonnes, comme quand il avait décidé de fonder le *All-Stars*. Ou mauvaises, comme quand il avait misé le concours à cette partie de poker. Mais désormais, c'était trop tard. Son père était parti.

Pete, cependant, entretenait l'espoir d'honorer sa mémoire et faire revivre ces souvenirs si spéciaux en reprenant le contrôle du concours. Mais si le *All-Stars* perdait ses concurrents au profit d'autres concours plus populaires, qu'adviendrait-il de son héritage ?

Il allait avoir besoin d'un verre pour affronter cette réalité. Ou même de plusieurs.

Mieux valait changer de sujet. À côté de lui, Chloe terminait de manger avec un appétit qu'elle ne cherchait pas à dissimuler.

— Tu avais faim, hein ?

— Je ne mange jamais avant un spectacle. Avant, c'est parce que j'étais trop stressée, et maintenant parce que je suis trop occupée. J'essaie de bien manger au petit déjeuner, mais quand arrive le soir…

Elle haussa les épaules.

— Ce hamburger est délicieux, conclut-elle.

— Il serait meilleur avec une bière.

— C'est vrai. Mais il est hors de question que je boive de l'alcool en ta compagnie.

— Pourquoi pas ? demanda-t-il en faisant de son

mieux pour ne pas lui montrer à quel point il avait été vexé. Je n'irai jamais t'agresser comme ces deux idiots, tu le sais bien.

À ces mots, elle se tourna vers lui, et son regard était si pénétrant que, gêné, il finit par s'en détourner en faisant mine de reprendre des frites.

— Ce qui nous amène à la question essentielle, non ?

Elle essayait de le coincer, c'était certain, mais il ne voyait pas où elle voulait en venir. Allait-elle à nouveau lui rappeler qu'il était un homme ?

— Quelle question ?

— Qu'est-ce que tu me veux ?

Il faillit s'étouffer avec sa frite. Et dire qu'il avait volontairement changé de sujet pour essayer d'évoluer sur un terrain plus sûr !

Reposant sa boîte vide, Chloe croisa les jambes et se tourna complètement vers lui.

— Qu'est-ce que tu me veux ? Là, maintenant ? Ça fait dix années qu'on se croise, Pete. Dix ans qu'on se cherche, qu'on se trouve, qu'on se lâche. Et durant tout ce temps, jamais tu n'as été gentil avec moi, jamais tu n'as pris ma défense comme tu l'as fait aujourd'hui.

Il baissa les yeux. Un sentiment de honte, cuisant, s'était emparé de lui.

— Et n'essaie pas d'éluder la question en me disant que tu n'as pas été si méchant que ça, parce que je ne suis pas d'humeur à écouter des bobards ce soir, Pete.

— On pourrait remettre cette discussion à demain.

La lumière du réverbère révéla l'éclat de son sourire.

— J'ai récemment découvert que ma capacité de tolérance face au mensonge s'était considérablement réduite. Pourquoi es-tu là, Pete ? Pourquoi me défends-tu ? Pourquoi, après tout ce temps, en es-tu venu à me traiter comme une personne ? Comme…

Sa voix se brisa, mais elle ne chercha pas à se détourner de lui.

— Comme une amie ?

Il fut tenté de clamer son innocence. De lui dire qu'elle se trompait sur toute la ligne.

Mais elle avait raison. Il aurait menti s'il avait prétendu qu'il n'avait pas cherché à attaquer la famille Lawrence pour récupérer la direction du *All-Stars* au cours des années passées. Il avait tout essayé, y compris des poursuites judiciaires, et rien n'avait fonctionné.

Alors que pouvait-il répondre ? Elle savait aussi bien que lui pourquoi il était là. Mais tant qu'ils n'auraient pas obtenu la preuve formelle et écrite de sa nouvelle position, il ne pourrait pas lui dire la vérité.

Il n'avait d'autre choix que de mentir.

— Peut-être que les choses ont changé. Peut-être que j'ai changé, affirma-t-il.

Curieusement, ces mots résonnèrent à ses oreilles comme une vérité.

Mais ce n'en était pas vraiment une. La famille Lawrence possédait toujours le *All-Stars*, et Pete ne comptait pas s'arrêter tant qu'il ne l'aurait pas récupéré. Chloe n'était qu'un obstacle qu'il lui fallait surmonter.

Il regarda l'obstacle en question. Elle l'observait sous ses longs cils, et il avait la nette impression qu'elle pouvait lire la honte en lui.

— Ça ne marchera pas, tu sais ?

— Quoi donc ?

— Ne joue pas les imbéciles avec moi, Wellington. Le plan que tu as élaboré. Il ne marchera pas. Si tu es là, ce n'est que pour une seule et unique raison : récupérer le *All-Stars*.

Ce qu'il voulait vraiment, c'était l'embrasser. Pour la faire taire, mais pas seulement. Il voulait aussi savoir si les choses avaient vraiment changé entre eux ou si ce n'était que de la fumée et du bruit, comme ces feux d'artifice que l'on tire avant chaque compétition.

Il regarda le ciel étoilé. Malgré la proximité du bar, tout semblait désormais calme autour d'eux.

— Et si tu avais gagné ? s'entendit-il dire. Et si tu avais raison ?

— Ah, quand même..., murmura-t-elle, l'air légèrement amusé.

Il lui jeta un regard dur.

— Pas de triomphalisme, s'il te plaît.

Ce sourire qu'elle arborait. Ce n'était pas normal qu'il lui plaise autant.

— D'accord, mais... tu dis que j'ai raison ?

Tout en se détournant d'elle, il ravala sa salive avec peine.

— Oui. Cela fait dix ans, et rien n'a changé. Je n'arriverai jamais à reprendre le *All-Stars* à ta famille. Dieu sait que j'ai tout essayé, mais vous, les Lawrence, êtes pires que des sangsues.

— Ça, c'est le Pete Wellington que je connais, marmonna-t-elle.

Mais elle ne paraissait pas fâchée au point de lui mettre son poing dans la figure.

— Je peux soit continuer de me heurter au mur que tes frères et toi représentez, soit...

— Soit te faire embaucher pour diriger le rodéo.

Elle était donc tombée dans le panneau.

Mais était-ce vraiment un mensonge ?

Le noir d'encre de la nuit estompait les angles nets autour d'eux, rendant les contours des bâtiments et des véhicules indistincts.

— Le *All-Stars* est toute ma vie, et je n'arriverai jamais à le récupérer. J'ai perdu tous mes procès, et tu n'accepteras jamais de le vendre. Je suis à court d'idée.

C'était l'indiscutable vérité, et elle était bien douloureuse à admettre.

— Je ne vois plus que deux solutions : abandonner mes rêves et me détourner de la seule chose que j'aime dans la vie, ou ravaler ma fierté et te demander de m'engager en qualité de manager. Je n'essaierai pas de saper ton autorité et je pourrais continuer de faire ce que j'aime : m'occuper du concours que mon père a fondé.

Il se retourna vers elle. Avait-elle cru à son discours ? Parce qu'il y avait beaucoup de vrai là-dedans. Mais pas le fait qu'il ne chercherait pas à l'éliminer.

Comme pour mieux l'étudier, elle se pencha vers lui et inclina la tête sur le côté. Pouvait-elle déterminer où s'arrêtait la vérité et où commençait le mensonge ? La pénombre suffisait-elle à masquer la différence ?

— Tu penses vraiment que je vais croire qu'un homme dont la principale caractéristique est le ressentiment pourrait tout à coup oublier ses différends avec moi pour travailler sous mes ordres ? demanda-t-elle en sautant du pick-up. Que tu aurais tout à coup fini par te dire qu'en fin de compte ma famille n'était pas à l'origine de tous tes problèmes ?

Comme elle commençait à s'éloigner, il la rattrapa et la prit par le bras pour la tourner face à lui.

— Chloe, arrête.

Elle lui jeta un regard noir mais ne chercha pas à s'éloigner de lui, ce qui était déjà une bonne chose.

— Je ne te crois pas, Pete. C'est une belle histoire, poignante comme une chanson country. Mais tu me demandes vraiment de croire que tu envisages de m'encourager à procéder à toutes ces modifications portant sur ton concours adoré ? Parce que tu as changé ?

— Oui, répondit-il en baissant les yeux vers elle. Je t'assure.

L'embrasser ne faisait pas partie de son plan. Pourtant,

tout à coup, cédant à son instinct, il joignit ses lèvres aux siennes.

Il était en train de l'embrasser. Chloe Lawrence, la ridicule princesse qui lui avait pris son concours de rodéo. Il était en train de l'embrasser, et c'était incroyablement bon.

Avec douceur, elle passa un bras autour de son cou et il entendit la poche de glace s'écraser sur le sol. Peu lui importait, car il se sentit au paradis quand il caressa de sa langue les contours des lèvres pleines et sensuelles de la jeune femme.

Pourquoi ne l'avait-il pas embrassée avant ? Il aurait pu le faire des années plus tôt.

Il la serra dans ses bras, prit ce qu'elle lui donnait et en réclama plus encore. Avec gourmandise, il se délecta du goût de sa bouche tout en reculant pour la coincer contre la portière du pick-up.

— Chloe, murmura-t-il contre sa peau en faisant sensuellement glisser sa bouche le long de son cou. Chloe.

D'un geste impatient, elle lui ôta son chapeau pour passer sa main valide dans ses cheveux.

— Tais-toi, dit-elle d'une voix qui semblait presque empreinte de colère.

Mais, au même moment, elle prit ses mains pour les porter à ses seins, et même la sensation de sa peau glacée contre la sienne ne suffit pas à le refroidir.

— Tais-toi, Pete.

— Oui, madame, répondit-il, ivre du plaisir de sentir ses seins contre ses mains.

La chaleur de leur poids lui emplissait désormais les paumes, et il émit un autre grognement de satisfaction en sentant ses tétons se dresser sous ses doigts. En une seconde, son sexe était devenu dur comme du bois, et il avait envie de plus.

Il voulait qu'elle lui donne tout.

— Oui, susurra-t-elle.

Il n'eut pas besoin d'autres encouragements. Se rapprochant encore d'elle, il appuya son sexe dur contre le sien. Tout en étouffant un petit cri, elle se laissa aller contre lui.

Enveloppé par sa douce chaleur, il se mit à aller et venir contre elle. Comme elle rejetait sa tête en arrière, il jugea le moment opportun pour explorer sa poitrine si tentante. S'appuyant d'une main à la portière, il glissa l'autre sous son T-shirt ample, prenant au creux de sa main l'un de ses seins ronds et haut perchés, dont il se mit à masser les tétons durcis à travers le tissu de son soutien-gorge.

— De la dentelle, murmura-t-il en faisant sortir le sein du tissu pour enfin, enfin, pouvoir sentir sa peau brûlante contre la sienne. Je me posais la question.

— Tais-toi, répondit-elle en attirant violemment sa bouche vers la sienne et en l'embrassant avec une telle passion qu'il faillit en perdre son sang-froid.

Il ne pouvait pas la laisser faire ça tant qu'il n'aurait pas lui-même fait exploser le plaisir en elle. Aussi continua-t-il de l'embrasser, de caresser son sein voluptueux, de torturer son téton durci tout en absorbant les petits cris qu'il lui arrachait et qui ne faisaient que l'exciter davantage, au risque de le pousser à bout.

En l'espace de quelques secondes, n'y tenant plus, il finit par relever le T-shirt de Chloe d'un geste impatient pour prendre son téton entre ses lèvres et continuer sa douce torture. Tout en se délectant de ce plaisir au goût d'interdit, il passa sa main libre entre les jambes de la jeune femme et se mit à masser son clitoris, la poussant alors à se cambrer sensuellement contre lui.

— Jouis pour moi, murmura-t-il.

Et, pour une fois, Chloe Lawrence, cette femme qui ne l'écoutait jamais, fit ce qu'il lui avait demandé. Le corps secoué de soubresauts, elle se laissa emporter par l'orgasme. Il releva les yeux vers son beau visage juste au moment où l'extase atteignait son sommet.

Il en eut le souffle coupé. Avait-il jamais vu une femme aussi belle et aussi vulnérable ?

Au bout de quelques secondes, haletante, elle s'écroula dans ses bras, appuyant son front contre son épaule. Il sentait désormais son souffle chaud contre son cou, et son corps hurlait de désir d'être satisfait, mais il n'aurait pas pu bouger même s'il en avait eu envie.

Il se sentait tellement bien, à tenir le corps chaud de Chloe entre ses bras que, l'espace d'une seconde, il se demanda s'il ne devait pas abandonner son ancien plan pour en élaborer un nouveau. Un plan dans lequel il y aurait beaucoup plus de Chloe et beaucoup moins de vêtements. Un plan qui leur permettrait de passer le reste du week-end au lit à découvrir toutes les histoires que leurs corps avaient à se raconter.

Et si… Et s'il lui avait dit la vérité, un peu plus tôt ?

Et si rien de tout cela n'avait été un mensonge ?

— Chloe, commença-t-il.

Mais il ne poursuivit pas. Car tout cela était insensé.

Il venait de donner un orgasme à Chloe Lawrence, c'était déjà bien assez comme ça. Mais il avait en plus fallu qu'il le fasse sur le parking d'un bar, où n'importe qui aurait pu passer et les voir.

Avant qu'elle n'ait rédigé son contrat de travail.

Mais à quoi pensait-il ?

La situation empira encore quand elle le repoussa. Il n'eut d'autre choix que de reculer, de la regarder arranger son soutien-gorge.

— C'était… heu… C'était bien.

C'était mal, voilà ce que c'était. Et il n'avait aucune idée de ce qu'il pouvait dire pour ne pas envenimer encore la situation. On aurait dit que tout son sang s'était accumulé dans son sexe, le laissant avec le cerveau vide.

Tout en grimaçant, il réajusta son pantalon.

— Oui.

— Bon, fit-elle et, sans prononcer d'autre mot, elle tourna les talons et disparut dans le noir.

Il avait commis une erreur. Une terrible erreur.

Il ne lui restait plus qu'à espérer qu'un miracle se produise.

- 7 -

Quand Chloe arriva au concours, le lendemain après-midi, elle se sentait à deux doigts de vomir le demi-pot de yaourt qu'elle avait réussi à avaler le matin.

Elle n'avait pas dormi de la nuit. À chaque fois qu'elle avait fermé les yeux, elle l'avait revu. Pete, son corps puissant serré contre le sien, ses mains partout sur elle.

Elle l'avait laissé faire.

Pire, elle l'avait presque supplié de le faire.

Qui ? Pete Wellington.

Et en public.

Elle s'était littéralement jetée à son cou. Elle lui avait donné tout ce dont il avait besoin pour la faire chanter ou la décrédibiliser aux yeux de tous. Elle ne savait pas ce qui était le pire.

Car les deux possibilités la mèneraient au même point : elle perdrait le contrôle du *All-Stars*.

La question qui demeurait était de savoir quelle carte il allait jouer. Car il les avait toutes en main.

Elle fit le tour de l'arène, en se forçant à saluer les gens qu'elle rencontrait. Mais, curieusement, personne ne croisait son regard ou ne répondait à ses salutations. Elle sourit de plus belle, parla un peu plus fort. Mais tous semblaient se détourner d'elle.

Super. Génial. Pete l'avait bercée d'illusions en lui racontant qu'il avait vu la lumière et qu'il était devenu un homme nouveau puis il l'avait mise dans une situation compromettante et il n'y aurait pas de période de grâce. Il avait déjà raconté à tout le monde ce qui s'était passé la veille. Son plan pour monter ses cavaliers et le reste de son équipe contre elle s'était révélé très efficace.

Elle attendit d'avoir refermé la porte de sa loge derrière elle pour se départir de son sourire. Il fallait qu'elle trouve un moyen de riposter. Il l'avait séduite ? Et alors ? Elle aimait le plaisir tout autant qu'une autre, et Dieu savait qu'un long moment s'était écoulé depuis son dernier orgasme. Qui aurait pu lui reprocher d'avoir tiré parti de ce que Pete lui avait offert ? C'était un très beau garçon, et il était exceptionnellement doué de ses mains.

Il n'était pas question qu'elle ait honte de sa sexualité. Et si quelqu'un essayait de lui donner ce sentiment, il allait le regretter.

Elle avait parfaitement le droit de se comporter ainsi. Pete avait cherché à se servir d'elle ? Ils avaient été deux à jouer à ce jeu-là. Elle s'était servie de lui elle aussi. Elle était dans l'ambiance, et il s'était trouvé là au moment opportun. C'était aussi simple que ça. S'il ne comprenait pas, tant pis.

C'était certainement la meilleure attitude à adopter, mais il n'en demeurait pas moins que la journée allait être difficile. Sans même parler de la réaction de Flash quand il l'apprendrait. Restait à espérer qu'une intervention de la police ne soit pas nécessaire.

Les coups qu'elle entendit subitement à la porte la surprirent, mais pas autant que la voix de Pete :

— Chloe ? Tu es habillée ?

Ils en étaient donc là. Bon.

Après avoir pris une profonde inspiration, elle ouvrit vivement la porte et le fusilla du regard.

— Cela répond-il à tes critères ? demanda-t-elle

sèchement en désignant d'un geste de la main le jean et le T-shirt simples qu'elle portait.

— Du calme, dit-il en levant les deux mains devant lui, avant de la regarder de haut en bas. Oui.

— Je ne suis pas un cheval, Pete.

— Très bien, dit-il en se massant la nuque d'un air embarrassé. Voilà une chose de réglée. Mais nous avons des problèmes autrement plus importants.

— Plus importants que le fait que tu sois allé raconter à tout le monde ce qui s'était passé entre nous sur le parking ?

— Parle-moi sur un autre ton ! s'exclama-t-il en refermant vivement la porte derrière eux. Mais qu'est-ce qui t'arrive encore ?

— Je suis enfermée dans ma loge avec un menteur et un traître, voilà ce qui m'arrive, répondit-elle en reculant pour s'éloigner de lui au maximum. Je peux savoir pourquoi tu as dit à tout le monde ce qui s'était passé entre nous hier ?

— Quoi ? fit-il d'un air sidéré. Mais je… Qu'est-ce qui te fait croire que j'ai pu faire une chose pareille ?

— Je ne sais pas. Commençons par dire que personne n'a daigné m'adresser la parole ce matin. Tu ne peux pas savoir le bien que ça fait d'être traitée comme une marchandise endommagée.

Ces mots n'auraient pas dû lui faire du mal mais, pourtant, ils semblèrent lui râper la gorge, et elle dut se détourner de lui pour ne pas faire quelque chose de stupide, comme éclater en sanglots. Hors de question qu'elle se laisse aller à ça devant lui. Jamais de la vie.

— Je sais que tu n'as pas besoin de moi pour te défendre, mais je te jure que je ne laisserai jamais personne te traiter de cette façon.

Elle eut envie de protester, mais il l'en empêcha en reprenant d'une voix plus forte :

— Je n'ai parlé à personne de ce qui s'était passé entre nous, parce qu'il s'agit là de quelque chose de privé et de parfait. Enfin, Chloe, pour qui me prends-tu ?

Avait-elle bien entendu ? Avait-il dit « parfait » ?

— Je ne sais pas ce que tu penses de moi, reprit-il, mais je ne suis pas un sale type. Je ne suis pas du genre à me vanter de mes exploits et je ne me servirai jamais du sexe pour faire du mal à une femme. Tu pourrais quand même m'accorder un peu plus de respect.

Elle avait le sentiment que, s'il en avait eu la place, il aurait arpenté la pièce de long en large. De fait, son explication semblait crédible. Il paraissait vraiment offensé qu'elle ait laissé entendre qu'il s'était comporté de la sorte.

— Tu crois que quelqu'un aurait pu nous voir ?

— Non ! rugit-il. Personne ne nous a vus. Et personne ne parle de nous.

— Bon… Alors si ce n'est pas le problème, qu'est-ce que c'est ?

Car il avait nécessairement dû se passer quelque chose.

— Flash a remis ça dans l'autre bar hier soir.

Elle soupira. Flash. Rien d'étonnant, tout bien considéré. Flash serait toujours Flash.

— Avec un type du coin ou un cavalier ?

— Un cavalier.

La journée, comme celle de la veille, s'annonçait riche en mauvaises surprises. Elle aurait aimé pouvoir remonter dans le temps pour recommencer ce week-end depuis le début.

Pas la peine de demander pourquoi son frère s'était battu. C'était toujours la même chose. Quelqu'un laissait entendre que, s'il était si bien classé, c'était parce que son père possédait le concours ou que sa sœur dirigeait le spectacle. Et face à ce genre de sous-entendus, Flash réagissait violemment.

— Police ?

— Et une ambulance.

Il n'avait donc pas fait les choses à moitié.

— Avec la chance qu'on a, j'imagine que ce n'est pas Flash qui a été hospitalisé ?

Il secoua la tête.

— Qui alors ?

— Tex McGraw.

De pire en pire. Non seulement Tex était l'un des rares cavaliers qui pouvaient battre Flash, mais il était aussi très populaire et possédait des centaines de fans, qui pourraient facilement se mobiliser contre son frère.

Désespérée, elle mit les mains devant ses yeux.

— C'est donc pour ça que tout le monde m'a ignorée ce matin…

— Sûrement, concéda Pete, l'air embarrassé. Mais, au moins, ça n'a rien de personnel. Ils sont juste un peu énervés après les Lawrence pour le moment.

On aurait dit un cauchemar, mais ce n'en était pas un, malheureusement.

— De quoi souffre Tex ?

— Mâchoire brisée, genou cassé.

— Genou ?

— Les Lawrence ne sont pas des tendres, répondit-il avec un sourire peu convaincant. Il sera forfait pour la saison. Il a euh… déjà contacté son avocat.

— D'habitude, Flash m'appelle. Pourquoi ne l'a-t-il pas fait ?

Car en plus de gérer le concours, sa mission consistait à veiller à ce que Flash ne s'attire pas d'ennuis. Mission quasi impossible, au demeurant.

La sonnerie de son téléphone la tira de sa torpeur. Ce n'était ni Flash ni la police. Mais le nom qui s'affichait à l'écran était plus effrayant encore. Elle n'aurait pas cru cela possible, mais l'angoisse atteignit en elle de nouveaux sommets.

— Oliver.

Elle devait répondre. Mais…

— J'imagine qu'il est au courant, lui dit Pete en s'approchant d'elle. Je suis désolé, ma chérie.

— Ce n'est pas toi qui vas devoir aller chercher Flash en prison.

En un geste étonnamment tendre, il embrassa sa main blessée.

— Je suis désolé pour la façon dont nous nous sommes séparés hier soir. Je suis désolé de t'avoir donné des raisons de t'inquiéter ce matin. Je sais que nous n'avons toujours pas discuté des clauses de mon contrat mais…

— La gestion de crise doit passer en premier.

Son téléphone se remit à sonner.

— Écoute, Pete…

— Tu as raison, l'interrompit-il. Il faut d'abord et avant tout protéger le concours. Et… Et je pense que nous ne devrions pas nous rapprocher trop tant que nous travaillons ensemble. En tout cas, pas plus que ce que nous avons déjà fait.

— Oui.

C'était exactement ce qu'elle avait envie de dire, mais sa fierté en prit néanmoins un coup, une blessure qu'elle essaya de dissimuler derrière un faible sourire.

— On verra donc plus tard pour le contrat. Mais en attendant… Tu pourrais m'aider ?

— Évidemment. Tu t'occupes de ta famille et de la presse, je m'occupe du concours. D'accord ?

Elle fut tentée de refuser, car s'il envisageait bel et bien de l'évincer, il devait voir là une opportunité en or de le faire.

Mais quelles autres solutions avait-elle ? Car si cette matinée lui avait appris quelque chose, c'était que personne ne voudrait lui parler du reste du week-end, et encore moins suivre ses instructions. Quelqu'un devait faire en sorte que le spectacle continue, et Pete avait les compétences et les connaissances nécessaires. Elle avait besoin de lui pour des raisons qui n'avaient rien à voir avec son physique de dieu grec et la passion qu'il avait fait brûler en elle la veille au soir.

Aussi décida-t-elle d'ignorer tous ses doutes pour lui adresser son plus beau sourire.

— Ça marche. On fait équipe ?

Il ne répondit pas, se contentant de déposer un léger baiser sur sa bouche avant de tourner les talons. Quand il eut disparu, il lui sembla pouvoir toujours sentir la marque brûlante de ses lèvres sur les siennes.

La bonne nouvelle, c'était que la situation ne pouvait pas être pire.

— Mais qu'est-ce qui t'a pris ? s'exclama Chloe sans chercher à dissimuler sa colère.

Elle était épuisée, inquiète, furieuse. Mais elle ne pouvait pas se payer le luxe d'ignorer les problèmes en espérant qu'ils se règlent tout seuls.

Flash n'avait pas été transporté à l'hôpital, mais il ne s'en était pas pour autant tiré indemne. Dépouillé de son Stetson et de ses bottes, son petit frère paraissait étonnamment jeune dans sa tenue orange de prisonnier. Il avait un coquard à chaque œil, et le côté gauche de son visage était tellement enflé qu'il en était méconnaissable. À la façon dont il se tenait, elle pensait pouvoir dire sans se tromper qu'il avait mal.

Mais tant pis pour lui. Il ne lui inspirait aucune pitié. Car c'était lui qui avait déclenché ça, comme toujours.

Tandis qu'elle l'observait, il avait levé vers elle ses yeux injectés de sang.

— Tu ne comprendrais pas, répondit-il d'une voix plate.

Comment avait-elle pu en arriver à ce point de sa vie où le seul homme qui semblait la traiter avec un minimum de respect était Pete Wellington ?

— Non, tu as raison. Après tout, je ne suis que ta grande sœur et la responsable de ce concours pour lequel tu as, soit dit en passant, plus réussi à détruire en un soir que Pete Wellington en dix ans.

Il plissa les yeux.

— Ce n'est pas le moment, frangine.

Le sang de Chloe ne fit qu'un tour.

— Si ! Oliver et moi sommes d'accord. Tu t'es mis tout seul dans ce pétrin, et tu vas devoir t'en sortir tout seul. Tu as brisé, peut-être définitivement, la carrière de l'un des meilleurs concurrents du *All-Stars.*

— Et l'un des plus grands empaffés.

Elle décida de ne pas relever. Elle voulait finir de lui dire ce qu'elle avait à lui dire.

— Ce faisant, tu as très certainement anéanti ta propre carrière. Et mis à mal mes capacités à gérer le concours. Il n'y a plus personne de ton côté, Flash. Nul n'a envie de se faire éclabousser par ce scandale. Et certainement pas moi.

Les bras croisés, il regardait fixement la table.

S'ils n'avaient pas été séparés par ce grillage, elle l'aurait certainement étranglé.

— Tu voulais prouver que tu pouvais réussir sans tirer parti de ton nom de famille ? Eh bien, voilà une bonne occasion de le faire. Parce qu'il n'est pas question que la famille paie la caution. La famille ou le concours. Ou moi. Tu vas rester dans ta cellule. Tout seul.

— Tu n'étais pas là ! hurla-t-il soudain, en tapant du poing sur la table. Tu n'as pas entendu ce qu'il a dit. Je ne peux pas laisser un homme parler d'une femme comme il a parlé d'elle !

Elle avait grandi avec Flash, et il avait toujours été ainsi, soupe au lait. Calme, placide, puis soudain, sans crier gare, il s'emportait. Elle ne fut donc pas surprise par cette explosion de fureur.

— De quelle femme parles-tu ? Et qu'a-t-il dit ? demanda-t-elle en essayant de garder son calme.

Si Tex avait parlé des femmes avec le manque de respect dont avaient fait preuve les deux ivrognes envers elle la veille au soir, elle pouvait comprendre pourquoi son frère avait craqué. Flash avait toujours adoré les femmes. Un peu trop, sans doute.

Si Tex s'était montré violent dans ses propos, ou même misogyne, elle devait le savoir. Elle ne pouvait pas faire d'un homme qui dénigrait les femmes le centre des futures campagnes marketing du *All-Stars*.

Mais comme son frère ne répondait pas ; ulcérée, elle leva les yeux au ciel.

— Très bien. Oliver va t'envoyer un avocat, mais tu devras te débrouiller seul pour la caution et les dommages et intérêts. Par ailleurs, jusqu'à nouvel ordre, tu es suspendu de la compétition.

— Quoi ? explosa-t-il de nouveau. Tu ne peux pas me faire ça !

Mais elle s'était déjà levée et avait tourné les talons.

— C'est toi qui t'es fait ça tout seul, Flash.

En attendant que l'officier lui ouvre la porte, elle essaya de trouver un aspect positif à la situation. Le seul qu'elle voyait, c'était que personne ne l'avait surprise avec Pete.

— Oliver est-il au courant du pacte que tu as passé avec Pete Wellington ? fit soudain la voix de son frère derrière elle.

Elle resta comme figée sur place. Il se trouvait qu'Oliver n'était pas au courant. Principalement parce que ça n'avait aucun lien avec le problème actuel. Mais aussi parce qu'elle était quasiment certaine que Flash avait déjà menacé Pete et qu'Oliver, dès qu'il serait au courant, se hâterait de faire la même chose. La différence était que les menaces de Flash étaient toujours d'ordre physique, tandis que celles d'Oliver étaient plutôt judiciaires.

Elle avait peur de mentir, cela finirait probablement par lui retomber dessus. Mais ce n'était que Flash, après tout. Elle n'était pas obligée de lui dire toute la vérité.

— Comme s'il en avait quelque chose à faire, finit-elle par répondre en s'efforçant de prendre un air décontracté. La seule chose qui intéresse Oliver, c'est que le *All-Stars* continue de se dérouler sans accroc et de faire des profits sans qu'il ait à s'en occuper. Alors si tu penses détourner son attention de toi en redirigeant sa colère sur Wellington, je crois que tu te mets le doigt dans l'œil. Ce n'est pas à cause de Wellington qu'Oliver m'a appelée ce matin.

Derrière elle, un déclic venait d'annoncer l'ouverture de la porte. Sans attendre sa réponse, elle la poussa et s'en alla.

Elle la laissa se refermer derrière elle dans un lourd claquement métallique qui ne la fit même pas grimacer.

Naturellement, dans les heures qui suivirent, les choses devinrent pires encore. La bagarre fit la une des journaux locaux, qui s'interrogeaient déjà sur l'éventuelle nécessité pour la ville d'annuler le concours.

Plus elle repensait à ce que son frère avait bien voulu lui dire, plus elle devenait certaine que le « elle » en question désignait Brooke Bonner, chanteuse de country dont Flash semblait s'être amouraché.

À ce que Chloe crut comprendre, Tex avait laissé entendre qu'il n'aimait pas la jeune femme, pour une raison qui demeurait un mystère. Le cow-boy se borna à lui dire que Flash était un fou furieux qui devrait payer pour ce qu'il avait fait. Quant aux témoins qu'elle put interroger, leurs versions étaient pour le moins contradictoires : Tex aurait traité Brooke de « grosse vache » ou de « petite écervelée dépourvue de talent », ou bien encore dit qu'il se la serait bien « tapée ».

Impossible pour Chloe, donc, de reconstituer le fil des événements. C'était une véritable catastrophe.

Le *All-Stars* avait perdu Tex MacGraw, sans doute pour toujours. Il serait, dans le meilleur des cas, forfait pour le reste de la saison, mais rien ne l'empêcherait de se venger de Flash sur les réseaux sociaux. Son frère ne l'avait d'ailleurs pas volé. Le problème principal était que Tex racontait déjà à qui voulait l'entendre qu'il ne concourrait plus pour le *All-Stars* tant qu'un Lawrence serait aux commandes et que, s'il venait à participer à un autre concours, il porterait son choix sur le *Total Bull Challenge*, où ses talents seraient appréciés à leur juste valeur.

Flash fut mis en examen pour agression, et Chloe refusa de revenir sur sa suspension, ce qui signifiait que le *All-Stars* était privé de deux de ses meilleurs concurrents. Personne ne voulait le retour de Flash, c'était indiscutable. Son mauvais caractère avait causé bien trop de dégâts.

Chloe, de son côté, était fragilisée dans sa position de leader. Même l'annonce de la suspension de Flash n'arrangea pas la situation. Aux yeux de tous, elle était en partie responsable du comportement de son frère, une idée qu'elle avait beaucoup de mal à accepter. Flash était un adulte de vingt-quatre ans. Elle n'était pas sa nounou.

Et qu'avait-elle dû faire quand le scandale avait explosé ? S'appuyer sur Pete.

Elle ne regrettait pas sa décision de laisser son frère croupir derrière les barreaux, mais ça ne signifiait pas pour autant qu'elle ne devait pas réparer les dégâts qu'il avait occasionnés. À chaque ville que le concours traversait, elle devait répondre aux mêmes questions.

Oui, le *All-Stars* espérait que Tex MacGraw se rétablirait totalement. Oui, le *All-Stars* faisait tout ce qui était en son pouvoir pour aider Tex à atteindre cet objectif. Oui, Flash était suspendu jusqu'à son procès. Non, elle n'était pas là quand la bagarre avait éclaté. Non, elle ne savait pas ce qui l'avait déclenchée. Non, elle n'avait entendu aucune rumeur concernant un lien possible avec Brooke Bonner.

Elle aurait aimé parler des changements qu'elle espérait instiller au concours. Mais personne ne l'interrogeait à ce sujet. Tous semblaient préférer exploiter le scandale qui semblait suivre la famille Lawrence partout où elle allait.

La bonne nouvelle, car elle s'efforçait toujours de voir le bon côté des choses, était que Pete, non content d'avoir brillamment géré le *All-Stars* pendant qu'elle s'occupait de la presse, de la justice et de sa famille, avait annoncé les changements dont elle lui avait parlé le soir où ils avaient dîné ensemble à l'arrière de son pick-up, ce qui lui paraissait s'être passé une éternité plus tôt.

À la prochaine saison, les femmes seraient autorisées à participer aux épreuves individuelles et collectives. D'un côté, Chloe avait été furieuse que tout le monde acquiesce en souriant et en disant qu'il était temps. Car elle savait que, si elle avait elle-même annoncé cette évolution, elle se serait heurtée à un mur compact d'opposition. Mais il avait suffi que ces idées soient formulées par Pete Wellington pour que tout le monde dise amen.

C'était bon pour le rodéo. Mais pas pour son ego.

Elle avait rarement l'occasion de parler avec Pete et, quand c'était le cas, leurs conversations se limitaient aux aspects concrets des tâches qu'ils avaient à accomplir. Il la tenait au courant de ce que disaient les concurrents, et elle l'informait du contenu de ses discussions avec les journalistes. Il ne débarquait plus sans prévenir dans sa loge, et elle ne lui demandait plus de l'inviter à dîner.

Ils étaient tous les deux trop occupés à empêcher le *All-Stars* de s'effondrer sous son propre poids. De plus, ils s'étaient mis d'accord sur le fait que leurs relations devaient rester exclusivement professionnelles. C'était mieux ainsi.

Sauf que… quand elle montait en selle et attendait de faire son entrée, elle le cherchait du regard dans les gradins. En général, elle le trouvait, occupé à la regarder avec ce qui semblait aller bien au-delà d'un simple intérêt amical. Dès que leurs regards se croisaient, elle sentait un délicieux frisson la traverser, et elle regrettait qu'il n'ait pas fait irruption dans sa loge une dernière fois.

Pendant ces quelques instants, séparés par des clôtures, des chevaux et des cow-boys, elle n'était plus la directrice et lui le responsable du concours. Quand son regard trouvait le sien et qu'il lui adressait un clin d'œil, elle pouvait de nouveau sentir la chaleur de ses mains sur son corps, l'audace de sa langue dans sa bouche. Et au vu de la façon dont il la regardait lui aussi, il semblait ressentir exactement la même chose qu'elle.

Mais elle ne pouvait pas l'interroger à ce sujet. Certes, pendant ce bref intervalle de temps contre son pick-up, les trahisons passées et les drames familiaux n'avaient plus compté. Ils n'étaient qu'un homme et une femme sortant d'un bar un vendredi soir, et cela avait été terriblement bon.

Hélas, elle ne revivrait jamais plus ce moment.

- 8 -

Une voix de femme résonna dans le hall de l'hôtel.

— Comment ça, vous n'avez pas de réservation à mon nom ?

Chloe ?

Pete se retourna vivement. Le désir palpitait déjà dans ses veines. C'était bien elle. Il l'aurait reconnue rien qu'à ses hanches parfaites moulées dans ce jean. Elle arrivait généralement sur place un jour avant lui, mais comme cette petite ville de l'Oregon était très mal desservie, il avait dû venir avec un peu d'avance.

Une bonne chose, apparemment. En s'approchant d'elle, il s'aperçut qu'elle tremblait.

Derrière le bureau, le réceptionniste se confondait en excuses :

— Je suis vraiment navré, mais nous sommes complets. Il y a une conférence en ville ce week-end, en plus du concours de rodéo. Il n'y a plus une chambre de libre dans tout Pendleton.

— Mais… je…

Sa voix se brisa et, l'air désespéré, elle se prit la tête entre les mains.

Le réceptionniste tourna vers Pete un regard implorant.

Le moment de la victoire était sans doute arrivé, et il n'avait rien fait pour le mériter. Chloe était sur le point de craquer sous la pression de la gestion du concours, comme il avait toujours su qu'elle le ferait. Elle allait s'effondrer, et il serait là pour recoller les morceaux et révéler au monde entier que Chloe Lawrence n'était pas faite pour ça. Contrairement à lui.

Sauf que... Il voyait désormais ses épaules se soulever et s'affaisser au rythme de sa respiration haletante.

Cela ne lui semblait pas juste. Il voulait qu'elle quitte le *All-Stars*, mais voulait-il vraiment la voir brisée ?

Non.

— Un problème ? demanda-t-il.

Elle se retourna vivement. Son visage était pâle, ses yeux cernés. Que se passait-il ? La Chloe qu'il connaissait, sa Chloe, ne se serait jamais laissé abattre par un problème de réservation.

Sans même y réfléchir, il laissa tomber son sac pour la prendre dans ses bras.

— Qu'est-ce qui ne va pas, ma chérie ?

Elle se laissa faire, et le plus surprenant de tout fut qu'elle s'accrocha à lui. Chloe Lawrence s'accrocha à lui comme on s'accroche à un roc dans une mer agitée.

— Je n'ai pas de chambre, et il n'y a plus de chambre. J'ai passé une semaine horrible et...

Elle s'interrompit, puis prit une profonde inspiration. Apparemment, elle essayait de se retenir de pleurer.

Le cœur battant, il la serra plus fort contre lui. Il l'avait vue énervée, agressive, séductrice et heureuse. Elle paraissait toujours tellement heureuse quand elle menait le cortège dans sa tenue de princesse !

Il avait envie de la revoir heureuse. Et vulnérable, comme elle l'avait été ce soir-là avec lui contre le pick-up. Mais détruite ? Non.

Le besoin d'arranger les choses devenait irrésistible.

Il avait envie de l'aider. Et cette idée le déstabilisait totalement. Chloe Lawrence, l'épine dans son pied dont il rêvait depuis si longtemps de se débarrasser ? Il avait devant lui une opportunité en or de finir le travail qu'il avait commencé.

Son corps, doux et chaud, était toujours serré contre le sien et, tout à coup, il se rendit compte qu'il lui caressait les cheveux. Il ne pouvait pas faire ça. Il était sûrement un parfait idiot, mais il voulait la protéger. Peu importait de quoi. Ce qui comptait, c'était qu'elle avait besoin de quelqu'un qui la soutienne. Il serait son homme.

Brusquement, elle se raidit entre ses bras et s'écarta de lui en battant furieusement des cils.

— Excuse-moi, je suis juste un peu fatiguée, dit-elle en essayant de sourire, ou peut-être de paraître sûre d'elle.

Dans tous les cas, elle échoua lamentablement.

— Tu n'as jamais su mentir, chuchota-t-il à son oreille. J'ai une chambre, et tu vas la prendre. Je trouverai un autre hôtel.

— C'est impossible ! Il n'y a plus aucune chambre.

Ignorant son intervention, il s'approcha du comptoir.

— Peter Wellington. J'ai une réservation.

L'air soulagé, le réceptionniste acquiesça et se mit à fouiller dans les clés.

Pete entendait Chloe trépigner derrière lui. Il sourit. Lui laisser sa chambre était la meilleure chose à faire. De plus, cela l'aiderait à gagner sa confiance. Il avait fait tout ce qu'elle lui avait demandé, veillant scrupuleusement à ne pas éveiller ses soupçons quant à ses motifs ultérieurs.

Mais, à bien y réfléchir, il n'avait pas vraiment eu le temps de travailler sur les motifs en question. Il avait dû fournir beaucoup d'efforts pour empêcher le *All-Stars* d'exploser, et heureusement qu'elle avait été là pour s'occuper du marketing, de la presse et des décisions capitales. Il aurait dû s'estimer heureux d'avoir enfin une occasion de l'éliminer.

Pourtant ce n'était pas le cas.

Il jeta un coup d'œil dans sa direction. Elle paraissait décontenancée et… en colère, peut-être. Mais en tout cas, elle ne semblait plus brisée.

— Pete, qu'est-ce que tu fais ?

— Ça ne te paraît pas évident ? répondit-il en lui faisant un clin d'œil.

Ce qui lui valut un regard mauvais qui, curieusement, le rassura. S'il voulait la vaincre, il fallait qu'elle continue de se battre. Il ne voyait aucune gloire à triompher d'un adversaire déjà au sol.

La voix du réceptionniste le ramena brusquement à la réalité.

— Nous vous avons bien réservé une suite. De combien de clés avez-vous besoin ?

Il se tourna vers elle. Elle était suffisamment proche de lui pour qu'il puisse la toucher, ce qu'il avait très envie de faire. Que se serait-il passé si ça n'avait pas été un hasard ? S'ils avaient décidé de passer la nuit ensemble dans un hôtel, enroulés dans les bras l'un de l'autre ? Rien qu'à cette idée, il sentit son sexe durcir de désir.

— Une, répondit-il en faisant un signe de tête en direction de Chloe. Donnez-la-lui.

— Non, intervint-elle en posant une main sur son bras. Je ne peux pas te laisser faire ça. Ça ne serait pas juste.

— Je ne suis pas le genre d'homme à laisser une dame dormir dehors alors qu'il y a une chambre parfaitement correcte de disponible.

Elle avait laissé sa main sur son bras, et il sentait sa chaleur se répandre à travers le coton de sa chemise.

— Pete, dit-elle d'une voix douce, on pourrait peut-être partager ?

Elle avait prononcé ces mots comme si elle savait que ce n'était pas une bonne idée.

Et elle avait raison. C'était une très mauvaise idée, parce qu'il ne voyait pas comment il pourrait se comporter en gentleman avec elle dans un lit. Voulant l'en avertir, il se tourna vers elle, mais ce mouvement eut pour effet de rapprocher leurs deux corps, et la nuit où il l'avait fait vibrer entre ses mains contre le pick-up lui revint en mémoire.

Il pouvait faire bien mieux que de lui donner du plaisir en la caressant à travers des vêtements beaucoup trop épais. Il pouvait la déshabiller lentement, prodiguer à son corps de déesse toute l'attention qu'il méritait.

Il secoua la tête pour essayer de s'éclaircir les idées, mais ce ne fut pas facile. À quelques centimètres de lui, elle le regardait avec ses grands yeux de biche. Qu'aurait fait un gentleman ? Il l'ignorait, parce qu'en cet instant précis il n'avait aucune envie d'en être un. Il avait envie de donner, de prendre et de donner encore jusqu'à ce qu'elle se retrouve à bout de souffle sous son corps, jusqu'à ce que ses lèvres changent son nom en un merveilleux cri de plaisir.

— Tu es sûre que c'est une bonne idée ?

Ses yeux bruns s'assombrirent, et elle porta sa main à sa gorge comme si elle avait du mal à avaler sa salive. Non, ce n'était pas une bonne idée.

— Ça va aller, j'en suis sûre, répondit-elle pourtant.

Il en était sûr, lui aussi. Sûr qu'il pouvait la déshabiller et être en elle quelques minutes plus tard à peine. Il voulait la voir nue cette fois-ci, son corps somptueux offert à lui tel un festin.

Pour se comporter en gentleman, il aurait dû ramasser son sac, prendre un air déterminé et tourner les talons pour rejoindre sa voiture de location. Reprendre la route et trouver une petite ville qui disposerait d'une chambre disponible. Mettre autant de distance que possible entre eux.

Mais il ne voulait pas. Il ne pouvait pas.

Le réceptionniste finit par s'éclaircir la gorge.

— Combien de clés ?

Sans même se tourner vers lui, Pete prit le visage de Chloe entre ses mains et plongea son regard dans le sien. Elle était tellement chaude, tellement douce.

— Je te laisse la chambre, chuchota-t-il dans une dernière tentative de galanterie.

Après avoir pris une profonde inspiration, elle se tourna vers le réceptionniste.

— Deux, s'il vous plaît, dit-elle avant de se retourner vers Pete. Mais je tiens à payer ma part, Wellington.

Il se mit à rire doucement. C'était comme ça qu'il l'aimait, quand elle se battait avec lui à armes égales.

— Certainement pas, Lawrence.

Il se tourna vers le réceptionniste.

— Deux clés. Une note.

L'air soulagé, l'homme hocha la tête et se mit aussitôt à leur vanter les mérites de l'hôtel. Mais Pete n'écoutait pas. Il était trop occupé à se demander comment allait se passer le reste de la soirée.

Le scandale généré par Flash avait été à la fois une chance et un problème. Pete avait dû faire beaucoup d'efforts pour rassurer toutes les personnes associées au *All-Stars* : concurrents, fournisseurs, gérants locaux. L'autre partie du plan avait été négligée à cause de la quantité de travail qu'il avait dû fournir, mais il avait été content de le faire, parce qu'il voulait récupérer le concours intact, pas en miettes.

Mais c'était une chance également, parce qu'il n'avait pas eu à faire la moindre démarche pour avancer dans son plan : cet événement s'était produit par hasard. Chloe s'occupait de la presse, atténuait les conséquences de la perte de Tex et de Flash. Parallèlement, elle devait gérer le marketing, la distribution, sa marque de vêtements. Résultat, elle n'avait pas vu un seul fournisseur en un mois. À ce rythme-là, il ne lui faudrait pas bien longtemps pour la faire oublier complètement.

Tandis qu'il se faisait ces réflexions, le réceptionniste avait tendu les clés à Chloe, qui se tourna vers lui.

— Tu crois ?

— Essayons.

Sans cette parenthèse sensuelle contre le pick-up, il lui aurait été presque trop facile de l'écarter des opérations quotidiennes. Tant qu'il ne poserait pas la main sur elle, il lui suffirait de laisser les choses suivre leur cours. Plus elle s'éloignerait des aspects pratiques du concours, plus il lui serait difficile de revenir et plus les gens s'opposeraient au départ de Pete.

Mais d'un autre côté, il disposait d'une nuit seul avec elle dans une chambre d'hôtel. Le genre d'occasion qui ne se présentait pas tous les jours. Mais en valait-elle vraiment la peine ? Devait-il se lier davantage à elle ?

Ensemble, ils s'approchèrent de l'ascenseur sans rien dire. Elle tenait les deux clés à la main. La seule chose qu'il avait à faire était de prendre l'autre sortie, celle qui donnait sur le parking.

Mais quand les portes de l'ascenseur s'ouvrirent, elle se tourna vers lui en souriant.

— Tu viens ?

Au diable ses projets à long terme. C'était le genre d'opportunité qui ne se présentait qu'une fois dans une vie, il ne pouvait pas la laisser passer.

— D'accord.

Une fois qu'ils furent entrés dans l'ascenseur, il se dit qu'elle n'allait pas tarder à poser ses limites. Mais comme elle gardait le silence, il décida de prendre les devants.

— Comment désires-tu qu'on procède ?

L'air surpris, elle se mit à le dévisager avec ses yeux immenses.

— Quoi ?

— Ce soir. Comment veux-tu qu'on procède ?

Elle cligna des yeux plusieurs fois, écarta légèrement les lèvres. Il avait l'impression que sa respiration s'était accélérée, mais peut-être était-ce son imagination qui lui jouait des tours.

— À mon sens, il y a trois possibilités, reprit Pete.

Ce n'était pas son imagination. Elle avait très légèrement rapproché son corps du sien.

— Qui sont ?

Il avait très envie de la coincer contre le miroir et de laisser les deux autres possibilités derrière lui. Mais c'était là sa dernière tentative de se comporter en gentleman.

— Première possibilité : je dors sur le canapé, tu dors dans le lit, et nous ne bougeons pas de la nuit, pour ne pas nous gêner. Nous passerons une mauvaise nuit et serons très fatigués demain.

— Tu appelles ça une possibilité ?

— Ce n'est pas ma préférée. La deuxième serait de se comporter en adultes matures et responsables capables de partager un lit sans se toucher. Comme preuve de cette maturité, nous constituons entre nous une barrière d'oreillers et restons éveillés toute la nuit, à regarder le plafond. Nous passerons une mauvaise nuit et serons très fatigués, et très frustrés, demain.

L'ascenseur avait ralenti sa course pour s'arrêter sur le palier.

— Ce qui ne nous laisse donc qu'une possibilité, dit-il en lui caressant la joue du bout des doigts. On fait un petit écart sur notre accord précédent qui stipulait que, en tant qu'associés, on ne devait pas passer la nuit ensemble. Et ce qui devra arriver arrivera.

Elle fronça les sourcils, mais elle appuya sa joue contre sa main. Pas beaucoup, mais suffisamment.

— Ce qui devra arriver…

Il sourit. Parce que ce n'était pas un non.

— Laisse-moi t'aimer un peu, Chloe, prendre soin de toi ce soir. Et demain, on fera comme si rien ne s'était passé.

— Et si on n'y arrive pas ?

C'était une bonne question à laquelle il n'avait pas de réponse à apporter. Les portes s'ouvrirent devant eux. Sans cesser de lui caresser la joue, il fit un signe de tête en direction du palier.

— Alors on fera du mieux qu'on pourra.

Elle laissa échapper un petit cri de surprise quand il lui prit son sac de voyage et se mit à avancer vers le hall. Au bout d'un instant, il entendit ses pas derrière lui.

Comme c'était elle qui avait les clés, il dut s'arrêter devant la porte pour l'attendre. Elle ne le regarda pas quand elle ouvrit la porte, mais elle la lui tint ouverte, ce qui signifiait déjà quelque chose. Une fois à l'intérieur, il déposa les sacs par terre et alluma une petite lampe posée sur un bureau.

Quand il se retourna, elle était à moitié dans l'ombre. Il brûlait d'envie de la serrer dans ses bras et de l'embrasser, de prendre cette décision pour elle. Ou au moins de la lui faciliter. Mais il ne voulait pas l'empêcher d'exercer son jugement.

— Et le concours ? demanda-t-elle soudain.

— Comment ça, le concours ?

Elle prit un air agacé.

— Écoute, la troisième possibilité est une très mauvaise idée. Alors soit tu fais une croix sur le complot que tu as fomenté pour me voler le concours, soit nous restons des associés, qui ne devraient même pas tenter la maturité de la barrière d'oreillers.

Elle n'avait pas tort. Il n'avait pas prononcé le moindre mot sur ce qui s'était passé entre eux dans le Missouri, sauf pour lui dire qu'il ne chercherait jamais à utiliser le sexe contre elle. Mais, d'un autre côté, il ne pouvait pas lui reprocher de se montrer prudente.

— Tu dois me faire confiance.

Passant une main dans ses cheveux, elle se détourna de lui.

— Je vais prendre une douche. J'ai eu une réunion horrible, j'ai fait un voyage horrible… et je suis contente que tu m'aies proposé de partager ta chambre avec moi.

La voyant paraître si faible, il n'hésita pas : il s'approcha d'elle et la prit dans ses bras.

— Je suis désolé que tu aies passé une mauvaise journée, murmura-t-il contre ses cheveux.

Dans un premier temps, elle se raidit, comme si elle s'attendait à ce qu'il tire parti de la situation, mais comme il ne bougeait pas, elle finit par se lover contre lui.

— C'était vraiment une très mauvaise journée. Comment se fait-il que tu sois arrivé si tôt ?

La question le fit sourire.

— Tu ne t'imagines pas à quel point il peut être compliqué d'aller de l'est du Texas à cette région de l'Oregon. Avec le recul, je me dis que j'aurais mieux fait de venir en voiture. Et toi, qu'est-ce que c'était que cette réunion ?

— Oh ! rien, répondit-elle en poussant un lourd soupir, qui eut pour effet de presser un peu plus fort sa douce poitrine contre son torse. Des histoires de famille.

Ce n'était pas bon signe. Si Milt et Oliver Lawrence décidaient de reprendre un rôle actif dans la direction du *All-Stars*, Pete, qui n'était en bons termes avec aucun des deux hommes, risquait de perdre tout ce pour quoi il avait travaillé.

Mais connaissant la famille Lawrence, ce n'était pas nécessairement de cela dont parlait Chloe.

— Flash a encore fait des siennes ?

Elle afficha un léger sourire et leva les yeux au ciel.

— Tu ne peux même pas t'imaginer.

— Non, murmura-t-il en baissant la tête vers la sienne. Mais j'ai une petite idée.

Contrairement au baiser qu'ils avaient échangé dans le Missouri, celui-ci ne fut ni dur ni précipité. Ce fut une douce union, une promesse de ce qui allait venir. Chloe le serra fort dans ses bras, appuyant sa douce poitrine contre son torse dur, ses hanches contre son sexe bandé. Sous le coup du désir, le sang de Pete s'était changé en lave et il se mit à prier pour qu'elle opte pour la troisième possibilité car « frustré » n'était pas un mot assez fort pour décrire l'état dans lequel il serait s'il se retrouvait contraint de dormir sur le canapé.

Mais quand elle se mit à tracer sensuellement le contour de ses lèvres du bout de la langue, il laissa échapper un grognement de satisfaction, car il lui semblait bien désormais que la troisième possibilité serait la grande gagnante du lot. Pourtant, il se força à s'écarter d'elle pour lui parler :

— Tu… vas te doucher.

Ce n'était pas la chose la plus élaborée qu'il ait jamais dite, mais il était incapable de trouver mieux. S'il avait passé un moment de plus dans ses bras, il aurait été incapable de s'éloigner d'elle.

Tout en hochant la tête, elle fit un pas en arrière et, en s'éloignant, elle se toucha les lèvres du bout des doigts, comme si elle n'arrivait pas à croire qu'il venait de l'embrasser.

Arrivée à la porte de la salle de bains, elle se retourna. Le désir, dans son regard, était si intense, si brûlant, que Pete crut bien qu'il allait céder. Mais sans lui laisser le temps de faire quoi que ce soit, Chloe ferma la porte et tourna le verrou.

Évidemment, il était imprudent de tout risquer pour une nuit avec elle. Mais une chose était sûre : elle en valait la peine.

- 9 -

Mais que lui arrivait-il ?

C'était la question que Chloe ne cessait de se poser sous l'eau chaude qui ruisselait sur ses épaules et sur son dos. Le simple fait qu'elle ait envisagé de passer une nuit avec Pete était une pure folie. Après ce qui s'était passé dans le Missouri… Elle aurait dû en tirer des leçons. Mais la dispute avait déclenché en elle un flux d'adrénaline qui devait encore troubler son jugement. De toute façon, ce n'était pas pour Pete qu'elle était là ; si elle avait accepté de partager sa chambre, c'était simplement parce qu'il s'agissait de la solution la plus sûre et la plus commode. Ils s'étaient laissé emporter dans le feu de l'action, voilà tout. Ce n'était pas grave.

Mais il s'agissait de Pete Wellington, elle ne devait pas l'oublier. L'homme qui avait essayé de faire de sa vie un enfer au cours des dix dernières années. En la critiquant, en essayant de saper son travail. Son père, le matin même, lui avait dit qu'il ne comprenait pas comment elle pouvait lui faire confiance, comment elle pouvait prendre un tel risque pour le *All-Stars*. Et quand il avait momentanément cessé de crier pour reprendre son souffle, Oliver s'était tourné vers elle, le regard accusateur.

— Tu m'avais pourtant assuré que tu pouvais gérer le concours seule, avait-il murmuré, l'air déçu.

Elle aurait pu. Si Flash ne s'était pas rendu coupable d'une agression, avant de mettre sa menace à exécution en parlant du rôle de Pete à son père et Oliver pour se venger du comportement qu'elle avait eu avec lui.

Et surtout, si Pete avait continué de se comporter comme le méchant qu'elle avait toujours vu en lui.

Si elle réussissait à mettre la main sur Flash, elle allait lui tordre le cou. Quel imbécile ! C'était sans arrêt la même chose : il prenait la mouche à chaque fois que quelqu'un laissait entendre qu'il ne devait sa place qu'à son nom de famille. Mais quand les choses commençaient à mal tourner, que faisait-il ? Il essayait de la faire chanter, elle, sa propre sœur, pour contourner les règles qui s'appliquaient à tous les autres.

S'il avait le culot de se présenter au concours du surlendemain et de faire quoi que ce soit de douteux, elle allait le tuer, c'était certain.

Elle songea de nouveau à ce qui l'attendait derrière la porte. Flash était un problème, mais pas celui qu'elle devait régler dans l'immédiat. Ce statut revenait de droit à Pete Wellington, à sa proposition pleine de prévenance concernant la chambre d'hôtel et à l'offre alléchante qu'il lui avait faite de prendre soin d'elle.

Elle n'aurait même pas dû envisager la troisième possibilité. Elle aurait dû proposer de dormir sur le canapé, par terre, n'importe où pour mettre de la distance entre eux.

Mais elle l'envisageait. Et plus qu'un peu.

Le merveilleux orgasme qu'il lui avait donné en moins de cinq minutes et rien qu'avec ses doigts constituait déjà pour elle une raison suffisante de lui offrir une deuxième chance. Elle l'avait trouvé incroyablement sexy la première fois qu'elle avait posé les yeux sur lui, dix ans plus tôt. Et maintenant ? Il était comme le bon vin : il n'avait fait que s'améliorer avec l'âge. Or, la dernière fois, elle n'avait pas eu l'occasion de l'admirer. Elle l'avait à peine touché.

Elle avait envie de lui. Une nuit de passion avec lui ? Il lui semblait qu'elle n'avait jamais rien entendu d'aussi tentant.

Elle n'avait aucun doute sur le fait qu'il pouvait combler tous ses désirs sexuels, mais il avait affirmé qu'il voulait faire de son bien-être sa priorité, ce qui paraissait dangereux. Chloe savait comment se protéger du Pete Wellington qui les détestait, elle et sa famille, et qui ne vivait que pour venger son père.

En revanche, elle ne savait pas comment se protéger du Pete qui était gentil avec elle.

Depuis qu'il s'était introduit dans sa loge un mois plus tôt, il n'avait rien fait d'autre que la défendre, promouvoir ses idées et… lui donner un merveilleux orgasme. Il fallait ajouter à cela tout le travail qu'il avait fourni pour le *All-Stars*, sans qu'elle puisse déceler le moindre signe de trahison.

Elle n'était pas stupide au point de ne pas le laisser sans surveillance. Elle avait toujours un œil sur lui. Et il faisait bien son travail. Mieux, malheureusement, qu'elle n'aurait pu le faire elle-même, dans la mesure où personne ne voulait faire prendre au *All-Stars* une nouvelle direction, simplement parce que c'était la princesse du rodéo qui l'avait demandé.

Mais il suffisait que ce soit Pete qui propose ces changements pour que les gens les embrassent. Immédiatement.

Cette journée avait été horrible. Et elle n'avait aucune garantie que son père, Oliver ou, pire encore, Flash ne se présentent au concours de ce week-end et provoquent toute sorte de catastrophes. Le pire, à bien y réfléchir, serait qu'ils se présentent tous les trois ensemble.

Tout en frissonnant, elle s'efforça d'écarter cette idée de son esprit. Ils n'étaient pas là pour le moment, et c'était le plus important. En revanche, Pete se trouvait bien là, lui, avec ses gestes prévenants, son charme, ses adorables câlins, ses baisers, ses magnifiques yeux de braise et son corps de dieu grec.

Et puis il y avait son lit. Son grand lit douillet.

Machinalement, Chloe passa une main sur ses seins. Ils étaient lourds, tendus, et elle savait parfaitement de quoi ils avaient besoin. Diverses choses avaient changé depuis un mois et l'une d'entre elles, la seule, d'ailleurs, qui lui paraissait importante, était qu'elle avait de nouveau envie de lui. Encore. Ce mois passé à prétendre qu'il ne l'intéressait pas n'avait été que mensonge.

Mieux encore : il avait lui aussi toujours envie d'elle. Il n'aurait pas parlé de sexe s'il n'avait pas été plus que disposé à proposer ses services.

Elle en était à ce stade de sa réflexion quand des coups résonnèrent à la porte de la salle de bains.

— Oui ?

— Il faut que j'aille chercher quelque chose. Je reviens.

— Ah, d'accord, balbutia-t-elle.

Une seconde plus tard, elle entendit la porte de la chambre s'ouvrir.

— Pete ? cria-t-elle, paniquée, car s'il décidait de se comporter de façon noble, elle le tuerait pour l'avoir laissée là dans l'attente de ses caresses.

— Oui ? finit-il par dire tandis que ses pas semblaient se rapprocher.

— Tu reviens, hein ?

Il y eut un silence qui fut long. Trop long. Cet homme la torturait. Il avait évoqué le fait qu'ils allaient faire l'amour, lui avait donné ce doux baiser et, désormais, il allait la laisser seule…

— Tu en as envie ?

Malgré l'épaisseur de la porte et le bruit de l'eau qui continuait de couler, la voix de Pete lui parvint avec clarté.

Chloe sentit tous ses muscles se tendre. Elle était à deux doigts de sauter de la baignoire pour le traîner directement jusqu'au lit.

— Oui, souffla-t-elle en s'agrippant au rideau de douche.

— Alors je reviens.

Ce n'était pas la chose la plus romantique qu'elle ait entendue. Mais le soulagement qui l'envahit alors fut considérable.

Il allait revenir. Pour elle.

Elle avait envie de lui. C'était aussi simple que ça. Elle avait envie de lui et elle pouvait l'avoir. Était-ce un problème ? Après tout, ils l'avaient déjà fait une fois : ils pouvaient très bien prendre certaines libertés puis poursuivre le cours de leurs vies comme si rien ne s'était passé. Qu'est-ce qui les empêchait de recommencer ?

Ce ne serait que pour une nuit. Ils enfreindraient la règle qui préconise de séparer les amours du travail et verraient bien ce qui se passerait.

Indécise, Chloe se prit la tête entre les mains. Ce n'était pas le genre de chose qu'on pouvait ignorer. Cela changerait tout entre elle et lui. Et pourtant, elle allait laisser cet homme lui faire l'amour toute la nuit parce que…

Non. Elle n'avait pas besoin de lui. Absolument pas. Mais elle avait besoin de quelque chose, et il était là.

Dans quel pétrin s'était-elle fourrée ?

Sa décision prise, elle appliqua sur son corps une crème parfumée. Pour se sentir bien, pas pour se rendre plus désirable.

Elle était en train de se brosser les dents quand elle entendit la porte se rouvrir et Pete s'annoncer :

— C'est moi.

Une décharge d'adrénaline lui parcourut les veines. Il avait tenu parole.

— J'ai presque fini.

— Je pourrais t'attendre toute la nuit, ma belle, dit-il à travers la porte, d'une voix chaude et grave.

Les seins de Chloe se tendirent tellement qu'ils en étaient presque douloureux, et elle sentit une douce sensation de chaleur se nicher entre ses cuisses.

— C'est vrai ?

— Bien sûr. Mais… Chloe ?

Elle se força à respirer. La femme qui la regardait dans le miroir embrumé, nue et excitée, était déjà occupée à se caresser les seins. Mais ce n'était pas suffisant. Elle avait besoin de plus.

— Oui ? souffla-t-elle.

— Ne me fais pas attendre éternellement.

Il n'était pas question qu'elle ouvre cette porte et qu'elle se jette sur lui. Elle avait beau avoir désespérément envie de tout ce qu'il avait à lui offrir, hors de question qu'il le sache. Elle avait tout de même sa fierté.

Il pouvait bien attendre, ne serait-ce que cinq minutes. Aussi lentement qu'elle le put, elle enfila donc sa tenue de nuit. Pas une affriolante nuisette en dentelle, non. Elle aimait dormir dans une petite robe simple à bretelles en coton gris qui lui arrivait presque au genou. Mais en admirant son reflet dans le miroir, elle n'eut aucun mal à discerner ses tétons qui pointaient sous le tissu. Que pouvait-on demander de plus en matière de séduction ?

Après avoir enroulé ses cheveux humides en un chignon flou, elle sortit.

Et s'arrêta net en découvrant Pete en T-shirt blanc, sa ceinture ouverte et les deux premiers boutons de sa braguette défaits. Il n'était pas nu, loin de là. Mais c'était un véritable festin pour les yeux. Avait-elle jamais apprécié ses biceps à sa juste valeur ? Ses muscles ondulèrent quand il déboucha la bouteille de vin qu'il tenait à la main. Instinctivement, elle baissa les yeux vers ces deux boutons et les contours flous d'un renflement toujours caché qui promettait de véritables merveilles.

Une fois la bouteille ouverte, il l'observa et prit soudain un air émerveillé.

— Tu es vraiment… sublime.

Elle n'aurait pas cru ça possible, mais ses tétons devinrent plus durs encore. Elle avait tellement envie de lui qu'elle en avait mal. Mais elle résista à l'envie de se jeter dans ses bras. Sensuellement, elle fit glisser sa main sur le coton frais de sa nuisette. Et ne manqua pas de remarquer qu'il avait suivi du regard son mouvement.

Parfait. Elle avait pris une bonne douche chaude, qui lui avait donné le temps de se calmer, et elle n'était pas une petite chose fragile. Elle était même bien décidée à le faire transpirer. Respirait-il toujours ? Il semblait comme hypnotisé. Elle fit un signe de tête en direction de la bouteille. Pas de son érection, qui augmentait littéralement à vue d'œil.

— C'est pour moi ?

L'air surpris, il cligna des yeux, comme s'il venait de se souvenir qu'il tenait une bouteille à la main.

— Ah, le vin. Oui. Et j'ai aussi pris du chocolat. J'espère que tu aimes.

Cet homme… Elle ne se souvenait pas de la dernière fois qu'on lui avait offert du chocolat, et encore moins du vin. Comment pouvait-elle se montrer détachée et séductrice alors qu'elle était si bêtement satisfaite de tout ce qu'il faisait ?

Tout aussi bêtement, elle avait placé sa main sur son cœur qui battait désormais si fort qu'elle craignait que Pete ne l'entende.

— Où as-tu trouvé tout ça ?

— Je me suis arrangé, répondit-il en souriant avant d'entreprendre de remplir les deux verres qui étaient posés sur la table.

— Je ne me souviens pas de la dernière fois que quelqu'un a fait quelque chose d'aussi gentil pour moi.

Sans rien répondre, il lui tendit l'un des verres. Volontairement, elle laissa ses doigts s'attarder sur les siens. Il retint son souffle, mais soutint son regard.

— C'est dommage. Tu le mérites.

— Et si… ?

Elle s'interrompit. Ils s'étaient déjà mis d'accord pour faire l'amour cette nuit. Alors pourquoi se sentait-elle tout à coup si intimidée ?

— Et si j'avais envie de plus ?

Brusquement, il se rapprocha d'elle, la chaleur de son corps irradiant de son torse, la réchauffant à travers le coton de sa nuisette. Le plaisir de l'anticipation l'envahit quand il tendit la main vers elle, mais au lieu de la prendre dans ses bras comme elle l'avait espéré, il enroula une mèche de ses cheveux autour de son doigt.

— Tu ne mérites que de belles choses, ma douce, murmura-t-il. Et ces belles choses, je peux te les donner. Tu peux me demander tout ce que tu veux.

Cette fois-ci, elle se lova contre lui, du mieux qu'elle pouvait en tenant à la main un verre de vin. Elle passa son bras autour de sa taille, serra son buste brûlant contre le sien, et ses tétons, contre ses pectoraux, devinrent durs comme du bois.

Libérant sa mèche de cheveux, il effleura sensuellement son oreille du bout de ses lèvres.

— Alors, qu'as-tu décidé ?

Son souffle caressa la peau délicate de son cou.

— Tu es vraiment allé me chercher du vin et du chocolat ?

C'était une question idiote, puisqu'elle avait tout cela sous les yeux. Ces produits n'étaient pas apparus par magie. Mais il s'était donné de la peine pour faire quelque chose de merveilleusement gentil. Pour elle.

C'était l'homme le plus dangereux qu'elle ait jamais rencontré.

— Ma douce, dit-il avec son accent texan traînant, je commence à me dire qu'il n'y a pas beaucoup de choses que je ne serais pas prêt à faire pour toi.

— Troisième possibilité, souffla-t-elle. S'il te plaît.

Elle n'aurait su dire si c'était elle qui l'avait embrassé, si c'était lui, ou si cela avait de l'importance. Mais il était là. Pour elle.

— Juste pour une nuit, ajouta-t-elle tandis qu'il lui prenait le verre des mains pour le poser sur la table.

Lentement, il avança, la poussant jusqu'à un mur.

— D'accord, dit-il en faisant sensuellement glisser sa main sur sa cuisse pour relever sa jambe et l'enrouler autour de sa taille. Et peut-être une matinée, aussi.

Elle laissa échapper un petit cri de surprise et de volupté quand elle sentit son sexe dur s'appuyer contre le sien.

— Bien sûr, réussit-elle à dire, mais aussitôt, il se mit à l'embrasser fiévreusement, et elle s'adonna totalement à la passion.

Elle avait besoin de cet homme, de son corps dur et brûlant contre le sien. Tout en mordillant sa lèvre inférieure, il se mit à aller et venir contre elle, et elle ne put se retenir de gémir de plaisir.

— Tu crois que je pourrais te faire jouir juste comme ça ? murmura-t-il contre sa gorge, dans un nouvel assaut.

Les bras passés autour de son cou, elle s'accrocha plus fermement à lui.

Elle gémissait déjà de plaisir. Ce n'était ni logique ni gratifiant, mais il avait un véritable don pour la réduire à ses instincts les plus primaires en quelques secondes à peine. Et debout ! Elle n'osait même pas imaginer ce que ce serait dans un lit.

Tandis qu'il continuait ses mouvements de va-et-vient, elle lui mordit le cou, lui tirant ainsi un grognement.

— Tu vas jouir pour moi, dit-il. Et ensuite, je vais t'allonger dans le lit et te faire l'amour pour que tu jouisses encore une fois.

Ces paroles la firent frissonner de plaisir, et la tension qu'elle sentait en elle devint plus vive, presque douloureuse. Elle ne savait pas comment il faisait, mais il la bouleversait. Sans effort. Le bras toujours glissé sous sa jambe, il passa une main sous le bas de sa nuisette. Le coton ne constituait pas une barrière bien solide entre leurs deux corps, mais quand la peau de Chloe entra en contact avec le tissu rigide du jean de Pete, elle laissa échapper un petit cri.

— Tu es tellement belle, souffla-t-il, le front appuyé contre le sien.

Elle ouvrit grand les yeux, et la lueur qu'elle vit briller dans les siens lui coupa le souffle.

Faites que ce soit vrai. Ce fut la pensée qui lui traversa alors l'esprit. Elle ne savait pas ce qu'il y avait entre elle et lui, mais elle voulait que ce soit vrai.

Une idée qui se renforça encore quand il se remit à parler :

— Chloe.

Cette fois-ci, il passa sa main libre sur ses seins, tirant sur le décolleté de la nuisette pour libérer ses tétons durcis de désir. Et tout en les faisant sensuellement rouler entre ses doigts agiles, il se remit à l'embrasser avec passion.

L'extase, alors, déferla en Chloe. Tout en l'embrassant de nouveau, il continua d'aller et venir contre elle, même quand ses jambes se mirent à trembler. Le plaisir était tel qu'elle avait désormais l'impression que la terre vacillait sous ses pieds. De crainte de s'effondrer, elle détacha ses lèvres de celles de Pete.

— Je ne tiens plus sur mes jambes.

Il eut alors le culot de lui faire un clin d'œil. Et de

faire pivoter ses hanches pour frotter contre elle son sexe dur et bandé.

— C'était le but, dit-il, l'air content de lui.

Elle aimait les amants sûrs d'eux. Mais cela allait au-delà de l'assurance. Il était redevenu le Pete qu'elle connaissait : arrogant, convaincu qu'il était le meilleur. Ce qui n'était peut-être pas si loin de la vérité, dans ce domaine. Mais ce n'était pas lui qui commandait.

C'était elle. Et il était grand temps qu'elle le lui rappelle.

Déterminée, elle posa ses mains à plat sur son torse.

— Tu oublies quelque chose, dit-elle en luttant pour garder son équilibre quand il finit par s'écarter.

— Quoi ? demanda-t-il.

Mais il ne semblait ni inquiet ni même préoccupé. Il ne s'était d'ailleurs pas départi de son sourire espiègle.

Après avoir pris une profonde inspiration pour retrouver ses forces, elle avança vers lui.

— Tu es sous mes ordres, affirma-t-elle.

Aussitôt, elle lui retira son T-shirt et son jean avant de le pousser pour le faire tomber sur le lit. Durant tout ce temps, il avait souri comme un bienheureux, ou comme un homme qui vient de découvrir un trésor.

Elle observa son corps, en espérant pour sa part réussir à contenir un peu son admiration. Il était vraiment bien bâti. Des épaules larges, des pectoraux bien dessinés, d'impeccables tablettes de chocolat. La musculature naturelle d'un homme dont le travail est physique. Mais ce ne fut pourtant pas la partie qui retint le plus son attention. Non. Son regard était rivé sur son sexe, long, dur et très légèrement incurvé vers la droite. Gros, sans être énorme. Elle aimait le côté brut et sauvage de Pete mais, surtout, elle aimait le sentir contre elle.

Tandis qu'elle continuait de l'admirer, il s'était penché pour récupérer un préservatif dans son jean resté à terre.

— D'accord ? demanda-t-il en le posant sur le lit.

Elle ne put s'empêcher de sourire.

— Tu avais misé sur la troisième possibilité, hein ?

Il eut le culot de ne pas même paraître embarrassé.

— Ça fait un mois que j'attends ça, ma belle. Depuis ce qui s'est passé dans le Missouri, je ne pense qu'à toi. Alors, oui, je me suis préparé. Je veux te voir, cette fois-ci.

Ivre de désir, elle se hissa au-dessus de lui pour le chevaucher, mais le repoussa quand il essaya de lui retirer sa nuisette.

— Hé ! protesta-t-il, mais au même moment, elle plaça son sexe juste au-dessus de son imposante érection.

— C'est moi qui commande, réaffirma-t-elle quand il essaya de nouveau de la déshabiller.

Cette fois-ci, elle lui prit les mains et les tint fermement en place. Au lieu de chercher à se dégager, il entrelaça ses doigts aux siens et, à cet instant, elle sentit son cœur fondre. Elle était toujours tremblante, elle sentait toujours vibrer en elle les réminiscences de l'orgasme qu'il venait de lui donner. Sans cette barrière de tissu qu'il y avait entre eux, elle aurait pu sentir la chaleur du corps de Pete contre le sien, la longueur de son érection glissant sur son sexe humide.

— Pete, murmura-t-elle.

Mais elle s'interrompit, car elle n'était pas sûre de ce qu'elle allait dire ensuite.

Quand elle se mit à se mouvoir sensuellement au-dessus de lui, il rejeta sa tête en arrière et son souffle devint haletant.

— Tu me tues, murmura-t-il.

— Je ne fais que te rendre la pareille, répondit-elle.

Mais alors même qu'elle prononçait ces mots, elle sentit le plaisir la gagner de nouveau. Pendant tout un mois, ils avaient tous les deux rêvé de ce moment. À chaque fois qu'elle avait surpris Pete à l'observer depuis les gradins, son sang s'était changé en lave. Tous les chemins menaient à cette destination. Il était inutile de se battre. Ce moment leur appartenait.

Et désormais, elle voulait le sentir en elle.

Aussi se pencha-t-elle pour attraper un préservatif. Ce fut lui, cette fois-ci, qui repoussa ses mains pour ouvrir l'emballage.

— J'aurais pu le faire, dit-elle alors qu'il se hâtait de l'enfiler.

— Mais tu en aurais profité pour continuer à me torturer.

Il lui adressa un sourire coquin, et ce fut alors qu'elle décida de retirer sa nuisette.

Après quoi elle retint son souffle. Pete, qui la dévorait des yeux, semblait avoir du mal à respirer. Elle cambra les reins pour lui présenter ses seins sous le meilleur jour. Depuis que son deuxième amant lui avait dit, sur un ton méprisant, qu'ils n'étaient « pas si mal », elle avait appris quantité d'astuces pour les faire paraître plus gros. Cambrer les reins, rentrer le ventre, essayer de ne pas rester trop longtemps allongée sur le dos.

Elle se préparait donc au pire, parce qu'elle était nue dans un lit avec Pete Wellington, qui pouvait être l'homme de ses rêves mais qui pouvait aussi la mettre en pièces s'il en avait envie.

S'étant redressé, il s'était mis à jouer avec ses tétons durcis. Soudain, il se pencha vers elle et se mit à les embrasser délicatement.

— Parfait, murmura-t-il contre sa peau.

Tout en prenant le visage de Pete entre ses mains, Chloe laissa échapper un doux gémissement. La pression des lèvres de Pete avait provoqué en elle une délicieuse et intense sensation. Et comme elle sentait toujours son sexe dur frotter contre le sien, il lui était de plus en plus difficile de reprendre son souffle.

Il n'avait pas cherché à négocier en disant que c'était

son tour désormais, qu'il ne pouvait pas attendre une seconde de plus. Il n'avait manifesté ni hâte ni exigence particulière et avait pris le temps de bien faire les choses.

C'était donc cela que de laisser un homme l'aimer et prendre soin d'elle. Elle avait eu beaucoup de petits amis et d'amants, mais jamais un homme ne l'avait fait passer en premier de cette façon. Elle était tout de même nue, et cela faisait longtemps que Pete avait enfilé le préservatif.

Mais au lieu de lui soulever les fesses pour s'enfoncer en elle, il traça un chemin de baisers jusqu'à son autre sein pour recommencer sa douce torture sur son autre téton.

Tandis qu'il poursuivait ses tendres attentions, elle le regardait, les doigts enroulés dans ses cheveux. Ce moment lui paraissait presque irréel. Mais si c'était un rêve, elle n'avait aucune envie de se réveiller.

Bientôt, elle ne put en endurer davantage. Elle avait besoin de le sentir en elle. Elle en brûlait d'envie.

— Rallonge-toi.

Elle n'eut pas besoin de le lui dire deux fois.

Elle releva ses fesses, avec lesquelles elle s'amusa à frotter son sexe dur pour continuer de le torturer, avant de s'enfoncer doucement, très doucement sur lui. Les années d'équitation qu'elle avait derrière elle lui donnèrent la force de se mouvoir avec une telle lenteur qu'il finit par protester.

— Chloe, soupira-t-il en essayant de s'asseoir et de la prendre dans ses bras.

Déterminée, elle le prit par les épaules pour l'obliger à se rallonger.

— C'est mon tour, Pete. Tu voulais savoir en combien de temps tu pouvais me faire jouir ? Très bien. Moi, je veux savoir combien de temps je peux tenir sans te faire atteindre l'orgasme.

Il poussa un grognement de déception, mais à ce moment-là, elle s'enfonça encore d'un centimètre sur lui. Alors, elle se redressa avant de se laisser tomber complètement.

— Pete, gémit-elle tandis que ses muscles luttaient pour s'adapter à lui.

— Je suis tellement bien en toi, ma belle, murmura-t-il.

Et aussitôt, il se mit à se mouvoir en elle. L'espace d'un instant, ivre de plaisir, elle en oublia qu'elle était aux commandes car si Pete avait été merveilleux jusque-là, il était désormais époustouflant.

Il l'emplissait tout entière, et elle ne pensait pas avoir jamais connu quelque chose d'aussi bon. D'aussi juste.

Pete Wellington avait toujours fait partie des mauvais. Comment avait-il pu tout à coup devenir le bon ?

De nouveau, il plaça sensuellement ses mains sur ses seins et lui tordit les tétons, lui tirant un petit gémissement.

— Jouis en même temps que moi, Chloe.

Ce n'était pas une requête, mais un ordre.

Entrelaçant ses doigts aux siens, elle lui embrassa les mains.

— Doucement, dit-elle comme il essayait d'aller plus vite. J'ai envie que ça dure.

Elle n'aurait pas pensé cela possible, mais il prit soudain un air vexé.

— On ne s'arrêtera pas à ça, Chloe. C'est impossible.

La voix de Pete, lourde de désir, combinée aux mouvements qu'il imprimait en elle, fit courir sur la peau de Chloe un délicieux frisson.

— Juste pour ce soir, répondit-elle cependant. Et demain matin.

Tout à coup, il l'attira vers lui, ramenant son buste brûlant contre le sien, et l'embrassa fiévreusement. Des lumières explosèrent alors derrière ses paupières tandis qu'elle s'immobilisait. Des sensations orgasmiques venaient de déferler en elle, dans un délice de volupté sans comparaison avec tout ce qu'elle avait pu connaître dans le passé. Quand elle finit par s'effondrer sur lui, il la fit rouler sur le dos et continua de se mouvoir furieusement en elle.

— Chloe ! cria-t-il.

Dans un grognement sonore, il s'enfonça en elle et elle ne put rien faire d'autre que de s'accrocher à lui. Quand il fut enfin immobile, elle enroula ses bras et ses jambes autour de lui. Le cœur battant à se rompre, le souffle court, ils restèrent ainsi, sans prononcer le moindre mot.

Et dire qu'elle avait trouvé merveilleux l'orgasme qu'il lui avait donné contre le pick-up ! Et contre le mur, une minute plus tôt. Elle ne s'imaginait même pas qu'un tel plaisir puisse exister.

Maintenant, que devait-elle faire ? Ils ne pourraient pas revenir en arrière. Elle avait envisagé cela comme une possibilité, mais c'était sans compter sur les changements que le fait de faire l'amour avec lui avait opéré en elle.

S'appuyant sur ses coudes, Pete finit par baisser les yeux vers elle.

— Waouh, murmura-t-il en caressant tendrement sa joue du bout des doigts.

Il n'y avait dans ses yeux ni déception ni fourberie. Elle n'y voyait qu'une émotion intense qui la déstabilisait car ce moment avec lui avait tout transformé.

Désormais, elle n'était plus la même. Elle ne serait plus jamais la même.

Non.

Mais qu'avait-elle fait ?

- 10 -

Quand Chloe se fut en fermée dans la salle de bains, Pete posa la bouteille de vin et la boîte de chocolats sur la table de chevet. Ainsi que les préservatifs. De cette façon, ils auraient tout à portée de main.

Il lui était plus facile de faire ces petites choses que de réfléchir à ce qui venait de se passer… et allait sans doute se reproduire. Très vite.

Il avait fait l'amour avec Chloe Lawrence. Il ne se souvenait plus très bien des détails, mais il était presque sûr qu'ils avaient réussi à se disputer au beau milieu des ébats.

Lui avait-il vraiment dit qu'il ne voulait pas que leur aventure se limite à cette nuit et au lendemain matin ? Et lui avait-elle vraiment répondu que c'était impossible ?

Quel imbécile ! Nerveusement, il se passa une main sur le visage, ce qui se révéla être une mauvaise idée car le parfum de Chloe imprégnait toujours sa peau. Il lui avait promis une seule nuit. Il avait insisté pour prolonger les choses jusqu'au matin. Lui en demander davantage était une grossière erreur.

Car comment allait-il l'évincer de la direction du concours s'il continuait de coucher avec elle ? Cela semblait d'autant plus difficile qu'il ne s'agissait pas d'une vulgaire petite aventure. La passion qui brûlait entre eux était du genre de celle qui pouvait réduire en cendres tous ses projets. Le genre de passion qui pouvait lui faire oublier les dix années passées.

Le problème qui se posait à lui était une question d'honnêteté. Car il pouvait parfaitement garder Chloe dans son lit tout en continuant d'œuvrer dans l'ombre pour l'éliminer du *All-Stars*. Ce serait même plus simple, car elle penserait certainement que leur proximité physique constituerait pour elle une garantie. Ce serait facile, oui.

Facile, mais pas juste. S'il devait récupérer le concours de rodéo, il ne voulait pas être embarrassé par des émotions. Sa relation avec elle se limiterait donc au sexe, et à rien de plus. Tout le monde appréciait ça sans que ça n'aille nécessairement plus loin.

Mais il venait à peine d'en arriver à cette conclusion quand la porte de la salle de bains s'ouvrit. Même si Chloe avait remis sa nuisette grise, il sentit son cœur s'emballer un peu et, aussitôt, il la prit dans ses bras, enfouit son visage dans ses cheveux et soupira de soulagement quand il la sentit se lover contre lui.

Ces émotions idiotes ! Elles allaient tout gâcher.

À contrecœur, il s'écarta d'elle. Il ne pouvait pas réfléchir et la toucher en même temps.

— Tiens, dit-il laconiquement en lui tendant son verre de vin. Le chocolat est juste là. Je vais prendre une douche.

Elle le regarda d'un air surpris, et il fut soulagé de constater qu'elle semblait ailleurs. Manifestement, il n'était pas le seul à avoir du mal à se remettre des émotions hors du commun qu'ils venaient d'éprouver.

— Pete ? dit-elle alors qu'il avançait d'un pas précipité vers la salle de bains.

Il avait simplement besoin de quelques minutes pour se reprendre, après quoi il serait ravi de s'occuper à nouveau d'elle. Mais si elle lui demandait de recommencer tout de suite, il savait qu'il capitulerait.

Rassemblant toute sa volonté, il parvint à se retourner lentement vers elle.

— Oui, ma belle ?

Elle tenait son verre de vin au bord de ses lèvres pulpeuses, et le regard brûlant qu'elle lui lança le fit de nouveau palpiter de désir.

— Ne me fais pas attendre.

Il ne chercha même pas à retenir le grognement qui s'échappa de ses lèvres. Il se précipita vers la salle de bains et se lava aussi vite qu'il le put.

Il fallait qu'il pense à autre chose qu'au corps voluptueux de Chloe. Il pouvait très bien faire ce qu'il avait dit : séparer ce qui s'était passé dans cette chambre de tout ce qui pouvait se passer au *All-Stars*. Il n'avait pas besoin de revoir ses plans. La seule chose qu'il avait à faire était de veiller à ce qu'aucun d'entre eux ne se laisse happer par des émotions. Facile.

Mais alors, pourquoi prit-il à peine le temps de se sécher avant de se brosser les dents à la hâte ? Pourquoi ne se donna-t-il même pas le loisir d'enfiler un short, se contentant de garder sa serviette enroulée autour de sa taille ? Pourquoi sortit-il presque en courant de cette salle de bains ?

À cause d'elle.

Elle était assise en tailleur sur le lit, ses petits pieds parfaits de chaque côté de son corps. Il fut soudain pris d'un désir irrationnel de prendre en bouche chacun de ses adorables orteils, juste pour voir si elle se mettrait à rire ou le menacerait de le torturer à son tour. Le verre dans une main et un chocolat dans l'autre, elle regardait la télé en souriant.

Elle lui parut soudain beaucoup plus jeune, comme une petite fille pleine de curiosité et de malice.

Un souvenir lui revint alors brusquement en mémoire,

celui de la jeune fille pleine de courage qui était venue le trouver avant un concours.

— Je sais que nos pères ont leurs problèmes, avait-elle bravement affirmé, mais je tenais à te dire que mon frère Flash trouve que tu es le meilleur cavalier du concours.

Après quoi elle lui avait tendu la main, comme si ce simple compliment pouvait effacer tous leurs différends.

Il était jeune et bête, et tellement en colère contre elle d'avoir fait de son concours un défilé de mode …

Mais il se mentait à lui-même. Il n'était pas jeune. Il était un homme de vingt-trois ans qui avait eu trois bonnes années pour accepter l'idée que le *All-Stars* ne lui appartenait plus. Il avait été furieux que cette pimbêche ait le culot d'essayer de se montrer aimable. Alors au lieu de lui serrer la main, il l'avait regardée de haut.

— Dis à ton père de ne pas envoyer une petite fille faire le sale boulot à sa place, s'il a quelque chose à me dire, avait-il répondu.

Et il avait poursuivi en couvrant d'injures les Lawrence.

Alors, une émotion qui évoquait de la souffrance avait marqué le beau visage juvénile de Chloe. Et pour la première fois, il l'avait vue relever fièrement le menton pour signifier son refus d'être vaincue. Par lui.

Il s'était vraiment comporté comme un sale type.

Comme elle s'était remise à rire, il écarta de son esprit ce mauvais souvenir.

— Qu'est-ce que tu regardes ?

— Un vieil épisode de *I Love Lucy*.

— Un classique.

S'il gardait toujours espoir de lui reprendre le *All-Stars*, y avait-il un intérêt quelconque à s'excuser pour le comportement qu'il avait eu envers elle quasiment dix ans plus tôt ?

— Ce vin est délicieux, dit-elle après en avoir bu une gorgée. Je me demande bien où tu l'as trouvé. On ne peut pas dire que Pendleton soit vraiment réputé pour ses boutiques de luxe.

— Le réceptionniste m'a conseillé un caviste.

Ce qu'il omettait de dire c'était que, quand il était arrivé à la boutique, elle était déjà fermée. Mais il avait refusé de laisser quelque chose d'aussi bête que des horaires d'ouverture l'empêcher de trouver ce qu'il y avait de mieux pour elle. Et au vu de la satisfaction que semblait lui procurer son choix, il ne regrettait pas d'avoir dû soudoyer le caviste pour qu'il rouvre le magasin pour lui.

— Content que ça te plaise.

— Tu en veux ?

Tout en hochant la tête, il vint s'asseoir à côté d'elle. Elle lui tendit son verre, dans lequel il but. Était-ce parce qu'il était moins frais ou à cause du goût qu'avaient laissé les lèvres de Chloe sur le rebord du verre ? Dans tous les cas, le vin lui parut bien meilleur encore qu'avant leurs ébats.

Ils se serrèrent l'un contre l'autre, épaule contre épaule.

— T'ai-je remercié pour tout ça ? demanda-t-elle en désignant d'un geste de la main le lit, le vin et les douceurs.

— Oui.

— Eh bien, sache que j'apprécie vraiment.

Il sourit et adopta le ton détaché qu'elle avait employé plus tôt.

— C'est noté.

Tout à coup, il s'entendit dire :

— Je suis désolé.

Le regard qu'elle tourna vers lui fut étonnamment dur.

— Pour quoi ?

Là, il était vraiment dans le pétrin.

— Pour… euh… Pour m'être mal comporté avec toi au cours des dix années passées.

Brillant, Pete. Vraiment.

Il n'avait aucune idée de la façon dont elle allait réagir face à ces vagues excuses, mais il ne s'attendait pas à ce qu'elle prenne cet air excédé.

— Oh ! ne commence pas avec ça.

Au fond de lui, il savait que la meilleure chose à faire aurait été de changer de sujet. Lui parler de sa beauté. La complimenter sur ses talents au lit. Ou même lui demander ce qu'il avait manqué de l'épisode de *Lucy*. N'importe quoi plutôt que de se lancer dans des excuses après le sexe.

Mais le mépris qu'elle semblait afficher l'avait mis sur la défensive.

— Commencer quoi ? Je me suis mal comporté dans le passé, et je voudrais m'en excuser, c'est tout.

De nouveau, elle le fusilla du regard.

— Tu n'as pas à le faire. L'essentiel, c'est que nous soyons assez matures pour travailler ensemble et que le sexe entre nous soit… si bon.

Il n'aimait pas le tour que prenait la conversation.

— Mais…

— Mais ça ne fait pas de nous des amis, l'interrompit-elle en se détournant de lui.

— Il est trop tard pour revenir en arrière, Chloe. Nous sommes bien plus que des amis.

L'air ulcéré, elle soupira longuement.

— Tu ne comprends pas, hein ?

C'était une question piège. Croisant les bras, il attendit donc qu'elle y réponde toute seule.

— Ne me donne pas de raisons de t'apprécier, Pete. L'essentiel, c'est que je te respecte et que tu me respectes. Je ne pourrais pas supporter que les choses aillent au-delà de ça.

Comme pour se protéger, elle s'écarta un peu de lui et ramena ses genoux sous son menton.

Il fallut à Pete quelques secondes pour assimiler cette réponse. La respecter ? Bien sûr qu'il la respectait. Il la voyait sous un jour nouveau depuis les dernières semaines. Elle n'était pas une jeune fille écervelée et égocentrique qui ne s'intéressait qu'au nombre de personnes qui l'appréciaient. C'était une femme de chevaux ayant de grands projets et de quoi les mener à bien. Elle avait fait passer le *All-Stars* avant tout, et notamment sa famille. Il ne l'aurait jamais cru s'il ne l'avait pas vue de ses yeux affronter le scandale généré par Flash.

Mais ce qu'il y avait entre eux ? Ce n'était pas du respect. C'était une brûlante attirance qui allait au-delà des relations professionnelles, et bien au-delà de leur tumultueuse histoire.

Pourquoi lui avait-elle dit qu'elle ne pourrait pas le supporter ?

Il voulait absolument le savoir. Déterminé, il prit la télécommande pour couper le son.

— Hé ! Je regarde !

— Lucy a une idée complètement folle. Ricky s'énerve et se met à crier en espagnol. Fred et Ethel sauvent leur bacon, et tout est bien qui finit bien.

D'un geste vif, il lui prit le verre et le chocolat des mains pour les poser sur la table de chevet.

— Pete ?

C'était bien. C'était mieux. Elle était un peu nerveuse désormais. Ce qui paraissait logique, puisqu'elle avait affirmé qu'ils ne pouvaient pas être amis alors qu'ils venaient de faire l'amour avec passion.

À bien y réfléchir, il connaissait les raisons pour lesquelles ils ne pouvaient pas être amis. Il avait dans l'idée de l'escroquer et, quand ce serait fait, elle allait le détester. Ses frères essaieraient même probablement de le tuer. Ils ne pouvaient pas être amis, non. C'était impossible.

— Pete ? répéta-t-elle, et il sentit son sexe durcir rien qu'en entendant son nom dans sa bouche. Qu'est-ce que tu fais ?

Tirant sur ses jambes, il l'attira vers lui.

— Voilà comment je te respecte, répondit-il en se mettant à lui caresser langoureusement les jambes.

Aussitôt, il enfouit son visage entre ses cuisses. Elle poussa un petit cri. De plaisir ou de surprise ? Il n'aurait su le dire. Mais peu importait. Car lorsqu'il posa les lèvres sur son sexe brûlant, et que le goût de son excitation lui emplit la bouche, il n'y eut plus qu'elle.

Ils n'étaient pas amis.

Le sexe de Chloe était déjà humide de désir, et il fit glisser sa main dessus.

— Voilà comment je t'honore, murmura-t-il contre sa chair délicate.

N'y tenant plus, il enfonça un doigt en elle. Elle était tellement réactive, tellement belle !

Voilà comment il l'aimait, songea-t-il.

Mais il ne dit rien. Non, ce n'était pas de l'amour. Ce n'était que du sexe. Des émotions maîtrisées. Un moyen purement physique qu'ils avaient trouvé pour appréhender la mince barrière qui séparait l'amour de la haine.

Il ne savait pas trop, en réalité.

Glissant en elle un autre doigt, il s'efforça de synchroniser le mouvement de sa main et celui de sa langue, à trouver le bon rythme pour faire monter en elle le plaisir. La serviette s'étant dénouée de sa taille, il sentait son érection frotter contre le drap, devenant plus dure à chaque seconde qui passait.

— Pete ! cria soudain Chloe, tandis que tous les muscles de son corps voluptueux se tendaient.

Maintenant ses cuisses ouvertes, il se délecta de sentir son corps vibrer sous le sien.

Ils n'étaient pas amis.

— J'adore te faire jouir, souffla-t-il en continuant de la caresser du bout de sa langue. Vas-y, ma belle.

Dans un cri de volupté, elle finit par redresser brusquement le dos. Il sentait désormais son corps palpiter de plaisir sous le sien, tandis que des vagues successives de volupté déferlaient en elle. À chaque soubresaut du corps de Chloe, il sentait son désir augmenter tant et si bien qu'il craignit bientôt de jouir uniquement à cause du plaisir qu'il lui avait donné.

Trois fois, songea-t-il quand Chloe finit par se détendre pour retomber sur le lit. Il l'avait fait jouir trois fois depuis le début de la soirée.

Ce n'était pas un mauvais chiffre. Mais il préférait quatre.

Après avoir fiévreusement embrassé la face interne de ses cuisses, il s'éloigna d'elle, juste le temps de prendre un préservatif et de l'enfiler.

Elle releva alors la tête vers lui. Ses yeux étaient brumeux, sa bouche entrouverte.

— Tu veux ma mort, murmura-t-elle en enroulant les jambes autour de la taille de Pete pour positionner son sexe devant le sien.

Cédant à son instinct, il s'enfonça en elle d'un coup. Chloe était encore toute tremblante de l'orgasme qu'il venait de lui donner. Le plaisir qu'il en ressentit fut tel qu'il fut pris d'un besoin presque désespéré de jouir. Mais elle n'en était pas encore à quatre, et il voulait être sûr que, au moment où ils finiraient par tomber de sommeil, elle aurait oublié tous les autres hommes du monde. Qu'à chaque fois qu'elle le regarderait, à chaque fois qu'elle penserait à lui, elle se souviendrait du plaisir qu'il lui avait procuré.

Le but n'était pas de lui faire atteindre l'orgasme le plus vite possible, mais il était hors de question de prendre son temps comme elle l'avait fait quand elle avait eu les choses en main. Elle n'avait plus le contrôle de… ce qui se passait entre eux.

Déterminé à garder la mainmise sur elle, il se mit à imprimer à son corps un rythme régulier. Mais, soudain, enfonçant les ongles dans ses fesses, elle l'attira vers elle pour lui en demander davantage.

Pas amis. Pas ennemis. Juste elle et lui, et ce qu'ils étaient.

Quand elle lui mordit l'épaule, il comprit qu'il ne pourrait se retenir plus longtemps. Elle submergeait désormais tous ses sens, tout son être. Glissant sa main entre leurs deux corps, il appuya directement sur son clitoris.

De nouveau, elle le mordit, étouffant ses cris de plaisir contre sa peau, et il abandonna le combat. Il se laissa vaincre par la sensation du corps brûlant de Chloe contre le sien, par l'indescriptible plaisir de son propre orgasme qu'il sentit se répercuter en elle.

Elle était sienne.

Elle lui appartenait.

- 11 -

Malgré le confort du grand lit et la fatigue qui avait anéanti tout besoin de conversation sur l'oreiller, Pete ne parvint pas à dormir convenablement.

À chaque fois que Chloe bougeait dans son sommeil, il se réveillait pour s'assurer qu'elle était toujours là. Il voulait être sûr qu'elle n'était pas partie et, plus important encore, qu'il n'avait pas rêvé.

À 5 heures, il finit par jeter l'éponge. Allongé sur le dos, il essaya d'imaginer comment chacun d'entre eux allait évoluer à partir de là. Car un retour en arrière n'était pas envisageable.

À 6 heures, le soleil qui filtrait à travers les rideaux lui permit d'observer Chloe dans son sommeil. Il s'était tellement perdu dans la passion la veille au soir qu'il n'avait pas pris le temps d'apprécier à sa juste valeur la princesse sans ses faux cils et son maquillage outrancier. Elle était tout simplement merveilleuse.

À 7 heures, il dut se lever. Aussi discrètement qu'il le put, il s'écarta d'elle pour gagner la salle de bains.

Parviendraient-ils à faire comme si rien ne s'était passé ? Pourrait-il la regarder faire son entrée dans l'arène sans penser à la façon dont elle avait chevauché son propre corps ? S'il surprenait un imbécile en train de la reluquer, ce qui se produisait au demeurant très fréquemment, parviendrait-il à se retenir de le corriger ?

Pourrait-il continuer à travailler sous ses ordres ? Non, ce n'était pas la bonne question.

Parviendrait-il à lui reprendre le *All-Stars* ?

Oui. C'était indéniable. Le plan fonctionnerait quand même. Sans problème.

Mais s'il l'évinçait de la direction du concours, aurait-il jamais une autre occasion de compter le nombre de fois où il pouvait la mener à l'orgasme ? De passer une si belle soirée ? De rire avec elle devant une vieille série télé ?

Il connaissait très bien la réponse.

S'il la chassait du *All-Stars*, il n'aurait même plus accès à elle. C'était soit elle, soit le concours. Il n'y avait pas de « et » possible.

Était-il prêt à l'accepter ?

Et surtout, comment se faisait-il qu'il parvienne à réfléchir à tout cela avant même d'avoir bu son café ?

En sortant de la salle de bains, il remarqua immédiatement que la chambre était plus lumineuse. Si Chloe était toujours pelotonnée dans le lit, elle s'était à l'évidence levée pour ouvrir les rideaux.

— Bonjour, ma belle, dit-il en avançant vers la cafetière pour la remplir.

— Hmm. Reviens au lit. S'il te plaît.

Il avait vraiment besoin de café mais… elle demeurait sa priorité. Sans hésiter, il retourna se glisser entre les draps pour la prendre dans ses bras, et sentit son cœur fondre quand elle se blottit contre lui.

— Bonjour, répéta-t-il avant de déposer un doux baiser sur son front.

— Tu reviens ici ce soir ? lui demanda-t-elle en bâillant.

Ce n'était pas dans leur accord. Certes, cette chambre était officiellement à lui, mais quand ils se sépareraient dans quelques minutes, ce serait la fin de ce qui s'était passé entre eux. Il ne pouvait en être autrement.

Ou du moins l'espérait-il.

— La chambre est à toi. J'en trouverai une autre. Une nuit ; on s'était mis d'accord.

De nouveau, elle bâilla. Manifestement, elle n'était pas du matin.

— Une nuit et une matinée, corrigea-t-elle.

C'était ce qu'elle lui avait dit la veille au soir quand il en avait demandé plus, comme un imbécile. Il n'allait pas se conduire comme un idiot à nouveau.

Alors qu'il se faisait cette réflexion, elle avait serré ses jambes contre les siennes, et il pouvait désormais sentir la chaleur de son sexe contre ses hanches.

— Reviens ce soir, murmura-t-elle en faisant sensuellement glisser sa main sur son torse.

Comment allait-il se sortir de ce pétrin ?

— Mais des concurrents pourraient venir. Et nous voir, dit-il après avoir lutté quelques secondes pour trouver quelque chose de raisonnable à répondre tandis que son corps commençait déjà à réagir aux caresses de Chloe, à sa voix.

Sa réponse sembla retenir son attention. S'arrêtant brusquement de le cajoler, elle roula sur le dos. À cet instant, une étrange sensation de froid envahit Pete, mais il se consola en profitant de cette vue toute particulière qu'il avait désormais sur les seins parfaits de Chloe. Et il ne put s'empêcher d'en retracer les contours du bout de ses doigts.

— Il faut que je te dise quelque chose, soupira-t-elle.

Elle se remit à le caresser, glissant cette fois-ci sa main dans ses cheveux.

— Ça ne me dit rien qui vaille, murmura-t-il contre sa peau avant de reporter son attention sur son autre sein.

Il adorait la façon dont leurs bouts durcissaient au moindre effleurement de ses doigts.

— Ne t'inquiète pas. Mais… tu dois savoir qu'il est

possible qu'un ou plusieurs Lawrence se présentent au concours ce week-end.

Étonné, il se redressa vivement.

— Y a-t-il une raison particulière à cela ?

Il voyait bien qu'elle essayait de rassembler son courage, et il n'aimait pas ça.

— La réunion d'hier ne s'est pas déroulée comme prévu.

— Celle qui t'a énervée ?

Elle acquiesça. Il fut rassuré de constater qu'elle semblait avoir retrouvé toute sa force. À cet instant précis, elle avait l'air d'une battante.

— C'était avec ma famille. Ou, pour être exacte, j'ai eu une réunion qui s'est plutôt mal passée au sujet de ma marque de vêtements. Des problèmes de distribution. Mais après, Oliver m'a demandé de venir dans son bureau, où il m'attendait avec papa et Flash.

Avaient-ils découvert pour elle et lui ? Mais comment ? Il n'avait pas entendu la moindre rumeur concernant ce qui s'était passé entre eux dans le Missouri.

Soudain, elle prit ses mains dans les siennes, un geste qui lui parut à la fois réconfortant et alarmant.

— Je n'ai pas informé Oliver et mon père que je t'avais engagé pour m'aider à diriger le concours.

Il n'eut pas besoin qu'elle en dise davantage.

— C'est Flash qui le leur a dit.

Ce garçon était plus horrible encore qu'il ne le pensait. C'était une chose de se battre avec un autre concurrent. C'en était une tout autre de jeter en pâture les personnes qu'on est censé protéger.

Tandis qu'il se faisait ces réflexions, Chloe lui avait jeté un regard plein de regrets.

— J'ai dû omettre de te dire que Flash avait essayé de se servir de ta présence au *All-Stars* pour me convaincre de le laisser reprendre la compétition.

La cause était entendue. Il ne ferait rien tant qu'il n'aurait pas de café. Après avoir doucement serré la main de Chloe dans la sienne, il se leva pour s'en verser une tasse.

Qu'évidemment, il lui tendit immédiatement. Ils gardèrent le silence tandis qu'il servait la seconde, avec laquelle il retourna s'asseoir sur le lit.

— Si j'ai bien compris, ton ordure de frère, je veux dire le plus jeune des deux, a essayé de se servir de moi pour te faire chanter.

— Dit comme ça, ça a l'air horrible.

Se tournant vivement vers elle, il la regarda intensément dans les yeux.

— Oui, finit-elle par admettre après avoir bu une longue gorgée de café. Mais je n'ai pas cédé.

— Ils étaient vraiment furieux ? Je parle d'Oliver et Milt !

Ayant lui-même bien souvent été la cible de leur colère, il savait que si les Lawrence étaient vraiment fâchés, ils pouvaient faire de la vie de Chloe un véritable enfer. Tout comme ils l'avaient fait pour lui.

— Eh bien, répondit-elle d'une voix faible, mon père a évité de peu la crise cardiaque, alors j'imagine que je peux m'estimer heureuse.

Il avait donc dû lancer des objets ou mettre des coups de poing dans les murs.

— Et ?

Elle haussa les épaules, regardant fixement son café.

— Et… c'est tout.

— Chloe, soupira-t-il, car ils savaient l'un comme l'autre qu'elle mentait.

— Papa m'a fait clairement comprendre qu'à son sens j'étais complètement abrutie de me laisser manipuler de la sorte. Et Oliver m'a demandé pourquoi je lui avais affirmé que je pouvais gérer le concours seule alors que ce n'était à l'évidence pas le cas. Flash, lui, jubilait.

— Évidemment.

Pete sentait désormais la colère bouillir en lui. Car, malheureusement, il n'avait aucun mal à se représenter la scène : Milt rugissant, Oliver fusillant sa sœur du regard et Flash mettant de l'huile sur le feu. Trois contre une, en somme. Une parfaite injustice.

— Puis ils m'ont fait comprendre qu'ils voulaient que tu partes avant de détruire le *All-Stars* pour de bon.

Il prit le temps de réfléchir à cette dernière affirmation. Car il savait d'expérience qu'il valait mieux ne pas lui dire ce qu'elle avait à faire.

— Et ?

Si elle avait eu l'intention de le renvoyer, elle le lui aurait certainement annoncé avant qu'il ne commence à lui faire des avances.

Elle se tourna vers lui, et la vulnérabilité qu'il lut dans son regard lui serra le cœur.

— Je leur ai dit qu'ils se trompaient sur toi.

Elle s'interrompit, sembla avaler sa salive avec peine.

— N'est-ce pas ?

Elle n'avait pas l'intention de le renvoyer. Elle avait défié sa famille pour lui ! Lui qui l'avait traitée comme une moins que rien pendant des années. Lui qui détestait toute personne associée de près ou de loin au nom de Lawrence.

Et ce avant qu'ils ne couchent ensemble. Avant que tout ne change.

Il n'y avait pas de « et » possible. C'était soit le *All-Stars*, soit elle. Détruire la confiance qu'elle avait placée en lui en l'évinçant du concours, ou rester dans ses bras et attendre que sa famille le détruise, lui. Car les Lawrence le détruiraient. Il n'avait aucun doute là-dessus.

Pas de « et ».

Pas de *happy end*. Pas pour eux.

Tendrement, il prit son visage entre ses mains et se mit à lui caresser les joues.

— Chloe Lawrence…, as-tu cherché à me protéger ?

Il lui semblait tellement naturel de la caresser. Quand il la serra dans ses bras, il s'émerveilla de la perfection avec laquelle elle y trouvait sa place.

Mais soudain elle renifla, et cela le bouleversa totalement.

— Ne t'emballe pas. J'ai d'abord cherché à me protéger moi-même.

— Ont-ils dit qu'ils viendraient te voir ? demanda-t-il.

Car s'il y avait la moindre chance pour qu'un Lawrence débarque à l'improviste dans cette chambre, il préférait avoir au minimum un pantalon sur lui.

L'air sombre, elle secoua la tête.

— Non. Mais ça ne veut pas dire qu'ils ne le feront pas. Papa est fou de rage : à ses yeux, je n'ai jamais rien été de plus que la princesse du rodéo. Oliver m'en veut à mort parce que, même s'il déteste le *All-Stars*, il m'a confié cette responsabilité, et comme je t'ai engagé, il considère qu'il s'est trompé en me faisant confiance, ce qui renvoie une mauvaise image de lui. Curieusement, personne n'est fâché contre Flash.

— À part toi.

Et lui. Il était furieux contre ce malade.

— Oui. Il ne comprend rien. Il se bat à chaque fois que quelqu'un ose laisser entendre que, s'il est dans le classement, c'est uniquement grâce à papa, mais il suffit que je le traite comme un concurrent lambda pour qu'il aille justement trouver papa pour se plaindre que les règles ne devraient pas s'appliquer à lui.

— Quel âge a-t-il ?

— Vingt-quatre ans.

— Cela explique beaucoup de choses…

Elle le regarda comme s'il avait perdu la tête et il éclata de rire.

— J'étais moi-même une véritable ordure à son âge.

— Ne recommence pas avec ça, répliqua-t-elle sèchement.

Avait-elle oublié ce jour où il avait refusé de lui serrer la main ? Non, il ne fallait pas se leurrer. C'était Chloe Lawrence. Naturellement qu'elle n'avait pas oublié.

— Si je comprends bien, les chances pour que Flash vienne s'excuser auprès de toi sont quasi nulles ?

— Totalement nulles, dirais-je.

— Alors permets-moi de m'excuser auprès de toi de la part de tous les jeunes cow-boys arrogants du monde entier. Tu mérites mieux que ça, Chloe. Tu ne devrais pas avoir à subir ce genre de choses, et encore moins venant de ta famille…

Il s'interrompit au souvenir de la façon dont les fournisseurs l'avaient traitée dans le Missouri.

— Ou de n'importe quel concurrent ou fournisseur. De n'importe qui, en fait. Pas même de moi.

Elle n'avait pas levé les yeux au ciel comme à son habitude, mais il voyait bien qu'elle ne le pensait pas sincère.

— Nous n'avons pas besoin d'être amis pour que je regrette la façon dont je t'ai traitée dans le passé. Nous n'avons pas besoin d'être quoi que ce soit pour que je me comporte mieux avec toi à l'avenir. Alors je te demande pardon. Je n'aurais pas dû me défouler sur toi quand nous étions plus jeunes. Ce n'était pas toi, le problème, mais moi. Je vais essayer de mieux me comporter. Que dis-je ? je *vais* mieux me comporter.

Ces mots lui avaient fait du bien. D'autant qu'il les pensait sincèrement. Sincèrement, vraiment ? Un léger sentiment de culpabilité s'insinua en lui. Pas tout à fait, non. Car il n'envisageait pas de mieux se comporter dans le futur. Il ne ferait pas ça pour elle.

Et pourtant, dans sa tête, une petite voix qui ressemblait un peu à celle de Chloe venait de poser une question : pourquoi ne pourrait-il pas y avoir de « et » ? Pourquoi ne serait-il pas possible qu'il ait les deux ? Devait-il nécessairement sacrifier ce qu'il y avait entre Chloe et lui pour conserver le concours ?

Ne pouvait-il pas plutôt s'allier avec elle ? Contre sa famille ?

À son côté, elle était toujours nue, tout comme lui, et elle le regardait comme jamais elle ne l'avait fait auparavant.

— Pete, tu penses vraiment ce que tu viens de dire ?

— Évidemment, ma belle, répondit-il en lui relevant le menton pour joindre ses lèvres aux siennes.

Il pouvait y arriver. Il pouvait garder Chloe et le concours. Il fallait simplement qu'ils soient ensemble. Eux contre le reste du monde. Parce qu'il avait besoin qu'elle reste dans son lit, dans sa vie.

Il avait besoin d'elle.

Le goût du café, sur ses lèvres, avait quelque chose de délicieusement énergisant. Ils s'enlacèrent sensuellement, s'embrassèrent, se caressèrent voluptueusement, et ce fut encore mieux à la lumière du jour que cela ne l'avait été dans les ombres de la nuit.

Chloe était plus belle encore, et il lui semblait que, pour sa part, il était devenu un homme meilleur. Et s'il pouvait continuer d'aimer Chloe pour toujours ?

— Reviens à moi ce soir, murmura-t-elle dans son oreille.

— Oui, répondit-il.

Parce que c'était ce qu'il désirait lui aussi.

Son plan pouvait marcher. Et il allait réussir.

Le contraire n'était même pas envisageable.

- 12 -

Combien de temps encore devrait-elle attendre avant de pouvoir retrouver Pete dans un hôtel, comme ils l'avaient fait au cours des quelques soirs passés ? Chloe en était arrivée au point de compter les heures. Voire les minutes.

Malheureusement, la réponse était « longtemps » car le spectacle du Pendleton Round-Up ne commencerait pas avant une heure et demie. Le concours durerait plusieurs heures, et serait suivi par un concert de Johnny Jones, après quoi elle devrait attendre encore…

Sept heures, plus ou moins. Sept longues heures avant de pouvoir le retrouver pour peut-être commander une pizza et du vin. Elle brûlait d'envie de faire l'amour avec lui, mais il lui tardait aussi de passer un bon moment, à bavarder avec lui.

Elle appréciait Pete Wellington, elle devait l'admettre. Peut-être un peu trop.

Perdue dans ses pensées, elle souriait, saluait, disait aux gens que les chemises *Princess of the Rodeo* leur allaient très bien et essayait de ne pas regarder sa montre. Elle était sur le point de poser pour une photo avec un groupe de petites filles quand elle sentit un frisson glacial lui parcourir le dos.

Les Lawrence.

Ils étaient là. Elle le sentait.

Luttant pour ne pas se départir de son grand sourire, elle continua de signer des autographes en expliquant à tout le monde que, l'année suivante, un concours serait organisé pour élire la nouvelle princesse du rodéo. Ces propos ne provoquaient généralement que deux types de réaction : enthousiasme ou regret que ce ne soit plus elle. Parfois les deux à la fois.

— Je serai toujours là, promit-elle à une jeune maman qui venait de lui dire qu'elle l'admirait.

Tout en continuant de parler et de poser, elle sondait la foule du regard.

Où étaient-ils ? Pourvu qu'il n'y en ait qu'un. Pourvu que ce soit Oliver. Il avait, certes, été déçu qu'elle ait embauché Pete. Mais il était de loin le plus sensé de la famille. Si elle pouvait lui expliquer pourquoi Pete lui était désormais indispensable, elle parviendrait peut-être à lui faire entendre raison.

Peut-être. Mais tout bien considéré, avec beaucoup de chance.

Un bruit, dans la foule, lui fit brutalement comprendre qu'elle s'était bercée d'illusions. Des cris venaient de retentir. Et pas de ceux qui précédaient tous les rodéos. Plutôt le genre qui annonçait une bagarre.

Oliver n'était donc pas seul.

Elle n'avait aucune envie de régler ça, mais quel autre choix avait-elle ?

— Si vous voulez bien m'excuser…, dit-elle sans cesser de sourire.

Aussi rapidement qu'elle le put, elle se dirigea vers l'endroit d'où provenaient les éclats de voix. Sans courir, car elle aurait attiré l'attention sur elle.

Un immense fracas retentit, suivi de nouveaux cris. Elle en était maintenant certaine : son père et ses frères étaient tous les trois là et s'en étaient violemment pris à Pete.

La foule s'était tournée dans cette direction. Les gens commençaient à chuchoter, se demandant ce qui se passait.

C'était une catastrophe ! Le genre de catastrophe qui ferait passer l'arrestation et la condamnation de Flash pour des incidents mineurs. Le genre de catastrophe qui ne pourrait pas être facilement effacé par des mots bien choisis et des manœuvres de diversion.

Chloe fut tentée de fuir. Elle aurait pu tourner les talons et se cacher jusqu'à ce que les choses se calment. Et ignorer le fait que sa famille avait détruit tout ce qu'elle avait construit. Car si ce n'était pas pour ça, pourquoi étaient-ils venus ? Pourquoi ne pas lui accorder un peu de confiance et lui donner une saison pour faire ses preuves ? Pourquoi semblaient-ils si déterminés à détruire le concours et à lui imputer cet échec ?

Pourquoi son père et ses frères ne voulaient-ils pas voir que Pete avait changé ? Qu'il s'intéressait au concours, aux concurrents et…

Et à elle ?

Car c'était le cas. Elle n'en doutait pas une seule seconde. Sinon, comment expliquer qu'il ait partagé avec elle sa chambre pour lui faire l'amour mieux que personne avant lui ?

Non, elle ne pouvait pas fuir. C'était *son* concours et, malheureusement, sa famille. Mais elle pouvait en revanche leur dire ce qu'elle pensait d'eux. Elle était folle de rage. C'était vendredi soir. Comment osaient-ils venir se battre juste avant le spectacle ?

Un terrible fracas se fait de nouveau entendre. On aurait dit que les barrières utilisées pour parquer les animaux venaient de tomber. Horrifiée, Chloe se mit finalement à courir, chose peu aisée avec ses chaps.

Sa seule consolation fut de constater que la bagarre se déroulait dans les coulisses, à l'abri du public.

Elle dut se frayer un chemin à travers les concurrents et les employés avant de les trouver.

Et, quand elle les vit, elle sentit son cœur se serrer.

— Sale petit enfoiré ! hurlait Flash qui se débattait entre deux cow-boys qui semblaient avoir du mal à le maîtriser.

Sa lèvre était fendue et il saignait du nez. Il y avait du sang partout.

Juste à côté de Flash, le visage rouge et presque fumant, se tenait son père.

— Tu as menti, espèce de voyou ! hurla-t-il à son tour.

Deux hommes essayaient également de le maîtriser, mais au moins, lui ne saignait pas.

— Tu ne peux rien faire, hein, le vieux ? répliqua Pete. Même pas capable de mettre un coup de poing… Espèce de faux cow-boy !

L'un de ses yeux était enflé et fermé et, curieusement, Oliver était en train de l'aider à se relever. Pour le frapper à son tour ou pour une autre raison ?

— La ferme ! s'exclama Oliver, ce qui lui valut un bon coup de pied dans le tibia de la part de Pete.

Son frère se mit à jurer avec beaucoup plus de créativité que son père.

Pendant ce temps, les barrières qui s'étaient effondrées avaient laissé échapper des taureaux, que deux cow-boys essayaient vainement de reconduire dans leur enclos avant qu'ils ne gagnent la foule. C'était horrible. Et, pourtant, ce n'était pas pour cette raison que Chloe avait envie de hurler de rage.

Le problème était que personne ne cherchait à arranger les choses. Presque tous les témoins étaient occupés à filmer la bagarre avec leurs téléphones. Aucun espoir pour elle, donc, de faire tourner la situation à son avantage. Il lui restait, au maximum, trente secondes avant que le reste du monde n'apprenne que le conflit entre les Lawrence et les Wellington avait repris avec force.

Trente secondes avant que les gens ne se mettent à se demander si le *All-Stars* pourrait survivre à la famille Lawrence.

Ses yeux la picotaient, sa gorge était serrée, mais elle n'avait pas le temps de pleurer. Car malgré cette tentative d'assassinat qui avait lieu sous ses yeux, le *All-Stars* n'était pas encore mort.

Elle venait de se faire cette réflexion quand, dans un hurlement de rage, Flash se libéra et se jeta sur Pete.

Sans même réfléchir, elle courut pour s'interposer. Le corps de son frère percuta violemment le sien. Elle sentit ses dents claquer mais ses pieds, fermement campés sur le sol, ne bougèrent pas, à sa grande satisfaction.

Hélas, Flash, déstabilisé, bascula sur le côté où, heureusement, un fournisseur l'attrapa et l'éloigna de Pete et d'Oliver.

— Ça suffit ! hurla-t-elle alors.

Pour une fois, tous les hommes l'écoutèrent. Sa famille cessa de crier. Pete également. Et un murmure se mit à courir dans la foule.

Tous les yeux étaient braqués sur elle.

— Pas de caméras, s'il vous plaît, ordonna-t-elle d'une voix qu'elle voulut polie.

Évidemment, seules quelques personnes baissèrent leurs téléphones. Bien. Puisqu'elle était filmée, elle allait donc sourire.

— Maintenant, dit-elle d'une voix forte en essayant néanmoins de contenir sa colère, est-ce que quelqu'un pourrait m'expliquer ce qui se passe ?

— C'est lui qui a commencé ! hurla Flash en désignant Pete d'un mouvement de tête.

— C'est une plaisanterie ! siffla Pete.

— Messieurs ! s'écria-t-elle d'un air de reproche.

Pete lui jeta alors un regard qui paraissait à moitié penaud, à moitié défiant.

Ses excuses, il pouvait se les garder. C'était exactement pour cette raison qu'elle n'avait pas voulu les entendre lors de leur première nuit à l'hôtel. Ce n'était pas suffisant. Ce ne le serait jamais.

Elle était lasse de tout cela.

— Ayez au moins le courage d'admettre que c'est vous qui êtes venus me trouver, reprit Pete.

Ce qui, naturellement, eut pour effet de raviver la colère de Milt.

— C'est notre concours, Wellington ! Ça fait des années qu'il n'est plus à toi. Alors qu'est-ce que tu fais encore ici ?

— La ferme ! s'exclama Chloe en se tournant vers son père. Je ne veux plus vous entendre, toi et tous les autres. Le spectacle doit commencer dans une heure et quart, et les taureaux sont en train de se sauver. Alors vous…

Elle pointa du doigt son père, ses frères et Pete, ainsi que les cow-boys qui les retenaient.

— … vous allez venir avec moi. Tous les autres, rassemblez le bétail et préparez-vous à monter en selle.

Personne ne bougea.

— Vous l'avez entendue ! hurla Pete. Exécution !

Évidemment, tout le monde fit alors mine de s'activer. Pete était un homme ; il pouvait donner des ordres. Qui était-elle, elle ? Rien d'autre que la princesse du rodéo. Une tête bien faite, mais vide.

Elle n'en pouvait plus, vraiment.

— Tu as besoin d'une baby-sitter ? demanda-t-elle à Flash quand il passa devant elle. Ou tu penses que tu vas pouvoir te comporter en adulte pendant le quart d'heure à venir ?

— Hé ! Ce n'est pas moi, le problème.

— Bien sûr que si. Allez, suis-moi, ou sinon…

Elle entra dans sa loge qui, heureusement, était cette fois-ci un peu plus grande qu'un placard. Ces imbéciles allaient-ils bousiller les lieux, se détruire les uns les autres ? Il y avait des chances, oui. Mais la priorité était que cette débâcle ne soit pas relayée sur les réseaux sociaux.

Son père, ses frères et Pete la suivirent sans se frapper les uns les autres. Son père grommelait qu'il était le détenteur du concours. Flash marmonnait que rien de tout cela n'était sa faute. Pete et Oliver, heureusement, ne disaient rien.

Quand elle eut refermé la porte derrière elle, elle se retourna pour regarder ces hommes. *Ses* hommes. Évidemment, Pete n'était pas vraiment à elle, mais après les quelques nuits qu'ils venaient de passer… il l'était un peu tout de même.

— Maintenant, dit-elle aussi calmement qu'elle le put, que s'est-il passé ?

Ils se mirent tous à parler en même temps. Tous sauf Oliver qui, adossé à la coiffeuse, les bras croisés, observait la scène en silence.

— Les garçons ! rugit son père.

Tels des enfants réprimandés, Flash et Pete prirent un air contrit qui, en d'autres circonstances, aurait presque pu la faire rire. Tout à coup, son père se retourna vers elle en la pointant du doigt.

— Je t'avais dit de virer ce vaurien.

Elle aussi se sentit tout à coup comme une petite fille qu'on réprimande. Car c'était son père, tout de même, un homme qui s'était toujours montré tendre et aimant avec ses enfants et avait fait de son mieux pour les élever seul après la mort de leur mère.

Mais elle n'avait plus treize ans. Elle était une adulte qui essayait de gérer avec succès un concours de rodéo.

— Et alors ?

— Comment ça, et alors, jeune fille ? répliqua-t-il d'un air indigné.

Elle remarqua que Pete avait souri, mais elle l'ignora.

— Tu m'as prodigué des conseils sur la façon dont cette entreprise devait être gérée. Je t'ai écouté avant de prendre une décision qui allait dans l'intérêt de l'entreprise. Et cette décision était de ne pas renvoyer Pete.

Elle avança vers son père.

— Et alors ? répéta-t-elle.

Les yeux grands ouverts, il paraissait désormais sous le choc.

— Tu sais de qui tu parles ? finit-il par dire. Tu sais ce qu'il a fait à notre famille ? Ce qu'il est en train de faire, maintenant ?

— Quoi ? Essayer d'empêcher Flash de détruire le *All-Stars* ? répliqua-t-elle en prenant un air innocent.

— Hé ! Je ne…

— Pete n'a rien fait à notre famille que nous n'ayons nous-mêmes fait à la sienne, reprit-elle en ignorant l'intervention de son petit frère. Vous est-il déjà venu à l'esprit que les choses avaient peut-être changé ? Que nous n'étions pas obligés de continuer à nous disputer ?

Elle fixa son regard sur celui de Pete et fut encouragée par ce qu'elle y lut. Du soutien. De la compréhension. Il l'écoutait, l'approuvait, et c'était une bonne chose.

Mais ce regain d'énergie fut de courte durée.

— Je vais te dire ce qui a changé, éructa Flash. Oliver t'a confié la direction du *All-Stars* dans le dos de papa, et tout a dégénéré depuis.

Elle se tourna vivement vers son petit frère. Si son nez n'était pas déjà cassé, elle allait s'en charger elle-même.

— Ah oui ? Alors, dis-moi, qui a agressé Tex McGraw dans le Missouri, hein ? Qui a retourné contre le *All-Stars* le plus populaire de ses concurrents et tous ses fans, provoquant ainsi une chute de sept pour cent des bénéfices ? Qui a commis ces actions qui ont généré une telle catastrophe que je n'ai pas eu d'autre choix que d'engager un manager pour s'occuper des aspects pratiques du concours pendant que je travaillais comme une folle pour essayer de réparer les dégâts ? Et tout ça pour quoi ? Parce que Tex a insulté une femme ?

— Ce n'est pas comme ça que ça s'est passé.

— Si ! intervint Pete.

Excédée, elle lui jeta un regard noir.

— Toi, dit-elle en se retournant vers Flash, il faut vraiment que tu grandisses. Tu ne pourras pas revenir au *All-Stars* tant que tu n'auras pas purgé ta peine et prouvé que tu sais te contrôler.

— Ce n'est pas normal ! s'exclama-t-il. C'est Tex qui a commencé, et lui n'a eu aucune sanction.

Cette fois-ci, c'en était trop.

— Tex préfère partir plutôt que de concourir avec toi. Mais puisque tu évoques le sujet, parlons-en, de ce qui est normal. Tu trouves « normal » de déclencher une bagarre et que ce soit moi qui sois punie ? Tu trouves « normal » que j'aie été obligée d'engager Pete parce que personne ne m'écoute jamais quand je dis quelque chose, alors que lui, il lui suffit de claquer des doigts pour que tout le monde fasse ce qu'il dit ?

— Les gens ne..., commença Oliver.

Personne ne l'écoutait. Aucun d'entre eux. Elle avait passé un point de non-retour et elle était contente que Pete la soutienne parce qu'elle n'en pouvait plus.

— Vous n'avez pas vu ce qui s'est passé il y a cinq minutes à peine ? Quand j'ai dit que le spectacle devait avoir lieu et que personne n'a bougé jusqu'à ce que Pete leur ordonne de le faire ? Tu ne m'as même pas écouté expliquer pourquoi j'avais dû embaucher Pete, Oliver. Et vous m'avez tous grondée comme si j'étais une gamine à cause de Flash. Je ne vois pas en quoi je suis responsable de son comportement. Il a vingt-quatre ans.

Elle se tourna vers son petit frère.

— Donc, si j'ai bien compris ce que tu viens de me dire, tu trouves normal que papa ait laissé Oliver diriger la société, mais moi, j'ai dû négocier pour avoir une chance de faire mes preuves. Et quand je les ai faites, tu as saboté tout mon travail. Tu es content de toi ?

Sa voix s'était brisée.

Mais elle ne pouvait pas pleurer. Pas maintenant. Si elle craquait, à l'avenir et jusqu'à la fin de sa vie, à chaque fois que Flash voudrait l'asticoter, il lui reparlerait de ce jour où elle avait sangloté comme un bébé. Elle préférait se briser la main sur la tête de son frère plutôt que de faire quelque chose d'aussi impardonnable que de pleurer.

— Tu me traites toujours comme un enfant ! riposta Flash.

— Je ne…

Mais Pete l'interrompit.

— Parce que tu te conduis comme un enfant, dit-il avec une voix qui avait tout de celle du grand frère déçu. Tu veux être traité en homme ? Comporte-toi comme tel.

— Ça, c'est vrai, ajouta Oliver, comme si c'était nécessaire.

— Quant à toi, poursuivit Pete en se tournant vers lui, tu te comportes comme si tu étais tout-puissant. Tu dépouilles les autres de tous leurs biens et tu ne t'occupes pas de ce qui leur arrive ensuite. La famille de ta femme a volé de l'argent à la moitié du pays, et ton père a volé ce concours au mien. Mais tu t'en moques complètement de tout ça, hein ?

— Pete, ce n'est pas juste, intervint Chloe.

Mais Oliver lui coupa l'herbe sous le pied.

— Laisse ma femme en dehors de tout ça, dit-il d'une voix menaçante en s'écartant de la coiffeuse.

— Sinon quoi ? Vous vous rendez compte que tout ça aurait pu être évité si vous aviez traité Chloe comme une adulte ? Vous, dit-il en se tournant vers son père, vous vous conduisez comme si la seule chose pour laquelle elle était douée était de porter un drapeau. Si vous y prêtiez davantage attention, vous vous apercevriez qu'elle a de brillantes idées pour développer le *All-Stars*. Toi, poursuivit-il à l'attention d'Oliver, essaie de la soutenir la prochaine fois que les deux autres ne voudront pas entendre raison. Et toi, finit-il en s'adressant à Flash, si tu veux qu'on te prenne au sérieux, arrête de compter sur ta sœur pour te sortir du pétrin à chaque fois que tu t'y mets.

Parce que parler d'elle comme si elle n'était pas là était la traiter comme une adulte ? songea Chloe. C'était gentil de la part de Pete de prendre sa défense, mais elle pouvait très bien se débrouiller elle-même.

— On ne te demande pas ton avis ! venait de crier Flash à l'adresse de Pete.

— Attendez…, commença-t-elle.

Mais personne ne l'écoutait.

— Eh bien, vous devriez, rétorqua Pete. Tu crois que je ne sais pas ce que c'est que d'être jeune, en colère et observé par tout le monde à cause d'une chose sur laquelle on n'a aucun pouvoir ? Écoute, gamin, il est temps de te prendre en main. Arrête de courir te plaindre à ton père chaque fois que quelque chose ne va pas et cesse de te cacher derrière les jupes de ta sœur.

— Les garçons ! fit-elle encore. Écoutez-moi.

Mais personne ne le fit. Pas même Pete. Malgré toutes ses belles paroles, il était aussi bête que les autres.

— La seule chose qui t'intéresse, dit Flash d'une voix dont le calme lui ressemblait peu, c'est de te cacher toi sous ses jupes. Pourquoi ? Pour l'évincer du concours. Tu te sers d'elle, c'est tout. Elle n'est qu'un pion dans ton jeu, et ce n'est pas ma faute si elle n'est pas assez intelligente pour te voir tel que tu es vraiment.

Blessée au plus profond de son cœur, Chloe laissa échapper un petit cri. Était-ce vraiment ainsi que Flash la voyait ? Pas assez futée pour comprendre qu'une trahison de Pete était une possibilité ?

Au même instant, son père s'était tourné vers elle, et son visage avait repris la teinte pourpre qu'il arborait quelques minutes plus tôt. Même Oliver semblait préoccupé par cette annonce.

— Chloe, demanda-t-il, est-ce qu'il se sert de toi ?

Elle était une adulte responsable. Il n'y avait pas de problème.

— Est-ce qu'il t'a touchée ? rugit son père, puisque, apparemment, la seule chose qui pouvait amener sa famille à prêter attention à elle était une discussion sur sa vie sexuelle.

— C'est ce qu'il a toujours cherché à obtenir, siffla Flash en lui adressant un sourire mauvais. J'ai essayé de la prévenir, mais elle ne m'a pas écouté. Elle croit qu'elle sait tout mieux que moi.

— Fais attention à ce que tu dis, ordonna Pete d'une voix menaçante.

Ce qui se produisit ensuite était hautement prévisible. Flash essaya de frapper Pete au visage, mais celui-ci parvint à bloquer son poing et à lui envoyer un bon coup dans les côtes. Leur père se mit à hurler. Oliver essaya d'intervenir. Quelqu'un lui envoya un coup de poing, qu'il rendit, et en quelques secondes à peine tout retomba dans le chaos.

Silencieuse, Chloe essayait simplement de ne pas désespérer. De ne pas perdre le peu d'espoir qu'elle avait dans l'idée que sa relation avec Pete pouvait fonctionner.

Mais c'était impossible. Elle avait été stupide de penser le contraire.

Un objet, qui devait se trouver sur la coiffeuse, s'écrasa sur le sol et se brisa. Oliver se mit à crier, et elle…

Elle s'en alla. Ayant repris son sac à main, elle sortit, refermant calmement la porte derrière elle. À en juger par les bruits qu'elle continuait d'entendre, la bagarre se poursuivait, ce qui signifiait que personne n'avait remarqué son départ. Sa présence, aux yeux de ces hommes, n'était pas importante. Elle n'était qu'un sujet de discorde parmi d'autres, comme le *All-Stars*.

Avaient-ils de l'affection pour elle ? Ne serait-ce que l'un d'entre eux ?

Elle aurait tant aimé que la réponse soit oui ! Elle aurait tant aimé croire, de tout son cœur, que Pete éprouvait des sentiments pour elle. Il y avait bien eu les quelques nuits passées, après tout.

Mais les paroles de Flash tournaient en boucle dans son esprit tandis qu'elle se frayait un chemin vers l'arène, ignorant les personnes qui l'appelaient par son nom. Peu importait qu'elle leur réponde ou non. Ils ne l'écouteraient pas tant que les ordres ne seraient pas sortis de la bouche de Pete.

À quel moment avait-elle oublié que Pete était un Wellington, d'abord et avant tout ? Elle savait depuis le départ qu'il complotait pour récupérer le concours. Mais il y avait eu la catastrophe générée par Flash, et ils avaient ensuite dû passer à la gestion de crise, et Pete s'était révélé très doué pour son travail.

Très doué pour écouter ses grandes idées et ses grands projets. Pour mettre en œuvre ses plans dans le domaine du concret. Pour diriger le concours.

Pour lui donner l'impression qu'elle comptait.

Était-ce une ruse ?

Et si rien de tout cela n'était réel ?

Mais d'un autre côté, et si c'était bien vrai ? S'il n'était pas là pour la mettre dehors ? Il l'avait défendue face à sa propre famille. Il avait assuré ses arrières quand personne d'autre ne l'avait fait. Ce n'était pas rien. C'était même beaucoup.

Mais était-ce important ? Certes, le sexe entre eux était merveilleux. Et pendant quelques jours, cela avait été… presque trop beau pour être vrai.

Contre toute attente, il avait réussi à se faire apprécier. Et à cet instant encore, il était en train de se battre pour elle, au sens propre, malheureusement, mais c'était l'intention qui comptait. Si bien qu'elle commençait à croire…

Que leur relation pourrait s'approfondir. Qu'ils pourraient poursuivre leur chemin ensemble.

Elle se moquait bien de ce que Flash pouvait penser. Ce qui s'était passé en privé entre elle et Pete ne concernait qu'eux. Elle n'avait aucune raison d'avoir honte de sa sexualité.

Mais il n'y avait pas que ça, hélas. Elle ne pourrait pas diriger le concours tant que ces quatre-là joueraient à la guerre en se servant d'elle comme d'une arme.

Ses yeux commençaient à la picoter. Tant pis. Si l'un d'entre eux pensait qu'il pouvait diriger le rodéo sans elle, il n'avait qu'à le faire. Elle avait d'autres horizons. Notamment sa marque de vêtements.

En tout cas, elle allait continuer à aller de l'avant. Et plutôt seule que mal accompagnée.

Mais alors même que cette pensée lui traversait l'esprit, elle se surprit à regarder par-dessus son épaule. Pourvu que Pete vienne la chercher. Si c'était vraiment elle qu'il voulait, et pas seulement ce satané concours, il devait revenir à elle. Car c'était une chose de dire qu'il allait faire des efforts pour elle. Mais c'en était une autre de mettre ces paroles en action.

S'il te plaît, songea-t-elle. *Reviens à moi ce soir. Reviens à moi tous les soirs. S'il te plaît.*

Les portes de la loge s'ouvrirent, mais Pete n'apparut pas. Malgré le bruit des bêtes et des hommes qui se préparaient au spectacle, il lui sembla entendre un cri de douleur suivi d'un grand fracas.

Pete, donc, ne viendrait pas à elle. Il préférait détruire le *All-Stars*.

Très bien. Elle n'avait pas besoin de ce concours. Elle n'avait pas besoin d'eux. Pas même de Pete.

Elle continua de marcher, passa devant l'arène, atteignit le parking. Elle allait de l'avant.

Remarqueraient-ils son absence ? S'en soucieraient-ils ?

Cette question lui déchira le cœur et, une fois dans la sécurité de sa voiture, elle sentit les premières larmes couler. Car même si cette idée était horrible, ce n'était pas « la » question.

La question était : Pete s'en soucierait-il ?

Ou serait-il content qu'elle lui ait cédé du terrain ? Qu'elle ait admis qu'elle ne pouvait pas gérer le *All-Stars* ? Qu'elle se soit avouée vaincue ?

Après tout ce temps, il avait fini par obtenir ce qu'il voulait.

Il s'était débarrassé de la princesse du rodéo.

- 13 -

Pete, assis par terre, essayait de reprendre ses esprits. Il ne voyait plus de son œil gauche, qui était enflé. Son nez était certainement cassé. Deux de ses dents bougeaient, mais sa mâchoire semblait fonctionner correctement, contrairement à sa main droite qui devait avoir un ou deux os fracturés. Et à ses côtes qui le faisaient horriblement souffrir à chaque inspiration. Il ne savait pas qui l'avait frappé là, mais le gaillard avait une sacrée force dans le bras. À moins que cela n'ait été un coup de pied ? Il avait eu moins mal le jour où il s'était fait piétiner par un taureau.

Le calme était retombé dans la loge, où l'on n'entendait plus que des respirations saccadées. Il toussa, sentit le goût du sang dans sa bouche. Précautionneusement, il tourna la tête pour essayer d'évaluer la situation. Flash était adossé à la porte ; on aurait dit que sa tête avait été passée à travers un hachoir à viande. À côté du portant sur lequel était accrochée la robe de Chloe, Oliver se tenait le poignet en gémissant, le pourtour de son œil commençant à prendre une couleur violacée. Milt, assis sur le seul fauteuil de la pièce, se tenait la tête entre les mains. Du sang coulait du coin de sa bouche, mais il ne semblait pas aussi blessé que ses fils. Malgré toute la haine qu'il éprouvait à l'égard du vieil homme, Pete espérait ne pas lui avoir fait trop de mal.

Quant à Chloe…

— Où est Chloe ?

— Hein ? fit Milt en relevant la tête.

— Chloe. Votre fille. Où est-elle ?

Un sentiment de panique commençait à monter dans la poitrine de Pete. Il essaya de se relever mais dut aussitôt se rasseoir. Il avait la tête qui tournait.

— Partie, dit Flash d'une drôle de voix.

Pete avait dû lui casser la mâchoire. Ça, il ne le regrettait pas. Mais Chloe avait disparu, et l'adrénaline de la bagarre commençait à se dissiper, laissant place à un profond sentiment d'inquiétude.

— Partie où ?

Flash haussa les épaules et grimaça.

Appuyant son front au mur, Pete essaya de réfléchir. Ce n'était pas facile ; il avait l'impression que son visage avait heurté un mur de brique. À plusieurs reprises.

Chloe les avait fait venir ici pour qu'ils puissent régler leurs différends en privé. Là, Flash avait commencé à l'ouvrir, Milt s'était montré agressif, lui-même s'en était pris verbalement à la femme d'Oliver, lequel avait répliqué et…

Chloe était partie.

Avait-elle essayé de les calmer ? Naturellement. Elle était comme ça. Mais ils ne l'avaient pas écoutée.

Rien d'étonnant à ce qu'elle ait tourné les talons.

— Je vais la chercher, dit-il en luttant pour se relever.

— Tu n'iras nulle part tant que ce ne sera pas fini, Wellington, répliqua Oliver. Et ce n'est pas fini.

Pete essaya de lui lancer un regard mauvais, mais c'était trop douloureux.

— Écarte-toi de mon chemin, Lawrence.

— Tu restes assis, Pete, répliqua Milt comme s'il était un adolescent et non un adulte qui…

Qui venait apparemment de tout gâcher.

Chloe était partie, et il ne réussirait pas à faire entendre raison à sa famille, après cette bagarre.

— Je vais la chercher.

Milt fit un geste dédaigneux de la main.

— Chloe n'a besoin de personne, et Oliver a raison : ce n'est pas fini.

— J'en ai fini avec vous. Vous tous.

Pete essaya de nouveau de se relever, mais ses bottes heurtèrent quelque chose de glissant, et il tomba de nouveau sur les fesses.

— Mais pas avec elle.

Il espérait vraiment que les choses ne soient pas finies entre eux.

Jamais il n'avait imaginé que la situation dégénérerait ainsi. Il voulait que Chloe se tienne à son côté quand il se confronterait au reste de sa famille. Il voulait apaiser les choses. Mais Flash semblait avoir un don pour faire perdre aux autres tout sens de la mesure et, de toute manière, ce n'était pas lui qui avait mis le premier coup. Ce n'était jamais lui.

Mais c'était toujours lui qui mettait le dernier.

— Je suis trop vieux pour ce genre de choses, dit Milt en s'adossant à sa chaise, tandis qu'un hématome commençait à se former sur sa joue. C'est exactement pour ça que je t'ai évincé du concours.

Sidéré par ces propos, Pete se tourna vivement vers le vieil homme.

— Quoi ?

Il était plutôt nerveux quand il était jeune, mais pas bagarreur. Il regarda autour de lui. Des vêtements étaient éparpillés, les meubles fendus, le miroir de la coiffeuse cassé. Quelqu'un allait subir sept ans de malheur. Restait à espérer que ce ne soit pas lui.

— Je ne me bats jamais comme ça, et vous le savez bien.

— Je ne parle pas de ça, répliqua Milt. Je n'ai jamais aimé la façon dont Chloe et toi vous regardiez. Même à l'époque, ça se voyait.

— Qu'est-ce qui se voyait ? Comment est-ce qu'on se regardait ?

C'était absurde. Il se comportait alors avec elle comme un mufle.

— Entre l'amour et la haine, la frontière est ténue, jeune homme, répondit Milt en prenant un air raisonnable qui ne lui ressemblait guère. Je ne suis pas aveugle. Elle était attirée par toi, et je savais bien que tu finirais par tirer parti de cette faiblesse.

Il essaya de prendre un air méchant.

— Quand tu as tenté de me racheter le concours en me disant qu'elle pourrait continuer d'être la princesse, reprit-il, j'ai tout de suite compris que je ne pouvais pas prendre de risque avec ma fille. Et tu ne vas pas me dire que je n'avais pas raison, hein ?

— Je crois que je vais vomir, geignit Flash, sans préciser si c'était à cause des coups qu'il avait reçus dans le ventre ou à l'idée que Pete et sa sœur puissent être ensemble.

— Alors, intervint Oliver, Flash et moi avons appris à Chloe à se battre. Au cas où…

Au cas où Pete mettrait la main sur elle. C'était donc pour cette raison qu'elle était si habile au combat. À cause de lui. De nouveau, il sentit la colère bouillir dans ses veines. Ces hommes ne voyaient que le mal en lui.

— Je n'ai jamais essayé de profiter d'elle !

Ou en tout cas, pas dans un sens sexuel.

Comment avait-il pu passer à côté du fait qu'elle était attirée par lui ? Et la traiter comme une moins que rien ? Il lui devait de nouvelles excuses. Mais une autre idée venait de lui traverser l'esprit.

— C'est pour ça que vous m'avez mis dehors ?

Il avait du mal à rassembler les pièces du puzzle. Douloureusement, il parvint à se passer une main derrière la tête. Du sang. Cela expliquait donc son mal de crâne.

— Pour ça, et parce que tu as essayé de retourner les fournisseurs contre moi. Ensuite, tu m'as attaqué en justice, j'ai contre-attaqué, et…

— Ça, je m'en souviens bien, chuchota Pete.

Mais… Chloe ?

Où était-elle ? Il avait besoin d'elle.

— Et ça a été le chaos, intervint Oliver. Le conflit avait un impact négatif à la fois sur Lawrence Energies et sur le *All-Stars*. Alors j'ai lancé une offre publique d'achat.

— Une bonne chose, commenta son père. J'étais bien content de prendre ma retraite.

— Attendez, attendez… Alors qui possède le *All-Stars*, désormais ?

— Pas moi, marmonna Flash.

— J'ai insisté pour que Flash revende ses parts à Chloe quand il a commencé la compétition, expliqua Oliver. Et j'ai moi-même racheté celles de papa.

Pete avait toujours essayé de reprendre le concours à Milt, mais s'il comprenait bien, c'était Chloe et son frère qu'il avait en réalité tenté de spolier. Chloe…

— Comment avons-nous pu en arriver là ? dit-il plus pour lui-même que pour les autres.

Flash se remit à grogner, mais ce fut Oliver qui répondit :

— Davey Wellington, paix à son âme, était un très mauvais joueur de poker, et à cette époque papa traversait une période difficile.

— J'avais de bonnes raisons, murmura Milt en regardant le ciel, les mains jointes.

— Je suis désolé pour votre femme, affirma Pete d'une voix faible.

Il savait qu'elle était morte jeune, mais il n'avait pas pris la mesure de l'impact que ce décès avait eu sur Milt.

— Et j'apprécie tes paroles, répondit celui-ci tout aussi faiblement.

Oliver s'approcha d'eux.

— Bon, qu'est-ce que tu fais là, Wellington ? Franchement ? Réponds, parce que je n'ai pas envie de te remettre une raclée.

— Tu peux toujours essayer, répliqua Pete, mais il avait bien trop mal pour paraître menaçant. J'aide Chloe à diriger le concours.

Cette annonce fut suivie par une incrédulité presque palpable, même si personne ne prononça le moindre mot.

— Je vous assure, affirma-t-il, vexé. Le rodéo, c'est la famille, mais depuis que mon père a perdu cette partie de poker, vous avez dirigé le concours comme une foire aux vanités.

— Va te faire voir, marmonna Flash.

Mais sa mâchoire endolorie ne lui permit apparemment pas d'en dire davantage. Décidément, Pete ne regrettait pas de l'avoir remis à sa place.

— Vous, reprit Pete en se tournant vers Milt, vous vous êtes fait des amis dans le milieu, mais vous n'aviez aucune compétence pour gérer un concours de rodéo. Toi, poursuivit-il en pointant du doigt Oliver, tu ne t'intéressais qu'aux bénéfices, et tu laissais Chloe faire tout le travail. Travail qui, curieusement, consistait également à le gérer lui, dit-il en désignant Flash. Et vous avez traité le *All-Stars* comme si c'était votre terrain de jeux, au sein duquel vous pouviez inventer vos propres règles. Aucun d'entre vous ne s'intéressait au rodéo. Mis à part Chloe.

— Et toi, répliqua Milt, mais avec peu de conviction.

— Mis à part Chloe, répéta Pete, qui refusa de mordre à l'hameçon. Vous ne vous rendez pas compte de tout ce qu'elle a fait ! Il ne vous est jamais venu à l'esprit de la remercier pour tout le travail qu'elle a accompli ?

— Je te déteste, se contenta de dire Flash d'une voix lasse.

Pete décida également d'ignorer cette petite pique. Il était au-dessus de tout ça. Et, surtout, il était quasiment sûr que sa main était cassée.

— Au fait, oui, elle est au courant que je veux récupérer le *All-Stars*.

— Enfoiré, grommela Milt d'une voix qui, malgré son état de fatigue, paraissait néanmoins menaçante.

— Vous pouvez me traiter de tous les noms que vous voulez, mais vous allez m'écouter. Comme vous auriez dû écouter votre propre fille.

Les trois hommes le regardèrent. Ils ne paraissaient pas ravis de le faire, mais ils lui prêtaient attention. Pourquoi refusaient-ils d'accorder cette chance à Chloe ?

— Elle savait très bien que je n'étais pas arrivé comme ça par hasard, mais elle ne parvenait pas à convaincre les négociants d'écouter ses idées. Et puis Flash s'est empoigné avec Tex McGraw. Vous n'avez pas l'air de vous en rendre compte, mais il a bien failli détruire le concours. Nous avons tous failli détruire le concours. Je ne serais pas étonné si Chloe décidait de couper les ponts avec nous tous, après ça.

Cette idée, d'ailleurs, lui faisait de plus en plus peur. Elle était partie, et le pire de tout, c'était qu'il la comprenait.

— Elle n'avait pas d'autre choix que de me faire confiance parce qu'elle savait à quel point j'aimais le *All-Stars*.

Il ravala sa salive avec peine. Le goût du sang s'était atténué, ce qui n'était déjà pas si mal.

— Et ? demanda Oliver en le regardant fixement de son œil intact.

— Et c'est une femme exceptionnelle. J'ai toujours

pensé qu'elle était bête, superficielle, et que la seule chose qui l'intéressait était d'être la princesse du rodéo. Mais je me suis trompé. Elle aime le rodéo et la famille du rodéo. Elle a beaucoup de bonnes idées. Des idées que vous apprécieriez, si vous n'étiez pas si ingrats, car elles ont toutes les chances de faire augmenter vos profits. Mais la seule chose qu'elle a reçue de vous, c'est votre mépris.

Le plus étonnant, c'était qu'ils l'écoutaient toujours. Y compris Flash.

— Vous avez bien vu comment se passaient les choses. Personne ne la prend au sérieux, mais si c'est moi qui parle, qui reprends ses mots, tout le monde acquiesce et s'exécute.

Parce qu'il était un homme.

Le sentiment de honte était devenu douloureux. Elle les avait fait venir ici pour essayer de les convaincre de l'écouter et,au lieu de cela, ils s'étaient tous les quatre battus comme des chiffonniers.

Pete soupira, ferma son œil valide. Une image de Chloe, vexée et meurtrie, se dessina derrière ses paupières.

— Et le pire, c'est que c'est exactement ce que nous sommes en train de faire maintenant. Aucun d'entre vous ne l'a écoutée quand vous l'avez coincée il y a trois jours. Aucun d'entre vous ne l'a écoutée quand elle était dans cette loge. Mais là, vous m'écoutez, je me trompe ? Elle est votre égale, enfin ! Traitez-la comme telle !

— Comme toi, tu la traites ? siffla Flash.

— Oui, comme moi, répliqua Pete en se relevant sur ses jambes encore chancelantes. C'est d'ailleurs ce qu'elle a essayé de vous expliquer.

Oliver, qui s'était approché de lui, l'aida de sa main valide à maintenir son équilibre.

— As-tu cherché à séduire ma sœur dans le cadre d'un plan pour l'évincer du rodéo ?

— Si tu penses que je vais répondre à cette question, c'est que, contrairement à ce que j'avais pensé, tu es aussi bête que ton frère.

Cette réponse sembla tous les heurter. Ils paraissaient de nouveau agressifs.

Embarrassé, Pete décida de jouer carte sur table.

— Je veux tout. Je la veux elle, parce que c'est une très bonne gérante, une très bonne cavalière et qu'elle fait partie de la famille du rodéo. Et je veux le concours. C'est mon univers. C'est…

Il s'interrompit.

— Je suivais le circuit avec mon père quand j'étais petit et c'étaient les seuls moments qu'on passait ensemble. Les seules minutes où j'avais l'impression d'être important à ses yeux. Mais ce n'était qu'une impression. La vérité, admit-il à regret, c'est que, s'il a mis en jeu le *All-Stars* ce soir-là, c'est parce que le concours n'était pas important à ses yeux. Parce que *je* n'étais pas important à ses yeux.

Un silence gêné tomba sur la pièce. Ce fut Milt qui le brisa :

— Écoute, mon fils…

Tout en secouant la tête, Pete l'interrompit :

— Le *All-Stars* a toujours été présent pour moi, même quand mon propre père était absent. Le rodéo, c'est la famille, c'est *ma* famille. C'est pour ça que je ne peux pas me séparer du concours. C'est l'héritage de mon père, la meilleure part de lui. De moi. Et si vous ouvriez les yeux, vous verriez que c'est aussi une merveilleuse part de Chloe. Elle est l'âme et le cœur de ce concours. Elle…

Les choses avaient changé. Lui-même avait changé, et ce en grande partie grâce à Chloe. Elle lui avait montré qu'ils n'étaient pas obligés de rester enfermés dans leurs rôles, de mener les mêmes vieux combats. En travaillant ensemble, ils seraient plus puissants. Meilleurs.

— J'ai besoin du *All-Stars* et j'ai besoin de Chloe. Ensemble, nous pouvons faire de ce concours quelque chose de bien plus grand que tout ce que mon père aurait pu en tirer, quelque chose de bien plus grand que tout ce que vous avez jamais pu rêver, Milt. Ce concours, c'est toute ma vie. Grâce à Chloe.

Il n'avait pas compris cette vérité avant que les mots ne sortent de sa bouche, mais une fois qu'ils furent suspendus dans l'air, il les ressentit au plus profond de son être.

Chloe était toute sa vie.

— Nous ne sommes pas obligés de nous apprécier, reprit-il en luttant pour maintenir une voix neutre.

Plus il passerait de temps à essayer de raisonner ces têtes de mules, plus elle s'éloignerait, et plus il lui serait difficile de s'excuser auprès d'elle.

— Mais pourrions-nous au moins nous mettre d'accord sur le fait que Chloe est plus importante pour nous tous que ça ? demanda-t-il en désignant d'un geste de la main la destruction qu'ils avaient provoquée dans la loge.

— Tu as vraiment des sentiments pour ma fille ? demanda Milt après un long moment.

— Je crois même que je l'aime.

La pièce se mit à tournoyer sous ses yeux. Était-ce à cause de l'amour ou d'un coup qu'il avait reçu ? Personne, pourtant, ne s'était approché de lui. Les trois Lawrence échangeaient simplement des regards surpris.

Oliver, enfin, se racla la gorge.

— Et elle, que ressent-elle ?

Après les quelques jours qu'il venait de passer avec Chloe, Pete avait envie de répondre qu'elle ressentait la même chose. Mais…

— Après ce qui vient de se passer ? Je ne suis pas sûr qu'elle acceptera un jour de me reparler. Et même de me revoir travailler pour le *All-Stars*. Mais si vous lui accordez tout le respect qu'elle mérite, je ne regretterai rien.

Le pire était qu'il le pensait vraiment. Il agitait le drapeau blanc, quittait le champ de bataille. S'il avait perdu Chloe, il avait perdu tout court. Et si elle ne voulait plus entendre parler de lui, il serait dévasté, mais s'en remettrait, à partir du moment où sa famille commençait à la prendre au sérieux.

Cependant, il ne la laisserait pas partir comme ça. Pour le *All-Stars*, la guerre était finie. Mais pas pour elle. Pour elle, il allait continuer de se battre.

Où était-elle ? Et comment allait-il la retrouver s'il n'était même plus en mesure de marcher ?

Ce fut le coup ultime porté à sa fierté. Il ne pouvait même pas partir à sa recherche sans se faire aider.

— Bon, finit-il par dire en regardant les Lawrence à tour de rôle. Vous comptez aller la chercher ou pas ?

— Je n'en sais rien, répondit Oliver.

— Je n'arrive pas à croire que vous puissiez envisager ça, marmonna Flash.

— Mais si elle dit non, ajouta Milt en pointant un doigt menaçant en direction de Pete, tu t'en vas. C'est à prendre ou à laisser. Pas de deuxième chance.

Pete ne comprenait pas. À quoi pouvait-elle dire non ? Il ne savait pas trop, mais il avait la nette impression que sa famille allait l'aider. Ce qui était toujours bon à prendre. Car il avait bien besoin d'un coup de main.

— Bon. Que proposez-vous ?

— Je ne sais pas pour vous, dit Oliver en sortant maladroitement son téléphone de sa poche, mais il faut que j'aille à l'hôpital. On en discutera en chemin.

Néanmoins je te préviens, Wellington, tu n'as pas intérêt à ficher en l'air ce… ce qu'il y a entre elle et toi.

Cette façon de formuler les choses aurait sans doute fait sourire Pete s'il n'avait pas eu la lèvre fendue.

— Promis.

- 14 -

— Ça te dérange si je bois de l'alcool ? demanda Chloe à Renee Lawrence en apportant le plateau sous le porche de sa maison, où elle avait installé la jeune femme enceinte sur un rocking-chair.

Elle avait toujours du mal à se rendre compte que son amie d'enfance était devenue une Lawrence. Renee et Oliver n'étaient mariés que depuis quelques mois, et Renee devait accoucher dans quelques semaines à peine.

— Fais comme chez toi, répondit celle-ci avec un sourire espiègle. Et bois-en une pour moi, tant que tu y es.

— Merci, dit Chloe.

Elle avait bien besoin d'une bière. Cela faisait trois jours qu'elle avait quitté le dernier concours, et elle n'avait pas eu la moindre nouvelle de Pete depuis. Ni de sa famille, d'ailleurs. Mais c'était mieux ainsi. Il fallait qu'elle prenne un peu de distance avec les hommes surprotecteurs et bornés de sa famille.

Mais avait-elle besoin de prendre ses distances avec Pete ?

Tout en caressant son ventre gonflé, Renee avait fait une petite grimace.

— Je n'en reviens toujours pas qu'Oliver soit allé jusque dans l'Oregon rien que pour déclencher une bagarre. J'arrive à peine à le convaincre de se rendre au bureau tellement il a peur que le travail commence en son absence.

Prenant un air faussement préoccupé, Chloe hocha la tête.

— C'est parce qu'il a beaucoup d'expérience en matière d'accouchement.

Renee et elle se regardèrent et éclatèrent de rire. Car, naturellement, Oliver n'avait jamais rien su des mystères de la grossesse avant que Renee n'entre dans sa vie. C'était plutôt un homme qui aimait tout contrôler. Et c'était exactement pour cette raison qu'il était allé dans l'Oregon : il avait dû penser qu'il pourrait contrôler sa sœur.

Tout en continuant de glousser, Renee s'était mise à se tenir le ventre.

— Arrête de me faire rire. Ça me donne envie de faire pipi.

Une affirmation qui eut pour effet de déstabiliser Chloe.

Elle était heureuse pour son frère et Renee. Petite, elle regrettait que celle-ci ne soit pas sa sœur, et c'était désormais le cas. Mais il y avait quelque chose dans la façon dont son amie touchait son ventre qui lui donnait envie de pleurer.

Elle n'avait jamais vraiment rêvé d'avoir un bébé. Un jour, peut-être, se disait-elle. Elle n'avait pas encore connu un homme qui la pousse à aller au-delà de ce sentiment. Mais Pete…

Non.

Pete s'était laissé absorber par ses intérêts personnels au lieu de faire passer le *All-Stars* en premier.

Au lieu de *la* faire passer en premier.

Et il ne s'était même pas donné la peine de chercher à la joindre depuis son départ. Ce qui en disait long sur ses sentiments. Il l'appréciait, certes. Ils s'accordaient merveilleusement bien sur le plan sexuel. Mais elle ne serait jamais la chose la plus importante de sa vie, et il était hors de question qu'elle se contente de moins que ça.

— Tu veux qu'on en parle ? demanda soudain Renee, coupant court à ses pensées.

— Pas vraiment.

— Hm, fit sa belle-sœur en buvant une gorgée de thé glacé.

Mais ce « pas vraiment » ne dura pas plus de trente secondes.

— C'est juste que je suis vraiment folle de rage contre eux. Eux tous, finit par s'écrier Chloe, dans une explosion de vérité. Je ne peux pas dire que je sois vraiment surprise par papa, Oliver et Flash, parce que c'est comme ça qu'ils m'ont toujours traitée. Mais Pete…

Sa voix se brisa et, pour poursuivre, elle dut boire une longue gorgée de bière.

— J'aurais voulu que les choses soient différentes entre nous. Mais elles sont restées pareilles. Il est resté pareil.

— Tu n'as pas dit à ta famille que tu éprouvais des sentiments pour lui, hein ?

Renee avait toujours eu le don d'aller au cœur des problèmes.

— Non. Et, du coup, j'ai tout perdu. Le concours, ma famille… tout. J'ai été tellement bête !

Tendrement, Renee se mit à lui tapoter la main.

— Tu n'es pas obligée d'endosser la responsabilité de leurs actions, tu sais ?

— Quoi ?

Son amie haussa les épaules.

— Crois-en mon expérience : on peut très bien aimer sa famille et avoir envie de les voir tous derrière les barreaux.

Il se trouvait que le père, le frère et le premier mari de Renee s'étaient associés pour fonder ensemble le plus grand système de vente pyramidale de l'histoire.

Son mari s'était suicidé, et son père allait finir ses jours en prison. Quant à son frère, il avait réussi à réduire sa peine de prison à sept ans.

— Ta mère a-t-elle été extradée ? demanda Chloe, comme il lui semblait plus facile de parler de la vie agitée de son amie plutôt que de la sienne.

— Les avocats continuent de négocier, répondit Renee en haussant les épaules. Mais n'essaie pas de changer de sujet. Qu'est-ce que tu comptes faire ?

— La marque *Princess* est toujours à moi, heureusement. Je vais me concentrer là-dessus.

— Tu as des projets ? demanda Renee avec un sourire entendu.

— Comme toujours.

Ce serait le paradis. Sa propre entreprise, dirigée à sa façon, sans homme pour lui dire ce qu'elle avait à faire.

— Et concernant Pete ?

Chloe soupira.

— Il n'y a rien à faire. Ni avec lui ni avec ma famille, d'ailleurs. Quel intérêt, puisqu'ils ne m'écoutent pas ? Je serai toujours le bébé de papa, la grande sœur agaçante ou la femme qui ne doit rien faire d'autre qu'être belle et se taire.

Sentant l'émotion monter en elle, elle battit des cils pour retenir ses larmes.

— Ils n'ont même pas remarqué que j'étais partie. Pete n'a pas essayé de me retenir. Et aucun d'entre eux ne s'est donné la peine de s'excuser.

— Hmm, murmura de nouveau Renee. C'est vraiment horrible. Et je suis vraiment désolée.

— Merci, dit Chloe en essuyant d'un revers de main les premières larmes qui commençaient à couler. Mais tu n'as pas à t'excuser.

— J'aurais dû retenir Oliver, affirma Renee d'une voix dure. Feindre des contractions, ou je ne sais quoi.

Mais je croyais qu'il voulait simplement serrer la bride à Flash.

— Personne ne peut serrer la bride à Flash.

— Il est indomptable. Mais ça n'excuse pas son comportement. Ça n'excuse le comportement d'aucun d'entre eux.

— Tu sais, répondit Chloe sans chercher à dissimuler son amertume, je ne suis ni leur mère ni leur nounou. Je voulais seulement faire mon travail. Et puis il s'est passé ce truc avec Pete et…

Rejetant la tête en arrière, elle regarda fixement l'horizon.

Le soleil de l'après-midi illuminait Sunshine Ridge, le ranch qu'elle avait acheté pour s'isoler de son père, de ses frères et de leurs bonnes intentions. Wonder, sa jument, paissait dans le paddock. Quand Renee serait partie, Chloe la sellerait pour une longue balade qui lui permettrait peut-être de laisser ses déceptions et ses souffrances derrière elle.

Peut-être. Il ne fallait pas désespérer.

— Et c'était tellement super, Renee, reprit-elle. Il a écouté mes idées et les a traduites en langage d'homme, j'imagine, mais l'important c'est que, quand il les a énoncées, tout le monde a accepté les changements. Il ne m'a pas dit que je n'étais là que pour faire joli ou que ce n'était pas comme ça qu'on faisait les choses quand sa famille était aux commandes.

— Un homme qui sait écouter, ça vaut de l'or.

— Il a été merveilleux. Bien mieux que tout ce que j'aurais pu imaginer. Mais ça a à peine eu le temps de démarrer. Même pas une petite semaine. Et si ça s'est fait, c'est seulement parce que papa m'avait crié dessus, parce que l'hôtel n'avait pas pris ma réservation et parce que j'étais dans un état pitoyable. Pete était là, il m'a proposé son lit et m'a offert du vin et du chocolat.

— C'est vrai ? s'exclama Renee en ouvrant de grands yeux.

Ce souvenir laissait à Chloe un goût amer dans la bouche et, de nouveau, elle se sentait sur le point de pleurer.

— Puisque je te le dis. Et j'ai cru… J'ai cru qu'il était de mon côté. Que je pouvais m'appuyer sur lui parce qu'il avait enfin tiré un trait sur le passé. J'ai cru qu'ensemble on pouvait aller de l'avant.

Peut-être que les choses ont changé, lui avait-il dit dans son pick-up il y avait une éternité de cela. *Peut-être que j'ai changé.*

Et peut-être pas. Elle se sentait vraiment bête de lui avoir fait confiance.

— Bref, finit-elle par dire pour mettre un terme à la conversation avant que ses larmes ne se remettent à couler. Mais au fait, tu es sûre que c'est prudent pour toi de rester si loin de Dallas ? Je ne voudrais pas faire mon Oliver, mais…

— Surtout pas ! coupa Renee en riant.

— Mais qu'est-ce que tu fais là ?

Renee lui adressa un sourire qui ne paraissait pas naturel.

— Tu veux dire en plus de soutenir ma meilleure amie qui traverse une période difficile ? Eh bien… disons que je prépare le terrain.

Tandis qu'elle parlait, un bruit d'un moteur s'était fait entendre dans l'allée. Un véhicule semblait se rapprocher d'eux.

Chloe se leva pour s'accouder à la balustrade du porche. Ce n'était pas un camion mais deux qui approchaient de la maison. Elle reconnut celui de son père et… était-ce bien celui de Pete qu'elle discernait derrière lui ?

N'en croyant pas ses yeux, elle se retourna vers sa

meilleure amie, qui essayait de se relever de son fauteuil. Machinalement, elle lui tendit la main pour l'aider.

— Renee, qu'est-ce que tu as fait ?

Tendrement, Renee la prit dans ses bras.

— Je m'en excuserai plus tard. Mais seulement si tu le juges nécessaire.

— Renee, fit-elle d'un air de reproche, mais son amie s'était déjà écartée et commençait à descendre les marches du porche.

Les véhicules s'arrêtèrent devant la maison. Le père de Chloe et Flash sortirent du premier camion, Pete et Oliver du second et, en voyant leurs hématomes et leurs bosses, Renee et Chloe poussèrent ensemble un cri d'horreur.

La joue de son père portait une marque violet foncé qui s'étendait jusqu'à son œil pour l'encercler. Mais ce n'était rien comparé à l'état de Flash, qui semblait avoir été percuté par un camion. Il portait un bandage à la main, et entre son nez cassé, ses bleus et ses bosses, Chloe pouvait à peine discerner ses yeux. Oliver était en apparence le moins amoché de tous, mais il portait un plâtre à l'avant-bras, et quand il s'approcha de sa femme, Chloe remarqua qu'il boitait.

— Vous êtes en retard, lui dit Renee.

— Mais nous sommes là, répondit-il en lui caressant tendrement le ventre.

Émue, Chloe dut détourner le regard. Et naturellement ses yeux tombèrent sur Pete, qui se tenait un peu à l'écart. Le côté gauche de son visage était si enflé que son œil n'était plus qu'une fente. Il portait également un plâtre à la main et se tenait légèrement de travers.

Si son corps était en si mauvais état que ça, qu'en était-il du reste de son être ?

Elle observa le groupe qu'ils constituaient, avec leurs bleus, leurs bosses, leurs airs contrits. Au moins, ils ne hurlaient pas et ne se battaient pas comme la dernière fois qu'elle les avait vus.

— Qu'est-ce que vous faites là ? demanda-t-elle.

— Eh bien, dit Oliver en se tournant vers les autres, on s'est dit qu'il serait peut-être bon de nous excuser.

— Nous tous, ajouta son père en donnant un petit coup d'épaule à Flash.

— Oui, dit celui-ci sans bouger les lèvres. Excuse-nous.

— Il a la mâchoire cassée, expliqua Oliver. Ça a été les trois jours les plus paisibles de ma vie.

Flash leva son poing valide en direction de son frère, et Chloe remarqua que ses phalanges étaient violettes. Mais elle comprenait Oliver : cela devait être bien paisible de ne pas avoir à écouter Flash s'emporter.

— C'est… gentil, finit-elle par dire.

Elle regarda Pete, qui soutint son regard sans ciller. Mais il ne dit rien.

— J'aurais dû t'épauler, reprit Oliver. Je sais que tu es plus que capable de diriger le concours et je n'aurais pas dû en arriver à ces conclusions erronées.

Renee mit un petit coup de coude à son mari, qui grimaça avant de poursuivre :

— Et tu as fait du super boulot avec le *All-Stars*. J'apprécie vraiment tout ce que tu as fait pour le développer au cours des quatre années passées.

Troublée, Chloe hocha la tête. Elle se sentait complètement perdue. Elle n'était pas surprise qu'Oliver s'excuse, mais jamais elle ne l'avait entendu la complimenter sur ses compétences professionnelles auparavant.

— Merci…

Ce fut alors au tour de son père de s'avancer vers elle.

— Je te demande pardon, ma chérie. Je n'aurais pas dû t'empêcher d'acquérir davantage de responsabilités comme je l'ai fait. Ta pauvre mère m'aurait tué si elle m'avait vu me comporter ainsi.

— Ah, fit Chloe en battant des cils pour retenir les larmes qui lui montaient aux yeux à chaque fois que son père parlait de sa mère.

— Tu seras toujours ma princesse, poursuivit-il, les yeux brillants de larmes. Mais tu es une adulte aussi, et une grande femme d'affaires, et je veux que tu saches que je suis très fier de toi.

Elle ne put répondre : sa gorge était bloquée par l'émotion. Elle parvint cependant à hocher la tête, tirant un sourire tremblant à son père, qui se tourna ensuite vers Flash.

Voyant son petit frère s'approcher, elle se crispa un peu. Apparemment, la tournée des excuses comprendrait toutes les étapes, mais elle n'était pas sûre d'être prête à entendre quoi que ce soit de la bouche de Flash.

Elle se sentit soulagée quand elle se souvint qu'il avait la mâchoire cassée.

L'air penaud, il sortit de sa poche une feuille de papier pliée qu'il lui tendit.

— Lis. S'il te plaît.

Elle hésita quelques secondes, mais finit par s'exécuter car, après tout, Flash demeurait son petit frère.

« Je me suis inscrit à un atelier de gestion de la colère et je ne participerai pas au concours tant que je n'aurais pas terminé les cours et purgé ma peine. J'accepte ta décision de me suspendre du All-Stars à cause de mes actions et ne te demanderai pas de lever la suspension avant le début de la prochaine saison. Je vais faire des efforts pour évoluer et devenir un homme meilleur. Je vais aussi arrêter de boire. Je te demande pardon de m'être comporté comme un imbécile.

Flash. »

— Ça, c'est bien vrai, marmonna-t-elle.

— Excuse-moi, dit-il entre ses dents serrées.

Il n'en restait donc plus qu'un. Dans l'expectative, elle tourna de nouveau son regard vers Pete, mais celui-ci restait toujours en retrait.

Ce fut Oliver qui parla :

— OK ?

Pete la regardait toujours, et l'expression de son visage évoquait presque du défi. Arrachant son regard au sien, elle se tourna vers son père et ses frères.

— Vous êtes ma famille. Alors, oui, OK. Mais ça ne règle pas le problème de savoir qui dirige le *All-Stars.*

Elle regarda de nouveau Pete, et il eut le culot de lui faire un clin d'œil. Ou, en tout cas, ce qui ressemblait à un clin d'œil. Peut-être était-ce simplement une grimace de douleur. Difficile à dire, avec toutes ces bosses.

— Il se trouve que si, répondit Oliver. Je vais te dire une chose, petite sœur : je déteste le rodéo.

— Et Flash et moi n'avons plus d'actions dans le concours, ajouta son père.

— Si je m'intéresse au *All-Stars* pour le marketing, reprit Oliver, je n'ai ni l'envie ni le temps de m'occuper de la gestion au quotidien. Je dirige une société, je viens de me marier, notre bébé doit naître dans les jours à venir… Bref, je suis très occupé.

— Quant à moi, dit leur père, j'ai fini par comprendre que, même si j'adore le rodéo, je ne suis pas très doué pour gérer le concours.

— Et moi, j'ai tout fichu en l'air, marmonna Flash.

— Mais ? demanda-t-elle en voyant Oliver sourire comme s'il s'apprêtait à en venir à la bonne nouvelle.

— Mais le concours ne peut pas être dirigé par une seule personne, fit la voix de Pete.

Elle fut si étonnée qu'elle sursauta, avant de se retourner vers lui.

Passé l'effet de surprise, cependant, elle sentit une

douce chaleur l'envahir. Il lui avait manqué. Elle le regrettait, mais il lui avait manqué.

— Exactement, acquiesça Oliver. Il vaudrait mieux qu'il soit dirigé par une équipe.

— Un couple de personnes qui aiment le rodéo et le considèrent comme leur famille, intervint son père.

— Comme leur univers, ajouta Pete d'une voix douce et chaude.

Où voulaient-ils en venir ? Elle n'arrivait plus à suivre le fil de la conversation.

— Qu'est-ce que vous essayez de me dire ?

— Je quitte le milieu du rodéo. Je n'ai plus d'actions, moi non plus, annonça Oliver en glissant son bras autour de la taille de Renee.

Il l'embrassa sur le front et porta sur elle un regard plein d'amour.

— C'est vrai ? fit Chloe, médusée.

Ce qui signifiait qu'elle était désormais la seule détentrice du *All-Stars*. Elle n'en croyait pas ses oreilles.

Mais en prononçant ces mots, elle s'était retournée vers Pete. Malgré son visage enflé, il lui semblait évident qu'il souriait. Et cette fois-ci, aucun doute : il venait de lui faire un clin d'œil.

— Il est temps de mettre un terme à ce conflit, annonça son père. Le *All-Stars* appartiendra toujours à une Lawrence, mais il appartiendra également toujours à un Wellington.

L'émotion fut telle que Chloe sentit ses jambes se dérober sous elle et dut s'accrocher à la rambarde du porche.

— Vous avez vendu vos parts à Pete ?

— En réalité, dit Pete en s'approchant enfin d'elle, ils m'ont proposé de me les donner.

Évidemment. Parce qu'ils ne pouvaient pas lui faire confiance pour diriger le concours seule. Ils pensaient qu'elle avait besoin d'un homme pour l'aider. Et dire qu'ils venaient d'affirmer qu'ils allaient désormais la traiter en égale. Toujours de belles paroles.

Folle de rage, elle se tourna vers Oliver.

— Tu as vendu tes actions à Pete ? Sans même me demander ?

Elle avait l'impression qu'un poids pesait sur sa poitrine et avait du mal à respirer.

Tout le monde fit un pas en arrière. Tout le monde, sauf Pete, qui s'approcha encore.

— Attends, ma belle, dit-il d'une voix douce.

Elle avait envie de les frapper, tous. Mais elle serrait les poings pour se retenir.

— Attendre quoi ? Tu es le seul à ne pas t'être excusé, si je ne m'abuse ?

Il eut le culot de paraître amusé par ces propos. Elle se félicita intérieurement de ne pas avoir cédé à l'instinct qui lui dictait de lui mettre son poing dans la figure. Mais, plaçant ses mains sur son torse, elle le poussa aussi fort qu'elle le put.

À sa grande satisfaction, le sourire disparut aussitôt de son visage.

— Doucement, ma belle. J'ai trois côtes cassées.

— Je m'en fiche. Vous ne changerez jamais, tous les quatre. Vous ne me laisserez jamais une part du gâteau. Vous avez apporté des modifications majeures à la direction du *All-Stars* et vous ne vous êtes même pas donné la peine de me consulter. J'en ai assez. Je n'accepte ni vos excuses vides de sens ni votre attitude condescendante. Vous n'avez pas confiance en moi. Aucun d'entre vous.

Le visage ruisselant de larmes, elle releva la tête vers Pete.

— Pas même toi, Wellington. J'espère que tu es

content. Tu as eu ce que tu voulais. Tu as récupéré le concours.

L'air à la fois blessé et attristé, il se pencha vers elle.

— Chloe, dit-il d'une voix pleine de regrets et de souffrance.

Elle ne pouvait pas supporter cette ultime humiliation. C'était déjà assez horrible comme ça d'avoir à céder. S'il fallait en plus qu'elle le fasse devant un auditoire…

— Allez-vous-en, siffla-t-elle en plissant les yeux, ce qui ne lui permit néanmoins pas de retenir ses larmes.

Elle sentit la chaleur du corps de Pete une seconde avant qu'il ne passe les bras autour de ses épaules. Elle eut envie de le repousser, de lui mettre un coup de genou entre les jambes, de lui faire payer son comportement. Mais elle ne pouvait pas, parce qu'elle était tombée amoureuse de lui. Comme une idiote, elle l'attira donc plus près d'elle et laissa sa tête retomber contre son épaule.

— J'ai refusé, chuchota-t-il contre son oreille.

— Tu as refusé quoi ? demanda-t-elle, troublée.

— Les actions d'Oliver. Je n'en veux pas.

Incrédule, elle s'éloigna de lui pour mieux le regarder.

— Mais tu adores le rodéo. Récupérer le *All-Stars*… ça a toujours été ton objectif.

Elle regarda autour d'elle, mais son père et ses frères ne semblaient nullement disposés à lui expliquer de quoi il retournait.

Tendrement, Pete lui caressa la joue du bout des doigts.

— J'ai désormais un objectif plus important.

Elle prit une profonde inspiration, mais l'air ne sembla pas s'engouffrer dans ses poumons.

— Le concours est à toi, Chloe. Tes idées, ton énergie. C'est grâce à toi que tout fonctionne si bien. Il t'appartient.

À sa grande surprise, il plaça alors un genou à terre. Lentement et précautionneusement. Mais tout de même.

— Je t'appartiens, reprit-il en s'accrochant à ses

mains. Tu m'as fait comprendre que la vie ne se limitait pas à ce bête conflit. Tu m'as rappelé ce que j'avais oublié : que le rodéo est une famille. *Ma* famille. Quand je suis avec toi, je suis dans mon univers. Alors, s'il te plaît, laisse-moi la chance de devenir ton univers aussi. Laisse-moi t'aimer un peu plus longtemps. Jusqu'à la fin de nos jours.

Pete Wellington était en train de lui faire sa déclaration. Pour être sûre qu'elle ne s'était pas évanouie ou qu'elle n'était pas en train de rêver, elle jeta un coup d'œil à Renee, qui hocha la tête comme pour l'encourager.

— Pete, tu es sûr ?

Oui, elle pleurait. Non, elle n'avait pas honte.

— Je n'ai jamais été aussi sûr de quoi que ce soit dans ma vie. Je serai toujours à ton côté, je me battrai pour toi. Même si tu dis non. Je te promets de t'écouter, et si j'oublie parce que je suis un homme, ce qui arrivera sans doute, je te donne la permission de me frapper. Mais seulement une fois que j'aurais récupéré, conclut-il en lui adressant un nouveau clin d'œil.

— C'est… Je… Mais pour ce qui s'est passé dans l'Oregon ?

Cette déclaration, elle avait très peur d'y répondre favorablement, mais il ne s'était pas excusé pour être sorti de ses gonds le week-end précédent, et elle ne comptait pas le laisser s'en tirer comme ça.

— Ça fait plusieurs jours, Pete, que je n'ai pas eu de tes nouvelles, et quand tu finis par m'en donner, tu le fais devant tout un auditoire ?

Comme ces mots se heurtèrent à un lourd silence, elle comprit qu'ils avaient sans doute été mal interprétés.

— Mais ne le prenez pas mal, s'adressa-t-elle à sa famille.

— Je vais faire pipi et on part, annonça Renee en se précipitant vers la maison.

Chloe se tourna vers Pete qui semblait avoir rougi, quoi qu'elle n'en fût pas vraiment sûre, avec tous ces hématomes.

— Nous voulions nous excuser, ma chérie, expliqua son père tandis qu'Oliver aidait Pete à se redresser. Et te montrer que nous étions tous d'accord pour tirer un trait sur le passé.

— Et aussi nous assurer qu'il n'y avait pas de malentendu, ajouta Oliver. J'ai bien proposé mes actions à Pete. Et il a effectivement refusé. Il faudra que tu viennes au bureau pour signer tous les papiers, mais le *All-Stars* est à toi, désormais.

— Quant à lui, reprit son père en désignant Pete, je reconnais qu'il est peut-être assez bien pour toi, après tout.

— Papa !

Tendrement, son père l'embrassa sur la joue.

— Mais c'est à toi de prendre ta décision, ma chérie. Oui, non, peut-être… tout nous ira. Nous serons avec toi parce que nous t'aimons. Nous ne voulons que ton bonheur. C'est tout ce que ta mère et moi avons jamais voulu pour toi, et si un Wellington est en mesure de te l'apporter, alors nous l'accueillerons comme il se doit dans notre famille.

— Sans trop lui taper dessus, conclut Flash.

Apaisée, elle les serra à tour de rôle dans ses bras. Ce fut à ce moment-là que Renee revint.

— Suis ton cœur, lui murmura-t-elle à l'oreille en lui disant au revoir.

— Appelle-moi quand le travail commencera, répondit-elle en souriant.

Puis tous s'engouffrèrent dans les camions, qui disparurent dans la poussière. Soudain, il n'y eut plus qu'elle et Pete.

Enfin.

Prenant une profonde inspiration, elle se tourna vers

lui. À sa grande surprise, elle se rendit alors compte qu'ils se tenaient la main, leurs doigts entrelacés comme s'il en avait toujours été ainsi.

— Bon, commença-t-elle.

Mais elle ne put en dire plus. Il l'avait attirée contre lui et l'embrassait désormais avec une telle passion qu'elle sentait de nouveau ses genoux se dérober sous elle.

— Ma belle, murmura-t-il contre sa bouche. Épouse-moi. S'il te plaît.

— Plus de disputes avec ma famille, ordonna-t-elle en l'entraînant vers la maison.

Instinctivement, elle avait déjà commencé à déboutonner sa chemise.

— Plus de disputes. Je crois qu'on est tous d'accord là-dessus.

Juste devant la porte d'entrée, il lui retira impatiemment son T-shirt.

— Et tu dirigeras le *All-Stars* avec moi.

— Si tu veux. Mais cela restera ton concours. Je ferai ce que tu me diras.

Elle lui retira sa chemise ; il dégrafa son soutien-gorge.

— Et…

Elle ravala sa salive avec peine, se sentant soudain intimidée par son regard fixé sur ses seins.

— Et tu m'aimeras.

Baissant la tête, il porta sur elle un regard qu'elle reconnut. C'était le même que celui d'Oliver quand il regardait Renee.

C'était de l'amour.

— Toujours, confirma-t-il en appuyant doucement son front contre le sien. Je compte bien te prouver chaque jour qu'il me reste à vivre à quel point je t'aime. Si tu m'en laisses l'occasion, bien sûr. Tu es d'accord ?

Prenant soin d'éviter les hématomes, elle lui caressa

tendrement le visage avant de se hisser sur la pointe des pieds pour en embrasser le côté le moins endommagé.

— Reviens à moi ce soir, Pete. Reviens à moi tous les soirs. Pour le reste de notre vie.

Les rodéos, les hôtels, les ranchs. Et Pete à son côté.

— Je suis à toi, dit-il comme une promesse solennelle.

Elle n'avait aucun doute sur le fait qu'il serait fidèle à sa parole.

LAUREN CANAN

Un étranger dans sa vie

Traduction française de
FLORENCE MOREAU

Passions

HARLEQUIN

Titre original :
STRANGER IN HIS BED

- 1 -

— Je crois qu'elle a repris connaissance, entendit-elle, comme à travers un brouillard.

Quand sa vision s'éclaircit, son regard se heurta aux plus beaux yeux qu'elle ait jamais vus, des yeux aux prunelles d'un brun vibrant constellées de taches d'or qui semblaient scintiller, aux longs cils ; ils étaient aussi intenses que fascinants. Elle ne détourna pas la tête, bien au contraire : ils représentaient une bouée de sauvetage à laquelle il fallait qu'elle s'accroche ; elle était si fatiguée…

Elle observa ensuite le visage de l'homme : contours anguleux, pommettes hautes, bouche sensuelle mais crispée, et l'ombre d'une barbe, comme un voile sombre. Sous les lumières, des mèches d'or chatoyaient dans ses épais cheveux couleur havane.

Un deuxième homme, vêtu d'une blouse blanche, entra dans son champ de vision, de l'autre côté du lit.

— Je suis le docteur Meadows, votre neurologue, lui dit-il.

Il s'était exprimé avec douceur et clarté, et elle lui en sut gré.

Les lumières blanches au-dessus de leur tête éclairaient comme un soleil de midi. Dans son crâne, les battements sourds augmentèrent, se mettant au diapason du rythme accéléré de son cœur pour la submerger presque tout entière.

— Vous avez eu un accident de voiture il y a deux jours, lui expliqua le médecin. Vous avez quelques blessures, en partie bénignes, mais vous avez subi une sérieuse commotion cérébrale.

À ces mots, il sortit de sa poche une lampe de la taille d'un stylo qu'il dirigea vers l'un de ses yeux, puis l'autre. Malgré elle, elle cligna des paupières et il éteignit la lampe. Puis il ouvrit un dossier et le parcourut rapidement, griffonnant quelque chose sur l'une des pages avant de la regarder de nouveau.

— Pouvez-vous me dire comment vous vous appelez ?

— Je m'appelle… Mon nom est…

C'était le blanc total.

Comment se fait-il que je ne sache pas mon propre nom ?

— Je… Je l'ignore, murmura-t-elle.

Et un sentiment de panique l'envahit…

— Savez-vous qui est cet homme ? demanda le médecin, désignant l'homme à côté du lit.

Encore une fois, elle s'absorba dans la contemplation de son visage. Il en émanait une grande force de caractère soulignée par ses mâchoires carrées, et ses yeux l'hypnotisaient littéralement. Mais rien chez lui ne lui était familier.

— Non, finit-elle par dire en dodelinant de la tête sur l'oreiller. Je devrais ?

— Je suis Wade, dit l'homme d'une voix profonde, reflétant une personnalité affirmée. Wade Masters, ton mari.

Son… *mari* ? Elle était *mariée* ?

Une réelle incrédulité avait dû se refléter sur ses traits car Wade Masters fronça les sourcils, l'air dubitatif, avant de jeter un rapide coup d'œil au médecin.

Non, il y avait forcément une erreur, pensa-t-elle. Elle passa la main sur son front, cherchant avec frénésie dans sa mémoire les réminiscences d'un mariage, des souvenirs de cet homme qui affirmait être son époux, d'eux, de leur vie commune…

Rien.

— Je ne vous connais pas, finit-elle par déclarer.

Et dans sa propre voix, elle perçut le tremblement lié à l'émotion.

— Je ne suis pas mariée, poursuivit-elle. Comment pouvez-vous affirmer une chose pareille ?

L'inquiétude s'empara de tout son être, son cœur s'emballa de plus belle. Il y avait erreur. Ils se trompaient de personne, ils la prenaient pour une autre. Elle devait se lever, s'en aller, rentrer chez elle. Saisissant la barrière du lit, elle voulut se redresser, mais aussitôt le médecin la repoussa gentiment sur l'oreiller.

— Non, s'il vous plaît, murmura-t-elle. Je dois rentrer chez moi. Il faut que j'appelle…

Qu'elle appelle qui ? Qui pouvait-elle bien appeler ? Aucun nom ne lui venait à l'esprit ! Elle ne parvenait pas à réfléchir. Sa tête la faisait atrocement souffrir, et son corps aussi. Tout était source de souffrance d'ailleurs, et elle n'avait pas le moindre souvenir de la personne qu'elle avait été, ni de la vie qu'elle avait connue jusque-là.

Le docteur appela une infirmière.

— Essayez de vous relaxer, madame Masters, lui dit-il. Tout va bien se passer. Votre foyer vous attend. Vous avez reçu un sacré coup sur la tête. Essayez de ne pas paniquer si vous ne vous rappelez pas les gens ou leur nom, y compris le vôtre. Lors de tels chocs, l'amnésie rétrograde n'est pas inhabituelle. Je suis certain que tout vous reviendra en temps voulu.

— Quand ?

Elle sentit une larme glisser sur sa joue.

— Quand tout me reviendra-t-il ?

— Malheureusement, c'est impossible à dire, madame. Chacun réagit différemment. De temps à autre, vous aurez comme un flash, puis peu à peu vous commencerez à vous rappeler certaines choses, et tout finira par rentrer dans l'ordre. Il se peut aussi que la mémoire revienne sous forme de fragments, comme les pièces d'un puzzle. Tout peut resurgir demain, ou bien dans quelques mois.

Des *mois* ? Non, il était impératif qu'elle se souvienne tout de suite. Elle avait sûrement des choses importantes à faire. Des gens comptaient sur elle. Elle sentait une espèce d'urgence en elle. Mais plus elle s'efforçait de creuser sa mémoire, plus les coups de marteau s'intensifiaient dans son crâne.

— Nous avons les résultats de vos tests, et tout semble parfait, poursuivit le neurologue en feuilletant à nouveau son dossier. L'œdème cérébral a disparu, votre cœur est solide, et votre tension artérielle normale. Si aucun autre symptôme ne survient d'ici demain, vous pourrez rentrer chez vous.

Et il détacha les yeux de son dossier pour les plonger dans les siens.

À cet instant, une infirmière entra et injecta le contenu d'une ampoule dans sa perfusion.

— Cela fera effet dans quelques minutes, expliqua-t-elle. Je reviendrai vous voir.

Elle adressa un signe de la tête aux deux hommes et repartit aussi vite qu'elle était arrivée.

— Comme je l'ai indiqué à votre mari, reprit le médecin, il est fort probable qu'un environnement familier stimule le retour de la mémoire.

Son mari… Elle dirigea de nouveau son regard vers l'homme de haute stature et aux larges épaules qui se tenait à sa gauche, le considérant en silence. Il portait un costume noir d'homme d'affaires, sa cravate à rayures bleu et or était desserrée et le premier bouton de sa chemise blanche ouvert. Ses yeux tombèrent sur ses mains : elles semblaient vigoureuses et habiles. Un anneau en or brillait à son annulaire gauche.

Elle déglutit, anxieuse. Quelque chose n'allait vraiment pas !

— Nous surmonterons cette épreuve. Tu vas te remettre, dit-il.

À l'instar de ses yeux captivants, sa voix était profonde et ensorceleuse.

Il se pencha vers elle et posa la main sur la sienne. Étrangement, la chaleur qui en émana lui fit du bien.

— Si tu as besoin de quoi que ce soit…, ajouta-t-il.

Oui. Elle avait besoin de retrouver la mémoire !

— S'il te plaît, dis-moi qui je suis.

— Tu t'appelles Victoria. Victoria Masters.

Sur ces paroles, il se redressa, l'air détendu et confiant, puis glissa les mains dans les poches de son pantalon. Elle se rendit alors compte que sa première impression sur son physique était bien en dessous de la vérité : il n'était pas séduisant, il avait un charme ravageur.

Elle sentit tout à coup son eau de toilette, épicée, enivrante… Sa chemise blanche soulignait le hâle de son teint, les lignes bien définies de son visage, et son nez droit et fier indiquait qu'il était de bonne famille. Ses cheveux légèrement ondulés arrivaient un peu en dessous du col de sa chemise, quelques mèches retombaient sur son front. Toutefois, l'intensité étrange de son regard mordoré et l'absence de sourire sur ses lèvres pourtant si sensuelles l'amenèrent à la conclusion que Wade Masters était le danger incarné. Pas dangereux tel un criminel, mais comme un homme capable de déchaîner la passion chez une femme sans fournir le moindre effort, ce dont il avait parfaitement conscience, ainsi que l'indiquait l'assurance qui se dégageait de lui.

Et c'était lui qui allait la ramener chez elle…

Sous son regard qui s'attardait sur elle, elle se sentit rougir et vit l'ombre d'un sourire éclairer ses traits. Avait-il deviné ses pensées ? Elle détourna la tête et déglutit avec difficulté.

— Pour l'instant, je ne veux pas que vous vous inquiétiez sur le retour de votre mémoire, reprit le médecin. Essayez de vous détendre et donnez-vous du temps.

Qu'elle se détende ? Il plaisantait ?

Mais elle n'eut pas la force de lui répondre. Le médicament que l'infirmière lui avait injecté devait faire son effet car ses yeux se fermaient tout seuls. Elle lutta pour les garder ouverts, désireuse d'en apprendre davantage sur l'homme qui se proclamait être son mari.

Le Dr Meadows s'adressa ce dernier :

— Je souhaite revoir votre femme dans deux semaines. Si elle a des vertiges, des vomissements ou de sévères migraines, ramenez-la immédiatement aux urgences.

Puis il se tourna vers elle et précisa :

— Une fois chez vous, gardez le lit encore une journée, ensuite vous pourrez vous lever et bouger, mais ménagez-vous. Pas de course d'obstacles pendant au moins une semaine.

Il lui fit un clin d'œil, puis lui sourit.

— Entendu, murmura-t-elle.

— Bonne journée à vous deux, ajouta-t-il. Si vous avez la moindre question, téléphonez-moi.

— Merci, docteur Meadows, dit-elle tandis que le médecin sortait de la chambre.

Elle jeta un regard rapide à son prétendu époux et sentit un frisson lui parcourir l'échine à l'idée de se retrouver seule avec lui. Elle ne le reconnaissait absolument pas. Rien dans son visage ou sa voix ne lui était un tant soit peu familier. En outre, malgré son sex-appeal, il n'avait fait preuve d'aucune tendresse envers elle, si ce n'est poser la main sur la sienne. Pas le moindre geste tendre envers elle ; il ne l'avait ni enlacée ni embrassée, même pas sur la joue. Le docteur avait montré plus de compassion que lui ! Aurait-elle vraiment épousé un homme aussi froid ? Il fallait croire que oui… Quelque chose le concernant, lui ou leur situation, allait bien finir par resurgir, non ?

Elle avait tant de questions à lui poser ! Mais il ne semblait vraiment pas disposé pour une petite discussion…

De nouveau l'angoisse la saisit. Elle avait l'impression de se trouver au bord d'un précipice, prête à plonger dans les noires profondeurs de l'inconnu. Pouvait-elle vraiment sauter ? De toute évidence, il n'y avait aucune façon d'agir autrement pour y voir plus clair. Et dans les prochains jours, elle devrait sans doute improviser, ignorant ce que son époux attendait d'elle.

Était-il réservé car il savait qu'elle n'avait aucun souvenir de lui ? Si tel était le cas, elle appréciait sa sollicitude. Sinon, ils avaient réellement un problème de couple ! Et tant qu'elle n'aurait pas retrouvé la mémoire, elle n'en saurait pas plus…

La douleur dans son crâne et son corps commença à régresser, et elle replongea doucement dans le sommeil.

Immobile, Wade Masters contemplait Victoria qui venait de retomber dans les bras de Morphée. Elle avait été étroitement surveillée pour son œdème, et le médecin l'avait certifié : tout allait bien de ce côté-là. Aujourd'hui, quand on l'avait appelé pour lui signaler qu'elle semblait reprendre conscience, il s'était immédiatement rendu à l'hôpital.

Il ne s'était pas attendu à ce qu'on lui annonce qu'elle était amnésique, ni n'avait imaginé voir de la peur dans ses yeux. La façon dont son regard s'était accroché au sien, comme s'il était son ancre, l'avait troublé… Elle avait braqué sur lui un regard désespéré, criant à l'aide en silence, et il n'avait pas pu s'empêcher de se dire qu'il ferait l'impossible pour que tout rentre dans l'ordre. Ce devait être terriblement angoissant de se réveiller dans un hôpital sans se rappeler son nom, ni ce qui vous a conduit ici.

Il était également surpris de constater que l'air snob qu'elle arborait constamment comme une armure l'avait désertée. En général, elle marchait sur une corde fine entre l'arrogance et la pure grossièreté, mais en l'occurrence, au lieu d'exiger des réponses du médecin, elle avait posé des questions en montrant un réel intérêt et d'une voix teintée d'angoisse. Cela dit, il se pouvait tout à fait qu'elle n'ait pas la force d'être arrogante, et peut-être qu'il fallait mettre sa retenue sur le compte de la douleur et des médicaments. Néanmoins, quelque chose avait changé en elle, au-delà de ses côtes fêlées et de sa blessure à la tête. Il s'était rendu à l'hôpital en redoutant le pire, s'attendant à devoir gérer son sale caractère habituel. Or il avait découvert une femme effrayée et qui n'avait pas peur de le montrer.

En outre, son visage dépourvu du moindre maquillage et ses cheveux décoiffés la rendaient bien plus aimable et plus attirante que d'ordinaire. En dépit des contusions liées à l'accident, c'était une très belle femme.

Elle accordait hélas trop d'importance à son apparence, et le personnel de l'hôpital avait été bien avisé de mettre les miroirs hors de sa portée, sous peine de devoir supporter son courroux et son mauvais caractère. Oui, il devait savourer cette paix, conscient que la véritable Victoria referait bien assez vite surface.

Et c'était vraiment regrettable, car elle avait tant à offrir… Si seulement elle était capable de cesser d'être aussi superficielle et d'estimer que tout lui était dû.

Lui jetant un dernier coup d'œil, il sortit doucement de la chambre.

Alors qu'il s'approchait des ascenseurs, une sorte de vertige le saisit. Il devait de toute urgence trouver la façon de gérer au mieux la situation. Il appellerait Dave Renner, son avocat, sans tarder. Les documents destinés à mettre un terme à leur mariage blanc étaient déjà prêts et n'attendaient plus que la signature de Victoria. Tous deux avaient trouvé une entente et dans quelques jours, sans ce maudit accident, il aurait été libéré d'elle et de tout ce qu'elle charriait, notamment son snobisme outrageux et son comportement trop souvent extravagant.

Libéré de cette femme qui n'était son épouse que sur le papier.

Il serra les dents de frustration, conscient qu'il n'avait pas d'autre choix que celui de la ramener à la maison et de veiller sur elle jusqu'à sa complète guérison. Il secoua la tête, encore stupéfait du tour imprévisible que le sort lui avait joué.

Naturellement, il souhaitait que Victoria retrouve la mémoire. Il ne l'appréciait pas mais ne lui voulait aucun mal pour autant. D'ailleurs, il avait prié sa secrétaire de libérer du temps dans son agenda pour les prochaines semaines afin de rester auprès d'elle. Il ferait en sorte qu'elle dispose de tout ce dont elle avait besoin pour se remettre. Cependant, il ne pouvait s'empêcher d'être inquiet. Lorsque la mémoire lui reviendrait, ne continuerait-elle pas à feindre d'être toujours amnésique ? Faire durer un mensonge était en effet une de ses grandes caractéristiques — c'était pour cette raison qu'il l'avait choisie.

Mâchoires toujours crispées, il appuya sur le bouton de l'ascenseur. Ce mariage blanc était censé au départ être bénéfique aux deux parties : Victoria entrait dans les cercles les plus fermés et enviés de Dallas, et en contrepartie elle lui assurait l'image d'un homme marié, ce qui constituait toujours un avantage dans les négociations qu'il menait pour ses affaires. De la sorte, il évitait aussi les potentielles complications liées à une union consommée, telles les émotions inopportunes, ce pour quoi il n'avait aucune patience. Ce mariage blanc lui avait au moins permis d'aller et venir à sa guise et, ces derniers temps, il avait été le plus souvent en voyage — moins il passait de temps en compagnie de Victoria, mieux il se portait.

Et puis les difficultés étaient arrivées…

Huit mois après la signature du contrat, Victoria avait commencé à s'afficher en compagnie d'autres hommes, ce qui avait enflammé les rubriques people des journaux. Cela risquant de ruiner cette savante mise en scène, il le lui avait fait remarquer. Elle avait ignoré ses appels à la discrétion, et continué à se conduire de manière préjudiciable pour lui. Les photos de Victoria en compagnie d'autres hommes avaient suffi pour que ses affaires en pâtissent et qu'il commence à passer pour un idiot. Il ne pouvait plus tolérer une telle attitude, lui avait-il déclaré. Elle s'était alors esclaffée, arguant qu'il ne pouvait pas non plus exiger qu'elle vive comme une nonne. Il lui avait assuré que telle n'était pas son intention, mais que ce qu'il exigeait d'elle, c'était juste de la discrétion. Il lui avait rappelé son désir d'intégrer la bonne société, et l'avait avertie qu'elle s'apprêtait à perdre tout ce qu'elle avait mis en place pour l'obtenir. Sans compter qu'elle était payée pour jouer son épouse — et largement — et qu'elle recevrait un million de dollars d'ici à la fin de l'année, aux termes de leur contrat.

Elle n'avait pas tenu compte de l'avertissement.

Et voici qu'à une semaine du divorce, elle avait eu cet accident ! Il se retrouvait donc avec une épouse de façade véhémente et désagréable, qui ferait son miel de cette amnésie autant que nécessaire !

Il s'efforça de respirer calmement et entra dans l'ascenseur.

Il devait appeler ses frères. Il lui faudrait aussi sans doute appeler la mère de Victoria, pour lui annoncer que sa fille sortirait sous peu de l'hôpital, sachant bien que Corrine ne s'inquiétait que d'elle-même, et que son seul souci était de durer le plus possible sur la scène sociale. Alors la santé de sa fille…

Il retint un soupir exaspéré. Si l'un de ses frères avait eu un accident, il ne serait pas resté chez lui à attendre le compte rendu de la journée ! Il se serait rendu à l'hôpital, et ses frères auraient assurément agi de la même façon. Au fond, il était presque triste pour Victoria. Après avoir été élevée par une femme si égoïste, il n'était guère surprenant qu'elle le soit elle aussi.

S'armant de courage, il appuya sur le contact correspondant à Corrine et se dirigea vers la sortie de l'hôpital, pour s'engouffrer dans sa voiture avec chauffeur, stationnée près de la porte.

- 2 -

Le lendemain après-midi, comme le docteur l'avait promis à Victoria, une infirmière était entrée dans sa chambre avec un fauteuil roulant. La veille, elle avait demandé que l'on distribue les fleurs qu'elle avait reçues aux patients qui n'avaient jamais de visite puisque, sur les cartes qui accompagnaient les bouquets, figuraient des noms qui lui étaient absolument inconnus. Ses vêtements ayant été déchirés lors de son arrivée aux urgences, son mari lui avait apporté une tenue confortable qu'elle avait enfilée avec joie, délaissant sans état d'âme sa blouse d'hôpital.

Ils se dirigeaient maintenant vers la sortie, l'infirmière poussant le fauteuil et Wade fermant le cortège. Dès qu'ils eurent franchi les portes automatiques et se retrouvèrent à l'extérieur, elle éprouva un réel plaisir à sentir l'air chaud de l'après-midi sur sa peau, et entendre les bruits de la vie normale autour d'elle. C'était l'été, les arbres étaient verts et les plantes en fleurs. Leurs couleurs étaient si vives que leur vue l'éblouissait presque.

Que faisait-elle avant l'accident ? Où se rendait-elle quand le véhicule avait heurté le sien ? Elle devait faire preuve de patience, lui avait conseillé le Dr Meadows. Sa mémoire allait revenir, mais cela prendrait du temps. Se rendait-il compte de l'angoisse dans laquelle elle vivait ?

S'efforçant de chasser son inquiétude, elle se concentra

sur la direction qu'ils prenaient. Visiblement, ils avançaient d'un bon pas vers… une immense limousine couleur champagne, garée dans l'allée circulaire.

— Waouh ! s'exclama-t-elle, complètement suffoquée quand deux hommes en sortirent.

Un chauffeur et un *garde du corps* ? Lorsque le chauffeur vint lui ouvrir la portière arrière, elle lança un regard à son mari.

— Elle est à toi ?

— Tout à fait.

— Tu plaisantes ? Je ne suis jamais montée dans une limousine. À un enterrement, peut-être…

Wade lui sourit.

— Détrompe-toi, tu es montée de nombreuses fois dans une limousine, mais puisque tu ne t'en souviens pas, savoure le trajet comme si c'était la première fois. Je te promets que nous éviterons tous les cimetières.

Glissant la main sous son bras, il l'aida à se lever du fauteuil, puis à s'installer dans la limousine. Une fois à l'intérieur, elle s'adossa à la banquette et respira profondément l'odeur de cuir qui s'en dégageait. Wade contourna le véhicule pour monter, et prit place à son côté.

La fragrance de son après-rasage, nettement masculine, aux nuances d'épices et de santal, se mélangea alors à celle du cuir, ce qui rendit l'air… plutôt enivrant.

— La température te convient-elle ? s'enquit-il. Es-tu installée confortablement ?

— Je vais bien. C'est juste étrange d'être sortie. Agréable mais étrange.

Il hocha la tête, comme s'il comprenait.

— Nous sommes à Dallas, n'est-ce pas ? demanda-t-elle.

— Exact. Tu te souviens donc de Dallas ?

Elle désigna la vitre à sa gauche.

— Je reconnais les immeubles.

— C'est encourageant.

— Depuis quand nous connaissons-nous ? Où nous sommes-nous rencontrés ?

Il parut hésiter, regarda d'abord par la vitre avant de se tourner vers elle.

— Lors d'une soirée, il y a plusieurs années, répondit-il.

Elle contempla un instant cet homme qui ruisselait littéralement de charme. Elle avait quelques difficultés à croire qu'il était vraiment son mari, comme si c'était trop beau pour être vrai. Le rêve, puis le carrosse qui se transforme en citrouille. En général, hélas, ce genre d'impression se confirmait toujours, mais pour l'instant elle savourerait ces instants magiques le temps qu'ils dureraient. De toute façon, jusqu'à ce que sa mémoire revienne, elle ne pouvait guère faire autre chose.

— Laisse-moi deviner, dit-elle avec un sourire. Tu m'as vue traverser la salle de réception et tu n'as pas pu détacher tes yeux de moi. C'était un coup de foudre, n'est-ce pas ?

Il parut amusé, et cela la rassura. C'était un grand progrès par rapport au regard de marbre auquel elle avait eu droit jusque-là !

— Tu fais toujours sensation, Victoria. Comme en ce moment.

Elle eut envie de rire sans raison apparente. À croire que l'injection que lui avait faite l'infirmière le matin contenait un produit illicite !

— Depuis quand sommes-nous mariés ? reprit-elle.

— Presque huit mois.

— En somme, nous sommes de jeunes mariés. C'est peut-être pour cette raison que je ne me souviens pas de toi.

— C'est possible, mais peu vraisemblable.

Elle ne pouvait qu'approuver. Sans la commotion qu'elle avait subie, comment aurait-elle pu oublier qu'elle avait épousé un homme comme Wade Masters ? Et d'ailleurs, qui était-il, cet homme qui se disait son mari ?

— Que fais-tu dans la vie ?

— Des affaires. En fait, je gère l'entreprise familiale.

— Laisse-moi deviner…

Elle laissa échapper un petit rire et poursuivit :

— Tu prépares des pizzas et nous sommes dans la voiture de livraison ?

Il haussa les sourcils, visiblement étonné par sa question, et son petit sourire revint.

— Presque, répondit-il. Nous sommes spécialisés dans l'avionique, le matériel électronique, nous possédons aussi des ranchs et les Laboratoires Masco. Et je suis certain qu'il doit bien y avoir une pizza Domino quelque part.

Ses yeux chatoyèrent de nouveau, et il ajouta :

— As-tu faim ?

— Non. Oui. Ça dépend de ce que tu proposes.

Il la fixa, l'air stupéfait. Aïe ! Il avait perçu un sous-entendu dans sa réponse, alors qu'elle n'avait aucune arrière-pensée. Elle se sentit rougir jusqu'aux oreilles. Elle avait faim. Mais faim de savoir. Elle mourait d'envie de retrouver ses souvenirs, qu'ils soient bons ou mauvais. Et si Wade ne cessait pas de sourire de façon aussi sexy, il allait réellement éveiller une autre sorte d'appétit en elle !

Qui était ce mystérieux mari ? Et comment avait-elle bien pu rencontrer et épouser un homme comme Wade Masters ? Quelque chose ne collait pas, elle le sentait tout au fond d'elle mais, pour l'instant, cela n'avait pas d'importance.

— Notre cuisinier te préparera tout ce que tu voudras, à la maison.

Sa voix, à la fois profonde et solennelle, la troubla.

— Je suis certain que nous saurons répondre à n'importe lequel de tes désirs, enchaîna-t-il.

— Vraiment ?

— Je suis convaincu que nous saurons entièrement te satisfaire.

Cette fois, il lui décocha un large sourire. Un sourire qui cachait quelque chose…

Quels besoins avait-elle donc ? Et surtout, quelles étaient les attentes de Wade la concernant ? Elle l'imagina tout à coup la prendre dans ses bras, et l'entraîner vers un grand lit pour une nuit d'a…

Stop ! s'ordonna-t-elle.

Ravalant un petit gémissement, elle ferma les yeux et se frotta le front. Que possédait cet homme de si particulier pour déclencher tout de suite des pensées érotiques chez elle ? Elle lui jeta un regard en coin, et vit qu'il affichait un petit sourire. Lisait-il en elle comme dans un livre ouvert ? Au moins, il avait le sens de l'humour, et d'ailleurs, même si elle ne pouvait se l'expliquer, elle se voyait mal être l'épouse d'un homme qui en aurait été dépourvu. C'était selon elle la qualité la plus importante chez un être humain, car elle vous permettait d'affronter la vie sans trop se laisser abattre par les mauvais coups du destin.

Se ressaisissant, elle releva le menton et redressa les épaules.

— Est-ce que j'ai des frères et sœurs ?

Au moins, c'était là un sujet sans danger.

— Non, pas que je sache. Tu as juste une mère et un père. J'ai appelé Corrine tous les jours depuis ton accident. Je suis certain qu'elle sera ravie d'entendre ta voix, et je suppose que c'est réciproque.

— Corrine ? C'est le nom de ma mère ?

— Tout à fait.

— Ça ne me dit vraiment rien…

Un père, une mère, deux personnes supplémentaires sur la liste des gens dont elle ne se souvenait absolument pas.

Soudain, un souvenir lui traversa l'esprit, accompagné d'une sensation douloureuse : elle se tenait sur le seuil d'une maison en briques rouges, une femme blonde la serrait dans ses bras et toutes deux pleuraient. Cependant, elle n'avait pas l'impression que c'était sa mère.

Cette perte de mémoire était réellement le pire qui lui soit arrivé ; de cela au moins, elle était certaine. Ses blessures liées à l'accident pesaient peu, en comparaison.

Le reste du trajet s'effectua dans le silence, et les questions se bousculèrent dans son cerveau.

Qui était Wade Masters ? Où les conduisait la limousine ? Elle ne sentait aucune menace chez lui, sauf peut-être un sens de l'humour un rien spécial. Il était vêtu avec élégance, avait d'excellentes manières et était très courtois, du moins jusque-là, puisqu'elle ne l'avait vu que deux fois, à l'hôpital. Et s'il lui avait semblé assez riche, il ne lui avait pas donné pour autant l'impression de s'estimer supérieur aux autres. Un détail la chiffonnait, toutefois : il ne paraissait pas très heureux d'être marié avec elle… Même dans l'espace confiné de la limousine, il était sagement assis à côté d'elle, à distance respectable. Elle aurait attendu de lui qu'il la tienne dans ses bras, l'embrasse, la rassure, enfin tout sauf cette distance. Certes il était d'une politesse extrême, mais curieusement réservé.

La limousine finit par tourner dans une allée, puis s'arrêta devant une imposante grille en fer forgé noir. Les portes s'ouvrirent immédiatement et la voiture grimpa une colline avant d'obliquer à droite pour s'engager dans une allée circulaire menant à l'escalier majestueux d'un somptueux perron en pierre. Elle eut alors la forte sensation de n'avoir jamais vu une demeure aussi grandiose, dotée de tourelles qui lui donnaient des airs de château.

— C'est ici que tu habites ? s'enquit-elle.

Il hocha la tête au moment où le chauffeur lui ouvrait la portière.

— C'est là que *nous* habitons, affirma-t-il.

Elle se pencha vers la vitre pour contempler une tourelle, puis demanda :

— J'imagine que les fantômes ne sortent qu'à la nuit tombée.

Wade posa sur elle un regard surpris et, une fois encore, il esquissa un petit sourire.

— Je te le garantis. Et si tu avais peur, je serais près de toi.

Elle ne pensait pas être une personne pessimiste, mais si le Dr Meadows espérait que vivre en ce lieu raviverait sa mémoire, il se trompait lourdement. Ne pas se souvenir du trajet en limousine, soit, mais oublier qu'elle vivait dans un château ? Impossible.

Et pourtant, c'était apparemment le cas : elle ne se souvenait… de rien !

Sa portière s'ouvrit à son tour et un homme lui tendit la main pour l'aider à descendre et à prendre place dans un fauteuil roulant.

— Bienvenue à la maison, madame, dit ce dernier en lui adressant un sourire peu convaincu.

Deux autres hommes, appartenant visiblement au service de sécurité des lieux, attendaient de chaque côté de la porte.

Le rez-de-chaussée, ou du moins ce qu'elle put en voir, était extraordinaire, d'une élégance que même des têtes couronnées auraient appréciée. Ils traversèrent un vestibule tout en marbre et en verre, puis passèrent devant un vaste salon et une salle à manger qui pouvaient facilement accueillir une cinquantaine de convives. Au-delà se trouvait la cuisine, si elle en croyait les bruits qui s'en échappaient, et les odeurs.

Elle sourit en adressant un petit signe de la main au personnel qui s'était aligné pour la saluer, et les employés échangèrent un regard surpris. L'un d'eux lui rendit son salut d'un air hésitant. Avant qu'elle n'ait le temps de s'attarder sur leur étrange réaction, elle se retrouva à l'intérieur d'un petit ascenseur en compagnie de Wade ainsi que du domestique attitré au fauteuil et, pour la première fois depuis son réveil du coma, elle aperçut son reflet dans les miroirs qui en recouvraient les parois.

Oh Seigneur ! Peu de mots pouvaient la décrire… « Horrible » en faisait assurément partie, tout comme « effroyable ». Ses cheveux tombaient en de longues boucles molles sur ses épaules, et son visage était encore bien abîmé, même si les hématomes s'estompaient et avaient viré au jaune. Son œil gauche était injecté de sang et elle avait une légère coupure à la lèvre, un peu gonflée — mais qui avait dû l'être bien plus. Elle donnait l'impression d'avoir participé à une sacrée bagarre et de ne pas avoir été dans le camp des vainqueurs.

Un doux tintement se fit entendre, et les portes s'ouvrirent sur un large corridor, au sol pavé de mosaïques en marbre blanc, rehaussées d'or. Le domestique roula le fauteuil vers la droite, puis suivit le corridor pratiquement jusqu'au bout, avant de s'arrêter devant une grande chambre à la porte ouverte. Après s'être légèrement incliné, il la laissa seule avec Wade.

La chambre était peinte en couleurs pastel, essentiellement dans des nuances de vert. C'était très joli, très apaisant… mais aussi bien terne.

— Cette suite te convient-elle ? lui demanda Wade.

— Oui, c'est… chouette, répondit-elle. Et… très spacieux.

Au fond se trouvait une partie salon, avec des fauteuils à l'évidence confortables disposés autour d'une cheminée. Des portes-fenêtres donnaient sur un imposant balcon, et il y avait même un minibar. Un lit grand luxe complétait le tableau.

— Et… Euh… C'est aussi ta chambre ? demanda-t-elle.

Wade la considéra comme s'il se demandait comment prendre la question, et il lui sembla voir un éclair sournois luire dans ses prunelles.

— Non. Ma suite est juste à côté, répondit-il.

Un sentiment de soulagement l'envahit alors. En même temps, il lui parut curieux qu'un jeune couple ait des chambres séparées. Encore une question à ajouter à la liste. Pour plus tard.

Wade la laissait vraisemblablement s'installer dans sa propre chambre afin qu'elle ait son espace vital le temps de retrouver ses marques, plutôt que de l'inciter à réintégrer d'emblée leur chambre commune. C'était délicat de sa part et elle lui en était reconnaissante. Elle n'était pas prête à partager son lit avec un inconnu, même si celui-ci l'attirait vraiment beaucoup. Car bien qu'un certificat proclame qu'ils étaient unis par les liens du mariage, Wade Masters était un total étranger pour elle.

Se levant du fauteuil roulant, elle fit le tour de la suite, et s'attarda sur les tableaux et les objets d'art qui la décoraient. La plupart des toiles avaient été peintes par des artistes connus et représentaient pour l'essentiel des jardins de fleurs, des murs en pierre recouverts de lierre, et des portails.

— Qui a bon goût, toi ou ton architecte d'intérieur ? demanda-t-elle.

— Tu t'y connais en art ?

Elle haussa les épaules.

— Je sais identifier un Monet ou un Barber, et je crois aussi savoir ce qui me plaît.

— Ah bon ?

Elle pivota sur ses talons pour lui faire face.

Son cœur bondit dans sa poitrine quand elle se heurta

à son air étonné. Elle avait clairement le sentiment qu'il ne parlait pas juste d'art. Flirtait-il avec elle ? Réclamait-il ses droits de mari ? Ou son imagination avait-elle pris le pas sur sa raison ?

Ne sachant trop que répondre, elle se retourna vers le cadre accroché au-dessus de la cheminée qui représentait une petite fille avec de longues boucles d'un blond vénitien dans le coin d'une pièce, visiblement punie pour ce qu'elle venait de faire. Un chien, un petit terrier de couleur brune, montait la garde au cas où quelqu'un chercherait à s'approcher de l'enfant. Un nom lui traversa subitement l'esprit. Murphy. Elle se tourna vers Wade.

— Est-ce que… Murphy est ici ?

Il fronça les sourcils.

— Qui ?

— Murphy.

L'homme chaleureux et poli qui l'avait accueillie jusque-là se transforma d'un coup, et ses traits devinrent à la fois menaçants et glaçants.

Son changement radical d'attitude lui indiqua qu'elle avait touché une corde sensible. D'accord, mais pourquoi ? Qui était Murphy ? En outre, pourquoi se rappelait-elle ce nom sans être capable de lui associer un visage ?

— Du travail m'attend, décréta-t-il sèchement. Henry, notre chef cuisinier, a posé le menu près du téléphone. J'ai pris la liberté de commander ton premier repas en fonction de ce que tu aimais habituellement. Mais si cela ne te convient pas, n'hésite pas à demander autre chose. Le numéro figure sur la feuille du menu.

— C'est très attentionné de ta part. Merci.

— Le numéro de ta mère se trouve sur ta table de nuit, au cas où tu ne t'en souviendrais pas.

Et après un hochement de tête sec, il quitta la pièce, refermant la porte derrière lui.

Elle avait bien conscience qu'il s'était passé quelque

chose d'important, mais quoi ? Elle ne comprenait pas en quoi poser une question à propos d'un nom avait provoqué une telle réaction chez Wade. Il souhaitait qu'elle retrouve la mémoire, non ? Peut-être pas dans tous les détails, visiblement. Apparemment, une personne nommée Murphy s'interposait entre eux. En même temps, Wade avait de quoi être vexé. Comment pouvait-elle se souvenir de ce Murphy… et pas de lui ? Un frisson la parcourut. Y avait-il un autre homme dans sa vie ? Cela expliquerait la distance que Wade montrait envers elle !

Un léger coup frappé à sa porte l'arracha à ses réflexions inquiétantes.

— Oui. Entrez.

La porte s'ouvrit et une jeune femme plutôt robuste, vêtue d'une robe noire, apparut sur le seuil.

— Excusez-moi, madame Masters, je ne suis pas certaine que vous vous souveniez de moi. Je m'appelle Rowena. Roe. M. Masters m'a priée de vous assister si vous aviez besoin de quoi que ce soit.

— Oh ! C'est très gentil, mais merci, tout va bien.

La jeune fille hésita, puis déclara :

— J'espère que vous vous sentirez bientôt mieux.

Et sur ces mots, elle se dirigea vers la porte.

— Roe ?

— Oui, madame ?

— J'ai pensé… Enfin, j'ai changé d'avis. Pourriez-vous m'aider à faire couler un bain ?

— Naturellement, madame.

Pendant que Roe ouvrait les robinets de la baignoire, Victoria s'aventura dans l'immense dressing où elle découvrit des vêtements pour chaque occasion imaginable ! De nombreux portaient encore l'étiquette et d'autres n'avaient pas été sortis de leur sac en papier. Des chaussures tapissaient tout un pan de mur, et dans la commode intégrée étaient rangées des montagnes de lingerie de tous styles et de toutes couleurs !

Elle contempla tout cela d'un air ébahi. Elle possédait… tout ça ? Elle toute seule ? Pour une fois, elle avait une réponse, et non une question : elle était une acheteuse compulsive de vêtements. De toute évidence, elle en achetait plus qu'elle ne pouvait en porter en une année, voire deux.

— Votre bain est prêt, madame Masters.

— Merci, dit-elle dans un sourire à Roe. C'est très gentil à vous.

Ces paroles lui valurent un regard des plus surpris de la part de la domestique.

— Merci, madame.

Attrapant un peignoir, elle entra dans la salle de bains pavée de marbre. L'immense baignoire à pieds n'aurait pu être plus tentante même si elle avait été sculptée dans de l'or vingt-quatre carats. Au fond se trouvait une douche spacieuse aux parois en verre, que cinq personnes à la fois auraient pu utiliser. Mais en ce moment, ce qu'elle désirait ardemment, c'était enlever l'odeur d'hôpital qui lui collait à la peau ! Elle espérait aussi que l'eau chaude la délivrerait de sa migraine persistante.

Elle s'allongea dans l'eau chaude et parfumée à la rose — apparemment un parfum qu'elle aimait — et ferma les yeux quand les jets d'eau se mirent à la masser agréablement. Bientôt elle sentit la douleur régresser. Elle saisit le savon liquide qu'elle avait choisi parmi une grande sélection de sels de bain, de savons et de shampooings dans un placard. Une fragrance à la fois merveilleuse et exotique emplit immédiatement la salle de bains.

Quand ses mains commencèrent à se friper, elle comprit qu'il était temps pour elle de sortir du bain. Après s'être bien séchée, elle enfila un peignoir blanc bien moelleux et, saisissant un peigne, entreprit de brosser sa longue chevelure brune aux boucles emmêlées.

Se regardant alors dans le miroir, elle éprouva une sorte de malaise, comme si quelque chose clochait en elle. C'était sans doute dû aux hématomes et à sa lèvre coupée, songea-t-elle. Elle jaugea alors son profil : son visage était encore un peu gonflé.

— Assez ! marmonna-t-elle à son reflet.

Elle avait suffisamment de soucis sans se tracasser de surcroît pour son apparence.

— Tout va bien, madame Masters ? demanda Roe depuis la chambre.

Excellente question !

Reposant le peigne dans le tiroir, elle la rejoignit. À cet instant, on roula un chariot de nourriture dans la pièce, ce qui l'arracha à son dilemme intérieur.

Pourtant, aussi alléchants que lui semblaient tous les plats, elle n'avait pas faim. Elle avait pensé qu'une fois ici, c'est-à dire *chez elle*, sa mémoire se ranimerait. Pour l'heure, cela n'avait servi qu'à rajouter des éléments inconnus sur sa liste…

Elle se sentit soudain bien lasse. La réaction de Wade à sa question au sujet de ce Murphy ne cessait de la hanter, et tout ce qu'elle pensait trouver ici manquait encore à l'appel. Rien. Pas le moindre détail qui aurait déclenché l'ouverture d'une petite fenêtre de sa vie passée. De plus, elle avait l'impression qu'elle n'était pas chez elle, dans cette maison. Elle ne parvenait pas à se l'expliquer, mais cette impression était très forte.

Après que l'on fut venu reprendre le chariot, elle trouva une élégante chemise de nuit qu'elle enfila et, repoussant la couette, s'assit sur le lit. Elle devait absolument appeler sa mère, même si elle ne se souvenait pas d'elle.

Prenant, sur la table de nuit, le Post-it où Wade avait

inscrit le numéro de cette dernière, elle décrocha le téléphone.

— Allô ! répondit une femme.

— Bonjour, maman ! C'est moi, Victoria.

Pourquoi ce « maman » lui semblait-il sonner si faux ?

Un silence s'ensuivit à l'autre bout du fil.

— Oh, ma chérie, dit enfin sa mère. Tu n'as pas l'air toi-même. Es-tu toujours à l'hôpital ?

— Non. Je suis… rentrée à la maison.

De nouveau, la réponse mit un certain temps à venir.

— Tu veux dire qu'il t'a déposée à la maison et est reparti ? Mais on pourrait le poursuivre pour abandon en pleine détresse psychologique ! Tu devras discuter avec Burt dès que possible.

De quoi parlait-elle ?

— Euh… Wade est resté tout le temps près de moi, expliqua-t-elle. Il est encore là, d'ailleurs.

— Ah bon ? Il faudra donc envisager autre chose. Tôt ou tard, il fera un faux pas et cela lui coûtera cher, si tu vois ce que je veux dire. En tout cas, dès que tu peux, appelle Burt. Il trouvera sans doute une autre approche.

Une autre approche ? Pour quoi faire, au juste ?

— Qui est Burt ? demanda-t-elle.

— Comment ça ? Mais c'est ton avocat ! Comment peux-tu ne pas te souvenir de lui ? Tu es donc réellement amnésique ? Wade m'avait bien dit que tu ne te rappelais rien du tout, mais je… Ah, tout cela me rend nerveuse, Victoria ! Il faut que tu règles ce problème de mémoire avant que tu ne dises ou fasses quoi que ce soit que Wade utiliserait pour te mettre à la porte. Appelle le cabinet de Burt. Il a besoin de toute façon d'informations sur le conducteur qui t'est rentré dedans, le nom de son assurance, enfin ce genre de choses. Écoute, ma chérie, je dois vraiment y aller maintenant. On se reparle bientôt.

— Euh… OK.

Et sa mère raccrocha.

Que c'était étrange… Pas un instant sa mère ne s'était inquiétée de son état de santé, n'avait proposé de venir la voir ; elle semblait juste obsédée par l'appel à cet avocat. De quoi s'agissait-il ? Elle n'avait aucun renseignement sur l'accident et avait pensé que Wade s'était occupé de tout.

Elle raccrocha et se glissa dans le lit. Comme c'était bon d'être de nouveau allongée… Les draps en soie lui procuraient une sensation merveilleuse, le matelas et les oreillers étaient très confortables, surtout comparés au lit de l'hôpital. De nouveau, son regard tomba sur la peinture au-dessus de la cheminée… Pourquoi ce tableau l'attirait-il autant ? Wade devait forcément le savoir. Mais comme cela semblait avoir une relation avec sa réaction hostile de tout à l'heure, elle se garderait bien de lui demander quoi que ce soit.

Elle avait toujours mal à la tête, mais n'avait pas l'énergie de se lever pour prendre les antalgiques que le Dr Meadows lui avait prescrits. Elle ne savait pas si l'accident en était la cause, ou si c'était dû à cette colossale maison étrange et si peu accueillante, ou bien à l'accès de colère de Wade et l'angoisse qu'elle avait suscitée en elle. Peut-être l'ensemble. Ni le bain ni le peu de nourriture qu'elle avait fini par avaler ne l'avaient complètement apaisée. Allons, quand elle se réveillerait, tout serait peut-être redevenu normal, songea-t-elle en sombrant dans le sommeil.

Quoi que « normal » puisse bien signifier…

- 3 -

Réduisant une autre feuille à une boule de papier, Wade la jeta contre le mur le plus éloigné, espérant qu'elle rebondirait pour tomber directement dans la corbeille en dessous. Mais le sol était jonché de nombreuses autres petites balles blanches qui attestaient qu'elles atterrissaient rarement dans la poubelle…

Il était installé à son bureau, s'efforçant de se concentrer sur le dossier qui se trouvait devant lui. Mais en vain.

Victoria pouvait donc se rappeler le nom d'un de ses amants mais pas celui de son mari ? C'était tout de même un peu fort ! Son irritation grimpa d'un cran.

Bien sûr, Victoria n'était pas sa femme au sens biblique du terme et, compte tenu de leur histoire, il n'aurait pas dû être surpris ni blessé par sa réaction. Mais elle l'avait amadoué avec son numéro de douceur et d'innocence pour mieux l'attaquer au moment où il s'y attendait le moins ! Une minute avant, elle semblait si inoffensive, si… si peu la Victoria qu'il connaissait. De ses yeux bleu lilas — qui jamais ne lui avaient paru aussi intenses — irradiaient une chaleur et un désir à la fois troublants et presque candides ; en silence, elle implorait son aide. Puis en un clin d'œil, c'était le souvenir d'un autre homme qui lui était revenu. Il avait bien reconnu là la personnalité profonde de Victoria.

Il envoya une nouvelle boule de papier… par terre.

Si ses anciens amants étaient la solution pour qu'elle retrouve la mémoire, alors il se trouvait face à un gros problème : il ne connaissait pas leur nom à tous — il s'en fichait puisqu'il n'était pas question qu'ils viennent lui rendre visite à la maison ! Rien qu'à cette pensée, il serra les dents, une nouvelle boule de papier siffla dans l'air… et manqua une fois de plus la poubelle.

Il s'adossa à son siège et prit une profonde inspiration.

Cet imbroglio avait commencé par une de ces idées que l'on croit sur le coup brillantes : comment n'y avait-il pas pensé plus tôt ? Par son père, Victoria avait eu un aperçu de ce qu'était la bonne société avant que ce dernier ne perde toute sa fortune en prenant des décisions totalement irresponsables dans les affaires. Toutefois, même quand elle s'était retrouvée sans le sou, elle avait sauvé la face en conservant l'apparence des riches de ce monde. Or, c'était précisément ce dont il avait besoin : une belle femme qui savait comment s'habiller et se conduire lors de soirées mondaines. En un mot, la vraie incarnation d'une femme de milliardaire. À cet égard, Victoria était exceptionnellement douée, et pouvait même avoir l'air heureux s'il insistait sur ce point. Ce qui lui manquait, en revanche, c'était la discrétion, détail d'importance qu'il avait bien vite découvert… à ses dépens.

Il avait depuis longtemps cessé de fantasmer sur l'épouse idéale, une femme qu'il pourrait aimer d'un amour sincère, en qui il aurait confiance et avec qui il fonderait une famille. Par deux fois il était tombé amoureux de femmes apparemment sincères et sérieuses, pour apprendre qu'en réalité c'était son argent qu'elles convoitaient. Après sa deuxième expérience, amer et découragé, il avait pris la décision de ne plus chercher le grand amour et de mettre désormais son cœur à l'abri de toute blessure.

Ce mariage blanc avec Victoria lui était alors apparu comme la solution idéale : il serait un homme marié qui inspirerait confiance, et Victoria pourrait parader à sa guise dans les hautes sphères de la société.

Il avait rapidement déchanté et aujourd'hui, à cause de cet accident, toute sa stratégie vacillait : sous l'effet de l'amnésie, Victoria avait subi un changement radical de personnalité, et cette transformation avait de grandes retombées puisqu'il en était lui-même tout ébranlé. On aurait dit qu'en un tournemain elle était passée du statut d'épouse uniquement sur le papier — s'apparentant pour lui à un décor en carton-pâte à ses côtés —, à une femme en trois dimensions qui l'attirait terriblement au point qu'il devait lutter pour lui résister. Il éprouvait un désir illogique d'être près d'elle et de la protéger. Son imagination l'emportant, il se vit la tenir tout contre lui pendant la nuit entière… C'était complètement insensé ! Trois semaines auparavant, c'est-à-dire la dernière fois qu'il était rentré à Dallas, il avait eu du mal à supporter sa présence !

Comment n'avait-il pas remarqué jusque-là à quel point sa silhouette était élancée, sa taille fine ? Sans parler de la perfection de ses seins et de toutes les autres courbes de son corps ? Quand elle s'était déplacée dans la suite, son déhanchement l'avait tout simplement époustouflé. Et ses lèvres, avaient-elles toujours été aussi appétissantes ? Jamais par le passé elle ne l'avait attiré physiquement, et voilà qu'il se mettait maintenant à fantasmer sur elle, en oubliait l'arrangement lié à leur relation et se voyait en train de lui faire l'amour dans son lit avec un abandon qui effacerait de sa mémoire le nom de ses amants pour qu'elle crie le sien à la place. Or, de telles idées ne lui avaient jamais traversé l'esprit en presque cinq ans, c'est-à-dire depuis qu'il la connaissait. Alors pourquoi maintenant ? Au fond, c'était peut-être lui qui avait besoin d'un médecin.

Il froissa une nouvelle feuille de papier qui alla rejoindre les autres sur le sol.

Bon, il devait se ressaisir. De telles pensées étaient parfaitement ridicules, scandaleuses même, et complètement inappropriées, compte tenu des circonstances.

Victoria avait tout le temps de montrer un autre visage, elle venait juste de sortir de l'hôpital, mais il devait reconnaître que, quand elle y était encore, il avait vu pour la première fois dans ses yeux une sincérité dont il ne l'aurait pas cru capable.

Et aujourd'hui, dans la limousine, il avait découvert son sens de l'humour. Qui aurait pu deviner que derrière l'image glamour et désinvolte de Victoria Wellington Masters se cachait une telle qualité ?

Il ne pouvait s'expliquer pourquoi il avait soudain envie de sa compagnie, c'était bien trop irrationnel, et pourtant il devait accepter cette nouvelle réalité. C'était la moitié de la bataille : un homme ne pouvait pas lutter contre quelque chose s'il ne commençait pas par admettre son existence.

Très bien. Il était conscient qu'elle l'attirait, mais il n'allait pas pour autant céder à sa folie ou aux petits jeux de Victoria. En dépit de la façon dont son corps réagissait dès qu'il s'approchait d'elle, malgré sa bouche pulpeuse dont il ne pouvait détacher le regard et les traits si fins de son visage, il garderait ces sentiments déments pour lui jusqu'à ce qu'elle soit complètement guérie et qu'il puisse la raccompagner à la porte pour la mettre dehors, comme il l'avait prévu. Alors, ceci ne serait plus rien qu'un souvenir étrange.

Il ne pouvait naturellement pas lui demander de partir avant, aussi devrait-il serrer les dents et ne céder à ses pulsions sous aucun prétexte. Il faisait déjà la une des tabloïds qui aimaient fouiller dans la vie des personnes riches et célèbres. Des titres tels que : « *Son mari est-il au courant qu'elle a des amants ?* » ou encore « *Qui partage le lit de Victoria en ce moment ?* », il en lisait par dizaines.

Victoria lui avait pourtant juré qu'elle ne sortait qu'avec un seul homme, et qu'elle avait fait de son mieux pour que sa liaison demeure secrète. Peut-être les tabloïds avaient-ils ressorti de vieilles photos ? avait-elle suggéré.

Peut-être. La couleuvre était tout de même dure à avaler !

Elle avait un appartement dans le nord de Dallas dont il ignorait l'adresse exacte, mais il serait aisé de la retrouver et, si revenir dans des endroits familiers stimulait sa mémoire, ils se rendraient sur les lieux. De toute façon, elle ne restait jamais dans cette maison plus qu'il n'était nécessaire pour sauvegarder les apparences. Mais jamais elle n'avait partagé son lit. Rien chez elle n'avait jamais éveillé son désir… Jusqu'à ce maudit accident. Plus vite elle retrouverait la mémoire et signerait les papiers du divorce, le mieux ce serait !

Soudain, un affreux pressentiment le saisit.

Il appela la ligne privée de son avocat avant de se caler dans son fauteuil en cuir noir.

— Wade ? Que se passe-t-il ?

— Il se peut que nous ayons un problème.

Une heure plus tard, il raccrocha. Il avait raison : il était impossible pour une personne souffrant d'amnésie de signer un document juridique. Cette perspective était effrayante… Au moins, tant que les séquelles de son accident seraient visibles sur son visage, Victoria ne sortirait pas en public. Donc son principal souci, sa façon de s'exhiber avec ses amants, était pour l'heure maîtrisé.

Fort de cette pensée, il alluma l'ordinateur et attendit

que sa boîte de messagerie s'affiche. Dès que la mémoire lui reviendrait, il lui présenterait les papiers du divorce à signer !

Victoria ne cessait de se retourner dans son lit, mais le sommeil refusait de revenir. Le réveil sur la table de nuit affichait 2 h 40, la dernière fois qu'elle l'avait regardé, il y avait environ vingt minutes. Elle s'assit, consciente qu'elle ne pourrait plus se rendormir. Sans doute était-ce dû à son environnement inconnu, même si, logiquement, elle le connaissait.

Rejetant les draps, elle se leva puis se rendit sur la terrasse, où l'air chaud de la nuit l'enveloppa. Ce fut alors qu'elle entendit un bruit d'eau, comme une cascade… Son regard s'habituant peu à peu à l'obscurité, et grâce à une lumière tamisée qui filtrait à travers les bosquets, elle distingua un paysage correspondant au bruit d'eau qu'elle avait perçu. S'appuyant contre la rambarde, elle admira l'impressionnante cascade ainsi qu'une rivière serpentant à travers les arbres et se perdant dans le lointain. Un château ne serait pas digne de ce nom sans cascade, n'est-ce pas ? Mais où étaient donc les douves ?

La légère brise du soir porta soudain jusqu'à elle un doux parfum de roses, et aussi de lavande… Demain, se promit-elle, elle irait explorer les lieux. Cependant, elle ne distinguait aucune chaise ou endroit aménagé pour s'asseoir, dans ce jardin si bien entretenu.

Quelques coups brefs frappés à sa porte l'arrachèrent à la contemplation de cette scène apaisante. Elle rentra aussitôt dans la chambre et était à mi-chemin quand la porte s'ouvrit.

Wade se tenait sur le seuil, les cheveux ébouriffés comme s'il venait d'y passer la main. Il portait un pantalon de jogging et un large T-shirt. Venait-il de faire du sport à une heure si tardive ? En tout cas, il ne souriait pas et semblait fatigué. Derrière lui se tenaient les deux gardes du corps, prêts à intervenir si nécessaire…

En la voyant, Wade se détendit.

— Tu étais sur le balcon ? demanda-t-il.

— Oui, je me suis réveillée, et comme je n'arrivais pas à me rendormir, je suis allée prendre l'air. Pourquoi ? Je n'aurais pas dû ? Quelque chose ne va pas ?

— Non. Enfin si, tout va bien, lui assura-t-il. Toutes les portes et les fenêtres extérieures sont dotées d'une alarme silencieuse qui est activée la nuit. Tu as dû oublier ce détail. À l'avenir, appelle la sécurité s'il te plaît, pour leur indiquer que tu sors afin qu'ils ne croient pas qu'il y ait un cambriolage en cours. Fais juste le 6 sur le fixe.

— Oh… Très bien.

Elle regarda les deux hommes, par-dessus l'épaule de Wade, et ajouta :

— Je suis désolée, je… Je ne me souviens pas des consignes.

Ils lui adressèrent un rapide sourire et hochèrent la tête.

— Pas de problème, madame.

— On dirait que tu te sens mieux, observa Wade, une fois les deux gardes du corps partis.

— C'est le cas ! J'espère que mon esprit va aligner son pas sur le reste.

— Je suis certain que cela viendra avec le temps.

— Je regardais le jardin du balcon. C'est magnifique, et le bruit de l'eau sur les roches est si relaxant. Seulement, je n'ai vu ni banc ni endroit où s'asseoir.

— Un banc ? Pour quoi faire ? Personne ne va jamais dans le jardin.

— Peut-être précisément parce qu'il n'y a pas de banc pour s'asseoir.

Il la regarda, stupéfait.

— On peut toujours arranger ça, marmonna-t-il.

— À quoi servent des fleurs et une cascade si personne ne peut jamais les admirer ?

À ces mots, il se mit à la dévisager comme s'il ne l'avait jamais vue, comme si elle était une sorte d'apparition et qu'il ne savait trop comment réagir.

— C'est vrai, reconnut-il. Je comprends ton point de vue.

Toutefois, il fronçait les sourcils et semblait de plus en plus perplexe.

Les lignes qui encadraient sa bouche étaient fascinantes, et elle aurait parié que son sourire l'était tout autant, s'il se donnait la peine de sourire car, pour l'instant, elle l'avait juste entraperçu. Elle aurait adoré lui caresser les joues, puis l'embrasser sur la bouche… Il devait s'y connaître, en baisers… Était-ce son intuition féminine ou sa mémoire qui la poussait à penser ainsi ? En tout cas, elle en était réellement convaincue. Une onde de chaleur l'enveloppa soudain, et elle sentit les battements de son cœur s'accélérer.

— Eh bien… Euh… Je suis navrée d'avoir déclenché l'alarme, murmura-t-elle. Je m'efforcerai de m'en souvenir, la prochaine fois.

Il était urgent qu'il s'en aille sans quoi elle allait devoir allumer le ventilateur !

— Ce n'est rien, répondit-il. Bien. Je te laisse.

Et pendant quelques secondes qui parurent durer une éternité, il demeura immobile, se contentant de l'observer comme si ses pieds refusaient d'obéir à l'ordre de son cerveau. Mais la connexion des neurones se rétablit rapidement car, clignant des yeux, il se dirigea vers la porte.

— Bonne nuit, marmonna-t-il.

Et il sortit de la chambre.

— Waouh ! s'exclama-t-elle une fois la porte refermée.

Elle ignorait où elle avait trouvé ce mari, mais à cet

instant, en dépit de son accès de colère précédent, elle en était ravie. Il ne se comportait toujours pas comme un vrai époux amoureux de sa femme, mais peut-être son amnésie et ses blessures le déstabilisaient-elles. Dès qu'ils auraient refait connaissance, tous les deux, il changerait en toute logique d'attitude.

La lumière du matin filtrait dans la chambre à travers les rideaux. Victoria s'étira doucement en bâillant. Elle se leva, impatiente d'enfiler un jean et un T-shirt et d'aller explorer ce jardin magnifique.

Dans le dressing, elle trouva un pantalon de designer qui lui convenait, en matière extensible, mais pour le haut, elle ne trouva que des chemisiers, des dizaines de chemisiers tous plus habillés les uns que les autres. Pas un seul jean, pas un seul T-shirt ! Et malheureusement, toutes les chaussures et autres boots avaient un talon d'au moins dix centimètres ! Elle n'allait tout de même pas porter des talons dans sa propre maison ! Qu'à cela ne tienne, elle irait pieds nus.

Après s'être fait une queue-de-cheval à la hâte, elle sortit de sa chambre, et resta un instant immobile, ne sachant trop dans quelle direction aller. Était-elle arrivée par la droite ou par la gauche, hier ?

Elle trouva un escalier, et une fois au rez-de-chaussée, elle fit appel à son sens de l'orientation et se dirigea vers le fond de la maison, où il y avait forcément une porte donnant sur l'extérieur…

C'était bien le cas ! Elle la poussa et se retrouva dans la lumière du matin. Juste en face d'elle s'étendait une immense piscine dotée d'un jacuzzi, le tout entouré de pierres, de bananiers et autres arbres exotiques qui donnaient l'impression d'être sous les Tropiques. À sa gauche se dressait l'immense cascade, au pied de laquelle poussaient des fougères tropicales. Elle tourna à l'angle de la maison et tomba alors sur le jardin de fleurs, aménagé sous une tonnelle.

Il était encore plus beau vu d'ici que du balcon !

Suivant la ligne d'eau qui se formait à la base de la cascade, elle aperçut soudain un superbe poisson rouge, blanc et doré. Une carpe koï, se dit-elle, ignorant de quel recoin de sa mémoire ce terme avait surgi. Ravie, elle s'assit sur l'herbe épaisse pour les observer de plus près. Entre les fragrances concentrées des diverses fleurs et le bruissement de la cascade, elle éprouva un sentiment de paix qu'elle n'avait pas connu depuis sa sortie de l'hôpital. S'étendant sur le somptueux gazon, elle ferma les paupières sous la caresse du soleil matinal.

Personne ne l'avait vue sortir, elle avait tout simplement disparu, se répétait Wade. Qu'est-ce que Victoria pouvait bien être en train de faire à présent ? Et surtout où ? Alors que les domestiques inspectaient de fond en comble l'intérieur de la maison, il suivit une sorte d'intuition et sortit dans le jardin. Il l'aperçut immédiatement. Allongée dans l'herbe, un bras posé sur les yeux, elle semblait des plus détendues. Incroyable ! C'était vraiment une scène qu'il n'aurait jamais imaginé voir un jour, Victoria n'étant pas le genre de personne qui appréciait la nature sous quelque forme que ce soit. Le doute n'était plus permis : elle avait vraiment changé — du moins de façon temporaire. Ce fut alors qu'il remarqua… qu'elle était pieds nus. Un coup de téléphone au Dr Meadows s'imposait peut-être.

Il s'approcha d'elle à pas lents, ne souhaitant pas l'effrayer ; il voulait juste savoir si elle allait bien — elle se conduisait de façon si bizarre.

— Victoria ?

— Salut ! répondit-elle sans bouger. C'est vraiment magique, ici !

— On a des sièges, tu sais.

— Oui, mais pas ici. Tu n'as pas de banc, tu te souviens ? Ça m'a frappée, hier soir.

Touché !

— C'est vrai, il n'y a pas de banc, admit-il.

Elle ouvrit les yeux et se redressa en position assise.

— J'ai réfléchi à l'endroit le plus approprié, déclara-t-elle, et il me semble que ce serait bien d'en mettre un sous cet arbre, là-bas.

Elle voulut se lever mais fit la grimace. De toute évidence, ses côtes fêlées venaient de la rappeler à l'ordre. Elle réussit toutefois à se mettre debout, et marcha jusqu'à l'arbre en question.

— Par ici, tu vois. Ainsi, on peut admirer la cascade et la plupart des parterres, et c'est à l'abri grâce aux fougères et aux bananiers. C'est calme, bien protégé et superbe. Qu'en penses-tu ?

Il haussa les épaules. À dire vrai, il ne savait trop qu'en penser. Un seul point l'interpellait : le comportement de Victoria était tout sauf normal.

Médusé, il la regarda s'asseoir par terre.

— Viens près de moi, dit-elle en tapotant l'herbe à côté d'elle.

D'un pas hésitant, il s'avança vers elle et inspecta les alentours, en quête d'un endroit où s'asseoir ailleurs que sur l'herbe.

— Allez, essaie le gazon, tu ne vas pas en mourir !

— Je ne vais pas pour autant me sentir mieux, marmonna-t-il tout en obtempérant.

Quand s'était-il assis pour la dernière fois sur l'herbe ? Il n'aurait su le dire, mais elle avait raison, c'était plutôt agréable, tout comme d'être entouré de la riche odeur de la terre et de celle des fleurs. Des images du ranch où ses frères et lui avaient grandi surgirent brusquement à son esprit : les collines en pente douce, l'incroyable palette de couleurs à l'automne, les randonnées à cheval sur plusieurs jours, les feux de camp, la nuit, le ciel étoilé… Cela remontait à très très longtemps, mais ces souvenirs étaient gravés à jamais en lui. Sa mère avait toujours souhaité élever ses enfants à la campagne, estimant qu'un enfant avait besoin d'un lien fort avec la nature. Ses frères et lui avaient ainsi grandi dans un ranch, appris à s'occuper du bétail ; ils connaissaient le prix de la viande et le travail que demandait une immense exploitation.

Lui-même avait toujours pensé qu'il élèverait un jour sa famille au ranch des Masters. Il s'était représenté une femme aimant l'endroit autant que lui, leurs enfants chevauchant pendant de longues journées pour explorer la campagne. Plus jeune, il avait espéré trouver une compagne avec qui il partagerait ses rêves et son cœur. Mais au fil des années, il avait fini par renoncer et s'était finalement décidé pour une épouse avec qui il n'aurait rien en commun, à part un contrat de mariage, mascarade qui blufferait tout le monde et lui permettrait de vivre tranquillement.

— Te souviens-tu un peu de ton passé, Victoria ? s'enquit-il soudain. Ton enfance ? Ton adolescence ?

— Par bribes. J'ai parfois des flashs, je vois des gens ou des choses. Comme les immeubles de Dallas, que j'ai reconnus. Je ne sais pas comment j'ai identifié la ville. C'était une évidence, voilà tout.

Elle se tut quelques instants, puis reprit :

— Tu sais, j'ai l'impression que j'exerçais un travail manuel, parce que mes mains me semblent… vides.

Victoria travaillant de ses mains ? Ça, c'était une première ! Il ne fit toutefois aucun commentaire.

Elle poussa un soupir et poursuivit :

— Je pense aussi que j'adorais être à l'extérieur.

— Là, je peux t'assurer que non. Pas du tout, même !

— Ah bon ?

Elle fronça les sourcils, parut réfléchir à ce qu'il venait d'affirmer et murmura :

— Pourtant, j'ai vraiment la conviction intime que c'est un endroit qui me plaisait.

Elle leva les yeux vers lui et lui offrit un petit sourire triste.

— Hélas, je ne peux pas mieux l'expliquer, je suis désolée. Mais me trouver ici, à l'extérieur, me paraît tellement… aller de soi.

N'ayant aucune réponse à lui apporter, il préféra changer de sujet.

— Fais-moi voir ton visage, dit-il.

Les hématomes avaient presque tous disparu, et la blessure à la lèvre était en voie de guérison.

— Tu vas beaucoup mieux, affirma-t-il après son inspection.

Le sourire qu'elle lui adressa alors lui mit du baume au cœur.

— Et de manière générale, comment te sens-tu ?

— Bien, assura-t-elle en plongeant les yeux dans les siens.

Quelques centimètres les séparaient, et la tentation de s'avancer et de poser ses lèvres sur les siennes était des plus fortes… Mais que lui arrivait-il ? C'était Victoria, bon sang ! Il était tout à fait déplacé de la toucher, non ? Ils allaient divorcer et elle avait perdu la mémoire.

Soudain, elle posa la main sur sa joue et il frissonna…

— Tu as de si beaux traits, murmura-t-elle.

Puis elle laissa son regard glisser sur ses lèvres, et il se sentit durcir sous le double effet de sa caresse et du compliment.

Un désir à l'état pur le traversa tandis que sa raison

tentait de tenir bon car, aussi incroyable que cela puisse sembler, il avait envie de coucher avec elle !

— Tes lèvres sont très…

Elle s'interrompit, visiblement gênée.

Comme si son corps se liquéfiait, il sentit que son self-control diminuait à vue d'œil… Il prit le visage de Victoria en coupe, et se rapprocha encore un peu plus d'elle… Pendant une fraction de seconde, son visage resta à un souffle du sien, lèvres entrouvertes, comme s'il s'apprêtait déjà à savourer sa bouche… Derrière ses lèvres humides, une dentition aussi blanche que parfaite gardait le nectar qui l'attendait… Il sentait son souffle doux sur son visage, la vit fermer les yeux, se préparant au baiser… Que le ciel lui vienne en aide ! Et doucement, il posa sa bouche sur la sienne, et sut que tout contrôle sur son désir lui échappait…

Il s'écarta quelques secondes, cherchant encore à lutter, mais la faim qui le dévorait était d'une violence inouïe. Non. C'était de la pure folie ! Il ne pouvait pas — ne *voulait* pas — être attiré par Victoria, car s'il avait une liaison avec elle, elle finirait un beau jour par se retourner contre lui. Et pourtant, son plus grand souhait était de lui faire l'amour sur-le-champ, près de ces fleurs qu'elle admirait tant désormais. À la face de Dieu et de tout le monde !

À cet instant, une bouffée de colère envers sa propre faiblesse monta en lui, et prit le pas sur la tentation. Il s'écarta de Victoria, prit une grande inspiration et s'efforça de paraître le plus normal possible.

— As-tu appelé ta mère ? demanda-t-il après s'être éclairci la voix.

Elle le regarda d'un air surpris, presque douloureux, et fronça les sourcils.

— Oui, confirma-t-elle dans un murmure.

Après quoi, elle aspira elle aussi profondément et précisa :

— C'était un échange curieux, qui n'avait rien de naturel.

Ça, il voulait bien le croire ! Corrine n'avait rien de naturel en elle.

— Wade, pourquoi…

— C'était une erreur, l'interrompit-il. Je n'aurais absolument pas dû t'embrasser.

— J'allais au contraire te demander pourquoi tu t'étais arrêté en si bon chemin, dit-elle en s'allongeant de nouveau sur l'herbe. Oh ! Je t'en prie, ne t'en va pas ! lança-t-elle comme il se relevait.

Une bouffée de phéromones le submergea, et il dut faire appel à ses dernières forces pour ne pas se rapprocher à nouveau d'elle. Son corps était d'acier, tout tendu, il avait besoin de Victoria, nom d'un chien !

— J'ai un rendez-vous, décréta-t-il.

De fait, s'il ne partait pas sur-le-champ, il n'arriverait jamais à l'heure à son rendez-vous.

— Que c'est dommage ! Je crois que tu as besoin de te détendre, de temps à autre. Une journée à rêver dans ce superbe jardin te ferait le plus grand bien.

— Rêvasser ne cadre pas avec la vie d'un homme d'affaires.

Elle leva les yeux vers lui, un sourire chaleureux aux lèvres. C'était la première fois qu'il ne décelait ni angoisse ni douleur sur ses traits si délicats, ni ce masque de mécontentement qu'elle arborait normalement. Oui, c'était la première fois que Victoria, excessivement belle en cet instant, lui adressait un sourire authentique au lieu de le toiser d'un air méprisant comme elle savait si bien le faire.

— C'est vraiment regrettable, lui assura-t-elle d'un ton sincère.

— Sans doute. Bon, je dois rentrer. La réunion commence dans une demi-heure.

Elle roula sur l'herbe jusqu'à un endroit plus confortable.

— Où a-t-elle lieu ? Dans la maison ?

— Oui.

— Quel en est l'objet ?

Il la regarda attentivement afin de vérifier qu'elle ne plaisantait pas. Jamais jusqu'à présent elle n'avait montré le moindre intérêt pour ses affaires. Tant qu'elle recevait la généreuse pension prévue dans le contrat de mariage, elle se fichait pas mal de la façon dont il gagnait l'argent. Il était étrange qu'elle lui pose une telle question. Il fallait vraiment qu'il parle de ce changement de personnalité au Dr Meadows.

Comme elle le regardait, attendant sa réponse, il lui expliqua brièvement l'objet de sa réunion :

— Nous venons de recevoir toutes les autorisations nécessaires pour le complexe balnéaire que nous prévoyons de construire aux Caraïbes. J'ai donc rendez-vous avec l'architecte et le concepteur pour finaliser les plans des villas.

— Ça a l'air amusant.

— *Amusant* ? répéta-t-il en se grattant le menton. Je n'ai jamais envisagé une réunion de travail sous cet angle.

— Il est pourtant préférable d'aimer ce que l'on fait, non ? rétorqua-t-elle en haussant les épaules. Merci d'être venu me trouver au jardin.

Il la fixa, ahuri. Depuis cinq ans qu'il la connaissait, le mot « merci » n'avait jamais franchi ses lèvres. Jamais elle n'avait remercié qui que ce soit. Elle estimait en effet faire partie des privilégiés et attendait des autres qu'ils soient à son service, sans penser une seule seconde qu'elle devait leur en être reconnaissante.

Au fond, il pourrait tout à fait s'habituer à la présence de cette nouvelle Victoria…

Époussetant son pantalon, il lui souhaita une bonne journée et regagna la maison, perplexe. Quelles autres surprises le voyage de Victoria vers la guérison allait-il lui réserver et combien de temps resterait-elle ainsi ?

- 4 -

Ce soir-là, alors que Victoria dînait en compagnie de Wade dans la salle à manger, une évidence s'imposa à elle face à l'immense table de quarante-huit couverts autour de laquelle ils se trouvaient : son mari devait découvrir une façon de vivre moins guindée. Cela dit, la nourriture était délicieuse, songea-t-elle, fermant les yeux pour mieux savourer le goût du homard frais.

— Mmm... Que c'est bon ! s'exclama-t-elle, la bouche pleine.

— Je suis heureux que ce soit à ton goût, répondit-il.

Et à ces mots, elle vit un curieux éclair traverser son regard.

— Comment ta réunion s'est-elle passée ? s'enquit-elle.

— Très bien. C'était juste une formalité pour finaliser les plans. John nous a montré ses esquisses des aménagements paysagers et Mac nous a rappelé quand les travaux devaient être finis.

— Des aménagements paysagers ?

Et elle eut un flash : une femme assise sur le rebord d'une fenêtre, nez plongé dans une rose, un doux sourire aux lèvres, avec en arrière-plan un fabuleux coucher de soleil. L'image déclencha aussitôt des battements sourds dans sa tête.

— Oui, confirma Wade en reprenant du homard. Et

je suis incapable de dire s'il manque quelque chose ou non, si des modifications sont nécessaires ou pas.

Elle hocha la tête, but une gorgée d'eau, espérant que les élancements dans son crâne allaient se calmer.

— Aimerais-tu voir les plans ? demanda-t-il. Tu trouverais peut-être ce qui manque et nous aurait échappé. Tu as semblé apprécier la cascade aujourd'hui et avoir de bonnes idées pour l'endroit où installer des bancs.

Elle braqua les yeux sur lui, surprise de sa proposition.

— Sérieusement ? Tu veux *mon* avis ?

— Oui. Sauf si tu n'en as pas…

— Oh si ! J'adorerais voir ces plans !

Pour la première fois depuis qu'elle s'était réveillée de son coma, son mari manifestait l'envie de se rapprocher d'elle et lui offrait d'entrer dans son monde professionnel. C'était peut-être un premier pas vers la reconstruction de leur relation et le rétablissement de la confiance entre eux ?

Ils mangèrent pendant quelques instants en silence et elle en profita pour observer l'imposante salle à manger, ses lambris, son chandelier en cristal à trois niveaux au-dessus de la table et les quarante-six chaises vides. Tout était si apprêté !

— Est-ce que tu… Prenons-nous toujours nos repas ici ?

— C'est toi qui en avais décidé ainsi.

Et à son ton plus que sec, elle devina qu'il n'approuvait pas forcément son choix.

— N'y a-t-il pas une cuisine ?

Il haussa un sourcil, surpris par la question.

— Si, bien sûr, c'est là où le dîner a été préparé.

— Non, je voulais dire, une table dans la cuisine, plus petite que celle-ci ? Ou un bar avec de hauts tabourets ? Enfin, un endroit où juste deux personnes peuvent s'asseoir pour manger. Un endroit pas si… cérémonieux que celui-ci.

Wade parut perplexe, comme si l'idée ne lui avait jamais traversé l'esprit ou qu'il n'avait pas imaginé une telle requête de sa part. Elle-même n'était plus très sûre de comprendre pourquoi elle préférait à présent un environnement moins prétentieux. Après avoir été mariée huit mois à Wade, elle aurait dû être habituée au côté guindé de la salle à manger, d'autant plus que c'était elle qui l'avait souhaité.

— Je crois que c'est possible, finit-il par dire.

Se concentrant alors de nouveau sur son plat, elle reprit :

— Arrive-t-il que toutes ces chaises soient occupées ?

— Parfois, oui.

— Waouh ! Cela fait beaucoup de pizzas !

Alors qu'il allait porter sa fourchette à la bouche, il s'arrêta et se pinça les lèvres dans un sourire.

— Tout à fait ! D'ailleurs nous ne servons que les meilleures, et surtout pas celles aux piments farcis, répondit-il d'un ton pince-sans-rire.

— Ravie de l'entendre. Ni celles avec des anchois, j'espère.

— Ni celles-ci, naturellement.

Et il termina sa bouchée.

— Depuis combien de temps habites-tu ici ? demanda-t-elle.

Il se tamponna les coins de la bouche avec sa serviette en lin avant de répondre :

— En fait, c'est la maison familiale. Mon grand-père a fondé la société, et comme elle lui a plutôt bien rapporté, il a fait construire une grande demeure avant sa mort. Plus tard, mon père a ajouté les ailes ouest et est. C'est très pratique pour les réunions qui durent plusieurs jours, car les participants peuvent loger ici sans qu'il soit nécessaire pour eux d'aller à l'hôtel. Nos associés de l'étranger préfèrent cette solution.

— Mais quand il n'y a personne, c'est une immense résidence pour un couple, non ? Tu ne t'y es jamais senti seul ?

Il haussa les épaules.

— On arrive toujours à se faire à tout. J'ai vécu ici presque toute ma vie d'adulte. Je pars souvent en voyage pour le travail, et pour tout te dire, je ne me suis jamais posé la question. J'ai par ailleurs d'autres maisons, un appartement à New York, une villa à Rome, et un pied-à-terre à Londres. Je séjourne là où m'appellent les affaires.

— Donc… Tu es ici en ce moment à cause de moi ?

— Essentiellement.

Sans qu'elle sache trop pourquoi, sa réponse l'attrista. Quelles choses importantes avait-il dû annuler à cause d'elle ?

Elle lui jeta un regard à la dérobée tandis qu'il baissait de nouveau les yeux sur son assiette. Il était d'une virilité incroyable, et avec cette mèche qui lui tombait sur le front, son teint hâlé et son regard mystérieux, il donnait l'impression qu'un mauvais garçon tapi en lui attendait l'opportunité de surgir. Quel contraste avec l'image que l'impeccable et si poli M. Masters donnait à voir au monde ! Ses yeux semblaient lui dire qu'il désirait la savourer pour le dessert… Elle avait eu la même sensation ce matin, quand il l'avait embrassée dans le jardin. Ce n'était qu'un léger baiser, mais il aurait tout à fait pu dégénérer de façon incontrôlable. Finirait-il par lâcher la bride à ses instincts et laisser la passion guider ses actes ? Libérerait-il un jour la bête qui sommeillait en lui ?

Elle but une gorgée d'eau, résolue à maîtriser son imagination.

— Parle-moi de ta famille, reprit-elle. As-tu des frères et sœurs ? Des parents ?

— Mes parents sont tous les deux décédés, et j'ai trois frères cadets. Cole fait également partie de l'affaire familiale, il s'occupe d'une branche différente. Chance a récemment quitté l'armée pour gérer le ranch familial, à Calico Springs. Quant à Seth, il vit en Californie. Nous essayons de nous réunir au moins deux fois par an et de nous rendre visite les uns les autres dès que nous le pouvons. Hélas, cela fait deux ans que je n'ai pas eu l'occasion de voir Seth. Mais nous restons en contact par téléphone ou Skype.

— Vous avez tous grandi ici, dans cette maison ?

— Non. On a vécu sur le ranch, dans notre enfance.

À cet instant il hésita, comme s'il se demandait s'il devait en dire davantage ou pas.

— Continue, je t'en prie, l'encouragea-t-elle.

— Eh bien... Ma mère venait d'une famille de fermiers. Elle avait appris dès son plus jeune âge à respecter la terre, et tenait absolument à ce que ses enfants grandissent dans le même environnement. Mon père a fini par accepter, et juste avant la naissance de Chance, il a construit un ranch sur des terres que possédait sa famille. Nous avons fréquenté les écoles locales et grandi dans d'immenses espaces, à dos de cheval. Seth est notre demi-frère, il est né et a grandi à Los Angeles.

Il se tut et regarda fixement le mur le plus éloigné de la pièce. Visiblement, il était bien loin d'ici, se dit-elle. Sur les terres de son ranch, peut être, à chevaucher avec ses frères ?

— Selon mes parents, toute personne doit connaître la valeur d'un dollar, même si elle naît dans un milieu privilégié, reprit-il. Mes frères et moi avons donc appris à réparer des clôtures, à nourrir les animaux, à prendre des responsabilités pour la gestion du ranch. Plus tard, après nos études, notre père nous a tous initiés au monde des affaires. Et une chose menant à l'autre, voilà où je me retrouve aujourd'hui.

— Tu n'es jamais retourné au ranch ?

— Si, je m'y rends quelquefois, mais cela fait presque un an que je n'y suis pas allé.

— Tu devrais. Une semaine ou plus là-bas te permettrait de revisiter tes souvenirs. Et voir si tu es encore capable de tenir sur le dos d'un cheval ! conclut-elle, moqueuse.

Wade se mit à rire et une lueur amusée brilla dans ses yeux.

— Peut-être, dit-il.

— Qu'est-ce que…

Elle s'éclaircit la voix et reprit :

— Et moi, qu'est-ce que je faisais, pendant que tu t'absentais pour le travail ?

— Eh bien… Je ne crois pas que tu faisais quoi que ce soit.

— *Quoi* ?

Elle fronça les sourcils, et reposa sa fourchette sur l'assiette cerclée d'or.

— Je devais tout de même faire quelque chose, murmura-t-elle. Enfin, je veux dire, personne ne peut rester à se tourner les pouces toute la journée.

Wade haussa les épaules.

— Tu faisais du shopping, voyais des amis, te rendais chez le coiffeur. En réalité, je ne sais pas vraiment.

Elle lui adressa un regard choqué.

— Je ne travaillais pas ? Je ne m'occupais d'aucune association caritative ? Je n'organisais aucun vide-greniers ? Je ne creusais pas des trous dans le jardin, que sais-je ? Je ne faisais *rien* ? C'est dingue, ça !

— En fait, nous ne nous voyions pas beaucoup, toi et moi. En règle générale, je passe la moitié de l'année en déplacements, et quand je ne suis pas à l'étranger, j'ai des réunions ou je travaille dans mes bureaux en centre-ville, où je possède aussi un appartement. De temps à autre, nous assistons ensemble à un événement mondain, mais même lors de ces occasions, tu restes avec tes connaissances et moi avec les miennes.

Elle ouvrit la bouche et la referma. Elle était incapable de se représenter la vie qu'il lui décrivait tant elle lui paraissait horrible. Ne rien faire de ses journées… Enfin les occuper en frivolités. Qui plus est, cela n'avait pas de sens, pour un couple marié récemment !

Au fond d'elle-même, elle savait bien qu'elle n'était pas le genre de femme à se cacher toute la journée dans une grande maison comme celle-ci. Quant à Wade, pourquoi ne passait-il pas plus de temps avec elle et ne profitait-il pas de temps à autre de l'existence ? Tout le monde avait besoin de se détendre, de rire, de rêver.

Elle l'observa avec attention. Elle ne voyait pas un homme heureux et content de la vie qu'il menait. Il était d'une politesse exquise, beau, riche et pourtant extrêmement seul. Et un détail l'intriguait : pourquoi l'avait-il épousée, s'il ne passait pratiquement pas de temps avec elle ? Était-elle une prise qu'il convoitait depuis des années, mais dont il ne savait plus quoi faire à présent qu'il l'avait épousée ?

Tout cela était d'une tristesse tragique. À commencer par le fait qu'il ne retourne que très rarement sur les lieux de son enfance et n'entretienne que des liens lâches avec ses frères, qu'il ne devait voir, en dépit de ses affirmations, qu'en cas d'urgence.

Comment pouvait-il passer son temps à parcourir le monde sans avoir un réel foyer où se ressourcer ?

Il y avait là un mystère sur lequel elle allait se pencher sérieusement. Plus tard.

— Le dîner était excellent ! déclara-t-elle. Je ne m'étais pas rendu compte que j'étais si affamée.

Un vieil homme entra à cet instant dans la salle à manger et demanda poliment si l'un ou l'autre prendrait un dessert. Elle déclina l'offre.

— Pas pour moi, merci, je suis repue.

— Moi non plus, Jacob. Le dîner était excellent, merci.

L'homme hocha la tête, prit les assiettes et sortit.

— Alors, tu as envie de voir les esquisses dont je t'ai parlé ? demanda Wade.

— Tout à fait !

Sa migraine avait légèrement régressé et elle n'aurait pas manqué une occasion de passer du temps en compagnie de Wade.

Il posa la main dans le creux de ses reins et la guida à travers de longs corridors. Cette sorte de promenade dans l'immense demeure en sa compagnie était curieuse, mais pas du tout déplaisante. Il s'arrêta devant une double porte et ouvrit un battant pour elle. Comme tout dans cette maison, son bureau était spacieux. Wade se rendit directement vers un meuble à tiroirs, en sortit un tube contenant les dessins dont il lui avait parlé et les déroula sur sa table de travail. Elle le rejoignit et se pencha sur le premier. Il avait raison : il manquait quelque chose. À commencer par de la couleur, il n'y en avait aucune.

— Les cottages seront-ils blancs ? demanda-t-elle.

— Oui, répondit-il en se rapprochant de son dos au point que la chaleur de son corps se communiqua au sien. Enfin, plutôt crème. L'idée est d'utiliser la palette des couleurs propre à l'île. Ainsi, les plantes tropicales en constitueront la base principale. Et je crois avoir compris qu'il y vivait plus de trois cents espèces d'oiseaux, outre les perroquets et les aras.

De nouveau, elle se sentit enveloppée d'un nuage de chaleur encore plus intense que le premier, et dut lutter contre les élans de désir que la proximité de Wade suscitait en elle. Elle examina les autres dessins, s'efforçant de demeurer concentrée. Les murs des cottages étaient tous en pisé, mais les portes étaient différentes, ce qui rendait chaque habitation unique.

— Qu'en penses-tu ? s'enquit Wade.

— Ces dessins sont… bien.

— *Bien* ? Victoria, dis-moi s'il te plaît ce que tu en penses vraiment.

Son souffle chaud lui caressa l'oreille, et sa voix de baryton la fit frissonner. Soudain, elle se rendit compte qu'elle en avait oublié de respirer.

Secouant la tête, elle se retourna et se retrouva coincée entre le bureau et Wade. Le haut de son crâne étant à la hauteur de son menton, elle dut lever les yeux pour le regarder… Elle se heurta alors à son regard brun qui l'enveloppait, et ils se contemplèrent pendant quelques instants, comme si le temps s'était arrêté…

Elle haussa brusquement les épaules.

— Qui suis-je pour donner mon avis sur un complexe balnéaire qui vaut des millions ? demanda-t-elle dans un murmure. Je ne me souviens même pas de mon nom !

La bouche de Wade était si proche, si tentante, et sa barbe de fin de journée qui renforçait sa masculinité la troublait tellement…

Elle eut la sensation que s'allumait en elle un feu de forêt attisé par le vent, et sous cette impression, sa poitrine gonfla, sa respiration devint saccadée. Pourquoi était-elle donc incapable de détourner le regard de ses lèvres si attirantes ?

Lentement, il pencha la tête vers elle, approchant sa bouche de la sienne…

Une sorte d'alarme se déclencha alors en elle, lui rappelant qu'elle s'apprêtait à accepter quelque chose sans être certaine d'être vraiment prête pour. Or, si elle franchissait cette ligne, aucun retour en arrière ne serait possible. Bien que Wade Masters soit son mari, elle ignorait totalement qui il était, la nature de leur relation avant l'accident.

Elle serra les poings, résolue à ne pas poser les mains sur son torse et ne pas se hausser sur la pointe des pieds pour l'embrasser. Avec plus de détermination qu'elle n'aurait cru en avoir, elle se retourna vivement vers les dessins et, sous prétexte de les regarder de plus près, prit une longue inspiration pour lutter contre le désir grandissant de se retrouver dans les bras de cet homme charismatique en diable.

Puis elle s'éclaircit la voix et reprit :

— Si tu veux que les cottages se fondent dans le paysage de l'île, il faudrait que certains soient peints en ocre, pour refléter la couleur du sable. D'autres devraient être dans un ton pêche pâle, ou orangé. Et ce serait bien que toutes les nuances d'un coucher de soleil tropical soient représentées. Peut-être aussi du bleu turquoise sur quelques-uns serait de mise afin de rappeler l'océan. Les plantes en fleurs ressortiront sur le mur tant qu'elles ne sont pas de la même couleur. Et comme chaque bungalow a une cour privée, on a envie de s'y installer dans un hamac, un cocktail au jus de coco à la main. Si tu pouvais trouver des hamacs fabriqués sur place, tu pourrais éventuellement en mettre un ou deux dans chaque cottage. Je ne crois pas que cela constitue une grande dépense et je pense que les vacanciers apprécieraient. En tout cas, moi, il est certain que j'apprécierais.

Elle sentit alors les mains de Wade glisser sur son dos et se plaquer sur ses hanches tandis qu'il se penchait sur les dessins…

— Et ici, poursuivit-elle en passant à un autre dessin, bien décidée à ne pas fondre sous ses caresses et son odeur si masculine, il faudrait planter des palmiers, à l'avant et à l'arrière de chaque bungalow. Ceux-ci devraient d'ailleurs être disposés autrement, de façon moins régulière, un peu au hasard, comme s'ils constituaient un élément naturel.

Elle sentait le regard de Wade braqué sur sa nuque et, quand elle tourna la tête, elle rougit affreusement, saisie par l'intensité de ses prunelles dorées.

— Excuse-moi ! s'exclama-t-elle. Je n'aurais jamais dû dire cela, n'y fais pas attention !

— Au contraire, j'ai très envie de te prêter mon attention, répondit Wade d'un ton grave en approchant sa bouche de la sienne. *Toute* mon attention…

Quand bien même l'aurait-elle voulu, elle n'aurait pu bouger. Seulement… Elle ne le désirait nullement, aussi saisit-elle le col de la chemise de Wade des deux mains, s'accrochant à lui comme à une bouée de sauvetage. Elle poussa un léger gémissement quand il pressa ses lèvres contre les siennes et introduisit sa langue en elle, tout en enserrant son visage. Il se mit alors à respirer plus rapidement, et elle perçut l'émotion intense qui venait de prendre possession de lui, ce qui provoqua un plus grand trouble encore chez elle.

Bien trop tôt à son goût, il détacha sa bouche pour plonger ses yeux brûlants dans les siens. Elle crut qu'il allait de nouveau l'embrasser mais un froncement assombrit son beau visage, comme s'il évaluait le bien-fondé de ce baiser, et un curieux scintillement dans ses yeux lui donna à penser qu'il le regrettait. Même si elle ignorait pourquoi, elle sut que son intuition était juste puisqu'il recula de quelques pas, et s'écarta d'elle. Sa bouche n'était plus désormais qu'une ligne crispée… Elle déglutit avec difficulté, envahie par un sentiment de vulnérabilité absolue.

Ne sachant que dire, elle opta pour le silence et, après avoir jeté un dernier coup d'œil à Wade, se dirigea vers la porte.

— Victoria…

— Je crois que les cottages couleur crème seront parfaits, comme ton designer l'a imaginé, dit-elle sans se retourner. Ils sont très beaux ainsi.

Et sur ces mots, elle quitta la pièce.

— Victoria, attends !

Mais elle poursuivit son chemin, le cœur battant, luttant contre la tentation de revenir en arrière et de commettre quelque chose de vraiment stupide.

Elle devait être réaliste ! D'après ce qu'elle comprenait, juste avant l'accident, ils en étaient à l'acte final d'une procédure de divorce compliquée, ce qui expliquait son hésitation à la toucher, sa distance envers elle, et pourquoi elle avait même parfois l'impression qu'il la détestait. Elle aurait tant aimé qu'il lui raconte ce qui s'était passé entre eux ! S'il souhaitait qu'ils se séparent, elle ne pouvait rester dans cette demeure. Elle devait bien avoir quelques compétences qui lui permettraient de gagner sa vie, non ?

S'engouffrant dans l'ascenseur, elle ressentit la même frustration qu'à son arrivée face à cette mémoire qui l'avait désertée, accentuée cette fois par la façon dont son corps réagissait en présence de Wade. Sa migraine était revenue de plus belle. Aussi, une fois dans sa chambre, se précipita-t-elle sur sa boîte de comprimés.

Une franche discussion s'imposait entre Wade et elle. Si elle représentait un fardeau pour lui, s'il n'existait aucun amour entre eux, il était impératif qu'elle parte avant de tomber amoureuse de lui !

Wade regarda fixement la porte que Victoria venait de refermer derrière elle. Qu'est-ce qui lui avait pris, bon sang ? Jamais il n'avait eu la moindre intention de l'embrasser. Même avant l'accident, si cette idée lui avait traversé l'esprit, cela lui aurait semblé particulièrement ridicule. Certes, elle était séduisante, mais elle ne l'avait jamais attiré le moins du monde auparavant. Elle possédait toutes les qualités pour être l'épouse parfaite d'un millionnaire : la beauté, la grâce et le charme quand la situation le demandait. Elle n'éprouvait par ailleurs aucun scrupule quant à son rôle de prétendue épouse, et dans leur contrat, il n'était stipulé nulle part qu'ils devaient s'apprécier. De fait, ils se voyaient rarement et, à sa connaissance, elle ne lui accordait aucune attention. Et pourtant, depuis qu'elle s'était réveillée de son coma, il sentait son charme opérer sur lui de façon inexplicable. Il ne pouvait s'empêcher de fixer sa bouche quand elle s'exprimait au point de ne pas même écouter ce qu'elle lui disait. Ses yeux avaient la nuance des iris que sa mère faisait pousser dans son jardin, d'un bleu lavande, proche de l'améthyste ; ils étaient littéralement fascinants. Comment pouvait-il ne pas les avoir remarqués auparavant ?

Ses yeux se posèrent sur les esquisses étalées sur son bureau. Les suggestions qu'elle avait formulées étaient remarquables, et il en ferait part à son architecte.

Cela dit, depuis qu'il la connaissait, c'était la première fois qu'elle s'intéressait à son travail, et cela lui semblait louche ; elle avait radicalement changé, et il flairait le piège. Cette nouvelle Victoria devait être forgée de toutes pièces, il n'y avait aucune autre explication possible. Et comme elle ne faisait jamais rien gratuitement, il devait s'attendre à des problèmes sous peu.

Si elle feignait l'amnésie pour mieux le prendre dans ses filets, c'était réussi ! En sa présence, il était obsédé par l'idée de se rapprocher le plus possible d'elle. Quand elle s'était mise à commenter les dessins, il était déjà dur comme du bois. Et lorsqu'il la regardait dans les yeux, il ne se demandait même plus pourquoi elle l'attirait si fort. Qu'est-ce que cela pouvait bien faire, puisque ce qu'il désirait plus que tout, c'était la savourer, la pénétrer et encore bien plus que ça. En réalité, il souhaitait qu'elle reste comme elle était aujourd'hui, avec ou sans mémoire !

Jamais, dans ses relations précédentes, il n'avait éprouvé un tel désir pour une femme, mais en l'occurrence, le nuage de suspicion qui avait plané sur toutes ses liaisons après Cynthia, à qui il avait été fiancé deux ans auparavant, semblait s'évaporer, ce qu'il n'aurait jamais cru possible.

Soudain, sa gorge se serra alors que les souvenirs qu'il avait refoulés depuis si longtemps remontaient… Cynthia était allée jusqu'à feindre une grossesse pour s'assurer qu'il l'épouserait ! Mais le père de celle-ci, avant le mariage, lui avait avoué le stratagème, et il avait ressenti un désarroi total face à la trahison de Cynthia. Aujourd'hui encore, la colère le submergeait rien que d'y penser. Il l'avait aimée…

Victoria, elle, il ne l'avait jamais aimée. Elle avait toujours considéré les autres comme ses subalternes, et sa quête incessante pour être admise dans les cercles fermés de la bonne société l'avait endurcie. Elle était devenue impitoyable dans sa détermination à recouvrer le statut initial de sa famille et était à présent une personne froide, cynique et calculatrice. Enfin, tout au moins avant son accident, parce qu'aujourd'hui…

Il ne comprenait pas.

Certaines questions qu'elle lui avait posées l'avaient plongé dans la perplexité. Ainsi, elle avait paru fort surprise d'apprendre qu'elle n'exerçait pas de métier, alors que travailler était impensable pour la Victoria du passé. Par ailleurs, c'était la reine du shopping, toujours tirée à quatre épingles ; rien à voir avec la Victoria d'aujourd'hui.

Décidément, cette transformation était des plus

bizarres. Un coup sur la tête pouvait-il entraîner un tel changement de personnalité chez une personne, ou plutôt en faire éclore une autre tout à fait à l'opposé ? Il avait réellement besoin de s'entretenir avec le Dr Meadows, mais dans la mesure où il ne s'agissait pas d'une urgence, il devrait attendre jusqu'au prochain rendez-vous. D'ici là, il ne lui restait qu'à patienter et observer. Si elle lui jouait un numéro, un jour ou l'autre, elle allait bien finir par commettre un impair, c'était inévitable.

Il croisa les doigts, tel un enfant, souhaitant tout au fond de lui que l'affreuse Victoria ne resurgisse pas.

En même temps, il avait besoin de réponses, et il avait beau se creuser les méninges, il ne comprenait pas.

Pourquoi aurait-elle monté un tel canular ? Ce devait être lié à l'argent. Avec Victoria, c'était toujours le nerf de la guerre. En l'occurrence, il n'arrivait pas à deviner ses desseins. Pas pour l'instant, du moins.

- 5 -

Avant de se coucher, Victoria contempla un long moment le tableau accroché au-dessus de la cheminée dans sa chambre. Elle ne percevait toujours rien qui lui aurait rappelé qui que ce soit. Les seuls sujets étaient une enfant et son chien dans un paysage qui occupait l'essentiel de la toile. L'artiste, Charles Burton Barber, avait signé dans l'angle droit. Aussi, pourquoi en le regardant le nom de Murphy était-il revenu à sa mémoire ? Elle ne voyait aucune explication rationnelle. Elle aspira une grande bouffée d'air puis expira, frustrée. Les souvenirs bouillaient quelque part dans son cerveau, elle les y sentait presque tournoyer, cherchant la sortie. Comment pouvait-elle donc les libérer ?

Des coups légers frappés à sa porte l'arrachèrent à ses efforts de concentration.

— Entrez.

Wade apparut et resta sur le seuil.

— Je voulais m'assurer que tu allais bien, dit-il. Tu es partie si vite.

— Je vais bien. Merci de m'avoir permis de voir les esquisses. Ce complexe balnéaire sera formidable.

Il resta silencieux quelques secondes, comme s'il voulait dire quelque chose mais hésitait, puis finit par acquiescer.

— J'espère que tu dis juste. En tout cas, je transmettrai tes suggestions à qui de droit, car je les trouve fort judicieuses.

Il donna un léger coup de poing contre le chambranle et ajouta :

— Bon. Je vais te laisser. Dors bien.

— Toi aussi. Bonne nuit.

Renonçant pour ce soir à trouver des réponses à ses questions, elle se glissa entre les draps, mais une fois allongée, elle ne put s'empêcher de revivre la scène dans le bureau de Wade. La chaleur de son corps contre son dos, la façon dont ses lèvres bougeaient quand il s'exprimait… Elle avait tant espéré qu'il l'embrasse à nouveau, lui donne un long, lent et profond baiser…

Assez ! Il ne restait plus que quelques jours avant son rendez-vous avec le Dr Meadows, et elle ne serait certainement pas à court de questions !

Tout semblait bouger au ralenti, notamment les nombreuses nuances de rouge étalées sur la vitre en face d'elle, ce qui l'empêchait de distinguer l'extérieur. Elle était incapable de dire qui se tenait derrière. Elle tenta d'effacer les couleurs, mais ne réussit qu'à brouiller le tout et à obtenir un gris insipide et morne. Des bris de verre volèrent alors au-dessus de sa tête, sifflèrent dans l'air avant de revenir comme un boomerang vers elle et de lacérer sa peau avec la précision d'un rasoir…

Elle entendit un hurlement, des cris qui se répétaient. Les siens ? Ceux de quelqu'un d'autre ? Elle n'aurait su le dire. Était-elle donc la seule à les percevoir ? Il fallait qu'elle aille chercher de l'aide, qu'elle trouve quelqu'un, mais elle était incapable du moindre mouvement. Encore une fois, elle regarda la vitre qui s'était transformée en miroir, et elle vit, impuissante, le sang couler sur son visage tandis que des sirènes hurlaient autour d'elle.

Tout était déformé, le monde était sens dessus dessous, le visage dans le miroir parlait, mais elle ne comprenait pas les mots qui sortaient de sa bouche. Une voix masculine lui assura alors plusieurs fois qu'on allait la libérer rapidement, qu'elle devait tenir bon. Mais elle était si fatiguée, la douleur qu'elle ressentait à la tête si insupportable qu'elle préféra se laisser happer par l'obscurité. Pourtant, elle devait respirer, aspirer suffisamment d'air afin de pouvoir crier pour que quelqu'un l'entende. Mais la nuit était plus puissante qu'elle et, telle une vague dévastatrice, l'emportait, lui apportant en même temps l'apaisement… Du cran, elle devait tenir ! s'enjoignit-elle subitement. *Non, s'il vous plaît !*

Elle sentit soudain la chaleur de deux bras vigoureux l'enlacer, et la pénombre se dissipa. Elle enfouit le visage dans l'épaule musclée de l'homme qui la tenait, tandis qu'elle criait, pleurait, tremblait, puis s'accrocha à lui, avide de sa force, redoutant qu'il ne la laisse seule.

— Victoria !

La voix de Wade, bien réelle, entra par effraction dans son cauchemar.

— Tout va bien, allez, réveille-toi. Tu es en train de faire un mauvais rêve, ne crains rien, tu es en sécurité.

Ses mots apaisants et la chaleur de son corps firent peu à peu reculer l'effroi en elle… Clignant des yeux, elle retrouva alors l'environnement familier de sa chambre : elle était dans son lit, où Wade l'étreignait, protecteur. Elle aurait dû être embarrassée de l'avoir réveillé, mais elle se sentait si bien dans ses bras, et il l'y tenait si fort… Elle prit une grande bouffée d'air pour retrouver son calme et chasser les derniers frissons de peur qui la traversaient.

— C'était affreux, murmura-t-elle, la joue posée contre le torse nu de Wade. Je ne pouvais plus ni bouger ni respirer.

Il resserra son étreinte et traça des petits cercles dans son dos pour l'apaiser.

— Oui, je t'ai entendu crier.

Elle ne se souvenait plus de rien, à part des taches rouges partout, d'une sensation de douleur. Avait-elle revécu l'accident ? Sans doute. Dans ce cas, peut-être était-elle sur le chemin de la guérison.

La réalité reprit peu à peu ses droits, et elle se redressa, s'écartant de Wade. D'un geste tendre, il essuya ses larmes.

— Wade, je…

Mais sa phrase resta en suspens car il venait d'effleurer ses lèvres des siennes, un contact aussi doux que la caresse d'une plume…

Il s'écarta, plongea ses yeux dans les siens, et elle crut lire dans ce regard la lutte qu'il menait contre lui-même. Elle posa alors la main sur son beau visage, observant elle aussi les lignes qui soulignaient ses traits et rajoutaient à son charme. Poussant un sourd gémissement, il l'embrassa de nouveau, de manière plus passionnée cette fois, cherchant à mêler sa langue à la sienne. Elle ne lui opposa aucune résistance. Alors il la serra un peu plus contre lui tandis qu'il explorait sa bouche, avide, fervent…

Une explosion de sensations éclata en elle. Wade avait le goût du café et d'un soupçon de vanille, et surtout celui d'un homme au sang chaud. Il recouvrait entièrement sa bouche, puis s'écartait un peu pour mieux revenir à l'assaut, ses lèvres à la fois douces et impérieuses. Son odeur l'enveloppait, son ardeur stimulait son propre désir… À cet instant, elle ne rêvait que de s'abandonner dans ses bras.

Elle avait la sensation d'être toute légère, comme si elle flottait sur un nuage, et en même temps la température montait en elle… Toute pensée raisonnable voletait quelque part dans un abysse…

Elle se rendit soudain compte que Wade était allongé sur elle, et elle sentit la force de son érection contre son ventre. Alors, impatiente de le sentir en elle, elle changea légèrement de position pour s'offrir à lui.

Et brusquement, dans un grognement, il se redressa et s'assit, la laissant en proie à un désir fou non assouvi.

Le souffle court, il la regarda avec intensité, et elle vit les muscles de ses mâchoires tressauter. Et très vite, ce fut du regret qu'elle lut dans ses yeux.

Il se leva et passa la main dans ses cheveux.

— Je suis désolé, Victoria, dit-il d'une voix rauque.

Et avant qu'elle ait le temps de répondre, il quitta la chambre.

Elle se laissa retomber sur l'oreiller, le cœur battant à tout rompre. Que venait-il de se produire, au juste ?

Elle s'efforça de reprendre une respiration normale pour calmer les battements fous de son cœur... Et tenta de réfléchir.

Au moins, elle savait à présent sans l'ombre d'un doute que la passion était toujours très vive entre Wade et elle, et c'était plutôt rassurant : leur mariage n'était pas en péril. Elle finirait bien par le convaincre de lui raconter ce qui s'était passé entre eux pour qu'un tel mur les sépare.

Pourquoi ce baiser fougueux et cette fuite, alors ? Et pourquoi s'était-il excusé ? Parce qu'il avait été sur le point de lui faire l'amour ? Peut-être redoutait-il simplement de la blesser. Elle avait passé plusieurs jours dans le coma, quand même. Elle demanderait au médecin de lui certifier qu'elle allait bien.

Une chose restait gravée en elle : il la désirait, et pour l'instant, elle s'en contenterait.

Pour la première fois depuis l'accident, elle sentit l'espoir renaître en elle. Peu importait qu'elle retrouve ou non la mémoire, leur relation pourrait peut-être fonctionner.

Sur cette pensée, elle remonta le drap jusqu'au menton, la pièce lui semblant soudain très froide depuis le départ de Wade.

Mais bon sang, qu'est-ce qui lui avait pris ? se demandait Wade. Il n'accordait jamais grande importance à ses maîtresses ni à tout ce qui touchait leur vie privée, tant que cela n'affectait pas la sienne. Alors pourquoi avait-il embrassé Victoria, une femme qui ne se rappelait plus rien, pas même son nom, qui était tout juste sortie de l'hôpital et à peine remise de sa commotion cérébrale ? De plus, il était nécessaire qu'elle lui fasse confiance, du moins jusqu'à ce qu'elle recouvre la mémoire. Et lui, profitant de son cauchemar, s'était jeté sur elle tel un idiot affamé d'amour. C'était pathétique !

Une fois dans sa suite, il s'écroula sur son lit. Tout cela ne lui disait rien de bon. Il ne comprenait pas comment le cours des choses avait pu changer entre eux au point que Victoria l'attire subitement. Et ce, depuis son réveil à l'hôpital !

Au début, il avait mis sa réaction sur le compte de la compassion, réflexe purement humain envers une personne blessée, en détresse, mais cette pensée rationnelle s'était envolée lorsqu'elle l'avait invité à s'asseoir sur l'herbe, au jardin, lui, le génie vénéré de Wall Street ! Mais le pire, c'était qu'il avait adoré ce moment sur la pelouse, qui l'avait ramené directement à son enfance heureuse sur le ranch avec ses frères…

Il repensa au baiser qu'il venait de donner à Victoria, un baiser qu'il aurait voulu faire toujours durer… Pourquoi s'était-il emballé alors qu'il ne savait même pas si son amnésie était réelle ou feinte ? À chaque seconde passée en sa compagnie, ne s'enfonçait-il pas un peu plus dans la toile de duperie qu'elle savait si bien tisser ? Son seul espoir était à présent qu'elle parte au plus vite de chez lui pour éliminer la tentation de passer à l'étape supérieure, avec elle…

Son avocat lui avait déconseillé toute initiative susceptible de se retourner contre lui par la suite, notamment d'exiger son départ tant qu'elle n'était pas complètement guérie et en mesure de prendre soin d'elle. Cependant, si le Dr Meadows lui donnait son accord, il pourrait l'emmener passer quelque temps sur le ranch familial, ce qui résoudrait peut-être le problème. En dépit de son petit sit-in sur le gazon, il savait pertinemment qu'elle n'aimait pas la nature ou tout ce qui avait trait de près ou de loin à la vie à l'extérieur, même si elle affirmait le contraire aujourd'hui. Elle détestait notamment les animaux, et la campagne l'ennuyait profondément. Il n'arrivait toujours pas à comprendre pourquoi elle faisait désormais mine de s'y intéresser, mais nul doute que cela s'inscrivait dans une stratégie précise dont elle avait le secret. La question étant de savoir laquelle exactement.

Il le découvrirait peut-être une fois qu'elle aurait pris soin de quelques chevaux au ranch et nettoyé les écuries ! Plus il y pensait, plus l'idée lui semblait judicieuse : ils allaient faire un petit séjour là-bas. Elle devrait affronter la nature qu'elle disait aimer alors qu'elle la détestait, et lui, il se détendrait dans cet endroit qu'il aimait plus que tout. Quelque chose finirait bien par se passer, et ce ne serait pas lui qui en ferait les frais.

Quoi qu'il soit arrivé à Victoria, il devait se montrer prudent. Le rendez-vous chez le médecin avait lieu dans une semaine. Alors, à partir de maintenant, il éviterait Victoria au maximum. Il prétexterait un énorme travail, cela ne serait pas un mensonge.

Fort de cette résolution, il décrocha son téléphone.

— Curtis ? J'ai besoin de me rendre à New York pour quelques jours, vous pouvez préparer mon vol ?

— Pas de problème, je vais contacter le pilote. Dans deux heures, tout sera réglé. Cela vous convient-il ?

— Parfait, merci. Oh ! Curtis ? Autre chose.

— Oui, monsieur ?

— Emmenez Victoria faire du shopping. Elle s'est plainte de ne pas avoir de chaussures confortables. Faites aussi un tour dans d'élégantes boutiques de vêtements. Dites-lui que tel est mon souhait.

— Entendu, monsieur.

S'éloigner de Victoria était la meilleure solution, car s'il laissait la porte ouverte aux émotions, il pouvait dire adieu à sa vie si bien organisée…

Bon sang ! Pourquoi était-il obsédé par le besoin de se retrouver en présence de Victoria, de goûter à sa bouche si pulpeuse, de sentir son souffle chaud sur sa joue ?

Assez ! Il s'agissait là de pulsions primaires d'ordre purement sexuel, et il ne devait plus permettre que cette femme se joue de lui comme elle venait de le faire.

Le matin suivant, au petit déjeuner, Victoria fut informée par Curtis Shepherd, le majordome de la maison ainsi qu'il se présenta lui-même, que Wade avait été contraint de retourner à New York pour une affaire urgente. Il la priait de bien vouloir l'en excuser et lui assurait qu'il serait de retour à temps pour le rendez-vous avec le médecin.

Un doute l'assaillit alors : une affaire urgente appelait-elle vraiment Wade à New York ? N'était-ce pas une façon de l'éviter ? L'idée la déstabilisa un peu et l'attrista aussi. Était-il possible que Wade ait perçu la passion qui avait jailli entre eux la veille comme un élément négatif, un pas vers la reconstruction de leur mariage, ce qu'il ne souhaitait pas ? Elle n'avait pas eu l'opportunité de discuter avec lui de leur union, et d'ailleurs en avait-elle réellement envie ? Ah, tout cela la rendait folle ! Il faudrait bien qu'elle finisse par savoir. À son retour, elle aborderait le sujet avec lui, se promit-elle.

Curtis lui annonça aussi que Wade désirait qu'elle aille faire du shopping et achète des chaussures et tous les vêtements dont elle aurait besoin. Le majordome lui précisa qu'il l'accompagnerait. Soit. Mais elle n'avait besoin que d'une malheureuse paire de chaussures.

Son petit déjeuner terminé, elle décida de partir en mission « découverte ». Il y avait tant à voir sur la propriété. Le moment n'était-il pas venu de se refamiliariser avec cette immense maison ?

Elle commença par les cuisines.

Le chef et ses deux aide-cuisiniers étaient en train de préparer ce qui serait à coup sûr un autre repas spectaculaire. Surpris par sa présence, ils parurent tout de suite mal à l'aise. Elle en conclut qu'elle avait pénétré sur *leur* territoire et que c'était sans doute déplacé de sa part. Mais après qu'elle leur eut distribué quantité de compliments et de sourires, ils finirent par se détendre et parurent ravis et fiers de lui expliquer ce qu'ils étaient en train de préparer.

Une idée germa alors en elle. Peut-être que le chef lui indiquerait un endroit plus intime où Wade et elle pourraient désormais prendre leurs repas, au lieu de cette immense salle à manger si froide. Quand elle formula sa question, celui-ci la conduisait vers une alcôve située entre le corridor qui menait au bureau de Wade et l'ascenseur. Une immense baie vitrée l'éclairait, derrière laquelle se trouvait une fontaine. Uniquement meublé d'un canapé, c'était l'endroit idéal. Dès qu'elle pourrait se faire livrer une petite table et deux chaises, ce serait ici qu'elle demanderait désormais qu'on leur serve les repas.

Une fois de retour dans sa suite, elle communiqua à Curtis sa décision afin qu'il fasse les démarches nécessaires et, quelques instants plus tard, il lui annonça que le mobilier et le ficus requis serait livré le lendemain. Il lui proposa aussi de faire repeindre l'alcôve et d'en retirer le sofa. Elle donna son feu vert, tout excitée à l'idée de voir ce que cela allait donner, et se demandant surtout si Wade apprécierait.

Curtis lui rappela le shopping prévu l'après-midi, et même si elle n'entendait acheter que des chaussures confortables, elle le rejoignit à 14 heures comme convenu devant la porte d'entrée où était garée la limousine.

Deux heures plus tard, elle revenait avec deux sacs contenant chacun une paire de chaussures à son goût. Revigorée, elle posa les boîtes dans le dressing, enfila un bikini et se dirigea vers la piscine.

Le vol retour pour Dallas parut interminable à Wade qui avait bien conscience que Victoria était la cause de cette sensation, car il avait très envie de la revoir, ce qui était une première. À croire que c'était lui qui était tombé sur la tête !

— Nous allons bientôt atterrir, monsieur Masters, lui annonça le pilote.

Merveilleux ! pensa-t-il malgré lui. Un comble puisqu'il ne s'était jamais réjoui à l'idée de rentrer chez lui.

Après un atterrissage parfait, il s'engouffra dans la limousine qui l'attendait.

Il était assez tard quand il arriva à la maison, contrarié de n'avoir pu rentrer plus tôt en raison des réunions qui s'étaient éternisées à New York. Il faut dire qu'il ne les avait pas très bien préparées, ayant oublié une partie de ses dossiers à Dallas. Pour la première fois de sa vie, il avait négligé ses affaires, obsédé qu'il était par Victoria. Ce qui, évidemment, l'avait mis de mauvaise humeur.

Mais tout cela serait rapidement réglé. Le lendemain, il devait accompagner Victoria chez le Dr Meadows, et il aurait enfin des réponses à ses questions. Du moins l'espérait-il.

— Nous sommes arrivés, monsieur Masters, annonça son chauffeur avant de garer la voiture et d'ouvrir la porte. Je m'occupe de vos bagages. Bonne soirée, monsieur.

Wade lui souhaita une bonne nuit et se dirigea vers une petite porte latérale recouverte de vigne vierge, que personne ne connaissait. Il avait emprunté ce chemin tant de fois qu'il aurait pu le parcourir les yeux fermés.

Pour accéder à la porte cachée, quelques pierres plates avaient été disposées dans l'herbe. La première lui parut étrange sous le pied, et la deuxième encore pire : c'était comme si elles avaient été retirées, ce qui était absolument ridicule. À la troisième, il trébucha et manqua tomber. Il jura et comprit le problème : il pataugeait dans la boue. Où étaient donc passés les pavés ? Apparemment, quelqu'un avait décidé de mettre ces sables mouvants à la place, mais qui ? Victoria ? Non, pourquoi aurait-elle agi ainsi ? À sa connaissance, elle n'était pas paysagiste !

Arrivé à la porte, il tapa le code de sécurité et entra dans la maison, le pantalon maculé de boue, les pieds trempés, et une chaussure en moins, car restée dans la boue. Il retira bien vite l'autre, ainsi que ses chaussettes et comme son pantalon n'était pas en meilleur état, il l'ôta aussi. S'efforçant de tenir la bride à sa mauvaise humeur, il se dirigea vers l'ascenseur, et au bout de quelques pas, se heurta à un obstacle, trébucha et tomba dans un bruit de bois et de métal. Bon sang ! Qu'est-ce qu'une chaise fabriquait dans l'entrée ?

Se relevant, il se cogna la tête… au plateau d'une table ?

Prudent, il inspecta les alentours… et vit un arbre planté dans un pot qui faisait deux fois sa taille !

Ce fut lorsque la lumière s'alluma qu'il put apprécier la course d'obstacles qu'il venait d'effectuer : deux chaises en fer forgé dotées d'assises en bois, une table assortie et un fichu arbre. Il aperçut aussi des traces blanches sur ses mains et les manches de sa veste. Une odeur âcre de peinture lui monta soudain au nez.

— C'est vous, monsieur ?

Le chef cuisinier le regardait, les yeux comme des soucoupes — de toute évidence, le vacarme s'était entendu jusque dans les cuisines.

— Enlevez ce maudit arbre du milieu du couloir ! hurla Wade au chef qui obtempéra immédiatement.

Puis, sourcils froncés, il boita jusqu'à l'ascenseur. Quand les portes s'ouvrirent, un niveau plus haut, il fonça vers la chambre de Victoria où il entra sans frapper.

Elle était tranquillement assise sur son lit, en train de lire, et leva vers lui un regard de pure innocence. Son beau visage reflétait une certaine surprise, se demandant visiblement ce qui lui valait une visite aussi tardive. Et soudain, elle ouvrit tout grand les yeux, repoussa les draps et se précipita vers lui.

— Wade, que s'est-il passé ? Qu'as-tu fait de ton pantalon ? Mais tu es couvert de boue et…

Elle enleva une feuille de ficus et examina sa chemise.

— Et de peinture ! Oh ! mon pauvre chéri !

— *Mon pauvre chéri* ? N'aurait-on pas fait quelques achats pendant mon absence ? Quelques *réaménagements* ?

— Oh. Si, avoua-t-elle avec une charmante petite grimace. J'ai acheté deux paires de chaussures et… le coin dîner était censé être une surprise.

— Rassure-toi, c'est réussi !

— Nous n'avions pas de petite table pour prendre nos

repas, alors j'en ai acheté une, ainsi que deux chaises. Tu te souviens ? On en avait discuté un soir, pendant le dîner, et tu étais d'accord. J'ai trouvé un endroit parfait juste pour nous deux, il manquait simplement les meubles.

Elle se mordit la lèvre et ajouta :

— Curtis pensait qu'un coup de peinture s'imposait, donc j'ai demandé aux ouvriers de rassembler les meubles dans le corridor, ainsi que le ficus.

— Le *quoi* ?

— Eh bien, l'arbre en pot, c'est un ficus. Les peintres avaient besoin de place pour travailler.

Elle plissa les yeux et fronça de nouveau les sourcils.

— En fait, je ne vois pas très bien comment tu as pu ne pas le voir, fit-elle remarquer. Il fait au moins trois mètres cinquante de haut et il est presque aussi large.

— Oui, je sais, mais je ne peux pas voir les arbres, ni les meubles d'ailleurs, dans l'obscurité.

— L'obscurité ? La lumière ne fonctionne pas ?

— Si.

— Dans ce cas, je ne comprends pas.

Il inspira profondément, résolu à demeurer courtois.

— Il faisait noir, car je n'ai pas allumé la lumière. Je ne pensais pas en avoir besoin, c'était censé être juste un trajet jusqu'à l'ascenseur que j'ai déjà fait des milliers de fois.

— Tu ne vas quand même pas m'en vouloir parce que tu n'as pas allumé la lumière ? rétorqua-t-elle d'un ton incrédule. En outre, l'entrée aurait été dégagée si tu étais revenu le jour prévu, c'est-à-dire demain.

Elle avait raison, bien sûr. Cependant elle ne manquait pas d'audace à vouloir lui imputer la responsabilité de l'incident !

— Je suppose que c'est toi qui as retiré les pavés de la petite allée arrière ? demanda-t-il.

— On m'a aidée, mais oui. Il fallait que je les déplace pour planter un potager.

— Un... *potager* ?

— Tout à fait. Je compte cultiver des légumes. Je n'ai pas voulu sacrifier une partie du gazon, expliqua-t-elle comme s'il n'y avait que ces deux options. Tout ce que j'ai vu, c'était des pavés qui ne menaient nulle part, et qui ne me semblaient pas avoir une raison précise de se trouver là où ils étaient.

— Ils menaient à une porte intentionnellement dissimulée.

— Dans ce cas, pourquoi mettre des pavés ? Autant l'indiquer par une pancarte !

Il se passa la main dans les cheveux. Encore une fois, sa logique était implacable. Mais cette idée de potager était parfaitement extravagante : Victoria était une femme résolument urbaine.

— Demain, il faudra que tu m'expliques la nécessité d'un potager, ordonna-t-il, contenant difficilement sa colère.

Il aspira profondément, puis pivota sur ses talons, peu désireux de s'attarder dans cette chambre à une heure aussi tardive et à moitié nu, sentant de surcroît la peinture, pour discourir du bien-fondé d'un potager. Il avait encore mal au front pour s'être cogné contre la table, et tout ce qu'il désirait, c'était prendre une douche bien chaude.

Et il quitta la chambre de Victoria, convaincu qu'elle avait comploté pour le piéger et l'amener à perdre son sang-froid. Mission réussie ! Mais qu'à cela ne tienne, il aurait sa revanche au ranch.

- 6 -

La porte se referma derrière Wade et Victoria regarda la feuille de ficus qu'elle tenait encore à la main. Elle était sincèrement désolée qu'il ait eu tant de mal à pénétrer dans la maison à cause d'elle, mais il n'était pas censé arriver avant le lendemain. Elle avait l'intention de lui faire une surprise. C'était raté.

Elle retourna se coucher puis, éteignant la lumière, se mit à fixer le plafond. Une pensée l'obsédait. Après tout ce temps, elle se sentait toujours étrangère entre ces murs. Malgré elle, elle provoquait toujours des catastrophes, à commencer par l'alarme qu'elle avait innocemment déclenchée le premier soir. Tout était si réglementé dans cette maison ! Et puis comment avait-elle pu y passer huit mois sans rien faire, voilà qui dépassait son entendement ! Elle se faisait l'impression d'un oiseau captif d'une cage dorée, impuissante, ne pouvant y apporter le moindre changement. Elle vivait dans une maison *parfaite* avec un homme *parfait*. Tous les petits plats qu'on lui servait aux repas étaient *parfaits* et elle dormait dans un lit *parfaitement* moelleux. Or, elle détestait la perfection. Elle-même était loin de l'atteindre, et elle était certaine que le monde réel ne l'était pas.

Dire qu'elle avait compté les heures qui la séparaient de Wade, imaginant son sourire lorsqu'elle lui montrerait les transformations qu'elle avait faites… Au lieu de ça, tout lui avait explosé au visage. À en juger par la tête de Wade, il était vraiment furieux. Bien sûr, il avait quelques raisons de l'être. Seulement, il devait aussi comprendre qu'elle n'avait pas eu l'intention de le piéger.

Repoussant la couette, elle sortit de sa chambre et alla jusqu'à la suite de Wade. Après un moment d'hésitation, elle frappa à la porte, mais n'obtint pas de réponse. Elle recommença, frappant un peu plus fort cette fois.

La porte s'ouvrit brutalement et Wade se matérialisa sur le seuil, une serviette nouée autour des hanches et une autre enroulée sur la tête.

Avant qu'elle n'ouvre la bouche, il retourna dans sa chambre et se dirigea vers la salle de bains. Il ne lui avait pas claqué la porte au nez car il était poli, mais c'était tout comme. Elle respira profondément et pénétra dans l'antre du lion.

— Je tenais juste à m'excuser, dit-elle, espérant qu'il l'entendait. Il ne m'est pas venu à l'idée que tu pourrais rentrer plus tôt, ou dans la nuit. Ni que tu n'allumerais pas la lumière. Ni qu'il y avait une entrée secrète et que tu l'utiliserais.

Elle poussa un soupir.

— Franchement, Wade, si tu m'avais appelée, rien de tout cela ne serait arrivé.

Il revint dans la chambre, sa serviette toujours nouée autour de la taille. Il avait retiré celle du haut, et son épaisse chevelure ondulait autour de son visage, mais c'était surtout ses larges épaules qui retenaient son attention. Ses muscles roulèrent sous sa peau hâlée avec une précision bien huilée lorsqu'il posa les mains sur ses hanches.

Il haussa les sourcils, un éclat de défi brillant dans ses yeux.

— Et c'est ainsi que tu t'excuses ? lança-t-il. En m'accusant d'être à l'origine de la débâcle ?

— Pas du tout ! C'est moi la responsable. Je voulais juste souligner que tu aurais pu l'éviter.

— Pardonne-moi d'avoir un avis divergent, mais appeler chez moi pour prévenir de mon arrivée afin que l'on déplace un arbre de mon vestibule ne fait pas partie de mes préoccupations habituelles.

— Voilà pourquoi tu aurais dû allumer la lumière !

Il ouvrit la bouche pour répliquer, mais aucun mot n'en sortit. Il ferma les yeux quelques secondes, secoua la tête et poussa un soupir.

— Je suis désolée pour les taches de peinture sur ta veste, j'espère qu'elles partiront, dit-elle. Où est ton pantalon ?

Il la regarda d'un air étrange et plissa les yeux. Soudain, il s'avança vers elle et elle manqua battre en retraite… Wade était un homme imposant à maints égards, mais ce qui la submergeait actuellement, c'était l'incroyable odeur virile qui émanait de lui, d'autant que seules sa serviette nouée à la hâte sur ses hanches et sa propre chemise de nuit les séparaient… Mince barrière…

Toutefois, au lieu de se dérober, elle soutint son regard.

S'arrêtant à un mètre d'elle, il déclara :

— Je ne crois pas que la lumière, l'arbre ou un coup de fil que j'aurais dû passer soit la cause de tout cela.

Elle fronça les sourcils.

— Je ne comprends pas, répondit-elle.

— Vraiment ?

Et il prit son visage en coupe entre ses mains, lui caressant doucement la joue du pouce. Sans gros effort, il l'attira à lui.

Il retraça alors le contour de ses lèvres et baissa les yeux vers elles.

Elle retint un gémissement, son cœur s'emballa d'un coup, et son souffle se retrouva coincé dans sa gorge.

Wade se rapprocha à quelques millimètres et avança la bouche tout contre la sienne.

— En réalité, tu voulais attirer mon attention, n'est-ce pas ? Rassure-toi, Victoria, ça a marché.

— Je… Non, ce n'est pas du tout ce…

— La prochaine fois, dis-moi les choses plus clairement et je m'assurerai de te satisfaire. Ainsi nous éviterons les catastrophes.

Et sur ces mots, il captura sa bouche qu'il dévora littéralement tout en plaçant les mains au creux de sa nuque pour bien la maintenir contre lui. Qu'il ne s'inquiète surtout pas ! Elle n'avait pas d'autre envie que de céder au désir qui remontait le long de ses reins…

Sans cesser de l'embrasser, il l'enlaça et l'attira plus étroitement à lui, de sorte qu'elle sentit son érection contre son ventre. Alors, poussant un léger gémissement, elle posa les mains sur ses épaules et lui rendit son baiser, tout en se demandant comment elle avait bien pu oublier un homme comme lui.

— Tu me rends la tâche bien difficile, finit-il par murmurer contre son oreille. J'en oublie que tu es encore convalescente.

Lui donnant un dernier baiser dans le cou, il s'écarta d'elle et recula d'un pas.

— File, lui dit-il, tant que c'est encore possible… Car je lutte pour ne pas te soulever dans mes bras et…

Sa voix tremblait quand il conclut :

— Va-t'en, Victoria, s'il te plaît.

Elle pivota sur ses talons et obéit à contrecœur. Elle aurait tant aimé rester blottie dans ses bras !

De retour dans sa chambre, elle se jeta sur son lit et s'enroula entre les draps, bouleversée et néanmoins consciente qu'elle marchait sur le fil du rasoir. Que faire ? Céder à ses pulsions et faire l'amour avec son mari, ou attendre de se rappeler qui était réellement ce dernier et ce qui s'était passé entre eux avant l'accident ? Au fond, elle regrettait de lui avoir obéi et d'avoir regagné sa chambre, car à l'heure actuelle elle se serait trouvée dans ses bras et dans son lit, exactement là où elle aurait aimé être.

D'après ce qu'elle connaissait de lui, il était l'homme dont elle avait toujours rêvé, non pas à cause de sa fortune ou de sa puissance, mais juste parce qu'il incarnait l'homme dans toute sa beauté virile. Qu'avait-elle donc fait pour qu'il tienne à maintenir cette distance entre eux ? Et comment parviendraient-ils à surmonter le passé, une fois qu'elle l'aurait retrouvé ?

Victoria serra la main que le Dr Meadows lui tendait.

— Eh bien, madame Masters, comment allez-vous ?

— Bien, répondit-elle en lui souriant. Mes côtes sont encore un peu sensibles, mais vont bien mieux.

— Et vos migraines ?

— J'en ai encore quelques-unes, mais la plupart du temps, j'arrive à les gérer, d'autant qu'elles ne sont pas fréquentes.

— Et côté mémoire, y a-t-il des améliorations ?

— Pas vraiment. Une image surgit de temps à autre, ou bien un nom.

— Et vous pouvez retenir ces images ?

— Oui, mais je ne les comprends pas, je n'arrive pas à les reconnaître.

— Sa personnalité a subi des transformations, intervint Wade.

— Comme quoi ? s'enquit le Dr Meadows.

— Des éléments de sa personnalité tels ses goûts, ses opinions. Ses centres d'intérêt semblent également avoir changé. Maintenant, elle aime marcher pieds nus, s'asseoir sur la pelouse, sous les arbres. Avant l'accident, on ne l'aurait jamais surprise à se livrer à de telles extravagances.

— Mais c'est très agréable ! D'ailleurs toi aussi, tu devrais t'y mettre, répliqua Victoria.

— J'avais donné des instructions à mon majordome pour qu'il l'emmène faire du shopping, et il m'a rapporté qu'elle est désormais réticente à cette activité qu'elle adorait autrefois, poursuivit Wade sans la regarder.

Le Dr Meadows hocha la tête et prit quelques notes.

— Et elle a aménagé un potager, ajouta Wade. Elle a fait retirer les pavés d'une allée par mes employés pour mettre des plants de tomates à cet endroit. Vous comprenez ce que je vous dis, docteur ?

— Pas vraiment, non.

— Nous n'avons pas besoin de tomates, marmonna Wade.

Le Dr Meadows réprima un sourire.

— Monsieur Masters, j'entends bien ce que vous me dites. Sachez que certaines amnésies peuvent engendrer des changements temporaires de comportement ou de goût, c'est rare mais cela arrive. Et je dois vous avouer que si ma femme renonçait au shopping pour se mettre au jardinage, je m'estimerais le plus chanceux des hommes !

Il se tourna vers Victoria et demanda :

— Avez-vous des souvenirs concernant vos centres d'intérêt ?

— Non. Comme je l'ai dit à Wade, certaines choses me semblent naturelles, mais je ne peux pas expliquer pourquoi.

Le Dr Meadows sembla réfléchir un instant et s'adressa à Wade :

— Écoutez, je vous conseille d'encourager les nouveaux goûts de votre femme, tant qu'il s'agit de planter des tomates et non de dévaliser une banque.

Victoria ne put s'empêcher de laisser échapper un

petit rire, mais quand elle jeta un coup d'œil à Wade à la dérobée, elle se heurta à un regard sévère. De toute évidence, son cher mari ne partageait pas son humour.

— Madame Masters, je vous reverrai dans trois semaines, reprit le médecin, comme le veut le protocole. Nous avons prévu une autre IRM du cerveau, mais je suis très optimiste. Vous semblez en bonne santé et il n'y a aucune raison pour que vous ne repreniez pas toutes vos activités. Au contraire, cela pourrait vous aider à retrouver la mémoire.

— Parfait, dit-elle en se levant. Merci, docteur Meadows. Je reviendrai donc le 18, pour l'IRM.

Une fois à l'extérieur, elle savoura la douceur du soleil sur ses épaules, puis se tourna vers Wade qui semblait perdu dans ses pensées.

— Wade ? Je sais que mon portable a été détruit dans l'accident, mais est-ce que j'ai des amis ? En fait, personne ne m'a appelée ni n'est venu me voir depuis mon retour à la maison. Je parle parfois à ma mère mais elle n'a jamais le temps ou l'envie d'aborder le sujet. Elle me dit que je suis idiote de m'inquiéter pour cela et que je dois m'en tenir à l'affaire qui m'intéresse, même si je ne saisis pas très bien de quoi il s'agit. Retrouver la mémoire, je suppose.

— Bien sûr, approuva-t-il d'un ton peu convaincu. Quant à tes amis, eh bien il y avait peu de personnes que tu considérais comme intimes. Ils se manifesteront en temps voulu, je suppose. Malheureusement, je ne peux te donner ni nom ni numéro de téléphone car je ne les connais pas.

Elle le regarda, étonnée. Il devait tout de même avoir le numéro de sa meilleure amie, non ?

Ils menaient vraiment une vie étrange, avant, à moins que ce ne soit la façon dont fonctionnaient les couples. Au fond, elle n'en savait rien.

*
* *

De retour à la maison, Wade alla s'enfermer dans son bureau, une fois que Victoria fut montée dans sa chambre. S'écroulant dans son fauteuil en cuir derrière son bureau, il saisit le téléphone et composa un numéro.

— Triple M Ranch, lui répondit une voix chaleureuse.

— Ici, Wade. Chance est-il dans les parages ?

— Non, monsieur. Il assiste à une vente aux enchères de bétail, dans l'Oklahoma. Il ne sera pas de retour avant deux semaines. Mais Holly est ici, ou du moins à sa clinique vétérinaire.

— Je vais venir avec ma femme pour un court séjour. Pourriez-vous préparer le chalet Pine House ?

— Ce sera un grand plaisir de vous revoir, monsieur. Tout sera prêt au chalet, et des véhicules seront à disposition. Savez-vous à peu près quand vous arriverez ?

— En fin de semaine.

— Parfait. J'en informerai Holly.

— Merci, à très bientôt.

Il raccrocha et poussa un profond soupir d'aise.

Bon ! Il allait mettre son plan à exécution : se servir des chevaux, des feux de camp, des randonnées et de tout ce qu'il pourrait pour ramener une Victoria libérée de son amnésie à Dallas. Et d'ici là, il garderait ses distances avec elle, tout en demeurant attentif à la moindre modification de comportement. Si elle avait réellement changé et aimait désormais la nature, elle serait comblée, au ranch. En revanche, si elle se jouait de lui, elle serait vite démasquée. Les femmes mondaines, comme celle qu'elle était avant, ne se plaisaient guère en compagnie de cow-boys, et ne goûtaient guère les déplacements de bétail et de bovins à longues cornes.

Il était conscient qu'il devait lui laisser du temps pour retrouver ses souvenirs, mais chaque jour il sentait grandir en lui l'attirance qu'il éprouvait pour elle. Et il ne devait commettre aucun faux pas car, tôt ou tard, elle redeviendrait celle qu'elle avait toujours été : arrogante, calculatrice et dangereuse. Aussi, s'il couchait avec elle maintenant, cela signifierait qu'il se préparait des temps difficiles une fois qu'elle aurait recouvré la mémoire.

Un rapide regard à sa montre lui indiqua qu'il était 14 heures passées. Empruntant l'ascenseur, il monta au premier et, quelques secondes plus tard, frappait à la porte de Victoria.

— Une minute !

La porte s'ouvrit bientôt en grand, le laissant sans voix. Elle se tenait devant lui… dans un minuscule bikini jaune fluo !

— J'allais prendre un bain de soleil, dit-elle avec un grand sourire.

— Je voulais savoir si tu souhaitais déjeuner.

— Oh ! Bien sûr ! Le temps de mettre un T-shirt et un jean. À moins qu'une robe soit de rigueur ? Nous déjeunons à l'extérieur ?

— Des vêtements décontractés seront parfaits, répondit-il en entrant. Je t'attends.

Il s'apprêtait à s'asseoir, se doutant qu'il allait patienter dix bonnes minutes, quand elle réapparut rapidement, habillée et prête à le suivre.

Une fois en bas, alors qu'elle se dirigeait vers la salle à manger, il lui saisit le bras et l'entraîna vers la cuisine.

— Je pensais que l'on déjeunait à la maison.

— C'est bien le cas, confirma-t-il.

Et la plus grande surprise empreignit les traits de Victoria quand ils tournèrent à gauche et s'arrêtèrent devant l'alcôve.

La table et les chaises qu'elle avait achetées avaient été disposées au centre, et la table était dressée pour deux. Le ficus se trouvait près de la baie et la fontaine à l'extérieur était ouverte, de sorte que des gouttelettes brillaient comme du cristal sous les rayons du soleil.

Le sourire qui illumina le visage de Victoria fut à couper le souffle.

Il s'éclaircit la voix et lui présenta une chaise, tandis qu'elle semblait toujours aux anges.

— Merci, Wade, du fond du cœur.

Il haussa les épaules.

— C'est toi qui as fait tout le travail, répondit-il. Tu as eu l'idée et tu as commandé le mobilier ainsi que le ficus.

— Je les ai choisis et Curtis a passé la commande. Je n'ai rien fait.

— En tout cas, merci pour cette initiative, car c'est bien mieux que de se restaurer dans l'immense salle à manger. Et je vais bénéficier d'une vue aussi agréable que le repas, ajouta-t-il en plongeant son regard dans le sien.

Elle baissa la tête et rougit, ce qui, encore une fois, ne correspondait pas à l'ancienne Victoria.

— Toutefois, la prochaine fois que tu te lances dans des travaux de décoration, n'oublie pas les panneaux de signalisation requis pour les chantiers, précisa-t-il d'un ton moqueur.

— Ni toi d'allumer la lumière pour circuler dans le noir ! répliqua-t-elle sur le même ton.

À cet instant, Jacob s'approcha de la table.

— Puis-je servir le déjeuner, monsieur ? demanda-t-il.

— Oui.

Il disparut quelques minutes pour revenir avec deux boîtes d'où s'échappait une délicieuse odeur de pizza.

— L'une est aux quatre fromages et l'autre aux artichauts et aubergines. Aucune n'est aux anchois, ni aux piments farcis, précisa-t-il.

Victoria éclata de rire.

— Merci, Jacob, dit Wade en souriant.

— Je vous en prie, monsieur. Je vous apporte tout de suite votre salade, madame.

Victoria se servit une part de chaque pizza et mordit avec appétit dans l'une d'elles.

— Mmm, c'est délicieux, dit-elle en fermant les yeux.

Wade prit une part, sans cesser de la regarder. Autrefois, elle montrait rarement son enthousiasme pour la nourriture, même la plus raffinée. Qui aurait cru qu'un jour elle se pâmerait presque en mangeant une simple pizza ?

— As-tu des projets pour les semaines à venir ? demanda-t-il.

— Moi ? Des projets ?

Elle avala une gorgée d'eau et ajouta :

— Je dois d'abord consulter mon agenda mondain.

Là-dessus, elle éclata de rire avant de reprendre :

— Qu'as-tu en tête ?

— Je me suis dit que tu apprécierais peut-être quelques jours de vacances.

— C'est vrai ? Où ?

— Ce sera une surprise.

Après le déjeuner, une fois que Wade fut reparti dans son bureau, Victoria sortit dans le jardin ensoleillé avec, à l'esprit, l'eau bleu-vert de la piscine, comme une invitation.

Dans une petite remise, elle trouva des serviettes, des lunettes de soleil, de l'écran solaire. Prenant un drap de bain, elle le déploya au bord de l'immense piscine en forme de lagon et bordée de plantes tropicales. La cascade tout au bout était des plus tentantes… Sans plus attendre, elle retira ses vêtements, se retrouva en maillot de bain, et plongea sans même tester la température de l'eau. Merveilleux ! Elle adorait nager, adorait la sensation de l'eau sur son corps. La mémoire lui revenait peut-être un peu ?

Elle fit un dos crawlé jusqu'à la cascade. Celle-ci était constituée de deux immenses rochers de plus de quatre mètres sur lesquels poussaient du lierre et d'autres plantes d'eau.

Quand elle arriva à leur hauteur, elle plongea sous la cascade pour ressortir de l'autre côté. Là, le niveau de l'eau baissait progressivement et on débouchait sur une sorte de caverne en albâtre, où quelques marches permettaient d'accéder à un niveau supérieur, surmonté d'un toit en bois ajouré à travers lequel passaient les rayons du soleil. Il y avait des transats, une table basse, un minibar et même un téléviseur à écran plat dans un angle. Au sol, des spots éclairaient l'endroit, donnant à l'ensemble une atmosphère tamisée. On avait aussi l'impression d'être dans une sorte de tanière inaccessible au reste du monde, propice à la solitude recherchée. Au-dessus du ruissellement de la cascade, elle percevait une musique toute douce.

C'était absolument fascinant.

Sans la moindre hésitation, elle gravit les quelques marches et se retrouva sur des plaques en verre translucide. Le bar était composé du même matériau, nota-t-elle alors, en regardant alentour, fascinée par la végétation tropicale extérieure.

— Que fais-tu ici ?

La voix de Wade l'arracha à sa tranquillité.

Elle pivota sur elle-même et lui fit face.

— Je… Rien. J'admirais juste le paysage. C'est… incroyable.

Elle était réellement fascinée par cette immense propriété, qui semblait s'étendre sans limite au cœur de la ville. Mais Wade, lui, ne souriait pas.

Il monta l'escalier tel un automate, moulé dans un

caleçon de bain qui laissait peu de place à l'imagination. À cette vue, elle sentit une chaleur se répandre en elle dans une région bien précise de son anatomie, sa bouche s'assécher… Plus il se rapprochait et mieux elle distinguait ses traits : il n'avait pas l'air furieux, plutôt stupéfait.

— Pour être plus précis, comment es-tu arrivée jusque-là ?

— Je suis passée sous la cascade. Je ne vois pas comment on peut accéder à cet endroit d'une autre façon. Il en existe une ?

— Mais que faisais-tu dans la piscine ?

— Je nageais ! Je ne saisis pas, je n'y suis pas non plus autorisée à me baigner sans en informer la sécurité ? Il y a une alarme dans la piscine ? Des piranhas ?

Elle en avait assez qu'on lui dise ce qu'elle devait faire ou pas !

— Victoria, dit Wade en la saisissant par les bras et en la secouant un peu. Arrête, tu veux bien ? Tu ne sais pas nager !

- 7 -

— Il faut croire que si ! rétorqua Victoria franchement irritée. De plus, j'adore l'eau. De toute façon, je n'ai rien endommagé ni blessé personne.

— Ce qui me préoccupait, c'était ta sécurité *à toi* !

La regardant toujours d'un air qui proclamait clairement qu'il ne croyait pas un mot de ce qu'elle disait, il finit par hocher la tête et la relâcher.

— J'ai besoin d'un verre, enchaîna-t-il. Tu en veux un ?

— Avec plaisir.

— Que prendras-tu ?

— Je m'en remets à toi.

— Dans ce cas, j'ai un bon rosé, un Château d'Esclans, un Garrus 2010 que tu devrais apprécier, il vient de la Provence, en France, précisa-t-il.

— Tu parles français ? demanda-t-elle, impressionnée par sa prononciation des termes étrangers.

— Oui, entre autres.

— Ah bon ? Combien de langues maîtrises-tu ?

— Six, et une septième est en cours.

— Et moi, tu crois que je connais d'autres langues que la mienne ? Probablement pas, ajouta-t-elle comme pour elle-même.

Elle le regarda ouvrir la bouteille puis leur servir du rosé dans deux verres à vin.

— Portons un toast, proposa-t-elle quand il lui en

tendit un. À ton projet, à Belize. Qu'il connaisse un grand succès !

— Eh bien moi, je vais lever mon verre à ma femme qui a échappé à la noyade aujourd'hui.

Elle se mit à rire et ils choquèrent leurs verres.

— Tu as raison, buvons aussi à ce miracle, renchérit-elle.

Elle but une première gorgée et fut agréablement surprise.

— Waouh ! Il est divin ! s'exclama-t-elle.

— Ravi qu'il te plaise. C'est ma boisson préférée quand je sors de la piscine.

— Wade, je sais *vraiment* nager, tu sais. J'adore ça, d'ailleurs. Soit tu auras mal compris, soit…

— Soit tu m'as menti, dit-il en plongeant ses yeux dans les siens.

— Pourquoi t'aurais-je menti à ce sujet ?

— Je l'ignore, mais ce ne serait pas une première…

S'asseyant sur le rebord de la banquette, il ajouta :

— Avant de te mettre à l'eau, tu étais sûre que tu savais nager ?

— À vrai dire, je ne me suis pas posé la question. La première fois que j'ai profité de la piscine, c'est quand tu étais à New York. C'est si agréable.

Elle prit une nouvelle gorgée de vin, songeuse.

D'après ce que Wade venait de lui dire, elle lui avait déjà menti… Était-ce pour cette raison que leur couple était en crise ?

— Tu as fait un pari bien dangereux en estimant que tu savais nager, reprit Wade, l'arrachant à ses pensées. Car si cela n'avait pas été le cas, personne n'aurait pu te venir en aide.

Elle haussa les épaules. Pourquoi s'inquiétait-il ? Elle était vivante, non ?

— Dès que je suis entrée dans l'eau, les gestes sont venus naturellement.

Wade l'observa un instant en silence.

— Victoria, promets-moi que tu ne te baigneras plus sans la présence d'un tiers qui sait nager.

— Mais enfin, je sais nager ! s'écria-t-elle, agacée par cette discussion.

— Peut-être que oui, peut-être que non.

Elle posa son verre sur un coin de la table.

— Et d'après toi, comment suis-je arrivée jusque-là ?

— Tu sais sans doute faire quelques brasses, mais tu as eu aussi beaucoup de chance.

Le regard dont il l'enveloppa chassa aussitôt son agacement, et elle sentit les battements de son cœur s'accélérer. De toute évidence, il s'inquiétait pour elle.

— C'est gentil de ta part de te faire du souci pour moi, dit-elle d'une voix radoucie. Mais je t'assure que la chance n'a rien à voir là-dedans. Je sais nager. Qu'est-ce qui te fait croire que je ne sais pas ?

— L'eau t'a toujours rendue nerveuse. Tu m'as dit que tu n'avais jamais appris à nager et que cela ne t'intéressait pas. Tu fuyais systématiquement les réceptions qui se passaient autour des piscines, et les rares fois où tu es montée sur le yacht, tu as pris des anxiolytiques.

— Parce qu'on a un *yacht* ?

— Oui, mais ne change pas de sujet.

— Je…

Elle se tut. Mieux valait parler d'autre chose. Ou, mieux : ne plus parler du tout. En résumé, elle avait menti à Wade sur le fait de savoir nager, et elle lui mentait, avant son accident… Elle n'avait pas l'impression d'être une personne capable de mentir à son mari, surtout pour un sujet aussi futile que le fait de savoir nager ou non. Cette pensée suscitait un réel malaise chez elle.

— Je rentre à la maison, annonça-t-elle.

Avant que Wade ait le temps de l'arrêter, elle descendit rapidement la volée de marches et plongea sous l'eau pour passer la cascade. Quand il la rattrapa, elle était déjà sortie de la piscine et s'enroulait dans son drap de bain.

— Victoria, attends !

Elle ne fit pas attention à lui et regagna rapidement la maison. Elle avait besoin de se retrouver seule pour réfléchir.

S'engouffrant par la porte arrière, elle traversa le hall et appela l'ascenseur.

— Victoria ! Il faut que tu m'écoutes.

— Pourquoi ? Pour que tu m'accuses d'autres mensonges ?

Elle le regarda fixement et le mit au défi de lui dire quoi que ce soit.

— Tu as les cartes en main et tu refuses de me donner ma chance, dit-elle. Quelque chose ne va pas entre nous, je l'ai senti dès le premier jour quand je suis rentrée de l'hôpital. Si tu ne veux pas me dire ce qui s'est passé, alors je ne vois pas comment je pourrais faire en sorte que notre relation s'améliore.

Elle appuya de nouveau sur le bouton et ajouta :

— Si c'est ainsi que fonctionne notre mariage, inutile de continuer. Deux personnes mariées sont censées s'aimer, non ? Or, je ne sens aucun amour émaner de toi, Wade, juste des élans de *sympathie* occasionnels.

À cet instant, la porte de l'ascenseur s'ouvrit et elle s'y engouffra. Hélas, il entra avec elle !

— Je ne peux rester dans une maison où l'on ne veut pas de moi, et c'est clairement le cas, reprit-elle. Donne-moi quelques jours, le temps de prendre mes dispositions, et tu seras débarrassée de moi.

— Victoria, tu ne peux pas partir !

Elle lui lança un regard furieux.

— Ne me dis pas ce que je dois faire ou pas ! À part cette amnésie, je suis en parfaite santé. Ton devoir de me garder chez toi jusqu'à ce que je sois guérie est donc terminé. Tu n'auras plus à supporter ma vue ou mes *mensonges* !

Elle était furieuse, blessée, frustrée. Toutes les émotions qui s'étaient accumulées en elle ces deux dernières semaines jaillissaient d'un coup. Et elle avait conscience que rien n'allait changer entre Wade et elle. Or elle n'avait aucune envie d'une relation tendue sans espoir d'amélioration, et elle n'avait pas besoin de recouvrer la mémoire pour le savoir.

— Victoria…

Elle leva la main pour lui indiquer que, quoi qu'il ait à lui dire, cela ne l'intéressait pas.

Dès que les portes de l'ascenseur se rouvrirent à l'étage, elle se précipita vers sa chambre et, pour la première fois, s'y enferma à clé. Lorsque Wade frappa à la porte, elle lui répondit d'un ton dépourvu d'ambiguïté :

— Va-t'en !

Après quelques tentatives, il renonça.

Alors, ôtant son maillot de bain, elle entra dans la douche, envahie d'un sentiment de victoire mêlé d'appréhension.

Où irait-elle ? se demanda-elle tandis que l'eau ruisselait sur son corps. Il devait bien y avoir des foyers pour femmes, à Dallas. Roe lui donnerait peut-être quelques conseils, même si l'idée d'impliquer le personnel de Wade la dérangeait. Peut-être pourrait-elle retrouver l'appartement que, selon Wade, elle possédait à Dallas ? À moins que ce ne soit pas le sien… Oh, bon sang ! Si seulement la mémoire pouvait lui revenir…

Cela faisait presque trois semaines à présent que Victoria était sortie du coma, songea Wade. Curieux que son amnésie persiste encore… Tout aussi curieux que ce désir qui flottait entre eux. Il sentait bien qu'elle le désirait — avec au moins autant d'ardeur que lui ! — et qu'elle se retenait car elle ne savait rien de leur passé.

Il avait envisagé à plusieurs reprises de ne lui raconter qu'une partie de la vérité, à savoir qu'ils étaient sur le point de divorcer avant l'accident. Alors ils pourraient peut-être surmonter tous les obstacles et devenir un vrai couple… Mais non, il rêvait ! Quand elle retrouverait la mémoire, elle se rappellerait le contrat qu'ils avaient passé et entendrait le faire valoir. Et qui sait si elle ne le poursuivrait pas en justice. Avec elle, il fallait s'attendre à tout !

Et s'il lui disait toute la vérité ? S'il lui parlait du contrat ? Des souvenirs pourraient peut-être lui revenir. Oui, mais quels souvenirs ? Certes, il souhaitait qu'elle guérisse, mais il redoutait que la vérité au sujet de leur relation lui soit plus préjudiciable que bénéfique.

Toutefois avait-il le choix ? Il en avait assez des demi-vérités, il était fatigué de l'embrasser, de sentir son corps répondre et de devoir s'éloigner d'elle au plus vite. Tôt ou tard, il finirait par céder à ses pulsions, car il lui était à chaque fois plus difficile de lui résister.

Bon sang ! Que lui arrivait-il ? Elle ne l'avait jamais attirée avant l'accident, et une fois guérie de son amnésie, il y avait de fortes probabilités pour qu'elle redevienne la snob qu'elle avait toujours été. Toute cette situation le rendait fou…

Le dîner se déroula dans une atmosphère tendue malgré le repas délicieux, un filet mignon aux truffes, une vraie réussite. Et puis cet endroit qu'il trouvait si cosy l'oppressait désormais. D'ailleurs, Victoria ne paraissait guère plus à l'aise.

Après un long silence inconfortable, il décida de prendre le taureau par les cornes.

— Victoria, les gens se marient pour différentes raisons, et pas toujours par amour.

— Que veux-tu dire ? Que c'était un mariage de convenance ? Ou alors, j'étais… J'étais enceinte ?

— Non, absolument pas. Ce que j'aimerais, c'est qu'on laisse le passé derrière nous et que l'on avance.

— Vers où ? Comment puis-je avancer si je ne sais pas d'où je viens ?

Il se tut, tourna le problème dans tous les sens.

— Viens, dit-il soudain.

Ils remontèrent au premier où, au lieu de la ramener dans sa chambre, il la conduisit dans la sienne. Il lui indiqua un siège près de la cheminée et s'installa en face d'elle.

— Tu as raison, commença-t-il en se frottant la nuque. J'ai eu tort de ne pas te parler du passé, car tu as le droit de savoir. Alors tu pourras prendre la décision de rester ou partir. Et si tu choisis cette dernière option, je n'essaierai pas de te retenir.

Elle hocha la tête et lança :

— Pourquoi ai-je parfois l'impression que tu me détestes ?

Il serra les dents.

— Je ne te déteste pas, Victoria.

— Tu n'es pas très convaincant. C'est comme lorsque tu me tiens dans tes bras et que tu as envie de me faire l'amour. Je sens ton désir, il est palpable, et puis brusquement tu me repousses ou tu t'écartes de moi, comme si tu te salirais en allant jusqu'au bout de tes pulsions. Je… je ne comprends pas ce que j'ai fait de mal. Selon toi, je te mens souvent, mais à propos de quoi ? J'ai besoin de savoir, Wade. Prenons la piscine. Pourquoi aurais-je menti sur une chose aussi élémentaire que savoir nager ? Quelle aurait pu être ma motivation ?

Victoria regarda Wade dans les yeux. Les étoiles dorées de ses prunelles noisette semblaient briller et éclairer la pièce, mais sa bouche demeurait tendue, semblable à un trait.

Il finit par pousser un soupir.

— C'est compliqué, Victoria, et tant que tu n'as pas retrouvé la mémoire, je ne sais pas trop ce que tu comprendras de la situation.

— Tu te rends compte que c'est terriblement angoissant pour moi, ce que tu dis ? Ce que je peux *comprendre de la situation* ? Quelle situation ?

Sans le lâcher du regard, elle poursuivit d'un ton déterminé :

— Je veux connaître la vérité. Sommes-nous réellement mariés ?

Il hésita au point qu'elle crut qu'il n'allait pas répondre.

— Oui, confirma-t-il pourtant. Nous sommes mariés.

À son grand dam, elle sentit les larmes lui monter aux yeux et rouler sur sa joue.

— Oh. Et je t'ai trompé, c'est ça ? Ce qui explique pourquoi tu étais si furieux, le premier jour de mon retour à la maison ? Parce que j'ai posé une question au sujet de Murphy ? Je peux te jurer que je ne pensais à aucun homme en particulier…

Wade détourna les yeux.

— C'est ça, n'est-ce pas ? Il y avait un autre homme.

Elle en avait la nausée. Comment avait-elle pu être attirée par un autre que lui ?

— Non, enfin, si…, marmonna-t-il. Honnêtement, je ne sais pas. Selon la rumeur, tu avais un amant, mais tu es la seule à pouvoir répondre à cette question, et ce ne sera possible que lorsque la mémoire te sera revenue.

— Franchement, quelle réponse ! Elle m'est une grande aide !

— Je n'en ai pas d'autre, désolé.

Obstinée, elle reprit d'une voix brisée :

— Tu es mon mari, Wade. Je veux savoir. Que s'est-il passé entre nous pour que… pour que j'aie un amant ?

Encore une fois, il demeura silencieux si longtemps qu'elle désespéra d'obtenir une réponse, mais soudain il la regarda bien en face et expliqua :

— Certains affirment que je suis un bourreau de travail, et ils ont probablement raison. J'ai l'habitude de voyager, de définir les priorités et de faire en sorte que tout se déroule comme je l'entends. Je passe plus de temps à l'étranger qu'aux États-Unis. Pour cette raison, je n'ai pas les qualités requises pour être un bon mari. Or, je me suis rendu compte il y a quelques années que les P-DG des autres entreprises avaient tendance à faire davantage confiance aux hommes mariés qui avaient un foyer stable et un environnement familial. Je ne sais pas pourquoi mais c'est ainsi, et depuis que je suis un homme marié mes affaires vont mieux.

Il marqua une pause, comme s'il se demandait si ses propos étaient cohérents, et reprit :

— J'ai eu des relations par le passé qui se sont toutes mal terminées. J'ai compris très vite que trouver le grand amour n'allait pas m'arriver car, sans entrer dans les détails, disons que j'ai des problèmes pour faire confiance à une femme.

Il se frotta la nuque et poursuivit :

— Voilà pour moi. Quant à toi, tu ne rêvais que d'être introduite dans les milieux les plus fermés de l'élite. Après que ton père a perdu toute sa fortune, tu étais effondrée. Alors nous avons passé un accord. Un contrat par écrit. Tu devenais ma femme sur le papier pendant un an. À la fin de cette période, si nous avions tous deux respecté les clauses du contrat, nous la renouvelions. Si tu partais avant la fin de cette première année, tu renonçais à un million de dollars. Mais il y avait d'autres conditions. Ainsi, l'un comme l'autre, nous pouvions avoir des liaisons tant que nous étions discrets et que nous ne nous montrions pas en public. Voilà en gros la nature de notre contrat. Tu as des questions ?

Elle secoua la tête sans répondre. Sous le choc le plus total, elle ne savait que dire. C'était bien la dernière situation qu'elle aurait imaginée... C'était donc un mariage blanc qui expliquait sa présence ici. Son *mari sur le papier* n'avait pas à l'aimer, juste à se montrer cordial envers elle et s'assurer qu'elle aurait tout ce dont elle avait besoin jusqu'à la fin du contrat. Lui, il continuerait à voyager, à s'immerger dans le monde des affaires et à la laisser seule dans cette immense demeure...

Une douleur affreuse lui transperça le cœur.

— Donc nous sommes vraiment mariés, murmura-t-elle.

— Oui, sur le papier.

— Et tu ne m'aimes pas, tu ne m'as jamais aimée ?

Encore une fois, la réponse fut longue à venir.

— Non.

Immédiatement, les larmes lui montèrent de nouveau aux yeux et elle ne put les retenir. Elle se sentait tellement humiliée, meurtrie. Idiote.

— Il est préférable que je parte, dit-elle en prenant un mouchoir en papier posé sur la table. Je ne peux pas vivre ainsi. Prête-moi une valise, s'il te plaît, je te la rendrai.

— Victoria, je ne veux pas que tu partes !

— Forcément, car tu vas perdre ta crédibilité d'homme marié, et ce sera mauvais pour tes affaires ! répliqua-t-elle d'un ton moqueur.

Il ne fit aucun commentaire, ce qui était tout aussi bien.

— Mais réfléchis un peu, poursuivit-elle, je vais te faire économiser un million de dollars ! C'est pas mal, non ?

Elle avait tenté de se raccrocher à un peu d'humour,

mais sa tentative échoua. Ses larmes ne cessaient de couler.

— J'ai perdu la tête pour accepter un tel contrat…, murmura-t-elle.

Elle se leva pour partir mais Wade s'interposa entre la porte et elle. Encore en pleurs, elle attendit patiemment qu'il s'écarte.

— Je suis désolée pour cette amnésie, Wade. C'est vraiment le grain de sable qui a enrayé les rouages de toute cette machinerie.

— Victoria…

— Non ! Épargne-moi d'autres détails. Tu m'as dit tout ce que j'avais à savoir. Maintenant, ce que je veux, c'est une valise et un taxi qui m'emmène… quelque part.

Oui, c'était bien beau de vouloir partir, mais pour aller où ?

Il la considéra sans un mot, sans bouger, et lui bloquait toujours le passage.

— Laisse-moi sortir d'ici, insista-t-elle.

D'un geste très lent, il ouvrit la porte, la laissant enfin sortir.

À travers un brouillard de larmes, elle parvint à regagner sa chambre, et se jeta sur son lit pour pleurer tout son soûl. Elle sanglota avec désespoir, mue par une tristesse profonde… Comment avait-elle pu se ridiculiser à ce point ?

Elle considéra alors l'anneau à son doigt. Avec son assortiment de pierres voyantes, cette bague était trop tape-à-l'œil, trop grosse, pensa-t-elle en la retirant et en la posant sur la table de nuit. De plus, elle ne symbolisait pas l'amour qu'un vrai mari était censé porter à sa femme… Une nouvelle vague de larmes la souleva. Elle était en plein cauchemar. Un rêve épouvantable dont elle ne pouvait se réveiller.

***

Bon sang, mais que lui avait-il pris ? se demanda Wade, qui n'arrivait toujours pas à croire qu'il était passé aux aveux. Victoria avait très mal pris la vérité — il faut dire que, présenté ainsi, ce mariage blanc était froid et calculé —, et la scène avait été bien pire que ce à quoi il s'était attendu.

Sa réaction était toutefois aux antipodes de son exaltation, le jour où il lui avait présenté l'idée. D'ailleurs, elle avait tout fait pour que le projet se concrétise rapidement, tant elle avait hâte de mener cette vie de luxe à laquelle elle aspirait.

Et aujourd'hui, elle était… furieuse, offusquée. Triste, même.

C'était à n'y rien comprendre !

Quoi qu'il en soit, il se sentait terriblement mal à l'aise.

Pourtant, il se devait de lui dire toute la vérité, même si celle-ci était aussi difficile à accepter qu'il l'était pour lui de continuer à la taire.

Jamais il n'aurait cru que Victoria le prendrait aussi mal, ni qu'elle partirait. Il n'avait aucune envie qu'elle s'en aille. Sans compter qu'elle avait dû oublier que le moindre de ses déplacements requérait la présence d'un garde du corps — et c'était une notion que la nouvelle Victoria n'apprécierait assurément pas. Voilà où il en était, à ne pouvoir être en sécurité nulle part, à part quand il était sur son ranch ! D'ailleurs, comment pourrait-il la convaincre, à présent, de l'accompagner là-bas ? Ce serait mission impossible.

Il sentait bien qu'elle avait radicalement changé depuis l'accident, et si leur situation avait été différente, il l'aurait tout de suite invitée à dîner puis entraînée dans son lit. Le problème, c'est qu'il ne se serait pas contenté d'une nuit… Il aurait voulu apprendre à la connaître.

Elle était si belle, si intelligente… et aussi tentante que le péché ! Et comme elle n'essayait pas d'afficher à tout prix ses qualités, elle n'en était que plus excitante. Le résultat était désastreux : elle l'attirait irrésistiblement. Malheureusement, si la mémoire lui revenait, il était possible que son ancien moi refasse surface… Il souhaitait qu'elle guérisse de cette amnésie, bien sûr, mais il espérait de toutes ses forces qu'elle ne redeviendrait pas l'ancienne Victoria.

Même s'il enviait ses frères, il n'avait jamais réellement pensé à fonder une famille. Du moins jusqu'à tout récemment… Mais à l'idée de ce que Victoria et sa mère seraient capables de comploter contre lui, il retrouvait bien vite ses esprits.

Depuis ce fichu accident, il marchait sur une corde raide entre le désir et la réalité, ce qui le rendait fou.

Une petite voix lui rappela soudain tous les hommes avec qui Victoria était censée avoir eu une liaison, ces derniers mois. Et puis cette amnésie, au fond, était-elle vraiment réelle ?

Agité, il se mit à faire les cent pas, essayant de réfléchir calmement…

Quand Victoria se serait calmée, peut-être pourraient-ils discuter de nouveau ? L'idée qu'elle parte lui était insupportable. Il avait l'impression de l'avoir juste trouvée !

Marmonnant dans sa barbe, il entra dans la douche.

Comment avait-il pu se retrouver dans un tel guêpier ?

Tout au fond de lui, depuis le retour de Victoria, il s'était rendu compte du vide de sa vie en dépit des réceptions, des fêtes sur son yacht et des dîners dans les meilleurs restaurants. Il s'était même pris à s'imaginer en père de famille…

D'un côté purement théorique, il n'aurait aucun mal à séduire une femme, sauf qu'une petite voix lui soufflait qu'aucune n'arriverait à la hauteur de Victoria. Il avait beau lutter contre ce qu'il éprouvait pour elle, force était de constater qu'en sa présence il se sentait plus vivant. Parfois même, il avait la sensation qu'un gros poids avait glissé de ses épaules.

Il était cependant fermement décidé à rester sur ses gardes : il n'était pas exclu que l'ancienne Victoria resurgisse très vite.

- 8 -

Victoria tressaillit : on venait de frapper à sa porte. Elle se retourna, délaissant la vue du jardin qu'elle était en train d'admirer dans l'obscurité. Incapable de dormir, elle avait arpenté sa chambre de long en large, puis emballé quelques vêtements. Elle n'emporterait pas grand-chose, Wade ayant sans doute payé la plupart des tenues que contenait sa garde-robe. Après quoi, elle avait pris un bain, ce qui lui avait permis de se calmer un peu, puis avait enfilé une nuisette et s'était rendue sur le balcon — non sans avoir pris soin d'en avertir la sécurité, cette fois !

Elle regarda l'heure. Il était 3 heures du matin ! Une seule personne pouvait venir frapper à sa porte à une heure pareille…

Finalement, la porte s'ouvrit et, comme elle s'y attendait, Wade se tenait sur le seuil, grand et musclé, vêtu d'un simple jogging.

— Je voulais juste vérifier que tu allais bien, dit-il en passant la main dans ses cheveux.

Il prit une profonde inspiration et poursuivit :

— Je m'inquiète pour toi. Tu fais partie de mes connaissances depuis cinq ans, et même si nous n'avons jamais été proches jusqu'à ton accident, la relation que nous avons désormais est différente. Victoria, il faut que l'on apprenne à se découvrir en faisant abstraction de notre… *arrangement*. J'aime ta présence chez moi, j'ai vraiment envie de te connaître. J'espère que de ton côté tu en as aussi envie.

Elle l'observa un instant avec attention, surprise par son petit discours. Était-il sincère ?

— Un mannequin dans une vitrine ne pourrait-elle pas remplir la même fonction que moi ? répliqua-t-elle. Elle n'exprimerait ni sentiments ni émotion, et il suffirait que tu lui donnes un nom. Elle suivrait l'étiquette à la lettre, et je te garantis qu'elle ne prononcerait pas le nom d'autres hommes en ta présence. Elle aurait peut-être quelques difficultés pour signer un nouveau contrat, mais qu'importe, tu pourrais le faire à sa place.

Fière de sa tirade, elle voulut refermer la porte, mais il l'en empêcha.

— Victoria…

Il lui lança un regard qu'elle…

Seigneur ! Elle l'aimait, songea-t-elle brusquement. Durant le peu de temps qu'ils avaient passé ensemble — du moins après son accident —, elle était tombée amoureuse de cet homme incroyablement complexe. Malgré son attitude étrange et cette façon qu'il avait de lui faire comprendre qu'elle s'était mal comportée avec lui… et malgré ce qu'il venait de lui raconter sur leur mariage de convenance.

— Qu'attends-tu de moi, au juste ? lança-t-elle. Je n'ai rien à donner.

— Voyons où cela nous mène, Victoria. Il se peut que tu finisses par te dire que tu ne veux plus rien avoir à faire avec moi, mais…

— Vraiment, tu crois ?

— … J'aimerais que tu nous donnes une chance. Il nous reste presque deux mois avant que le contrat n'arrive à expiration.

— Très bien, mettons un minuteur, alors. Voyons si

tu peux tomber amoureux de ta femme en deux mois. Tu donnes le top départ ?

Visiblement, il n'apprécia pas ses sarcasmes.

— Assez, Victoria !

Refermant la porte derrière lui, il la saisit par les épaules et la fit gentiment reculer contre le mur le plus proche.

— Ce n'est pas ce que je voulais dire, reprit-il, radouci. Je ne m'attendais pas à éprouver de sentiments pour toi et je ne pensais pas non plus que tu en éprouverais pour moi. Tu n'as jamais… Enfin, quand nous avons passé notre marché, tu voulais juste l'argent et le prestige lié au titre de Mme Masters. Je suis désolé de ne pas t'avoir dit la vérité sur notre mariage tout de suite, mais je craignais qu'au lieu de stimuler ta mémoire, ce serait contre-productif.

Ces paroles la firent réfléchir. Il ne lui était jamais venu à l'idée qu'elle avait pu vouloir ce mariage fictif autant que lui… Et cela lui faisait voir la situation d'un autre œil.

Au fond, peu importait ce qui s'était passé dans sa vie auparavant, car elle savait désormais que les bras de Wade étaient le seul endroit au monde où elle voulait être. Et pas simplement pour l'argent ou le prestige, mais pour qu'il la serre tendrement contre lui, comme toute femme amoureuse de son mari est en droit de l'espérer.

Wade lui sourit et essuya doucement les larmes qui roulaient sur ses joues.

— Je veux que nous explorions la possibilité qui s'offre à nous de nouer une relation solide, reprit-il. Je veux plus qu'une femme symbolique, je souhaite que l'on se donne une chance.

Elle hocha la tête, la gorge nouée par une étrange émotion.

— D'accord, murmura-t-elle. On ne se cache plus

la vérité. Plus de courtoisie distante. J'en ai vraiment assez, tu sais, d'être traitée comme une invitée dans ma propre maison. Enfin plus exactement dans *ta* maison.

— *Notre* maison.

— Je ne veux pas de ton argent. Promets-moi que tu vas déchirer ce contrat en mille morceaux.

— Nous en reparlerons plus tard.

Il prit son menton entre ses doigts et plongea son regard dans le sien.

— Reste, Victoria. Reste avec moi.

Et il captura ses lèvres comme s'il y avait urgence.

Ce n'était pas le premier baiser qu'il lui donnait depuis son retour de l'hôpital, mais celui-ci était bien différent des autres, dépourvu de la moindre hésitation ou incertitude, comme si elle était à lui, et qu'il avait l'intention de lui montrer en quoi cela consistait.

La prenant dans ses bras, il la conduisit dans sa suite et la déposa en douceur sur son lit.

— Tu étais juste ma femme sur le papier, Victoria, et maintenant, tu vas l'être au sens biblique du terme, dit-il d'une voix essoufflée en lui retirant sa chemise de nuit. Dans mon lit, là où est ta place. Si tu n'en as pas envie, c'est le moment de me le dire…

Pendant de longues secondes, elle soutint son regard intense, puis se redressa pour poser sa bouche sur la sienne.

Alors il la fit doucement basculer sur le lit et elle noua ses bras autour de son cou.

— Je crois que je n'ai jamais ressenti un désir aussi fort de ma vie…, murmura-t-elle.

De nouveau, il s'empara de sa bouche pour l'embrasser avec une folle ardeur, comme si sa vie en dépendait.

Elle qui s'était demandé l'effet que cela ferait de s'unir à lui allait enfin le savoir…

Il continuait à dévorer sa bouche, tout en plaquant

ses mains douces comme du velours sur ses seins dont les pointes se hérissèrent sur-le-champ à leur contact. Elle se cambra tout naturellement et poussa un petit gémissement.

— C'est vraiment ce que tu veux, Victoria ?

Sans répondre, elle posa sa main sur la sienne de sorte qu'il pressa plus fortement ses seins…

— Parfait, marmonna-t-il. Alors…

Il la déshabilla en deux temps trois mouvements puis, se penchant sur elle, captura un de ses seins avec la bouche.

Elle ne put retenir un petit cri de plaisir quand il se mit à en titiller le bout, et elle glissa les doigts dans ses cheveux pour le maintenir contre elle. Tout à coup, il changea de sein, avant de revenir à ses lèvres avec une ferveur plus grande encore.

Après quoi, il délaissa sa bouche et fit glisser la sienne tout le long de son corps jusqu'à son entrejambe…

— Prête pour m'accueillir ? demanda-t-il d'une voix rauque.

Elle ouvrit alors un peu plus les jambes, et il vint y loger sa langue…

— Oh… ! cria-t-elle, n'ayant jamais ressenti une telle impression de sa vie.

Elle s'en serait forcément souvenue, non ? Comment pouvait-on oublier pareille sensation ?

Trouvant son point le plus sensible, Wade se mit à l'explorer et, tout à coup, elle eut la sensation que son corps explosait… Elle éprouva un plaisir indescriptible…

Wade posa la tête sur son ventre, attendant que les tremblements cessent.

Il se déshabilla à son tour et se remit à caresser son corps de façon appliquée, et quand elle sentit son sexe contre le sien, elle poussa un petit gémissement, à quoi Wade répondit par un grognement. Elle l'empoigna par les cheveux, consciente qu'il était le seul en mesure d'éteindre le feu intérieur qui la dévorait.

— Je ne peux plus tenir, souffla-t-il d'une voix rauque. J'ai besoin d'être en toi…

Elle perçut à cet instant les tremblements de son corps vigoureux au-dessus d'elle.

— Oui, murmura-t-elle contre sa bouche.

Mais quand il voulut la pénétrer, elle prit une profonde inspiration et se crispa. Il s'arrêta immédiatement.

Wade sentit son pouls se mettre à battre comme un fou.

— Que se passe-t-il ? demanda Victoria.

— Tu es vierge, répondit-il en secouant la tête, incapable de le croire.

C'était impossible. Comment se pouvait-il que Victoria n'ait jamais couché avec un homme ? Ses diverses aventures avaient pourtant fait la une de nombreux journaux.

— Chérie, si tu n'as jamais fait l'amour, cela risque d'être un peu douloureux, la première fois.

— Je m'en fiche, dit-elle en pressant ses lèvres fiévreuses contre lui.

— Victoria, tu es bien certaine que c'est ce que tu veux ?

— Oui, murmura-t-elle. Je t'aime, Wade.

Prenant son visage en coupe, il plongea son regard dans le sien.

— Tu es prête pour moi, Victoria ?

Elle hocha la tête, les yeux brillants, haletante. Alors d'un coup de reins, il finit par rompre la barrière qui les séparait, puis s'immobilisa, attendant qu'elle lui dise de continuer ou d'arrêter.

Mais elle se mit à lui déverser des petits baisers dans le cou, sur les épaules, à le mordiller. C'était la réponse qu'il attendait, et il se mit à aller et venir doucement en elle, puis de plus en plus profondément…

— Oh ! Wade ! hurla-t-elle.

Il se figea, le souffle court.

— Ça va ? parvint-il à demander.

— Oui, ne t'arrête pas, s'il te plaît !

Il reprit sa danse, et brusquement le monde sortit de son axe.

— Jouis avec moi, ma chérie…, lui souffla-t-il à l'oreille.

Elle poussa un cri et il la rejoignit immédiatement dans l'orgasme, qui fut ravageur…

Quand il retomba sur le matelas à ses côtés, il l'embrassa de nouveau, plus tendrement cette fois. Le temps semblait suspendu et le monde extérieur évaporé. Peu à peu, enlacés l'un à l'autre, ils s'endormirent.

Un peu plus tard, il la réveilla par de doux baisers.

— Chérie, tu marmonnes dans ton sommeil. Je vais te faire couler un bain, cela t'apaisera.

Elle hocha la tête, tout endormie.

Quelques minutes plus tard, il la déposait dans de l'eau mousseuse où il l'y rejoignit bientôt, ajustant les jets pour qu'elle se relaxe, avant de la prendre de nouveau. Il adorait la douceur de sa peau, la sensation de ses cheveux dans son cou, son corps contre le sien, tout simplement.

Plus tard dans la nuit, il lui refit l'amour en la réveillant par une pluie de baisers. Visiblement avide qu'il la pénètre, elle s'offrit tout de suite à lui et ce fut encore plus merveilleux que les fois précédentes. Après quoi, tous deux sombrèrent dans le sommeil.

Le lendemain matin, Wade proposa à Victoria de lui faire visiter ses bureaux au centre de Dallas. Le siège de sa société comportait vingt niveaux, et était fait de verre foncé et de béton. Elle y rencontra des personnes adorables, et découvrit que le bureau de Wade, comme tout ce qui appartenait à son monde, était immense. Il occupait la moitié d'un étage et offrait une vue panoramique sur le quartier en pleine expansion de la ville. Il était meublé avec goût, de façon luxueuse, et disposait aussi d'un coin salon avec de grands canapés. Attenant au bureau se trouvait une salle de conférences, ainsi qu'un centre d'appels internationaux. Elle découvrit aussi une salle de bains et un Spa.

— Tu pourrais presque vivre ici ! s'exclama-t-elle en riant.

— Cela m'arrive parfois, répondit-il en souriant. Que dirais-tu de prendre un peu de vacances ? ajouta-t-il, redevenu sérieux. Tu as l'air d'apprécier la nature et le grand air.

— Excellente idée !

Décidément, tout lui semblait bien plus léger, désormais. Après les confessions de la veille, elle avait l'impression qu'elle pouvait avoir confiance en son mari.

— As-tu une destination en tête ? demanda-t-elle.

— Je te réserve la surprise. J'espère qu'elle te plaira.

— Très bien.

Sur ces paroles, ils regagnèrent la limousine. Une fois à l'intérieur, elle demanda :

— Quand partons-nous ?

— Demain. Mets des vêtements confortables dans ta valise. Des jeans, ce sera parfait.

Bien sûr ! Elle ne demandait pas mieux.

Le lendemain matin, ils se rendirent au petit aérodrome qui abritait les avions de la famille Masters, et la limousine fila jusqu'au fond du hangar pour s'arrêter devant un hélicoptère bleu foncé sur lequel était imprimé en lettres argentées : Masters International.

— On y va en hélico ?

— Viens, dit-il en souriant devant son air stupéfait.

L'appareil étant déjà en marche, l'air que brassaient ses pales souleva ses cheveux et elle s'accrocha bien vite à la main de Wade. Celui-ci ouvrit la porte, lui dit de monter à l'arrière, puis fit le tour de l'hélicoptère et grimpa à côté d'elle. Après quoi, il lui tendit un casque auquel était relié un microphone, en mit également un, puis lui demanda d'attacher sa ceinture.

— Prête ?

— Moyen…

Elle inspecta l'intérieur, confortable et rassurant, elle le reconnaissait, et ajouta :

— Et n'essaie pas de me faire croire que j'ai déjà fait cela auparavant.

— Non, mais ta capacité d'adaptation est remarquable, répondit-il avec un air entendu.

Puis il éclata de rire et leva le pouce vers le pilote. Celui-ci mit les gaz, le bruit se fit encore plus assourdissant et, quelques instants plus tard, l'appareil décollait.

C'était à la fois excitant et effrayant… Bientôt ils survolèrent la ville et la vue fut à couper le souffle. Tout devint minuscule et, oubliant ses frayeurs premières, elle se sentit aussi légère qu'un oiseau.

Après quoi, la ville céda la place à de superbes villas périurbaines auxquelles succédèrent les immenses ranchs, qui se trouvaient dans le nord du Texas.

Au bout d'une heure, Wade annonça :

— Nous y sommes.

Et ils amorcèrent la descente vers une clairière située au milieu d'une zone forestière et, peu à peu, elle se rendit compte que la piste d'atterrissage était un enclos situé près d'une grange. Non loin paissaient des chevaux et du bétail dans une prairie à l'herbe haute et verte.

Le pilote se posa doucement au centre de l'hélistation et coupa le moteur. Wade ouvrit aussitôt la porte, descendit le premier, puis aida Victoria à s'extraire de l'hélicoptère. La prenant par la main, il l'entraîna vers un sentier bordé d'arbres et ils débouchèrent rapidement devant un imposant chalet doté de parois en verre.

— Comme c'est beau…, murmura-t-elle en s'arrêtant pour admirer le spectacle qui s'offrait à elle. C'est là que tu as grandi ?

— Oui. C'est mon père qui l'a construit quand Chance est né.

— Chance, c'est ton frère, c'est ça ?

— Oui, c'est le plus jeune, il vit encore sur le ranch avec sa femme Holly. Il le gère tandis que Holly a un cabinet de vétérinaire juste en face de la maison principale de la propriété.

À son accent nostalgique, elle comprit que le ranch était enraciné dans son cœur. Elle pouvait le comprendre ; c'était ici qu'il avait grandi et avait appris la vie, avec ses frères.

Alors qu'ils avançaient vers la grande terrasse, la porte d'entrée s'ouvrit brusquement et une jeune femme blonde et menue s'élança vers Wade pour se jeter dans ses bras. Tous deux éclatèrent de rire quand ce dernier se mit à tournoyer sur lui-même sans la lâcher.

— Je n'arrivais pas à le croire quand on m'a dit que tu venais ! s'exclama-t-elle tout excitée. C'est si bon de te revoir !

Wade la reposa à terre, un grand sourire aux lèvres.

— Holly, je te présente ma femme, Victoria.

Son beau visage encore tout souriant, Holly lui souhaita la bienvenue au ranch et dans la famille avant d'ajouter :

— Wade Masters, ça, on peut dire que tu as pris ton temps pour l'amener ici. Elle est vraiment très belle, bien joué !

— Victoria, dit Wade, voici donc Holly, la femme de mon frère Chance qui, comme je te l'ai dit, gère le ranch. Holly a elle aussi grandi sur la propriété, car son père était l'ancien régisseur. Et cette *gamine* m'a embêté pendant combien… vingt-trois ans ?

— Vingt-quatre le mois prochain, corrigea-t-elle. Bon, entrez et installez-vous.

Elle ouvrit alors la lourde porte et s'effaça pour les laisser passer.

— Personne n'a séjourné ici depuis août dernier quand Wade nous a fait l'honneur d'une courte visite, expliqua-t-elle. J'ai demandé à Mme Hughes de faire le ménage à fond, de mettre des draps propres et de remplir le réfrigérateur et les placards. Il y a bien sûr du vin dans la cave, de la viande au congélateur, des conserves dans le garde-manger… Voilà, je crois que j'ai fait le tour. Si vous avez besoin de quoi que ce soit, appelez le bureau.

— Merci, Holly, c'est très gentil, dit Wade.

Et il regarda autour de lui d'un air détendu.

— Avec plaisir, répondit-elle. Chance devrait revenir mercredi, j'espère que vous serez encore ici.

— Telle est notre intention, sauf si j'ai un appel en urgence, tu sais ce que c'est.

— Entendu ! Bonne installation, je dois filer. À plus tard.

— Elle est vraiment charmante, déclara Victoria une fois qu'elle fut partie.

Wade approuva.

— Et si courageuse ! Quand mon frère s'est engagé dans l'armée, je me suis fait du souci pour elle, car elle l'aimait depuis toujours, mais c'est finalement elle qui l'a convaincu de renoncer à la marine. Pas de manière explicite, j'en suis sûr, mais il a dû se rendre compte de ce qu'il perdrait s'il s'engageait dans l'armée.

Victoria hocha la tête, songeant que Holly voyait un grand frère en Wade, ce qui en disait long sur lui.

À son tour, elle inspecta les lieux. C'était un chalet magnifique, moderne et confortable, avec des poutres apparentes, de hauts plafonds et une grande cheminée. Les parois en verre offraient une vue à couper le souffle sur la vallée. Un immense îlot occupait une partie de la cuisine qui comportait des placards en noyer clair et des comptoirs en granit. Au sol, un parquet verni complétait le tout.

— Ce chalet est superbe, je l'adore ! déclara-t-elle. Merci de m'avoir amenée ici.

— Il y a quatre chambres d'amis et une suite en haut dans laquelle quelqu'un déposera nos valises tout à l'heure, si tu n'as rien contre.

Ils allaient donc partager une chambre ? Elle lui sourit.

— Pas de problème.

Alors Wade se pencha pour effleurer ses lèvres d'un léger baiser.

— As-tu faim ?

— Non, pas du tout, je suis impatiente de visiter ton ranch !

— Entendu, nous allons faire une petite visite. Je ne peux hélas pas te promettre que nous pourrons tout voir aujourd'hui. Suis-moi.

Et il l'entraîna vers une bâtisse à l'extérieur, dans laquelle se trouvaient plusieurs quads.

— Tu en as déjà conduit un ? demanda-t-il. C'est la meilleure façon de découvrir un ranch de cette taille.

— Pas que je me souvienne. Mais je veux bien essayer.

— Ne prenons pas de risque, je préfère que tu montes sur le mien pour une première sortie, d'accord ?

— Comme tu voudras.

Il grimpa alors sur un quad rouge, alluma le moteur et lui fit signe de monter derrière lui avant de lui tendre un casque. Quand elle noua ses bras autour de sa taille, elle sentit ses abdominaux fermes sous ses doigts.

Elle ne peut s'empêcher de pousser un cri quand, en deux accélérations, ils furent à l'extérieur. Et un autre quand, arrivés au sommet d'une petite colline, ils en descendirent à toute allure l'autre versant.

— Ralentis ! cria-t-elle en riant.

Elle se tenait si fermement à lui qu'elle redoutait de lui briser les côtes.

Il hocha la tête, lui indiquant qu'il avait entendu mais, contre toute attente, accéléra. À certains endroits, ils décollaient quasiment du sol, zigzaguaient pour éviter le gazon mais roulaient à tombeau ouvert dans la boue, tandis qu'elle hurlait de peur et riait en même temps.

Quand il s'arrêta devant un immense bâtiment, elle s'empressa de descendre du quad, jurant qu'elle ne remonterait jamais dessus.

— Tu es fou ! Tu t'es cru au volant d'un bolide ! s'écria-t-elle.

Wade éclata de rire et la serra dans ses bras.

Quelques instants plus tard, ils pénétraient dans une écurie. La plupart des box étaient occupés par des chevaux majestueux. Elle repéra alors une superbe jument à la robe noir et blanc.

— Elle est magnifique ! Je n'en ai jamais vu une comme elle, enfin, d'après ce dont je me souviens.

— C'est une jument à robe pie Tobiano, de race Tennessee Walker.

— Elle est merveilleuse.

— Mon grand-père était soucieux du pedigree de ses bêtes et, grâce à lui, nous n'avons pas perdu l'ADN qui produit ces remarquables juments. Je crois qu'aujourd'hui nous en possédons une trentaine. Certaines sont marron et blanc, d'autres ont juste des points bruns sur une robe blanche mais en majorité elles sont blanches avec des taches noires sur le corps, le cou et les cuisses.

— On dirait que tu me décris des dalmatiens !

Wade sourit.

— Il est vrai que beaucoup leur ressemblent. Nous avons aussi des Appaloosa et des Quarter Horse qui ont également fait la légende de l'Ouest.

Ils poursuivirent la visite, et Victoria ne cessa de pousser des cris enthousiastes. Elle avait la sensation d'être dans un ranch de western.

Après quoi, ils se rendirent dans un deuxième bâtiment, qui abritait des dizaines et des dizaines d'autres chevaux, Victoria n'en croyait pas ses yeux… L'air sentait le foin fraîchement mis en bottes, et l'odeur de copeaux de cèdre et de cuir.

— La plupart sont des Quarter Horse, lui expliqua Wade. Nous les vendons à d'autres ranchs pour le travail ou à des centres d'équitation.

De l'immense écurie, ils passèrent à l'enclos aux poulains, où des nouveau-nés tentaient de tenir sur leurs maigres pattes.

— Nous mettons les mères et leurs bébés pendant quelques semaines ici, afin de nous assurer que tout va bien.

— Ils sont adorables ! s'écria-t-elle. On dirait qu'ils ont des jambes immenses.

Wade laissa échapper ce petit rire qu'elle aimait tant.

— À cet âge, c'est juste ce qu'ils sont, mais ils grandissent vite.

— Quand commencez-vous à les dresser ?

— Dès leur naissance, mais on ne les monte qu'à partir de trois ans.

Elle ignorait combien de temps ils passèrent auprès des poulains, mais Wade déclara soudain :

— Il se fait tard, tu dois être affamée. Rentrons, nous pourrons nous promener à cheval demain, et je te montrerai d'autres parties du ranch.

— Parfait ! dit-elle, un grand sourire aux lèvres.

- 9 -

Wade était fasciné. Victoria n'avait pas fait le moindre commentaire négatif depuis qu'ils étaient descendus de l'hélicoptère. Il avait cru qu'elle allait se plaindre de l'emplacement éloigné du ranch, mais elle n'avait pipé mot. En outre, elle avait paru apprécier réellement la visite des écuries. Il ne comprenait plus rien, car ce comportement était vraiment aux antipodes de l'ancienne Victoria. Cela dit, il s'en réjouissait vivement, surtout après ce qu'ils avaient partagé. Néanmoins, il demeurait sur ses gardes. Tout semblait tellement insensé… Depuis sa sortie de l'hôpital, les réactions de Victoria ne correspondaient nullement à celles qu'il attendait ; il en éprouvait à la fois du soulagement et de la stupeur.

Demain, il prévoyait de l'emmener à Stockman's Ridge, qui n'était accessible qu'à cheval. L'endroit offrait des points de vue panoramiques magnifiques. Pour l'heure, ils devaient rentrer au chalet avant le coucher du soleil. Il avait prévu un repas typique qu'ils prendraient dehors : haricots rouges et saucisses cuites sur un feu de camp, le tout accompagné de pain au maïs — c'était l'un de ses plats préférés quand il était enfant. Pas de chefs français, pas de vins chers, et la seule musique serait celle d'une guitare, si l'un des ouvriers apportait son instrument.

Si Victoria survivait à ce dîner et ce qui l'attendait le lendemain, alors il cesserait de s'inquiéter au sujet de ce changement de personnalité et devrait accepter le fait qu'elle était amnésique et ne feignait pas de l'être. Si elle appréciait la vie au ranch et les chevaux, il profiterait de chaque minute avec elle… Jusqu'à ce que la mémoire lui revienne. En cas de changement d'attitude de sa part, il aviserait.

Une chose l'intriguait, toutefois : il n'aurait jamais imaginé qu'elle était vierge, compte tenu de tous les hommes en compagnie desquels elle paradait ! C'était tout bonnement hallucinant.

Depuis son accident, elle n'était plus du tout la femme qu'il avait épousée. Si elle aimait la nature autant que lui, alors il devait remercier sa bonne étoile : c'était une union bénie par les dieux ! Il l'espérait de tout son cœur. Toutefois, rien n'excluait qu'avec la fin de l'amnésie l'ancienne Victoria ne reviendrait au grand galop… Et cette pensée l'attristait terriblement.

De retour à Pine House, après qu'un employé leur eut annoncé qu'il avait déposé leurs bagages devant la porte de la suite, Victoria se précipita en haut, curieuse de découvrir les lieux. La pièce était très spacieuse, occupée en son centre par un grand lit. La porte-fenêtre donnait sur une terrasse vers laquelle elle se dirigea sans hésiter. De vastes prairies bordées d'arbres s'étendaient à perte de vue. Au loin, elle aperçut une rivière dont l'eau étincelait dans la lumière de cette fin d'après-midi. Le paysage était spectaculaire… Comment Wade pouvait-il s'en priver en vivant à Dallas ?

Le dîner se déroula autour d'un feu de camp, où une vingtaine d'employés du ranch les rejoignirent, chacun se régalant allègrement de haricots rouges, de saucisses et de pain au maïs. Après avoir rempli son assiette, pris une fourchette et une serviette, elle alla s'asseoir sur un énorme tronc posé à terre, où Wade vint lui tenir compagne. Les journaliers faisaient la conversation, et elle était heureuse d'entendre des récits liés à l'enfance de Wade et de ses frères, la plupart étant très drôles.

À côté d'elle, Wade, un sourire aux lèvres et un chapeau de cow-boy sur la tête, écoutait les histoires, protestant de temps à autre quand on le décrivait comme un petit chenapan. De toute évidence, il connaissait ces hommes depuis sa plus tendre enfance et les appréciait tout autant qu'ils l'appréciaient. C'était ici qu'il devait vivre, se redit-elle. Il était dans son élément, et tellement différent de l'homme d'affaires de Dallas…

Depuis qu'ils étaient arrivés, il n'affichait pas de sourires forcés, il paraissait comblé et heureux, s'exprimant plus librement et, d'une manière générale, était bien plus décontracté.

Quand le groupe se dispersa, ils rentrèrent au chalet. Elle était fatiguée par cette journée pleine de surprises et de nouveautés, mais tellement bien…

— De quel côté du lit préfères-tu dormir ? lui demanda Wade.

— Ça m'est égal, choisis.

Elle prit sa nuisette et se rendit dans la salle de bains. Une fois sous la douche, lorsque les vapeurs l'enveloppèrent, elle repensa à la nuit qui s'annonçait, dans les bras de Wade… Aussitôt les battements de son cœur s'accélérèrent.

Une fois prête, elle retourna dans la chambre. La pièce était plongée dans l'obscurité, mais elle repéra tout de même la forme du lit et se dirigea vers le côté inoccupé. Se glissant sous les couvertures, elle roula malgré elle vers le milieu. Elle tenta de revenir sur le côté. En vain.

— Tu ne pourras pas dormir en t'accrochant au matelas, dit Wade avec humour. Je suis le seul à avoir dormi dans ce lit pendant des années et, en général, je m'allonge au milieu.

— Ah, je comprends !

Et elle plaça entre eux les oreillers qu'ils n'utilisaient pas, barrage précaire mais faute de mieux…

Lui tournant le dos, elle s'efforça de s'installer le plus confortablement possible. Comme il faisait frais ! se dit-elle soudain. La température chutait sacrément pendant la nuit. Elle s'emmitoufla dans les couvertures, puis ferma les yeux.

Un grand silence régnait… Qu'il était étrange d'être séparé de son mari par ces oreillers !

— Wade, tu dors ?

— Non.

— Tu sais, je trouve ça bizarre, ce barrage entre nous.

D'un mouvement sec, il le détruisit.

— Problème résolu, dit-il.

— C'est juste que je ne voulais pas t'écraser.

Il se mit à rire.

— *M'écraser* ? Chérie, tu ne le pourrais pas même si tu en avais envie. De toute façon demain, tu te retrouveras sur moi, et il n'y aura aucune plainte de ma part.

— Je sais que tout devrait me paraître normal, mais…

Wade se redressa sur un coude et lui souffla à l'oreille :

— Il suffira d'une nuit pour que tout te semble normal.

Et sur ces mots, il se mit sur le côté et cala son torse contre son dos.

— Ça va, comme ça ? demanda-t-il.

— Oui…

— Parfait. Si tu as trop chaud dans la nuit, réveille-moi.

Il effleura sa joue d'un léger baiser et ajouta :

— Mmm, tu sens bon.

À cet instant, elle perçut son érection à la pointe de ses reins, et son cœur se mit à battre comme un fou… Sa température intérieure monta d'un cran, et elle lutta pour ne pas se retourner… Bon sang ! Wade était un homme dans la pleine puissance de l'âge, et il savait pertinemment ce qu'il faisait.

— Wade, tu dors ?

— Il y a un problème, trésor ? répliqua-t-il d'un ton innocent.

— J'ai chaud.

Il éclata de rire puis la fit tourner vers lui. En un tournemain, il recouvrit sa bouche de la sienne et ses mains s'affairèrent à lui donner encore plus chaud.

Après avoir pris une douche rapide, Victoria enfila un jean, un chemisier décontracté et ses nouvelles baskets, puis descendit bien vite l'escalier.

— Prête pour l'aventure ? lança Wade.

— Absolument !

Wade se tenait près du comptoir de la cuisine, en jean… et torse nu. Seigneur ! Il portait uniquement un jean délavé et déchiré qui le moulait comme une seconde peau. Son ceinturon en cuir noir faisait ressortir ses abdominaux en « tablette de chocolat », son torse imposant et ses épaules carrées. Les muscles sous sa peau roulaient comme les rouages d'une machine bien huilée. Elle ne l'avait jamais vu vêtu autrement qu'en costume ou en jogging, mais le jean dépassait tout… D'autant qu'il mettait en valeur des atouts qu'elle avait pu apprécier la nuit précédente…

— Le sucre et le lait sont sur la table, dit-il. Veux-tu manger quelque chose ?

Il prit sa tasse de café, avala une gorgée et la reposa. Était-il conscient du pouvoir qu'il exerçait sur les femmes ? Et sur la sienne, en particulier ? C'était comme si une main de fée avait assemblé tous les éléments les plus sexy de la Terre, avait remué le tout et que le produit final se trouvait nonchalamment devant elle.

— Victoria ?

— Comment ? Euh… Non. Je n'ai pas faim.

Et elle se détourna pour qu'il ne la voie pas rougir.

— Tu n'as pas assez dormi ?

— Si, j'ai passé une *excellente* nuit, affirma-t-elle. Courte, mais excellente. J'ai besoin de peu d'heures de sommeil pour récupérer, ajouta-t-elle avec un sourire.

— C'est une bonne chose à savoir, répondit-il avec un clin d'œil. Tu veux que l'on emporte une boisson pour la promenade ? De la limonade, ou autre chose ?

Au lieu de lui répondre, elle se contenta de le regarder de nouveau fixement. Comme il fronçait les sourcils, elle se dirigea vivement vers le réfrigérateur, effleurant les verres qui étaient sur le comptoir. Elle eut le réflexe de les rattraper avant qu'ils ne tombent et se cassent en mille morceaux.

Wade l'observa, et ses yeux dorés lancèrent des éclairs amusés ; il s'était bien rendu compte que c'était lui qui la troublait !

— Tu es certaine que tu vas pouvoir chevaucher ?

— Oui, bien entendu !

— Tu es déjà montée à cheval ?

Elle se contenta de hausser les épaules.

— Bon, on va rapidement le savoir, conclut-il. Tu as trouvé de la limonade ?

— De la quoi ?

— Tu cherchais de la limonade dans le frigo, non ?

— Ah, oui ! Euh, j'ai trouvé du Coca light, ce sera parfait.

— Dans ce cas, allons-y.

Sur ces mots, il enfila sa chemise, et ce fut pour elle une véritable torture ; comme elle enviait le tissu en contact avec ses muscles, puis les doigts de Wade quand il boutonna la chemise…

À l'écurie, deux chevaux sellés les attendaient et Wade lui désigna la jument Tobiano qui lui avait tant plu la veille.

Se fiant à son instinct, elle prit la bride de l'animal et, à l'aide de l'escabeau, se hissa sur la selle, prête à partir. Cela lui valut un sourire de Wade et un hochement de tête approbateur. Il sauta sur un bel alezan, et ils partirent.

Courageuse mais pas téméraire, elle fit aller sa monture au pas, pour commencer, et très vite elle se sentit tout à fait à l'aise. Au bout d'une heure, elle avait la sensation d'être montée à cheval toute sa vie.

Ils suivirent la rivière qui serpentait sur plusieurs kilomètres dans la propriété des Masters, à travers des pins et quelques collines, le tout offrant des vues dignes d'un superbe livre d'images.

Wade, lui, semblait être né sur un cheval, et il était évident qu'il était chez lui, ici.

— Tu ne commences pas à avoir faim ? lui demanda-t-il. Il est presque 13 heures.

— Je déjeunerais volontiers. Mais je doute que l'on trouve un restaurant dans le coin.

— Il se pourrait que tu sois surprise, dit-il d'un ton amusé.

Quand ils arrivèrent en haut d'une colline, elle vit une couverture étalée sur l'herbe, un panier de pique-nique posé au milieu.

Descendant de cheval, elle attacha celui-ci à un arbre, puis se précipita vers la couverture. Ils dominaient toute la vallée.

— Waouh ! Splendide ! s'exclama-t-elle.

— C'était un de mes lieux préférés quand j'étais enfant. Juste derrière la colline, à droite, on retrouve la rivière et il y a de bons endroits pour pêcher.

Elle le regarda et lui sourit. Il lui rendit son sourire et demanda :

— Alors, comment t'en sors-tu, à cheval ?

— Pas mal du tout. Il faut dire que ma jument est extraordinaire.

Elle marqua une pause, s'absorbant dans la contemplation du paysage, et reprit :

— Je n'en reviens pas de la beauté de ton ranch. Pourquoi ne demandes-tu pas à un peintre de l'immortaliser ? Ainsi, tu pourrais accrocher la toile chez toi.

— Ma mère était l'artiste de la famille, elle peignait des paysages, des portraits. On a accroché ses œuvres un peu partout dans les différentes bâtisses de la propriété, mais je ne crois pas qu'elle ait peint ce lieu-là.

— Que c'est dommage !

— Et toi, sais-tu peindre ?

— Je l'ignore. Il me semble que je devais dessiner un peu avant l'accident, car j'ai les doigts qui me démangent de prendre un fusain et un carnet de croquis. Cela dit, c'est peut-être la splendeur de l'endroit qui me donne cette envie.

— Il faudra que l'on t'achète de la peinture et des toiles.

Elle secoua la tête.

— Non, inutile de se lancer dans des achats trop spécifiques, un simple crayon et du papier suffiront.

Après avoir mangé leurs sandwichs, ils reprirent leur chevauchée vers le nord, à travers les prairies luxuriantes qui flanquaient la rivière.

— Oh ! Wade ! s'écria-t-elle tout à coup. Regarde cette vieille cabane, j'aimerais l'observer de plus près. On peut s'arrêter ?

Quelques instants plus tard, elle poussait la porte vermoulue qui grinça sur ses gonds.

— À ton avis, elle remonte à quand ? demanda-t-elle, intriguée.

— Je ne pourrais te donner une date exacte, mais elle devait être là avant que mon grand-père achète la propriété, donc elle a au moins cent cinquante ans. Quand on était gamins, avec mes frères, on adorait venir ici. Il arrivait même que l'on apporte des provisions et que l'on campe dans les environs. Lorsqu'on aime la nature, on est comblé…

À ces mots, il l'enlaça et effleura sa bouche d'un baiser bien trop bref à son goût, avant de reprendre :

— Je pourrais rester ici à t'embrasser indéfiniment mais il faut que nous rentrions avant la nuit.

— Entendu, dit-elle en se haussant sur la pointe des pieds pour l'embrasser elle aussi. Je regrette de ne pas avoir un portable, car j'aurais adoré prendre cette bicoque en photo.

— Tu peux te servir du mien, dit-il en lui tendant son téléphone. Et de toute façon, rien ne s'oppose à ce que nous revenions ici.

Toute joyeuse, elle fit quelques photos puis lui rendit son portable.

— La propriété compte plus de trente-cinq mille hectares, dit-il. La prochaine fois, je suis certain que nous trouverons un autre endroit qui te plaira plus encore.

Elle lui sourit, heureuse comme elle ne l'avait jamais été depuis son réveil du coma. Elle ignorait si par le passé elle avait déjà chevauché, mais elle était en revanche certaine que les promenades à cheval feraient désormais partie de son avenir.

- 10 -

Le lendemain, comme Victoria dormait encore, Wade fit un saut à la ville voisine tôt dans la matinée. Lorsqu'il revint au chalet, Victoria était assise au comptoir de la cuisine et buvait un café.

— Bonjour ! lança-t-il.

Et il posa un gros sac sur la table.

— Bonjour, répondit-elle d'un ton intrigué. C'est quoi ?

— C'est pour toi.

— Pour moi ?

Dans le sac se trouvaient un carnet à dessins, des crayons, ainsi qu'un petit assortiment de peintures et deux toiles. Il y avait aussi des pinceaux et un petit chevalet que l'on pouvait installer sur une table.

— Waouh ! s'exclama-t-elle, visiblement ravie. J'espère que tu n'as pas perdu inutilement du temps et de l'argent.

— Nous verrons bien, répondit-il en souriant.

— Merci, Wade.

Et elle se réfugia dans ses bras pour l'étreindre tendrement. Il aurait bien prolongé cet instant d'une plus agréable façon, mais elle se dégagea et prit un carnet et un crayon.

Il la laissa dessiner tranquillement et quitta le chalet pour passer quelques appels.

Quand il revint dans la cuisine, un peu plus tard, il

découvrit une multitude de dessins qui recouvraient toute la surface disponible de la pièce !

Quelques-uns représentaient la vieille cabane, d'autres la vallée et la rivière, et sur l'un d'eux, on voyait une vache brouter en compagnie de son veau. Victoria avait aussi dessiné des gros plans de pommes de pin pendant aux branches de façon remarquablement détaillée. Certaines esquisses étaient scotchées sur les portes des placards, d'autres couvraient le comptoir. Il y en avait même sur les chaises et le dessus de la gazinière ! Et actuellement, Victoria était assise à la table, en train de travailler à une autre œuvre dont la précision était fascinante.

— Victoria ?

Elle ne leva pas la tête de son dessin.

— Victoria ?

Sa voix sembla enfin l'arracher à sa transe, et elle leva les yeux vers lui.

— Tiens, salut, dit-elle avec un sourire.

Il s'avança vers elle et prit un dessin qu'il observa de plus près, sourcils froncés.

— Depuis quand es-tu une artiste ? demanda-t-il.

Elle se redressa et s'adossa à sa chaise en s'étirant.

— Je ne savais pas moi-même que je savais dessiner.

— Mais c'est comme pour la nage, ça t'est revenu naturellement. Aujourd'hui, nous pouvons passer la journée ici, si tu veux. Pourquoi n'essaierais-tu pas de peindre la vieille maison sur toile ?

— Oh ! J'adorerais ! Tu es certain que cela ne t'ennuie pas, que nous ne sortions pas ?

— Pas le moins du monde.

Il était stupéfait de découvrir une artiste accomplie en elle. Comment avait-il pu passer à côté d'un tel talent ? Elle dessinait réellement comme une professionnelle.

— Je vais faire un tour à l'étable pour voir nos nouvelles génisses, dit-il. Ensuite, on mangera.

— OK, répondit-elle distraitement, déjà occupée à mettre différentes peintures sur sa palette.

Quand il sortit, elle était de nouveau absorbée par son travail.

Wade se tenait derrière Victoria, regardant la toile en cours. Au bout d'un moment, il poussa un sifflement d'admiration.

— C'est spectaculaire, Victoria. J'ignorais que tu avais un si grand talent.

— Merci. Je l'ignorais aussi. Je ne sais si c'est bien ou pas, mais j'adore avoir un pinceau dans la main. On déjeune ?

— L'heure du déjeuner est passée depuis longtemps, il est 19 heures. Je suis revenu vers 15 heures, mais tu étais si absorbée par ta peinture que je n'ai pas osé te déranger. Mais là, il faut manger. Une artiste affamée, ce n'est pas forcément une bonne chose.

— Tu as raison. Je range tout ce désordre, et on y va.

Aujourd'hui, un chili était au menu, et comme la veille, Victoria se servit puis vint s'asseoir près de lui, sur la même souche. Le son des guitares emplit bientôt l'air du soir. La soirée était douce, tout comme la légère brise qui soufflait du Sud. Victoria semblait heureuse en regardant les flammes qui éclairaient la nuit. Au-dessus d'eux brillait la pleine lune. Soudain, elle se tourna vers lui.

— Je suis si contente que tu m'aies fait découvrir ton ranch. J'ai l'impression que cela fait une éternité que je n'ai pas été aussi détendue. J'espère… J'espère que ce n'est pas la dernière fois que nous venons ici.

— Nous reviendrons, ma chérie, c'est promis, mais nous devons hélas repartir demain, car je dois préparer une réunion avec nos partenaires japonais. Apparemment, les choses ont évolué rapidement, depuis ma dernière visite au Japon.

— Il a toujours une excuse, lança une voix masculine derrière eux.

Wade se leva d'un bond et se retourna.

— Chance ! s'écria-t-il. Tu es déjà rentré ?

— Holly m'a appris que tu t'étais enfin décidé à amener ta femme au ranch, je tenais absolument à te voir et à faire sa connaissance.

— Victoria, je te présente mon jeune frère, Chance. Chance, voici Victoria.

— Ravie de te rencontrer, Chance, dit-elle en lui tendant la main.

— Plaisir partagé. Wade te traite bien, au moins ?

— Jusque-là, je ne peux pas me plaindre !

— Ah, donne-lui encore un peu de temps, à ce *bouseux*, dit Chance d'un ton taquin. En tout cas, je suis ravi de te voir en chair et en os, Victoria. Nous commencions à penser qu'il t'avait inventée de toutes pièces !

— Non, elle est bien réelle, tu vois !

— Bienvenue dans la famille, reprit Chance. Et enchanté que tu sois sur le ranch.

— Merci, répondit-elle.

— Au fait, Wade, dit Chance. Cole m'a dit que la date pour signer la succession allait bientôt être fixée. Cela nous permettra aussi de revoir Seth. J'en suis si heureux.

— Moi aussi, répliqua Wade.

— Bien ! dit Chance. Il ne me reste plus qu'à vous souhaiter un bon retour à la maison. Et encore une fois, Victoria, c'était vraiment chouette de faire ta connaissance.

— Pour moi aussi.

Adressant un bonsoir collectif aux employés, Chance se dirigea vers son pick-up. Nul doute que Holly attendait son retour avec impatience.

Wade songea alors à leur propre retour à Dallas…

Désormais, il ne serait plus angoissé à l'idée de laisser Victoria seule pendant ses absences liées au travail, car elle serait occupée à peindre. Il avait aussi l'intention de prendre contact avec un spécialiste de la mémoire. Après ces quelques jours passés en sa compagnie sur le ranch, il ne pouvait imaginer que son ancienne personnalité, si détestable, resurgisse en elle. Aussi devait-il discuter de son cas de plus près avec les meilleurs experts afin d'éviter qu'un tel drame se produise, quand elle retrouverait la mémoire. Il n'était pas sûr de pouvoir le supporter.

— On rentre ? proposa-t-il.

— OK, répondit-elle en prenant la main qu'il lui tendait.

Le lendemain, Wade emmena Victoria faire une dernière promenade à cheval, puis ils préparèrent leurs bagages en vue de prendre l'hélicoptère vers 17 heures et de rentrer à Dallas.

— Ainsi, nous serons à l'heure, déclara-t-il.

— À l'heure pour quoi ?

— Je me suis dit que nous pourrions dîner en ville, ce soir, dans un restaurant étoilé, puis aller visiter une exposition.

— Oh ! Génial !

Et elle se jeta à son cou.

— Tu es trop bon avec moi, Wade, murmura-t-elle contre sa bouche. Je ne le mérite pas.

— Non, c'est moi qui ne te mérite pas.

Et il captura ses lèvres tout en roulant avec elle sur le lit pour lui montrer combien il était heureux de partager ce moment avec elle…

*
* *

Victoria se laissa entraîner par Wade au cinquantième étage d'un immeuble de Dallas, dans un restaurant situé sous un dôme en verre qui tournait doucement sur lui-même et offrait une vue panoramique sur la ville qui scintillait de mille feux.

Le dîner fut divin. Et Wade ne cessait de lui décocher des œillades dépourvues d'ambiguïté quant à ce que leur réservait la fin de la soirée. À vrai dire, elle avait tout aussi hâte de se retrouver dans les bras de cet homme si beau, si fort, si viril qui l'entraînait chaque fois dans des océans de volupté…

Après le repas, ils regagnèrent la limousine qui les attendait en bas pour les conduire à l'exposition promise. Elle se rendit compte qu'il s'agissait d'une visite privée et que du champagne avait été prévu !

— Prends tout ton temps pour admirer tranquillement les tableaux, lui conseilla Wade. La plupart sont déjà vendus mais pas encore livrés.

Il s'agissait en partie de toiles abstraites qu'elle trouva fascinantes. Au fil de la visite, les peintures se firent toutefois plus figuratives. Sur certaines, on voyait des ponts, des oies voler au-dessus d'un lac tranquille, des nuages surplombant une verte prairie… L'ensemble la toucha profondément, mais un tableau en particulier la frappa : il représentait une petite maison blanche, et devant, une femme détachait des draps accrochés à un fil tandis que le vent les soulevait violemment et que des éclairs striaient le ciel. La toile s'appelait *L'Orage monte*, mais le nom de l'artiste ne figurait nulle part…

— Elle te plaît ? demanda Wade, la faisant sursauter.

— Wade, je connais ce tableau, murmura-t-elle. Je veux dire, je l'ai déjà vu.

— Si tu t'en souviens, alors cela signifie peut-être que ta mémoire va revenir sous peu.

— Oh ! Je l'espère !

— Tu sais, le style de l'artiste me rappelle le tien, fit-il remarquer.

Elle se pencha vers le tableau et distingua des initiales dans l'angle droit, en bas : L.D.

— Tu crois que l'on peut savoir qui est l'artiste ? demanda-t-elle.

— Je mène l'enquête, je reviens.

Elle continua sa visite, toujours ravie mais légèrement troublée par le tableau aux draps volant au vent, et par l'espèce d'écho familier qu'il suscitait en elle.

— Le tableau a été peint par une jeune artiste, Laurel Dawson, lui annonça Wade quand il revint. Il est vendu, mais la galerie nous préviendra, quand elle recevra de nouveaux tableaux de cette artiste.

La limousine les ramena à la maison. Blottie dans les bras de Wade, Victoria ne disait rien. Elle baignait dans une sorte de mélancolie qu'elle n'aurait su expliquer.

Que Wade perçut rapidement.

— Qu'as-tu, Victoria ?

— Rien, sans doute la nostalgie du ranch.

— Nous y retournerons bientôt. À propos, mon assistante vient de me rappeler qu'il y aura le bal du gouverneur, le mois prochain. C'est un événement qu'en général tu attends avec fébrilité, et nous le sponsorisons chaque année. Entre le choix de ta robe et tes tableaux, tu auras de quoi t'occuper pendant que je retrouverai mes dossiers.

— Le bal du gouverneur ? Non, Wade, je ne peux pas y assister, je ne reconnaîtrai personne. Je ne sais plus comment me comporter en société.

— Les gens ne sauront pas si tu te souviens d'eux ou pas. Ce ne sera pas la mer à boire, tu sais.

— Parle pour toi !

— Je serai à tes côtés, de toute façon, donc pas de panique. Ta compagnie m'est si douce. Ces jours sur le ranch étaient exquis, je n'avais pas pris de vacances depuis des lustres, et cela m'a fait un bien fou de me détendre, surtout avec toi. Je dois partir demain matin de bonne heure, mais je serai de retour en fin d'après-midi.

— Ne te presse pas de rentrer à cause de moi !

— Promets-moi d'être prudente, notamment autour de la piscine et…

— Oui, ne t'inquiète pas. Nous en avons déjà discuté.

— De toute façon, tu seras si fatiguée demain que tu passeras ta journée à dormir, lui souffla-t-il d'une voix rauque et prometteuse quant à la nuit qui s'annonçait.

Quelques instants plus tard, elle se trouvait sous la douche et se lavait les cheveux quand Wade entra. Immédiatement, les battements de son cœur s'accélérèrent lorsqu'il posa ses mains sur ses épaules. Il s'attarda ensuite particulièrement sur ses seins qui gonflèrent sous ses caresses avant de s'agenouiller devant elle pour allumer un véritable feu entre ses jambes… Alors qu'elle se sentait défaillir, il se redressa et, la saisissant par la taille, la plaqua contre les carreaux de la paroi. Le souffle lui manqua quand elle sentit son sexe en elle, mais elle lui enserra bien vite les hanches de ses jambes, nouant les bras autour de son cou.

Il se mit alors à chalouper contre elle, avant de lui murmurer à l'oreille :

— Je ne vais pas tenir longtemps, ma chérie…

Et sur ces mots, il accéléra ses va-et-vient avant de se retirer brusquement d'elle pour la soulever et l'emporter dans la chambre, non sans avoir saisi un drap de bain au passage. Tout aussi prestement, il mit un préservatif, et fut bientôt de nouveau en elle, exerçant sa magie pour les conduire tous deux vers les rives de l'extase…

Soudain, elle poussa un cri et eut la sensation qu'un courant magnétique la parcourait tout entière, puis qu'un feu d'artifice explosait en elle. Elle s'agrippa de toutes ses forces à Wade qui la suivit dans l'orgasme quelques secondes plus tard…

Une fois qu'ils eurent retrouvé leur souffle, Wade se pencha vers la table de nuit, d'où il sortit une boîte en velours noir qu'il lui présenta.

Elle se redressa, ne comprenant pas trop de quoi il s'agissait. Lorsqu'il souleva le couvercle, elle vit le plus magnifique des diamants… Wade le sortit de son écrin et lui prit la main gauche.

— J'ai remarqué que ma femme ne portait plus son alliance, alors j'ai voulu lui en offrir une nouvelle.

— J'ai rangé l'autre dans un tiroir quand tu m'as raconté la vérité sur notre mariage, avoua-t-elle.

— Veux-tu bien accepter celle-ci jusqu'à ce que tu en choisisses une qui te plaira réellement ? demanda-t-il en la lui glissant au doigt.

La bague était réellement superbe, avec un énorme diamant autour duquel scintillaient des plus petits.

— Wade, tu n'aurais pas dû… D'autant que nous ne sommes mariés que sur le papier, comme le stipule le contrat.

— Dans ce cas, épouse-moi pour de bon, Victoria. Soyons mari et femme pour la vie.

À court de mots, elle pressa sa bouche contre la sienne, et murmura :

— Je t'aime, Wade Masters.

Pour Victoria, les jours suivants s'apparentèrent à la perfection sur Terre. Lorsque Wade travaillait dans son bureau, elle alternait la piscine et la peinture. Quant aux nuits, elles étaient tout simplement incroyables.

Quand Wade lui parlait de sa famille, de son enfance, elle s'accrochait à chaque mot, espérant que ces souvenirs finiraient par réveiller les siens et qu'elle pourrait enfin les partager elle aussi avec lui.

Ce jour-là, tandis qu'ils déjeunaient ensemble dans leur alcôve tout en commentant le dernier tableau de Victoria, Curtis vint les interrompre :

— Veuillez m'excuser, monsieur Masters, mais votre assistante est sur la ligne 4.

— Désolé, ma chérie, je dois absolument prendre cet appel.

— Je t'en prie, j'imagine que tu lui manques, dit-elle pour le taquiner.

Il posa un baiser sur son front et s'éclipsa... pour revenir quelques minutes plus tard, le front soucieux.

— Que se passe-t-il ? s'enquit-elle, inquiète.

— Rien de grave, mais il faut que je me rende au siège, ma présence s'impose pour un dossier ! La réalité trouve toujours un moyen de se rappeler à nous au moment le plus inopportun. C'est l'un des inconvénients d'être le P-DG de Masters International. Mais au moins ce soir, je ne trouverai pas une maison vide à mon retour, grâce à toi, Victoria.

— Je t'aime, Wade.

— Merci pour ta compréhension.

— À propos, pour le bal du gouverneur... Il faudra que tu me donnes des consignes.

— Tu y as pourtant assisté l'an dernier. Tu en as parlé des semaines à l'avance et tu attendais l'événement avec impatience. En gros, il te suffira de profiter du buffet somptueux, de danser avec ton mari et de sourire à l'assemblée, trois fois rien, en somme. Mais l'important sera surtout que tu t'amuses, Cendrillon ! précisa-t-il d'un ton taquin. Et je serai là pour te souffler le nom des uns et des autres.

— *M'amuser* ? C'est plutôt effrayant de penser que

je serai entourée de personnes qui me connaissent mais qui seront des étrangers pour moi ! Et si je gâche tout ?

— Mais non ! Tout le monde sera ravi de te revoir après ton accident.

— Bien, si tu le dis… Je m'en remets donc à toi, mon prince charmant.

- 11 -

Les jours qui suivirent, Victoria vit très peu Wade, mais elle se doutait bien qu'il avait un emploi du temps bien chargé. Elle espérait vivement que, très vite, ils pourraient retourner au ranch.

Quand on lui livra sa robe pour le bal du gouverneur — un fourreau à sequins noirs avec un décolleté aussi plongeant devant que derrière —, elle en resta sans voix. Jamais elle n'oserait porter une tenue aussi audacieuse !

Elle en éprouva toutefois un certain plaisir mêlé de frayeur. Allait-elle être à la hauteur de l'événement, avec sa mémoire défaillante ? Elle espérait surtout ne pas faire honte à Wade.

Quand ce dernier rentra, il dut percevoir sa tension car il s'enquit tout de suite de ce qui n'allait pas.

— Rien de grave, lui assura-t-elle. Je m'inquiète juste un peu pour le bal.

— Ma chérie, ne te tracasse pas pour ça. Il y aura plus de trois cents invités et tu es la plus exquise des femmes. Reste près de moi et personne ne se rendra compte si tu le reconnais ou non. D'ailleurs, la plupart ne savent même pas que je suis marié, et donc beaucoup nous féliciteront. Et si on s'en étonne, réponds que nous avons préféré une cérémonie intime à un mariage tapageur.

Elle se contenta de hocher la tête.

Le lendemain, un paquet d'une galerie d'art arriva

à son nom. Intriguée, elle retira le papier brun qui le protégeait pour découvrir un tableau représentant un chat siamois juché sur un guéridon et absorbé dans la contemplation d'un papillon aux ailes or et bleu métallique, une patte levée sous l'effet de la fascination. Le mélange de tons pastel et d'ombres allié à la couleur vive des yeux du chat et des ailes du papillon donnait presque à la peinture l'aspect d'une photo.

Elle se pencha pour mieux apprécier les coups de pinceau et, malgré la beauté globale qui se dégageait de l'œuvre, elle perçut quelques défauts. Ainsi, la fourrure du chat aurait gagné à être plus épaisse et touffue, ses prunelles auraient dû refléter les objets alentour… Et soudain, elle prit conscience qu'elle observait la toile avec un œil professionnel, la main en l'air comme si elle tenait un pinceau et s'apprêtait à terminer l'œuvre inachevée.

Ce fut alors qu'elle sentit les doigts de Wade se poser sur ses épaules, ce qui l'arracha au sortilège.

— Il me plaît beaucoup, dit-il en l'embrassant sur le front.

— Il n'est pas fini, murmura-t-elle en fronçant les sourcils.

— Pardon ? Victoria, tu as acheté cette peinture quelques jours avant ton accident. Tu m'as appelé pour me parler d'une jeune artiste montante dont tu venais de découvrir un magnifique tableau dans une galerie, me dire que tu l'avais acheté et qu'il nous serait livré lorsque l'exposition serait terminée, ce qui semble être le cas.

— C'est sans doute pour cette raison qu'il me semblait familier, dit-elle, sentant une légère migraine pointer. C'est peut-être le signe que ma mémoire revient.

— Peut-être. Nous l'accrocherons dans la bibliothèque, cela me semble l'endroit idéal. C'est un très beau tableau.

— C'est vrai… Il a juste besoin de quelques finitions avant qu'on ne l'accroche.

Wade haussa les épaules.

— Il me semble parfait, à moi. Est-ce que tu as faim ? Victoria ?

Elle sursauta.

— Pardon ?

— Je te demande si tu as faim. Pour ma part, je meurs de faim. Quant à ce tableau, s'il te paraît familier, c'est que ta mémoire va bientôt te revenir. Tu verras, cette amnésie va finir par se dissiper.

— Je l'espère, murmura-t-elle, pensive.

Le bal du gouverneur était dans deux jours à présent, et Victoria contemplait sa robe accrochée dans la chambre. Les escarpins étaient placés juste en dessous. La maquilleuse et le coiffeur viendraient quatre heures avant. Tout était prévu, ce qui ne l'empêchait pas d'avoir les nerfs en pelote, en dépit des paroles rassurantes de Wade.

Ce bal était l'événement de l'année, une liste interminable de dignitaires y assisterait ! Et elle, elle ne reconnaîtrait *personne* ! Comment pouvait-elle se sentir calme ?

Les frères de Wade et leur épouse étaient également invités, et Holly l'appelait régulièrement pour la tranquilliser et lui certifier que tous l'entoureraient et que personne ne remarquerait si elle oubliait un nom ou deux, voire trois. Elle n'était pas pour autant convaincue, mais ne voulait pas laisser tomber Wade.

Celui-ci rentrerait dans deux heures, et elle eut soudain envie de lui réserver une surprise : un excellent repas. Aussi se rendit-elle dans les cuisines et demanda-t-elle au chef de mitonner le plat favori de Wade pour le dîner.

Elle retourna dessiner un peu, ravie de la soirée qui les attendait, Wade et elle. Tous les moments qu'ils passaient ensemble étaient de plus en plus précieux, et elle s'était rendu compte… qu'elle était follement amoureuse de son mari.

Il avait beau être immensément riche, ce qu'elle préférait chez lui, c'était quand il était en jean, sur le ranch, et que son visage détendu indiquait combien il s'y sentait bien. Elle était si heureuse qu'il lui ait montré ce lieu qu'il aimait tant.

Jacob avait placé un chandelier au milieu de la table et allumé des bougies, devinant qu'elle avait envie d'une soirée intime. Il avait également disposé un petit bouquet de fleurs.

Elle portait une robe en dentelle noire très suggestive et avait ramené ses cheveux en arrière, maintenus par un peigne argenté.

Wade rentra peu avant 18 h 30, et elle vit un éclair briller dans ses yeux dès qu'il les posa sur elle.

— Ai-je oublié une invitation ? demanda-t-il. Nous donnons un dîner ?

— Non, il n'y aura que nous deux.

— Mmm, voilà qui ouvre tout un champ de possibles… À propos, sais-tu que tu es particulièrement ravissante ce soir ?

— Merci. Tu n'es pas mal non plus.

Il lui adressa son sourire le plus sexy, et elle eut immédiatement envie de faire l'amour avec lui…

— Je vais prendre une douche si cela ne te dérange pas, dit-il.

Un sourire aux lèvres, elle le suivit à l'étage.

— Le dîner sera prêt dans une demi-heure, dit-elle.

— Il se peut que ce soit un peu trop tôt…

— Tôt ?

Sans répondre, il entra dans sa suite et décrocha le téléphone intérieur.

— Jacob ? Pouvez-vous attendre que je vous donne

le feu vert, pour le dîner ? Prévoyez de le servir dans au moins une heure, voire deux.

Raccrochant, il desserra sa cravate, déboutonna sa chemise en soie, puis ce fut le tour de sa ceinture, ses chaussures, ses chaussettes, le tout avec un léger sourire entendu aux lèvres. Puis il s'approcha d'elle et défit la fermeture Éclair de sa robe avec une lenteur… exaspérante. Quelques instants plus tard, la robe glissait de ses épaules, tomba sur le sol, et elle se retrouva devant Wade dans ses sous-vêtements en dentelle et ses escarpins noirs.

— Mais… Wade… Le dîner ?

Il lui retira son peigne et ses cheveux retombèrent sur ses épaules.

— Il attendra, déclara-t-il. J'ai une autre faim à assouvir, pour l'instant.

Il retira son pantalon, sa chemise et poursuivit :

— Tu veux te joindre à moi ?

— Peut-être…

— Peut-être ? Peut-être que oui ?

— Oui !

À cet instant, il captura sa bouche et l'embrassa avec fièvre.

Jamais plus elle ne pourrait se passer de ses baisers, pensa-t-elle en savourant ses lèvres à la fois douces et fermes sur les siennes. Sans compter que sa barbe naissante du soir le rendait encore plus sexy…

Une poignée de secondes plus tard, ils se retrouvaient dans la douche, et elle sentit qu'il faisait glisser sa culotte en soie sur ses jambes… Alors elle saisit le savon, puis se mit à lui masser le dos avec, avant de passer sur le devant de son corps pour se concentrer sur son érection. Sur une impulsion, elle se mit à genoux devant lui…

— Victoria…, marmonna-t-il.

— C'est ton tour.

Il enserra son visage et la laissa suivre son idée pendant quelques instants avant de déclarer :

— Victoria, assez !

Il l'aida à se relever, la fit doucement pivoter sur elle-même, puis entreprit de lui passer à son tour le savon sur les seins, avant de descendre vers son entrejambe… Elle eut soudain la sensation de fléchir de plaisir, mais Wade la maintenait fermement. Plaquant les mains sur ses hanches, il la souleva, puis la pénétra… Elle ferma les yeux, savourant pleinement ses va-et-vient en elle, lesquels devinrent de plus en plus fougueux jusqu'à ce qu'elle se mette à jouir bruyamment, bientôt rejointe par Wade qui cria son prénom dans un dernier sursaut…

Elle eut à peine le temps de reprendre son souffle qu'il l'enveloppait dans un drap de bain et l'emportait sur le lit.

Sans hésiter, il s'allongea sur elle, et se mit à lui mordiller les seins, tout en déversant de temps à autre une pluie de baisers sur sa poitrine. Chaque centimètre de son corps que Wade touchait devenait extrêmement vivant. Soudain, il prit son mamelon dressé dans sa bouche… Elle se cambra dans un long gémissement.

— Wade, prends-moi…, murmura-t-elle.

Et, sans attendre, elle le guida en elle.

— Non, une seconde, dit-il.

Le souffle court, il glissa sur son corps pour caresser de nouveau avec sa langue les plis de son intimité. Il voulait la rendre folle ou quoi ? Elle se mit à haleter de plus en plus fort, le plaisir montant de nouveau en elle avant qu'un orgasme foudroyant l'emporte dans un tourbillon de sensations…

Une fois qu'elle eut retrouvé son calme, Wade enfila rapidement un préservatif et, bien qu'épuisée, elle sentit rapidement sa fatigue passagère se transformer en désir ardent. En un rien de temps, elle était de nouveau prête pour lui et il fut en elle.

Cette fois, il chaloupa d'abord doucement, puis ses coups de reins se firent plus fougueux… Au moment où elle allait jouir, il la retourna sur le ventre puis glissa la main vers son clitoris tout en la pénétrant de nouveau… En quelques secondes, la jouissance la submergea tout entière…

Quelques minutes après, lorsque Wade roula sur le côté, il l'attira contre lui, complètement essoufflé.

— Alors, que prévoyais-tu pour dîner, ma chérie ?

Elle laissa échapper un petit rire.

— Je crois que nous venons de prendre le dessert.

— Tu veux le plat de résistance, à présent ?

Wade savourait la douceur des baisers de Victoria sur son torse et son cou.

Il n'arrivait toujours pas à comprendre la place que Victoria avait prise dans sa vie, et à quel point il désirait maintenant qu'elle retrouve la mémoire. L'appréhension qu'elle éprouvait à l'idée du bal montrait bien à quel point l'absence de souvenirs lui pesait. Plus vite son amnésie aurait disparu, plus vite leur relation serait débarrassée de ce poids.

Elle s'était blottie contre lui, ce qui raviva peu à peu son érection… Pauvre Jacob ! pensa-t-il. Le dîner allait être repoussé d'une heure encore…

Une fois le bal du gouverneur passé, il allait organiser leur mariage, une cérémonie en grande pompe ou intime, c'était Victoria qui déciderait. Puis ils partiraient en lune de miel là où elle le désirerait, au bout de la Terre si elle le souhaitait !

Comment cette incroyable alchimie s'était-elle donc imposée à eux ? Il ne le comprenait pas, mais il était quasi certain que, lorsqu'elle aurait retrouvé la mémoire, il aurait envie de passer le reste de sa vie avec elle. Le spectre de l'ancienne Victoria s'éloignait chaque jour un peu plus. Elle était désormais si sincère, si douce et aimante, qu'il était fou amoureux d'elle, et cette fois pour de bon.

- 12 -

Tout endormie, Victoria se retourna dans le lit et entendit Wade respirer de façon régulière. Elle sourit, attendrie par le spectacle qu'il lui offrait dans son sommeil. Comme elle aimait le regarder dormir, sentir la chaleur qui émanait de son corps solide... et lui voler des baisers. Le diamant qu'elle portait au doigt brilla sous la lumière argentée de la lune qui entrait par la fenêtre, et elle sentit un immense bien-être la submerger.

Elle regarda l'heure. Il était juste minuit, et une petite faim la titillait, si bien qu'elle ne put résister longtemps à l'idée d'un verre de lait et d'un sandwich. Enfilant promptement une nuisette et un peignoir en soie, elle descendit l'escalier pour se rendre dans la cuisine, mais alors qu'elle s'apprêtait à ouvrir le réfrigérateur, elle entendit un bruit, dans l'entrée. S'aventurant dans le corridor, elle vit la porte s'ouvrir... et une femme entrer, un parapluie à la main qu'elle secoua tranquillement pour faire tomber les gouttes qui le recouvraient. Un frisson de peur parcourut Victoria.

— Euh... Bonjour ! Je peux vous aider ?

La femme tourna lentement la tête vers elle, et Victoria sentit le souffle lui manquer... quand elle se retrouva face à son propre visage !

Qui était cette femme et que lui voulait-elle ?

— Je vois qu'on a pris ses aises en mon absence,

décréta son sosie en la toisant des pieds à la tête, yeux plissés. Pour qui te prends-tu au juste ?

— Je… Je ne comprends. Je ne… Qui êtes-vous ?

Une violente migraine la saisit, les murs blancs et le sol se mirent à vaciller, et elle eut la sensation que ses tempes allaient exploser.

— Tu étais censée être partie, déclara l'inconnue d'un ton rageur en se rapprochant d'elle. Alors tu sors de chez moi, et tout de suite !

— Chez… *vous* ?

Elle se massa les tempes qui l'élançaient affreusement et, soudain, des visions commencèrent à tourbillonner dans son esprit… Elle vit par fragments son atelier, son chien Murphy, tout en ayant conscience que cette femme qui lui ressemblait comme une jumelle menaçait de la faire chanter si elle ne jouait pas le jeu jusqu'au bout. Mais quel jeu ?

— Pourquoi n'as-tu pas répondu à mes appels, petite garce ?

La femme hurlait à présent, complètement déchaînée.

— Que croyais-tu pouvoir faire ? Tu pensais peut-être que Wade allait tomber amoureux de toi et te pardonnerait la mascarade ?

Elle la toisa d'un air dégoûté et poursuivit :

— Désolée de t'annoncer la nouvelle, ma grande, mais Wade Masters n'aime rien ni personne. C'est un gros crétin calculateur et froid, mais ça, c'est mon problème, pas le tien. À propos, où est-il ?

— Euh… En haut.

Dans le lit où nous venons de faire l'amour.

— Wade est ici ? s'exclama l'inconnue. Tu dois partir immédiatement, tu m'entends ? Prends ma voiture et disparais avant qu'il ne descende. On se voit à ton atelier demain. Allez, ouste !

Victoria était en proie à une terrible douleur, subissant

de plein fouet le flot de souvenirs qui lui revenaient. Elle prit appui contre un petit secrétaire, mais la pièce continuait de tourner.

— C'est quoi ton problème ? s'exclama la femme, furieuse à présent, en s'approchant d'elle. Tu ne comprends pas ce que je te dis ? Va-t'en ! Pars immédiatement !

— Mais qu'est-ce qui se passe ici ? demanda Wade qui venait de les rejoindre.

En un rien de temps, la femme retrouva une contenance.

— C'est à elle qu'il faut poser la question ! répliqua-t-elle vivement. J'étais partie en vacances et elle en a profité pour prendre ma place.

— C'est faux ! s'écria Victoria.

Et, alors que son esprit subissait l'assaut des souvenirs qui affluaient comme si une digue s'était rompue, elle se rappela tout. Absolument tout.

Elle s'appelait Laurel. Pas Victoria. Et elle était artiste peintre.

Victoria Masters — la vraie — était venue la voir à son atelier, à Waxahachie et lui avait acheté une toile. Elle lui avait affirmé être sa tante, et elle l'avait crue : la ressemblance entre elles était troublante.

Victoria lui avait alors expliqué que des années auparavant, sa sœur plus âgée était morte en couches, laissant une orpheline. Elle affirma avoir trouvé récemment de vieilles photos dans une petite boîte et interrogé sa mère. Sur l'une d'elles figurait un nouveau-né, et sa mère avait finalement admis que l'enfant était sa nièce, d'où la ressemblance. Elles étaient quasiment jumelles, n'ayant que très peu de différence d'âge.

Laurel qui, enfant, avait été placée dans divers foyers, avait accueilli cette nouvelle comme un miracle. Elle ne savait rien de sa naissance, ignorait qu'elle avait une famille, et certainement pas une tante.

Cette nuit-là, elle eut des difficultés à s'endormir

tant elle avait été heureuse de faire la connaissance de Victoria, cette tante qui avait entrepris des démarches pour la retrouver.

Deux jours plus tard, celle-ci était revenue pour lui demander un grand service. Elle devait s'absenter des États-Unis pendant quelques mois et, contre une somme d'argent conséquente, lui proposait d'occuper sa place auprès de son mari durant ce temps. Elle lui avait alors juré que celui-ci serait en déplacement en Europe et que personne ne soupçonnerait la supercherie ; avec la bonne coupe de cheveux et le maquillage approprié, elles se ressembleraient comme deux gouttes d'eau.

Laurel avait trouvé cette idée parfaitement invraisemblable et amorale, aussi avait-elle vivement refusé. Mais Victoria avait insisté et, face à cette résistance à laquelle elle ne s'attendait de toute évidence pas, elle avait fini par menacer Laurel de ruiner sa réputation sur la scène de l'art si elle ne marchait pas dans son jeu.

Or, l'art était tout ce que Laurel possédait, son rêve de toujours, et si elle perdait la possibilité de gagner sa vie grâce à ses toiles, elle ignorait ce qu'elle pourrait faire. Elle savait bien que la communauté artistique était minuscule et impitoyable, et elle commençait à percer, à exposer dans des galeries, à vendre… Et voici que cette personne menaçait de réduire à néant les efforts de nombreuses années de travail acharné si elle ne la remplaçait pas trois mois. Comme elle hésitait, Victoria avait cité quelques noms d'agents très en vue dans le milieu artistique, affirmant les connaître personnellement et être leur très bonne cliente ; un mot d'elle et ils n'auraient aucun état d'âme à rayer de leur catalogue l'artiste en herbe qu'elle était. Laurel avait senti ses rêves s'évanouir… Tout était tellement irréel…

Victoria lui avait assuré qu'elle était mariée à un millionnaire qui passait 90 % de son temps hors des

États-Unis. Il suffirait à Laurel de vivre dans la maison à Dallas et de faire ce qu'elle voudrait pendant ces trois mois : du shopping à gogo, des visites de musée à satiété, et elle pourrait même installer sur place un petit atelier et peindre autant qu'elle le voudrait.

— Accepte, lui avait ordonné Victoria. Qu'est-ce que tu as à perdre… à part ton gagne-pain ? C'est très court, trois mois.

— Pourquoi ? avait rétorqué Laurel. Pourquoi as-tu besoin que je te remplace auprès de ton mari ? Qu'y a-t-il de si important ?

— Cela ne te regarde pas ! avait hurlé Victoria. Fais juste ce que je te dis, et crois-moi, moins tu en sauras, mieux ce sera.

— C'est parce que tu es enceinte ? avait alors demandé Laurel.

En dépit de ses visibles efforts pour masquer sa grossesse, Victoria devait en être à son sixième ou septième mois.

— Ce ne sont pas tes oignons ! avait rétorqué Victoria. Et maintenant, prends cette clé et écris les codes que je vais te donner. Une voiture t'attend pour te conduire à la maison.

— *Maintenant* ?

— Oui, maintenant.

Laurel n'avait donc pas eu le choix et avait obtempéré, tout en se demandant comment elle allait bien pouvoir gérer la supercherie. Néanmoins, elle avait travaillé trop dur pour voir son rêve se briser.

Elle avait appelé sa meilleure amie, Beth Hamilton, afin de lui annoncer qu'une amie venait de l'inviter à passer quelques mois chez elle, lui promettant qu'elle resterait en contact avec elle. Une limousine avec chauffeur l'attendait devant chez elle, mais sur le trajet un semi-remorque leur avait refusé la priorité. Au moment où

Laurel était transportée à l'hôpital, la véritable Victoria filait vers Paris…

À présent, elle était de retour, et enchaînait les mensonges, l'accusant de toute la manigance.

Wade semblait hors de lui, les scrutant tour à tour.

— L'une de vous peut-elle m'expliquer ce qui se passe ? demanda-t-il.

— C'est une intruse ! s'écria Victoria. Ne vois-tu donc pas ce qui s'est passé ? Je t'avais prévenue que je m'absenterais quelques mois, et voilà que je rentre chez moi et que je trouve cette femme dans *ma* maison !

Il lui décocha un regard furieux, puis se mit à regarder fixement Laurel au point qu'elle eut envie de rentrer sous terre.

— Wade, la situation est… compliquée mais il y a une explication, commença-t-elle, le cœur battant à tout rompre, sous le double choc des souvenirs et de l'apparition de Victoria. J'ai… Je viens de retrouver la mémoire. Cette femme, enfin, *ta* femme, m'avait demandé de la remplacer pendant qu'elle serait à l'étranger.

Il la regarda d'un air ébahi quelques instants et lança :

— Et tu as accepté ?

Des larmes lui montèrent aux yeux. Comment allait-elle expliquer clairement cette histoire surréaliste ? En disant la vérité, songea-t-elle.

— Pas au début, mais oui, j'ai fini par accepter, murmura-t-elle. Mais cela n'a rien à voir avec ce qu'elle affirme.

— Et comment t'appelles-tu, soit dit en passant ?

— Laurel. Laurel Dawson.

— Eh bien, Laurel Dawson, tu es une excellente actrice, je présume que ton amnésie était également factice ?

— Non !

— De toute façon, cela n'a plus aucune importance,

chéri, puisque je suis de retour, intervint Victoria. Restons-en là.

Il se tourna vers elle et la fusilla du regard.

— Où étais-tu pendant ce temps-là, Victoria ?

— À Paris, répondit-elle bien vite. Tu ne te souviens pas ? Nous avions rendez-vous au Café La Bruine, le week-end dernier, mais tu n'es pas venu.

— Pourquoi aurais-je pris l'avion pour te retrouver à Paris puisque tu étais avec moi ici, Victoria ?

— Elle est arrivée à l'improviste dans mon atelier, expliqua Laurel qui souhaitait mettre les choses au clair rapidement. Elle a affirmé être ma tante et m'a demandé de prendre sa place auprès de toi, jouant sur notre ressemblance. J'ai refusé et…

— Franchement, Wade, je ne comprends vraiment pas de quoi elle parle ! l'interrompit Victoria. Tu vois bien que c'est une menteuse. On a beau se ressembler, je n'ai pas de nièce de mon âge. Tu connais mes parents, tu crois vraiment que ce serait possible ?

— Tu étais enceinte, reprit Laurel. Tu es allée à Paris pour accoucher.

Cet argument attira l'attention de Wade, qui braqua les yeux sur Victoria, laquelle se mit à hurler de colère et à injurier Laurel tout en s'approchant d'elle, main levée, comme pour la frapper. Mais Wade s'interposa à temps.

— Je veux que vous sortiez immédiatement de chez moi ! décréta-t-il d'un ton sans appel. Toutes les deux !

Comprenant que Wade n'était pas prêt à discuter sereinement de la situation, Laurel monta dans sa chambre, les larmes aux yeux, se demandant comment elle avait pu se mettre dans un embrouillamini pareil.

Une fois dans sa suite, elle s'écroula sur une chaise, tremblante.

Toute cette idylle avec Wade reposait sur un mensonge, la réalité était insupportable ! Elle aurait aimé se réveiller de ce cauchemar, mais hélas, ce n'était pas un cauchemar…

Elle devait partir avant que Wade la mette à la porte. Elle avait vu de la rage à l'état pur dans ses yeux qui, il n'y a pas si longtemps, la couvaient avec amour, la rage d'un homme blessé d'avoir été pris pour un idiot. Et elle ne voulait surtout pas recroiser ce regard-là. Elle se sentait incapable de l'affronter. Certes, c'était lâche, mais elle ne voulait pas revoir cette haine dans ses yeux…

Bien sûr, ce qu'elle avait fait était impardonnable, même si elle avait une raison d'avoir accepté cette mascarade. Toutefois elle aurait beau lui expliquer, il ne la croirait pas. Il pensait bien sûr qu'elle était de mèche avec Victoria pour lui extorquer de l'argent pendant que celle-ci accoucherait en Europe de l'enfant d'un autre homme. Mais qui pourrait lui en vouloir ?

Elle espérait seulement qu'il ne croirait pas la version de Victoria.

Elle se leva, encore tremblante, et enfila un jean et un T-shirt. Elle jeta un coup d'œil à sa magnifique bague et, le cœur serré, l'ôta de son doigt pour la déposer sur la table de nuit. Elle regarda une dernière fois le lit où, quelques instants auparavant, elle était blottie amoureusement contre Wade puis, ouvrant brusquement la porte, elle s'enfuit à toutes jambes.

Une fois dehors, elle demanda à la sécurité de lui appeler un taxi et s'engouffra à l'intérieur dès qu'il surgit, ne sachant trop où aller ni que faire. En l'espace de quelques minutes, son monde s'était écroulé et l'amour de sa vie avait été réduit en cendres.

Quand le taxi franchit la grille de la demeure, elle tourna la tête pour emporter une dernière image de la superbe maison en haut de la colline qui abritait le seul homme qu'elle aimait.

Il ne croirait jamais qu'elle avait été réellement amnésique, ni que Victoria avait exercé un affreux chantage sur elle pour qu'elle accepte son ignoble marché. Comment aurait-elle pu l'en blâmer ?

Une pensée l'assaillit soudain, lui faisant monter les larmes aux yeux. Si ce qu'il lui avait dit était vrai, il était tombé amoureux d'elle… Enfin de la femme qu'il croyait qu'elle était, c'est-à-dire Victoria, son épouse, ce qui était dans l'ordre des choses. Et à présent… À présent elle devait rentrer chez elle, reprendre sa propre identité et retrouver sa vie. Le conte de fées était terminé, le royaume magique avait refermé ses portes. Cendrillon allait retourner au monde étriqué qui était le sien, et plus jamais elle ne reverrait son prince charmant.

Le cœur déchiré, elle se retourna. La maison était déjà hors de vue.

Wade ne décolérait pas. Il venait d'être trahi par une femme en qui il avait toute confiance, qu'il pensait aimer. Il ne pouvait lui arriver pire !

Se dirigeant vers le bar, il se servit un verre de whisky et en but une longue gorgée qui ne lui apporta aucun réconfort.

Victoria l'avait habitué à des coups tordus, mais là, c'était inimaginable, vraiment ! Trouver une jumelle pour l'aider dans sa mascarade ! Parviendrait-il à s'en remettre ?

En ce qui concernait Victoria, c'était clair : elle était en train de rassembler quelques effets et serait partie d'ici peu. Mais c'était la fausse Victoria, Laurel, qui lui posait problème : celle-là avait tenu son cœur entre ses mains et l'avait piétiné !

D'après ce qu'il avait compris de la brève conversation décousue de tout à l'heure, l'accident avait été le grain de sable qui avait enrayé la belle machine. Lorsqu'il avait eu lieu, Victoria était déjà en partance pour l'aéroport, direction Paris, afin d'accoucher de l'enfant d'un autre homme ! Savait-elle seulement qui était le père ? Bien entendu, elle avait tout intérêt à lui cacher cette grossesse qui aurait mis fin à leur contrat. Il s'attendait à une escroquerie semblable de sa part — c'était d'ailleurs pour cette raison qu'il avait demandé le divorce ; jamais elle n'aurait risqué de perdre le million de dollars qu'elle devait toucher au bout d'un an.

Le plan de Victoria était diabolique mais bien monté. Elle savait qu'il était censé passer l'été à Londres, de sorte qu'il ne se serait aperçu de rien. Malheureusement pour elle, il y avait eu cet accident. Après l'appel de l'hôpital, il était revenu en urgence d'Angleterre.

Il avait bien conscience que Victoria était capable des pires ruses, mais celle-ci les battait toutes. Sans l'accident, il n'y aurait vu que du feu…

Il se resservit deux doigts de whisky qu'il avala d'un trait.

Jamais il n'avait ressenti une telle rage ! Cependant il ignorait contre qui il la dirigeait. Contre Victoria pour ce piège ? Contre lui-même pour s'y être laissé prendre ? Ou contre cette Laurel pour avoir accepté et rendu possible ce plan machiavélique ?

Il finit par se calmer un peu et se rappeler quelques bribes de la conversation… Il revit Laurel expliquer que les choses n'étaient pas telles que Victoria les racontait, ce qu'il aurait d'ailleurs pu croire aisément. Il n'en restait pas moins qu'elle était complice de ce mensonge. Et pourtant, pendant toutes ces semaines qu'ils avaient passées ensemble, elle lui avait paru si honnête, si sincère… Pas du genre à comploter contre autrui.

Assis dans l'obscurité de son bureau, il sirota son

whisky, en essayant de réfléchir aussi sereinement que possible.

Si Victoria pensait qu'il allait lui régler ce qui avait été convenu entre eux après cette supercherie, elle était bien crédule. Elle ne toucherait pas un dollar ! Il lui avait donné deux heures pour faire ses bagages et déguerpir. Il lui enverrait ce qu'elle n'avait pu emporter et laisserait son avocat régler la question du divorce. Elle devait d'ailleurs s'estimer heureuse qu'il ne la poursuive pas en justice.

Une rapide recherche sur Internet lui apprit que Laurel menait une vie de bohème et qu'elle était une artiste pleine de talent, sur le point de percer. Sur les photos, on la voyait en jean déchiré, dans des T-shirts lâches et sans doute pieds nus… Une photo d'elle la montrait avec une longue natte retombant d'un côté de son visage, souriant à l'objectif…

Assez ! L'histoire était réglée. Victoria avait été prise en flagrant délit de supercherie, et Laurel Dawson avait été contrainte de reconnaître son rôle dans l'affaire. Quant à lui, il venait de prendre une leçon qui lui servirait désormais de leitmotiv : ne plus jamais faire confiance à personne.

Une image lui revint soudain, ébranlant ses belles décisions… Pendant quelques secondes, il avait vu le regret et les remords dans les yeux de Laurel, quand elle était passée devant lui pour monter dans sa chambre. Bon sang ! Comment avait-elle pu le trahir ainsi ?

Alors qu'il se rendait au salon, il aperçut Victoria, valise à la main, arborant un air offensé. Un comble !

Incapable de se taire, il lui hurla :

— Fiche le camp immédiatement ! Et n'oublie pas le tableau dans la bibliothèque. Je ne veux rien qui me rappelle ta présence dans cette maison !

— Je n'emporte rien pour l'instant, je charge mon

avocat de l'affaire, et la toile dont tu parles n'est pas à moi, mais à cette sale petite garce ! C'est elle qui l'a peinte. Je l'avais achetée deux jours avant qu'elle ne me persuade que son plan marcherait et ne m'encourage à partir pour Paris.

Il ne prit pas la peine de répliquer quoi que ce soit à ce sujet ; il savait pertinemment que Victoria mentait, inutile de le souligner.

— Juste une question, Victoria. Comment as-tu trouvé une femme qui te ressemblait autant ?

Prenant un air faussement indigné, Victoria répondit :

— Ma sœur aînée a conçu une fille quand elle était encore adolescente. Mes parents ont remis le bébé à l'assistance publique. Poussée par la curiosité, je l'ai recherchée, et quand je l'ai vue… Wade, j'avais commis une erreur, je devais aller à Paris pour la réparer. Certes, j'ai eu tort de ne pas t'en parler, mais après tes menaces et tes avertissements pour que je reste discrète, je ne savais pas comment tu réagirais face à une grossesse.

— Qu'est-il arrivé au bébé ?

— Je l'ai confié à des amis, à Paris. Je dois retourner là-bas pour le donner à l'adoption dès que les choses se seront arrangées ici. Franchement, je n'avais pas du tout l'intention de te défier ou t'embarrasser, c'était une histoire sans lendemain.

— Une histoire sans lendemain ? Une grossesse ? Tu te fous de moi ? Tu connaissais les règles, Victoria. Tu les as outrepassées mais tu voulais malgré tout empocher un million de dollars. Dommage, si près du but !

Elle était vraiment lamentable. À un mois de la fin du contrat, elle avait tout perdu. *Mauvais timing !* pensa-t-il avec dérision.

Puis, après un dernier regard à cette femme qui

allait enfin sortir définitivement de sa vie, il tourna les talons. Plus jamais il n'aurait à supporter ses plaintes et ses mensonges.

Laurel était partie elle aussi…

Ce qui lui convenait également tout à fait !

- 13 -

— Il est presque 17 heures ! Le moment est venu de nettoyer le matériel ! lança Beth depuis l'arrière-boutique.

Laurel obtempéra, puis prépara l'espace pour les cours du lendemain.

La boutique de son amie, Beth Hamilton, était située dans la petite ville de Waxahachie. C'était à la fois une galerie d'art et un centre d'apprentissage qui accueillait une vingtaine d'élèves de tous âges, des enfants aux jeunes adultes, en passant par les adolescents.

— Comment avance ta peinture ? lui demanda Beth en la rejoignant. Accepteras-tu de me la montrer, cette fois ?

Laurel haussa les épaules.

— Je ne sais pas pourquoi tu prêtes tant d'importance à mes tableaux. Ce sont juste des paysages, rien de nouveau.

Beth se dirigea vers le chevalet posé dans un angle, et enleva avec précaution le drap qui le recouvrait, avant de reculer de quelques pas pour contempler la toile.

— C'est fantastique..., murmura-t-elle d'un ton admiratif.

Puis, replaçant le drap, elle enchaîna :

— Mme Bridgeman va nous faire une crise si tu ne lui prêtes pas ta dernière série pour sa nouvelle exposition.

— Je n'ai pas réalisé de série et mes tableaux ne sont pas destinés à être exposés.

— Franchement, Laurel, je ne te comprends plus ! Tu es une artiste exceptionnelle, j'aimerais vraiment que, pour une fois, tu acceptes de lui montrer ton travail ! Je me demande bien comment l'idée t'est venue de peindre ce genre de sites, car je suis quasi certaine que ces endroits paradisiaques n'existent nulle part sur cette planète.

Laurel se contenta de sourire, sans daigner donner d'explications.

Ces paysages ne sortaient pourtant pas de son imagination, ils étaient gravés de manière indélébile dans sa mémoire. C'était les lieux où elle était allée avec Wade, sur son ranch : la forêt touffue de pins, l'étang au calme étrange, la ravissante petite cascade, les prairies où paissaient le bétail et les chevaux dont les yeux reflétaient l'âme, la vieille cabane. Désormais, ces souvenirs étaient toute sa vie, songea-t-elle. Elle ne reverrait jamais ces endroits, mais chaque coup de pinceau la rapprochait de Wade, de sa voix profonde, de son souffle chaud sur sa peau, de son rire troublant. C'était tout ce qu'elle possédait à présent, aussi refusait-elle de partager ce passé avec quiconque. C'est pourquoi il n'était pas question que l'on accroche ces peintures dans une exposition. Elle ne voulait pas montrer des souvenirs aussi précieux au monde entier ; c'était tout ce qui lui restait de l'homme qu'elle avait aimé et aimait encore…

Il lui avait fallu plus d'un mois pour ramasser sa vie en miettes et aller de l'avant. Elle était restée quelque temps auprès de Beth, enfermée dans son silence. Son amie avait compris qu'elle avait vécu un traumatisme et ne l'avait pas pressée de questions.

Après de longues journées dans sa chambre à pleurer son amour perdu, Laurel avait peu à peu rejoint le monde des vivants. Finalement, elle avait accepté de sortir avec ses six amies de toujours qui ne l'avaient pas non plus questionnée sur son comportement, mais lui avaient su gré de se joindre de nouveau à elles, conscientes de toute évidence qu'elle avait l'âme brisée.

Au bout d'un moment, Beth n'avait plus supporté de l'entendre sangloter chaque nuit, et l'avait un peu secouée, lui demandant ce qui s'était passé. Alors Laurel avait fini par lui raconter sommairement ce qui lui était arrivé : elle avait rencontré l'homme qu'il ne fallait pas, et son inconscience l'avait conduite à une terrible peine de cœur. Beth avait été soulagée d'apprendre qu'elle ne souffrait pas d'une maladie incurable, et avait continué à lui apporter soutien et réconfort.

— Mme Bridgeman va insister, reprit Beth. Elle adore ton travail depuis que nous sommes au lycée, et elle est du genre têtu. Bon, tu restes travailler ici, ce soir ?

— Oui, si cela ne te dérange pas.

— Bien sûr que non. Seulement, n'oublie pas de dîner, il ne faut pas que tu perdes encore du poids, d'accord ?

— OK.

— À demain, alors, lui dit son amie en l'embrassant.

Le carillon de la porte tinta et tout redevint calme.

Laurel se remit à son tableau en cours. Il représentait la vieille cabane du ranch, mais sous un angle bien particulier. Par le jeu successif de l'ombre et de la lumière, le toit était mis en relief, et il se dégageait de l'ensemble une impression de doux délabrement, dans un cadre automnal mordoré, avec quelques touches de vert et de rouge. Des rayons de soleil perçaient à travers le nuage et éclairaient la vieille bâtisse construite au moins cent cinquante ans plus tôt. Peut-être était-ce pour cette raison qu'elle l'attirait, se dit-elle. Si peu de chose avait duré, dans sa vie. Sa mère l'avait abandonnée, elle avait été placée dans un orphelinat avant de passer d'une famille d'accueil à une autre.

En revanche, ce qui avait toujours été permanent dans sa vie, c'était l'art ; son carnet de croquis et son crayon étaient ses meilleurs alliés pour affronter la vie. Une fois capturée sur le papier, celle-ci lui devenait plus compréhensible.

Elle travailla de longues heures, et ce fut la cloche du village sonnant minuit qui la ramena à la réalité. Elle s'étira, plongea son pinceau dans une solution nettoyante, puis s'assit afin d'observer la progression de son travail. Ce n'était pas encore parfait, mais l'ensemble était satisfaisant, estima-t-elle. Elle sentait presque le piquant automnal dans l'air qui enveloppait la cabane, l'odeur des pins. Grâce à Wade, elle avait en tête de nombreux autres tableaux. Les peindre serait la meilleure thérapie pour son esprit torturé.

En revanche, ce qu'elle ne pourrait jamais peindre mais n'oublierait jamais, c'était le dernier regard qu'il lui avait lancé, les éclairs furieux qui brillaient dans ses yeux… « Je te faisais confiance, disaient-ils clairement. Comment as-tu pu me faire ça ? » La rage déformait ce visage si beau et le transformait en une mosaïque exprimant la douleur profonde d'avoir été trahi…

Elle recouvrit le tableau en soupirant. Demain, c'était dimanche, et elle serait seule dans la boutique atelier. Elle aurait tout loisir de céder à ses souvenirs doux et amers. Pour autant, elle ne devrait pas se laisser envahir par la tristesse, sans quoi elle ne pourrait pas avancer. Son cœur demeurait si fragile.

Wade s'était assuré que Victoria était bien sortie de sa maison et de sa propriété et qu'elle n'y remettrait plus jamais les pieds. Pour le reste, il s'en remettait à ses avocats. Il était clair qu'en fuyant à Paris afin d'accoucher de l'enfant d'un autre, elle avait rompu le contrat qui les liait. Elle avait pourtant si bien préparé son plan. Dommage qu'un semi-remorque se soit mis en travers de son chemin…

Quant à Laurel, il pensait à elle sans arrêt… Il ne comprenait toujours pas pourquoi elle avait accepté de participer à ce complot ridicule. Elle semblait être une femme intelligente, sincère, honnête…

Quand il avait hurlé aux deux femmes de s'en aller, Laurel lui avait jeté un regard qu'il n'oublierait jamais, puis elle était aussitôt montée dans sa chambre pour faire ses bagages. Il ne l'avait pas revue depuis. Peut-être aurait-il dû tenter d'avoir une conversation avec elle ? Mais, sur le moment, il avait été tellement furieux.

Un mois s'était écoulé et il ne parvenait pas à l'oublier. Il était sûr d'avoir bien agi en chassant les deux femmes, mais son cœur lui soufflait de partir à la recherche de Laurel. N'avait-elle pas été piégée par Victoria, tout autant que lui ? Et puis elle était la seule et unique femme qu'il avait aimée. Et en toute honnêteté, il pensait que cet amour était réciproque, ou du moins *l'était*, jusqu'à ce qu'il perde le contrôle de lui-même, le soir où Victoria était revenue. Laurel voudrait-elle encore lui parler après les horreurs qu'il lui avait jetées au visage ?

Lorsqu'il avait découvert sa bague sur la table de chevet, son cœur s'était serré. Elle aurait pu en tirer un très bon prix, et le fait qu'elle l'ait laissée là en disait long sur la femme qu'elle était.

Il passa nerveusement la main dans ses cheveux.

Il était certain à présent qu'elle n'avait pas feint l'amnésie ; personne ne pouvait être une aussi bonne actrice. Elle avait par ailleurs réellement adoré le ranch, les chevaux, le lac dans la montagne ; tout cela non plus, elle n'avait pas pu le simuler.

Au fond de lui, il avait conscience qu'il ne retrouverait

jamais une femme aussi incroyablement faite pour lui. Aussi parfaite.

Où pouvait-elle bien être en ce moment ? Et n'était-ce pas un pari perdu d'avance de croire qu'elle lui reviendrait ?

Il devait en avoir le cœur net !

Décrochant son téléphone, il composa le numéro de son service de sécurité privé.

— Matt ? J'ai besoin que vous me retrouviez quelqu'un, aussi vite que possible.

Laurel était tellement furieuse contre Beth qu'elle aurait pu la gifler!

Elle s'était radicalement opposée à montrer au public ses tableaux représentant Wade et le ranch. Malgré tout, Beth avait agi derrière son dos ! Et qui plus était, l'exposition n'ayant pas lieu dans une petite ville, ses toiles étaient en ce moment en partance pour Dallas ! Elle devait de toute urgence se rendre à la galerie. Peut-être réussirait-elle *in extremis* à protéger son intimité.

Bien qu'il ne soit que 15 heures, elle ferma la boutique et se dirigea en toute hâte vers sa voiture. Il faudrait une bonne heure pour gagner Dallas, si elle n'était pas coincée dans les embouteillages dus aux actuels travaux sur la route. Sortant à toute vitesse du parking, elle mit le cap vers le sud.

Il était presque 17 heures quand elle se gara devant la galerie. Elle repéra immédiatement le véhicule de Beth.

— Alors, qu'en penses-tu ? demanda celle-ci en s'avançant vers elle, lorsqu'elle pénétra à l'intérieur. Superbe galerie, non ?

— Où sont-ils ?

— Au fond… Oh ! Laurel, arrête, ne fais pas l'idiote ! Tu travailles depuis des années pour avoir la reconnaissance, et elle est enfin là !

— Pas avec *ces* tableaux, Beth. Tu n'as donc pas compris ? Je croyais pourtant que si.

— Allez, Laurel, il y en a aussi qui datent d'avant ton accident. On t'a réservé deux murs, tu te rends compte ? *Deux* murs ! Et tes tableaux sont vraiment spectaculaires !

Laurel se dirigea vers le fond de la galerie où étaient exposés ses natures mortes, ses paysages et ses portraits. Il y avait son tableau préféré, celui d'une femme assise contre un mur de pierre, une rose à la main, sur fond de coucher de soleil… Et tout un pan de mur était consacré au ranch.

— Combien de temps dure l'exposition ? demanda-t-elle à Beth.

— Juste un week-end. Enfin, vendredi, samedi et dimanche.

Outre les paysages figuraient des tableaux d'un format plus petit, comme cette pomme de pin accrochée à sa branche, sous la rosée du matin, qui semblait toute fraîche.

— Je l'adore, celle-ci, déclara Beth en désignant un poulain et sa mère. Tout comme ces hommes mystérieux.

À ces mots, Laurel se tourna vers les deux tableaux que lui montrait son amie et qu'elle n'avait pas encore vus. L'un représentait Wade en homme de pouvoir en costume griffé, sérieux et songeur, celui qui gérait des contrats internationaux et assistait à des conseils d'administration du monde de la haute finance. Sur l'autre, on voyait le même Wade insouciant, en jean et chemise ouverte, les cheveux au vent, proche de sa famille et de ses amis, celui qui chevauchait durant des heures, roulait dans la boue sur un quad, qui appréciait les autres en fonction de leurs actions et de leurs paroles tenues. C'était cet homme dont elle était amoureuse, cet homme qu'elle avait blessé…

— C'est lui, Laurel ? demanda Beth d'une voix émue.

Incapable de répondre, elle sentit une larme rouler sur sa joue. Si Wade découvrait ces portraits, il la haïrait pour toujours. Même c'était déjà sûrement le cas… Donc, qu'avait-elle à perdre, s'il les voyait ? Après tout, ces toiles lui appartenaient, à elle, et elle se devait peut-être de montrer au monde quel homme complexe, brillant et aimant était Wade Masters.

— Oui, finit-elle par répondre.

— Lequel ?

— Les deux.

Incroyable ! pensa Wade. Une section entière de la galerie Montrella montrait des tableaux de *son* ranch ! Des peintures détaillées des cascades, étangs, vallées et pinèdes qui le constituaient. Jamais sa propriété n'avait été représentée de façon si précise. La vieille cabane était des plus émouvantes…

Quand son assistante lui avait conseillé de se rendre à la galerie, il avait ouvert de grands yeux.

— Mais enfin, je n'y connais rien en art. Pourquoi irais-je ?

— Parce qu'il y a deux portraits de vous, et les paysages sont ceux de votre ranch. Enfin je suppose.

Et voilà comment il s'était retrouvé devant ces superbes toiles peintes par Laurel, ces magnifiques paysages. Quand il se tourna vers les portraits, le souffle lui manqua… L'un révélait le visage qu'il montrait au monde des affaires, l'autre celui qu'il réservait à son cercle d'intimes. Laurel avait capturé à la perfection ces deux visages, car elle connaissait intimement les deux hommes qui cohabitaient en lui.

— Monsieur Masters…

La femme à qui il avait demandé s'il lui était possible

de parler à l'artiste se tortillait les mains devant lui. *Mauvais signe*, en déduisit-il.

— Désolée, mais Laurel Dawson vient de partir et j'ignore quand elle reviendra. Ce que je sais en revanche, c'est que ces toiles ne sont pas à vendre. Il y a eu un malentendu entre Mme Bridgeman, la galeriste, et l'artiste. Ces tableaux ne devaient en fait pas être accrochés. Voulez-vous que je laisse un message ou votre numéro de téléphone à Laurel Dawson ?

— Inutile, elle sait où me trouver. En tout cas, j'achète toutes ces toiles, peu importent les consignes que l'on vous a données. Si Mme Bridgeman y voit un inconvénient, qu'elle téléphone à mon comptable. Vous allez recevoir dans quelques minutes un appel de Bradley Jarrod, qui s'occupera du paiement et de la livraison.

Il jeta un nouveau coup d'œil aux tableaux et ajouta :

— J'insiste : ne laissez personne repartir avec une des toiles de Laurel Dawson, à part mon mandataire.

— Bien sûr, monsieur. Pour plus de sûreté, nous allons fermer cette section.

— Parfait.

Et sur ces mots, il se dirigea vers la porte, flanqué de Crawford et Jenkins qu'il vit échanger un curieux regard. Mais il avait mieux à faire que d'y prêter attention, obsédé qu'il était par le fait que Laurel était venue ici, et repartie un peu avant son arrivée. S'était-elle enfuie en le voyant ? Possible. Il ne pouvait lui en vouloir, après la façon dont il l'avait traitée. Une chose était certaine, toutefois : cela n'arriverait plus jamais.

— Laurel, lui dit Beth quand elle prit l'appel. Euh… Tes toiles… Elles ont toutes été vendues…

— *Pardon* ?

Laurel crut s'étrangler. Elle ne voulait même pas les exposer, alors les vendre…

— Mme Bridgeman et toi ne pouvez pas me faire ça ! s'exclama-t-elle. Je vous ai bien dit que…

— Écoute, je crois que ça ne pose pas de problème, elles ont été achetées par le même homme et tout porte à croire qu'il s'agit de Wade Masters. Celui des portraits, n'est-ce pas, Laurel ?

Laurel ouvrit la bouche et la referma.

— C'est bien ce que je pensais, enchaîna Beth. Bon, il a demandé à te voir et n'a pas été content d'apprendre que tu t'étais déjà éclipsée. Lui et ses gardes du corps sont tout de suite repartis et j'imagine qu'ils se dirigent vers chez toi…

— Il ne sait pas où j'habite.

— Allons, ne fais pas l'idiote ! S'il a retrouvé tes tableaux, il peut facilement te dénicher. Tu l'aimes et j'ai la conviction qu'il t'aime, lui aussi. Alors parle-lui quand il arrivera ! Quoi qu'il se soit passé entre vous peut être surmonté.

Laurel raccrocha sans un mot.

Elle aurait basculé dans le vide qu'elle n'aurait pas été plus sonnée.

Wade était venu à l'exposition, il avait acheté tous ses tableaux représentant le ranch…

Sans doute n'avait-il pas apprécié qu'elle expose et mette en vente des toiles représentant sa propriété, ses souvenirs qui lui tenaient à cœur et qu'il lui avait fait partager. Il devait la haïr encore plus, à présent…

Quoi qu'il en soit, elle ne regrettait absolument pas le temps qu'ils avaient passé ensemble et elle l'aimait toujours de tout son cœur.

Rien ne s'était déroulé selon le plan machiavélique de Victoria, qui lui avait assuré qu'elle ne rencontrerait pas Wade, puisqu'il était à Londres. Et il était encore moins prévu qu'elle tombe amoureuse de lui ! Dire qu'aujourd'hui il pensait qu'elle était aussi malveillante que sa femme et qu'elle avait voulu monnayer son ranch tant aimé en mettant ses tableaux le représentant en vente…

Elle cligna des yeux pour retenir ses larmes. En tout cas, elle avait bien fait de ne pas rentrer chez elle et de venir dans la boutique de Beth, songea-t-elle. Chez elle, elle n'aurait pas fermé l'œil de la nuit.

Elle se rendit dans l'arrière-boutique. Elle allait travailler à son tableau en cours. En général, peindre l'apaisait. Mais ce soir, sachant que Wade avait vu ses toiles, la peinture ne lui serait pas d'un grand secours. Elle ne cessait de revivre le moment où il l'avait chassée de chez lui, puis d'imaginer sa colère en découvrant ses peintures, à l'exposition…

Assez !

Elle prit une grande inspiration, choisit deux pinceaux et se mit au travail.

— C'est très intéressant !

Elle poussa un cri.

Wade !

Même si la lumière était tamisée, Wade la vit pâlir. Il la regarda avec attention, redoutant qu'elle disparaisse de nouveau.

— Qu'est-ce que tu fais là ? Comment es-tu entré ? demanda-t-elle.

Il brandit une clé.

— Grâce à Beth Hamilton, dit-il en la posant sur une table. J'ai eu tort, Laurel. Tort de te dire de partir de chez moi. J'étais furieux, frustré, mais cette colère ne t'était pas adressée.

— C'est faux ! J'ai bien vu la façon dont tu me regardais. Et tu avais toutes les raisons de me détester.

Je ne savais pas à quoi je m'engageais en acceptant le plan machiavélique de Victoria…

— Tu as accepté car elle t'a menacée. Au moins, concernant le chantage qu'elle a exercé sur toi, elle a été honnête et m'a tout raconté. Je te comprends à présent. Si la seule chose à quoi je tenais était menacée, je céderais moi aussi probablement à un chantage.

— Non, certainement pas. Toi, tu es fort, tu es un battant. Pas moi.

— Tu es la femme la plus forte que je connaisse, et la personne la plus honnête qu'il m'ait été donné de connaître. Et je t'aime, Laurel Dawson.

À ces mots, elle baissa la tête, et il vit les larmes couler sur ses joues.

— Regarde-moi, Laurel…

— Non, marmonna-t-elle.

Il s'approcha d'elle et lui releva le menton. Ses beaux yeux violets scintillaient de larmes.

— Je crois que tu m'aimes, toi aussi, souffla-t-il.

Elle ne répondit pas.

— La question est maintenant de savoir ce que l'on va faire de tout cet amour, enchaîna-t-il.

Comme elle demeurait muette, il caressa doucement son visage.

— Victoria est partie, et ne reviendra jamais, dit-il. Notre divorce a été officialisé la semaine dernière. Je veux que tu rentres à la maison avec moi, je veux que tout redevienne comme avant cette affreuse soirée, entre nous, sauf que désormais, tu sauras qui tu es. Je suis tombé amoureux de toi dès le début, il se trouve que par erreur je ne t'ai pas appelée par ton nom… Laurel Marie Dawson, veux-tu m'épouser ?

Sur ces mots, il approcha la bouche de la sienne, lui laissant le choix d'accepter son baiser ou non. Poussant un petit gémissement, elle pressa ses lèvres contre les siennes… Alors il eut l'impression que le temps avait juste été suspendu depuis le retour de Victoria. Il tenait de nouveau dans ses bras la femme qu'il aimait, et l'accord entre eux était toujours aussi parfait. Il la sentait avide de l'embrasser, et il nourrissait le même désir, ainsi que d'autres intentions…

— Épouse-moi, Laurel, murmura-t-il contre sa bouche.

— Oui, je…

Incapable de se contenir davantage, il l'interrompit d'un baiser fougueux…

— Je t'aime tant, dit-il dans un souffle avant de reprendre sa bouche.

Son corps réagissait déjà, comme toujours face à cette superbe femme.

Mais elle s'écarta brusquement de lui.

— Les tableaux, dit-elle, haletante, je ne voulais pas les exposer. Encore moins les vendre. Ils étaient juste pour moi. C'est Beth qui…

— Ce n'est rien, mon amour. On va les emporter à la maison avec nous. Ils sont magnifiques et je pourrai les contempler le reste de ma vie. Il se peut même qu'un jour, nous consentions à les partager avec le reste du monde, le temps d'une exposition.

Soudain, il prit sa main gauche… et y glissa la bague qu'elle avait laissée sur la table de nuit en partant.

— Nous nous marierons demain, poursuivit-il. Je refuse d'attendre plus longtemps. Nous pourrons, bien sûr, organiser une grande cérémonie plus tard pour célébrer notre mariage, mais il n'est pas question qu'une journée supplémentaire s'écoule sans que tu sois entièrement mienne, sur tous les plans : légal, émotionnel et spirituel.

De nouveau, il vit des larmes jaillir de ses yeux, et il l'étreignait avec fougue. Puis il recouvrit sa bouche de la sienne, et leur amour put prendre son envol…

Épilogue

La cérémonie de mariage eut lieu sur le ranch, ainsi que Laurel l'avait souhaité, dans une petite chapelle oubliée depuis des années, mais à présent repeinte, à l'autel restauré et aux bancs flambant neufs. Un tapis de roses et d'arums blancs en recouvrait le sol.

Les frères de Wade ainsi que leur épouse étaient présents, tout comme le personnel du ranch et quelques amis intimes. C'était une noce en petit comité, selon ses vœux, même s'ils étaient déjà mariés depuis deux mois.

Elle était arrivée dans une calèche tirée par deux chevaux blancs aux harnais décorés de rubans blancs. Wade l'attendait devant la chapelle et l'avait aidée à descendre.

Après la bénédiction, l'assemblée avait regagné un pavillon situé à un kilomètre environ de la maison principale du ranch.

La musique country emplissait à présent l'air du soir, et la nuit d'été prêtait un magnifique écrin à cet heureux événement.

— Es-tu prête à t'éclipser ? murmura Wade à l'oreille de sa femme, tandis qu'ils dansaient. Il faut absolument que je sois en tête à tête avec toi.

Et sur ces mots, il l'étreignit pour lui prouver qu'il y avait urgence…

— Je te suivrai au bout du monde, répondit-elle dans un magnifique sourire.

Elle savait que la nuit qui allait suivre serait magique car c'était toujours le cas quand elle était dans les bras de Wade.

Quand il lui prit la main, elle s'émerveilla encore une fois de la chaleur et de la force qui émanaient de lui. Un peu en retrait, sa voiture les attendait.

— Je t'aime, Laurel Masters, dit-il en démarrant, direction Pine House.

Elle se contenta de sourire de nouveau, sur un petit nuage.

Une fois qu'ils furent arrivés, Wade lui ouvrit la porte et la prit dans ses bras pour l'emporter jusque dans leur suite à l'étage, sans faire la moindre pause.

Lorsqu'il l'eut déposée sur le lit, il lui retira sa belle robe en soie, ainsi que le diadème en diamants qui retenait ses cheveux qui retombèrent en cascade sur ses épaules.

En un rien de temps, il se dévêtit, et sa bouche fut sur la sienne… Elle se laissa happer par son baiser, par ses bras, et l'embrassa avec toute la force de l'amour que cet homme extraordinaire lui inspirait.

Bientôt, il éteignit les lumières et déclara d'une voix rauque :

— Je t'aimerai pour la vie, Laurel.

— Moi aussi, Wade, lui assura-t-elle avec ferveur.

Puis aucun des deux ne prononça le moindre mot, pendant très longtemps, cette nuit-là.

Sous la coupe d'un imposteur, de Cat Schield - N°793

Megan est bouleversée. Depuis qu'elle a accepté de se réfugier dans le ranch de Will Sanders pour fuir un mari menaçant, rien ne va plus. Non seulement son époux n'a pas cessé de la traquer, bien au contraire, mais elle essuie de surcroît les reproches de Cora, la belle-mère de Will... Sans compter les remarques déplacées de Will, qui, à mesure qu'ils se rapprochent, semble l'accuser d'être intéressée par sa fortune.

Le mystère des O'Sullivan, de Helen Lacey

Tu es exploitée ! Les O'Sullivan te maltraitent ! Ce refrain, Connie ne peut s'y accoutumer malgré tout l'amour qu'elle porte à Jonah. Elle a bien sûr conscience de la rancœur que cet homme entretient contre la dynastie de milliardaires qui l'emploie. Mais, pour Connie, les O'Sullivan sont avant tout des sauveurs et des amis précieux à qui elle doit toute sa loyauté, sans pouvoir révéler à Jonah le terrible secret qui les lie...

Seconde chance pour un rendez-vous, de Lynne Marshall - N°794

SÉRIE : L'ÉTÉ DE TOUS LES DÉLICES 3/3

Shelby Brookes, recrutée comme cheffe cuisinière de l'hôtel-restaurant familial ? Conor ne décolère pas. Comment ses proches ont-ils pu le trahir ainsi alors qu'ils savent combien il a souffert ? Cela fait maintenant deux ans qu'il tente d'oublier cette vipère qui n'est jamais venue à leur dernier rendez-vous romantique. Et qui semble avoir refait sa vie sans difficulté, à en juger par la chère tête blonde qui l'accompagne...

Pour l'honneur d'une famille, de Reese Ryan

À l'instant où Blake Abbott pénètre dans le bureau, furieux, et la surprend en train de fouiller dans les archives de la société, Savannah perd toute contenance. Elle, qui doit à son talent de persuasion son embauche dans la distillerie King's Finest, se retrouve démunie. Doit-elle confesser à Blake la véritable raison de sa venue quitte à échouer si près du but, ou continuer à mentir à cet homme, auquel elle s'est déjà beaucoup trop attachée ?

Le jeu de la séduction, de Christine Rimmer - N°795

Au grand dam d'Amy, Derek Dalton n'a rien perdu de sa superbe malgré les treize années écoulées. Glissé dans un costume sombre à l'occasion du mariage qui les rassemble comme témoins, il n'a de cesse de poser sur elle un regard brûlant. Sans nul doute pour faire honneur à sa réputation de séducteur, bien loin de l'adolescent maladroit qu'elle a autrefois aimé. Un séducteur dont elle doit se protéger coûte que coûte, pour ne pas risquer qu'il lui brise le cœur une seconde fois…

Milliardaire et cow-boy, de Sarah Orwig

Scarlett est outrée. Luke, millionnaire tout droit revenu de la Silicon Valley, exige qu'elle le suive sur-le-champ dans son ranch pour y soigner les animaux malades, sans autre forme d'excuse. Oublierait-il qu'il l'a abandonnée brutalement dix ans plus tôt alors qu'ils vivaient une idylle sans nuages ? Si Luke est resté l'égoïste d'autrefois, Scarlett, elle, a changé. Elle est désormais femme d'affaires, maman et ne s'en laisse plus compter.

Le retour de Jack Lonergan, de Maureen Child - N°796

Forcé de revenir sur les terres familiales, où il n'a pas remis les pieds depuis le terrible accident qui a coûté la vie de son cousin, Jake Lonergan est sous le choc lorsqu'il tombe nez à nez avec Donna Barrett, la seule femme qu'il ait jamais aimée. Et la seule qui lui soit à jamais interdite, car Donna est aussi l'ancienne petite amie de son cousin. Frappé par la violence du désir qu'il éprouve toujours pour elle, Jake décide de prendre ses distances. Jusqu'à ce qu'il découvre avec stupeur qu'elle était enceinte au moment du drame…

Un mariage à Kiranos, de Tessa Radley

En apercevant au pied du lit la splendide robe de mariée dans laquelle, la veille encore, elle se croyait la plus heureuse des femmes, Pandora ne peut retenir ses larmes. De chagrin. De colère. Dire qu'elle a cru les serments de Zac, le richissime armateur grec qui l'a demandée en mariage, trois mois à peine après leur rencontre ! Dire qu'elle a accepté de le suivre au bout du monde, sans lui poser aucune question… Pourquoi diable ne s'est-elle pas doutée qu'une telle précipitation cachait forcément quelque chose ?